KB110481

로맨틱
블라썸

로맨틱
블라썸

초판 1쇄 인쇄일 2015년 6월 22일
초판 1쇄 발행일 2015년 6월 26일

지은이 | 박윤애
펴낸이 | 김기선
편집장 | 김은지

펴낸곳 | 와이엠북스(YMBOOKS)
출판등록 | 2012년 7월 17일 (제382-2012-000021호)
주소 | 서울 도봉구 노해로 379, 1005호(창동, 대성빌딩)
전화 | 02)906-7768 / **팩스** | 02)906-7769
E-mail | ymbooks@nate.com

ISBN 979-11-322-2186-9 03810

값 9,000원

로맨틱 블라썸

박윤애 장편소설

YMBOOKS
ROMANCE STORY

목차

프롤로그

가게 문이 열렸다. 딸랑거리며 작은 방울이 부딪치는 소리가 좁은 가게 안에 퍼졌다. 꽃 손질을 위해 부지런히 가위질하던 상하의 손이 멈추었다. 잘 빼입은 날렵한 슈트 차림의 남자가 작업대로 걸어왔다.

이 남자는…….

생각을 끝마치기도 전에 남자의 입술이 고운 선을 따라 움직였다.

"신청, 하고 싶습니다만."

매우 차분하고도 낮은 음성이었다. 그리고 조금 난감하다는 듯 한쪽 눈썹을 찡그리는 남자.

"뭘 신청하고 싶다는 건지……."

오히려 난감한 쪽은 상하였다. 앞뒤 다 자르고 결론만 말하니 알아들을 수가 있나.

"미니 클래스 반."

그의 입에서 결심한 듯 나오는 대답으로 인해 상하는 크게 당황하고 말았다.

"……미, 미니 클래스 반이요?"

"네."

상하의 시선이 그의 등 뒤 너머로 보이는 유리벽으로 향했다. 투명 테이프로 며칠 전에 붙여놓은 종이의 뒷면에서, 대답을 기다리는 남자의 얼굴로 상하의 시선이 옮겨졌다.

"여기에 성함과 연락처를 적어주시면 연락 드릴게요."

수첩을 펼치고 펜을 남자에게 내밀며 말했다. 상하가 내민 수첩과 펜을 받은 그는 왼손으로 수첩 뒷면을 받쳤다. 곧게 뻗은 긴 손가락이 펜을 잡았다.

사각사각.

듣기 좋은 소리가 멈추었다. 상하는 그가 내민 수첩과 펜을 돌려받았다. 돌아온 것은 그것뿐이 아니었다.

〈디자인 공간〉

명함과 함께였다.

〈대표이사 유지한〉

상호 밑에 있는 굵은 글씨가 상하의 시선을 사로잡았다.

"혹시 몰라 넣어두었습니다."

"아, 네."

"그럼 이만."

이제 용건이 끝났다는 듯 살짝 고개를 까닥하더니 그가 뒤돌았다. 긴 다리에 둘러싸여 있는 질감 좋은 바지가 멋스럽게 움직였다. 딸랑거리며 가게 문이 닫히면서 선선한 가을바람이 상하의 고운 뺨에 스며들었다. 바람에 살짝 흩날리는 남자의 머리가 투명한 유리벽 너머로 보였다. 곧 그녀의 시야 밖으로 사라졌지만.

상하의 시선이 아래로 떨어졌다. 신청자가 있으니 기뻐해야 마땅한데 의문이 먼저였다. 대표란 직업이 평일 오후 3시에 와서 꽃을 포장하는 걸 배울 정도로 한가한 직업이었나. 아니, 그보다 취미로 이런 걸 배우는 남자가 있었다니. 그래서 신청하러 왔다는 남자의 말을 한 번에 이해 못했다.

남자가 꽃을 만지면 안 될 이유도 없지만, 꽃을 만지는 사람을 보지 못해서 그랬을까. 어쨌든 선입견 때문이다.

한 달에 한 번, 꽃을 사던 남자. 이제는 꽃을 배우겠다고 한다. 이상하고도 수상한, 그러나 결코 이상하지도 수상할 것도 없는 남자. 이 남자는 왜, 꽃을 한 달에 한 번, 사기 시작했을까. 문득 상하는 궁금해졌다.

1. 수요일, 3시

남자의 손이 이렇게 예뻐도 되는 것인가. 길고 잘빠진 건, 그의 몸뿐이 아니었다. 그전에도 느꼈지만 이 남자는 여자인 저보다 손가락이 길고 잘빠졌다.

걷어 올린 셔츠 소매 아래 장미꽃 한 송이를 쥐고 있는 그의 손은 더없이 고와 보였다. 수국과 카네이션을 잡은 왼손에 장미꽃 한 송이를 더 보태려는데 모양이 흐트러지고 말았다. 그의 왼손에 감겨 있던 꽃이 테이블 위로 후두둑 떨어졌다. 그가 미간을 찌푸렸다.

"잘 안 되네."

짜증스러운 어조로 읊조린 그는 테이블 위로 떨어진 꽃을 쥐었다. 제 뜻대로 되지 않은 모양인지 타이를 느슨하게 푸는 손 역시 짜증이 배어 있었다. 상하는 저도 모르게 소리 나지 않게 웃고 말았다. 수요일 오후 3시, 인테리어 회사 대표직인 남자가 꽃 포장에 이렇게나 열심히라니. 신선하다고 해야 할까, 신기하다고 해야 할까.

이미 꽃 모양을 다잡고 그가 따라오기를 기다리고 있었던 상하는 결국 꽃을 테이블 위에 내려놓고 그의 곁으로 다가갔다. 그의 왼손 위에 수국부터 장미와 카네이션을 올려주며 모양을 잡아주었다.

"꽃송이에서 10cm 정도 떨어진 지점을 잡고 돌려가며 모양을 잡는 거예요. 다 되었으면 수국 뒤쪽에 대각선 방향으로 레몬잎을 더하고……."

상하의 손이 그의 손 위로 겹쳐졌다.

"이렇게 흐트러지지 않도록 잡은 뒤 라운드 형태가 되면 노끈으로 돌려서 묶어주면 돼요."

꽃다발을 잡고 있는 그의 손 위로 노끈을 감으며 상하가 설명을 덧붙였다. 그제야 제대로 된 꽃다발 형태가 되었다.

"아."

이제 한시름 놓았다는 듯, 그의 얼굴이 조금 펴졌다. 상하는 제자리로 돌아왔다. 접객실 안을 채우던 적요. 대화도 웃음도 미소도 없는 접객실 안의 어색한 공기가 상하의 뺨을 적셨다. 계획이 틀어졌다. 이 남자와 1:1 강습이라니.

최소 세 명을 모집받을 계획이었던 '미니 클래스 반'은 일주일 전 접수했던 두 명이 갑작스럽게 취소를 했다. 그 후로 접수하러 오는 사람도 없었고, 결국 이렇게 개강일이 되고 말았다.

강의 자료와 재료는 이미 준비한 상태였다. 당연히 수강생이

세 명은 될 것이라고 자부한 까닭이었다. 고민 끝에 1:1 강의를 오픈했지만 어색한 적요 속에서 상하는 제 선택을 후회했다. 밀려드는 후회를 뒤로하고 상하는 세련된 갈색 포장지를 잡았다.

"사선으로 비스듬히 접은 후 꽃다발을 가운데 놓아주세요."

힐끗, 그의 시선이 상하에게 향했다. 정확히는 상하의 앞에 있는 꽃이었다. 그의 긴 손가락이 포장지 끝을 잡고 상하가 한 것과 비슷한 모양으로 접었다. 그의 시선이 상하의 얼굴에 닿았다. 마치 이렇게 하면 되는 거냐고 묻는 것 같았다.

"잘하셨어요."

초보자들에게 칭찬만큼이나 좋은 효과는 없었다. 일전에 강의로 학생들을 가르칠 때 얻은 교훈이었다. 어느덧 강의가 시작한 지 두 시간이 훌쩍 지나갔다.

"포장지 끝을 가운데로 모아 가볍게 감싸듯 쥐고서 리본으로 묶어주세요."

상하가 먼저 시범을 보였다. 포장지와 비슷한 계열의 리본을 묶어 완성한 꽃다발을 그에게 보이니, 슥 훑어본 그가 포장지 양 끝 부분을 모았다. 하지만 너무 힘을 준 탓에 보기 싫게 구겨지고 말았다. '가볍게 감싸듯 쥐고서'란 말은 이미 그의 머릿속에서 지워진 듯했다. 분명 꽃을 포장하는 그의 열선은 꽤 그럴 듯했지만, 결과물은 참담하기 그지없었다.

"힘을 빼시고 포장지 끝을 살짝 모아주는 거예요."

그의 곁으로 다가간 상하가 구겨진 포장지를 펴곤, 다시 가운데로 모았다.

"리본으로 묶어보시겠어요?"

상하의 말에 그가 팔을 뻗어 리본을 잡았다. 포장지 양 끝을 모아 오므리고 있는, 상하의 손 위로 리본이 둘러졌다. 묘한 긴장감에 상하가 포장지에서 손을 뗐다. 리본은 잘 둘러졌으나 그녀가 너무 급하게 손을 놓은 탓에 그가 힘주어 리본을 묶을 때 모양이 흐트러졌다.

"이게 완성?"

피식, 그의 입가에 묘한 미소가 그려졌다. 스스로가 봐도 우스운 모양이었다. 플로리스트의 완성품과 초보자의 완성품이 같을 거라고 생각했다면 오산. 그럼에도 상하는 꽃다발을 들고 포장지를 정리해주며 모양을 잡아 그에게 건넸다.

"저도 처음엔 이랬어요. 아니, 더 심했나."

완성된 꽃다발을 바라보는 그는 뭔가 골똘히 생각에 잠긴 표정이었다. 아무 생각 없이 시선을 둔 그곳엔 부드러운 옆선이 보였다. 그윽하게 빛나는 검은 눈동자, 빚은 듯 오뚝한 콧대하며, 잔잔한 음성이 흘러나오는 붉은 입술. 거기다 잡티 하나 없는 말간 피부까지. 가만히 있어도 주위에 여자들이 알아서 다가올 타입이었다.

"가져가도 됩니까?"

"물론이죠."

상하가 흔쾌히 대답했다. 소정의 재료비를 받고 하는 강의였기에 결과물은 수강생이 가져가면 되었다. 꽃다발을 바라보는 그의 입매가 곡선을 타고 살며시 올라갔다. 그런 얼굴은 처음이었다. 강의를 하는 두 시간, 아니 지금까지 한 달에 한 번씩 본 그의 모습을 통틀어.

"누구 주시려고요?"

물어놓고 상하는 후회했다. 선을 넘은 질문이었다는 생각이 든 찰나,

"여자요."

그는 개의치 않은 표정으로 대답할 뿐이었다. 알고 있었다. 의도치 않게 알아버린 것이지만.

애인에게 선물할 꽃 포장을 직접 하려는 남자가 있었다니. 대단한 로맨티스트인 건가, 아니면 애인을 그만큼 사랑하는 걸까. 일전에 차갑게 '뽕 브라'를 언급하던 모습으로는 강의까지 들어가며 선물을 할 것처럼 보이지는 않았는데. 그럼 다른 여자?

호기심 어린 그녀의 눈빛이 그에게 향했지만 아무렴 어떠한가. 자신과 상관없는 일이었다. 이유야 어찌 되었든 그녀에겐 유일한 수강생인 셈이었다. 아니, 어쩌면 지금까지의 강의 경력을 통틀어 유일한 '남자' 수강생이 될지도.

"좋아할 거예요, 분명."

이렇게 강의를 듣는 그의 노고를 안다면 분명 기뻐할 것이다.

애인이든 다른 여자든 간에.

"그렇겠죠."

총 10회에 걸친 강의는 이제 막 시작했을 뿐이었다. 꽃이라곤 사본 적뿐이 없는 남자와의 1:1 강의. 꽤 손이 많이 가고 번거로운 남자와의 두 시간이 마치 열 시간처럼 느껴진 시간이었다.

"첫 수업 어떠셨어요?"

조심스럽게 묻고, 초조한 얼굴로 대답을 기다렸다.

"생각보다 어렵네요."

잠깐이지만, 강의를 시작한 것에 대한 후회의 기색이 역력했다.

"시간이 지나면 익숙해지실 거에요."

말해놓고도 장담할 수 없는 사실에 상하는 양심이 찔렸다. 그 고운 손은 피아노 건반 위에서 춤추면 어울렸겠다 싶었으나 그의 손은 손재주가 없었다. 빳빳하게 굳어 있는 손가락은 갈피를 못 잡길 여러 번, 상하가 옆에 붙어서야 겨우 강의를 끝낼 수 있었다.

"그렇겠죠."

본인 또한 의심하면서도 동조를 구하는 눈빛을 상하에게 보낸다. 상하는 멋쩍게 웃으며 고개를 끄덕였다. 가게 내에 따로 강의할 공간이 마땅치 않아 접객실에서 강의를 했다. 오히려 인원이 더 있었다면 꽤 좁았겠구나, 상하는 생각했다. 접객실에서 나온 상하는 작업대 위에 있는 명함꽂이에서 명함을 꺼냈다.

"참, 제 명함입니다. 혹시 수요일에 시간이 안 되시면 미리 말씀해주세요. 그럼 강의일을 조정할게요."

분홍색 라넌큘러스 한 송이가 박혀 있는 심플한 명함이었다.

〈블라썸(blossom) 플로리스트 이상하〉

그는 그녀가 건넨 명함을 받아 재킷 안주머니에 넣었다.

"수요일에 뵙겠습니다."

그가 고개를 까닥했다. 순간 상하가 다급하게 입을 열었다.

"넥타이……."

느슨하게 풀어놓은 타이가 삐뚜름하게 걸려 있었다. 어지간히 정신이 없었던 모양이다. 타이를 제대로 고칠 생각을 하지 못했던 것을 보면.

상하의 말에 그가 타이를 고쳐 맸다. 흠잡을 데 없이 깔끔한 슈트 차림이었다.

"오늘 수고하셨습니다."

상하가 가볍게 고개를 까닥였다. 그의 손엔 조금 전, 정신없이 포장한 꽃다발이 쥐여져 있었다. 뒤를 돌아 가게를 나가는 뒷모습이 마치 런웨이를 걷는 것처럼 근사했다.

가게 안으로 늦은 오후의 햇살이 흩뿌려졌다. 어제까지만 해도 가을비가 추적추적 내렸기에 이렇게 따스한 햇볕이 반가웠다. 상하는 가게 앞에 걸어둔 'close' 푯말을 들고 안으로 들어왔다.

가게 문을 열고 안으로 들어왔다. 불을 켜곤 한 손에 힘겹게 들고 있던 신문지에 싸인 꽃을 작업대 위에 올려두었다. 뒤늦게 수연이 가게 안으로 들어왔다. 이제 갓 결혼한 지 1년이 넘은 상하의 친구였다.

"차 한잔 줄까?"

선반에서 투명 유리병을 꺼내며 상하가 물었다. 작업대 옆으로 마련되어 있는 접객실 의자에 수연이 앉았다.

"좋지."

주전자에 감잎차를 넣고 뜨거운 물을 부었다. 주전자와 함께 찻잔을 접객실 테이블 위에 올려놓고 상하는 신문지에 말아놓은 꽃을 확인했다. 주말에 있을 결혼식 부케와 신랑 가슴에 꽂을 부토니어를 만들 리시안셔스, 그리고 분홍빛 장미였다. 그리고 덤으로 얻은 덴드롱까지. 일단 덴드롱은 줄기를 정리해 물을 담은 화기에 넣어두고, 장미 가시를 정리하기 시작했다.

"개인 강습, 어땠어?"

우려낸 감잎차를 한 모금 마시는 수연이 눈을 빛냈다.

한 달에 한 번, 꽃을 사던 수상한 남자가 미니 클래스 반에 등록하러 왔다고 했을 때 수연이 들뜬 얼굴로 이렇게 말했다.

'웬일이야, 웬일. 그 남자 너한테 마음 있는 거 아냐? 대박!'

'그 남자 애인 있어.'

정말 의도치 않게 알게 된 사실이었다. 현재로선 애인이 하나인지 둘인지 명확하지 않게 되어버렸지만 그런 남자가 자신을 좋아한다고 해도 기쁠 리가 없었다. 수연의 말에 상하가 헛웃음을 지었다.

'보통 드라마에선 꽃집 여자가 마음에 들어서 꽃을 사지 않나? 주기적으로 애인한테 꽃을 준다고? 뭔가 헤픈 것 같기도 한데. 혹시 애인이 여러 명인 거 아냐? 바람둥이?'

역시 수연도 저와 같은 생각인 건가? 사람이 생각하는 건, 다 거기서 거기인 모양이었다. 하지만 그 남자가 애인이 있건 없건, 바람둥이건 그건 상하와 상관없는 일이었다. 그녀에게 그는 그저 단골손님에 불과했고 이제 수강생이 되었을 뿐이니까.

하지만 완성된 꽃을 바라보는 그 표정은, 수연의 말처럼 바람둥이처럼 보이지 않았다.

"괜찮았어."

이보다 더 힘든 학생도 있었다. 의욕 없는 학생보다, 재능이 없는 쪽이 더 수월했다.

"재능 있나 보네."

"재능보단 의욕만 앞섰지."

상하는 애매하게 웃고 말았다. 가시가 제거된 장미가 한쪽 작업대에 쌓여갔다.

"뭐?"

"초등학생을 앉혀놓은 기분이랄까."

"강의 취소하랬잖아."

신청자 두 명이 취소했을 때 수연은 강의 오픈을 말렸다. 하지만 상하의 생각은 달랐다. 누군가 자신의 강의를 기다리는 사람이 있으니 끝까지 해보겠다고 고집을 부린 것이다. 애당초 돈을 벌기 위한 목적도 아니었고, 꽃집을 오픈하고 처음 하는 강의였기에 최선을 다하고 싶었다.

"그럴까도 생각했었는데……."

말끝을 흐리며 상하는 뻣뻣한 손으로 꽃을 잡던 그를 떠올렸다. 그러자 그녀의 입가에 묘한 미소가 그려졌다. 완벽해 보이는 남자에게도 한 가지 허점은 있구나 싶어서.

"하여튼 고집은."

못 말리겠다는 듯 수연이 고개를 절레절레 저었다.

"참, 태민 씨는 요즘도 바빠?"

"뭐, 그렇지. 신혼이지만 신혼 같지 않은 신혼을 즐기고 있달까."

수연의 남편 태민은 가구 자재를 수입하는 사업을 하고 있었다. 겨울엔 조금 한가한 편이지만, 그 외엔 끼니를 거를 정도로 바빠서 새벽까지 회사에 있었다. 수연의 말에 의하면 뭐든 직접 스스로가 일을 처리해야 하는 고집스러운 면이 있어서 늘 퇴근이 늦는 거라고. 오늘도 새벽에 출근한 태민 덕분에 아침 일찍 수연과 함께 상하는 꽃시장에 다녀오는 길이었다. 투덜거리며 수연이 의자에서 일어났다. 상하는 선반 위에서 유리병 하나를 꺼내 쇼핑백에 담았다.

"피로 회복에 좋대."

"넌 어떻게 친구보다 친구 남편을 더 챙기니? 마누라 독수공방시키는 남편이 뭐가 예쁘다고."

투덜거리면서도 수연은 고맙다는 말을 빼먹지 않았다. 가게에서 나간 수연이 손을 흔들며 시야에서 사라지자 상하의 시선이 바닥에 내려놓은 화기에 닿았다. 시들시들했던 덴드롱이 어느새 고개를 치켜들고 그녀의 시선과 마주하고 있었다.

"가지고 오길 잘했다."

여주인이 인심 쓰듯 건네준 덴드롱은 처음 봤을 땐 시들어빠져 있었다. 그런데 언제 그랬냐는 듯 싱그러운 향기를 내며 고개를 치켜들고 있었다. 뿌듯한 얼굴로 상하는 작업대로 돌아왔다. 서랍에서 가위를 꺼내려던 그녀의 손에 명함이 잡혔다. 다시 봐도 꽤 고급스러운 자태였다.

〈디자인 공간 대표이사 유지한〉

이제는 단골손님이 아닌, 수강생의 명함이었다.

어느덧 5개월이란 시간이 지났다. 가게를 오픈하고, 그가 꽃을 사기 시작한 지가. 첫 손님을 잊을 리가 있을까.

따사로운 햇볕이 흩뿌려지던, 여름의 문턱 앞이었다.

'이거 포장해주세요.'

그는 화기에 담겨져 있는 달리아를 가리키며 심플하게 주문했다. 그의 주문에 따라 붉은 달리아를 엽란으로 감싸 심플한 다발을 만들었다. 크게 만족하지도, 그렇다고 불만족한 표정도 아닌 얼굴로 그는 가게를 나갔다. 그 후로 그는 한 달에 한 번, 주기적으로 꽃을 샀다. 처음 꽃을 샀던 것처럼 화기에 담겨져 있는 꽃들 중 하나를 가리키며 포장해달라고 할 뿐이었다.

카네이션, 오렌지색 칼라, 스톡, 아마릴리스, 가든 장미.

지금 생각해보니 다양한 꽃을 포장했었다. 이런 걸, 일일이 기억하는 제 자신이 한편으로는 신기하게 느껴졌다. 하지만 한 달에 한 번씩 오는 손님을, 지나가는 남자들과 확실히 대비되는 근사한 외모를 가진 그를 어찌 잊을 수 있을까. 언제나 단정하고 깔끔한 슈트는 잘빠진 그의 몸에서 멋지게 빛을 발했다. 별 감흥 없는 무표정한 그의 얼굴, 그리고 중저음의 낮은 목소리는 그에게서 무뚝뚝함이 뚝뚝 흐르고 있다고 대변해주는 듯했다. 그런 그의 얼굴에서 꽃다발을 다 만들고 난 후의 표정은 정말 새로웠다.

마지막으로 그를 본 게 언제였더라. 가든 장미 한 다발로 바구니 포장을 했을 때였을 거다.

상하는 바구니 안의 플로럴 폼에 높낮이를 맞추며 장미를 꽂고 있었다.

지잉.

진동 소리는 그에게서 나는 소리였다. 재킷 안주머니에서 휴대폰을 꺼낸 그가 전화를 받자마자 까랑까랑한 여자의 목소리가 상하의 귀에까지 닿았다.

-대표님, 브라는 내가 어떻게 빨라고 했죠?

듣고 싶어서 들은 말이 아니었다. 장미 한 송이를 들고 있는 그녀의 손이 잠깐 허공에서 멈추었다. 시선은 어느새 그에게 닿아 있었다. 민망함에 얼굴이 빨개진 상하는 재빨리 시선을 딴 곳으로 돌렸다.

'아, 그 뽕 브라?'

남자의 입에서 민망한 단어가 불쑥 튀어나왔다. 상하의 얼굴이 조금 전보다 더 붉어졌다. 필터링 없이 '뽕 브라'를 말한 남자는 무표정한 얼굴이었다.

-빨래는 오빠, 니 담당이잖아요. 비싼 브라인데 와이어가 다 나갔다고.

'비싸면 뭐해? 값어치를 못하는데.'

-오빠!

절규 어린 여자의 목소리가 사라졌다. 표정 하나 바꾸지 않고 매정하게 전화를 끊어버렸기 때문이었다. 여자가 조금 안쓰러워지려던 찰나, 차갑게 빛나는 그의 시선과 마주쳐버렸다. 갑작스럽게 맞닥뜨린 시선으로 인해 상하는 얼음이 되었다.

'엿듣는 게 취미예요?'

눈빛만큼이나 서늘한 목소리. 억울한 마음에 상하가 쏘아붙였다.

'제 귀에까지 들리네요, 손님.'

플로럴 폼에 꽃을 꽂는 상하의 손이 까칠하게 변했다. 애꿎은 곳에 화를 내본다. 묘한 기류가 그녀와 그 사이에 머물렀다. 여전히 상하는 애꿎은 곳에 화를 내는 중이었다.

그러다 결국 툭, 하고 장미 줄기가 부러지고 말았다.

'꽃이 무슨 죄라고.'

그가 혼잣말을 가장해 말한 것이 분명했다. 하지만 일리 있는 말에 상하는 대꾸하지 못했다. 화가 나기보다 민망함이 먼저였다. 그래도 명색이 플로리스트인데.

겨우 꽃바구니를 완성했다. 빨리 꽃바구니를 그에게 주고 내보내고 싶은 마음뿐이었다. 그가 가게를 나가자마자 상하는 의자에 풀썩, 주저앉고 말았다.

'뽕, 뽕 브라?'

애인으로 추정되는 여자에게 털끝만큼의 애정도 없는 매정함이라니. 저와 상관없는 일이지만, 그저 같은 여자로서 딱하게 느껴지는 건 왜일까.

그게 벌써, 한 달 전의 일이었다. 그런 껄끄러웠던 일을 잊은 모양인지 그는 아무렇지 않게 강의를 신청했다. 그를 보면 '뽕 브라'란 단어가 상하의 머릿속에 떠다녔다. 왜 하필이면, 유일한 수강생이 그 남자인 걸까. 일주일에 한 번 얼굴을 봐야 하는 사이가 되어버렸다. 수연의 의견에 고집을 부려 강의를 오픈하고 말았으니, 어쨌든 자신이 자초한 일이었다.

그런데,

"어디서 본 적 있었나?"

꽃집에 한 달에 한 번씩 오던 단골손님이었기 때문에 눈에 익은 거였을까.

어디선가 본 적이 있는 것 같은 기분이 들었지만, 상하의 생각은 그리 오래가지 못했다.

지하식당의 식탁마다 활짝 핀 예쁜 코스모스를 담은 꽃병을 올려두었다. 입구가 좁은 투명 꽃병에 담긴 코스모스가 가을의 시작을 알리는 듯했다. 직접 손으로 만져보지 않으면 조화인지 모를 정도로 정교하게 생화와 생김새가 똑같았다. 1층 로비와 각 층의 접객실 테이블엔 은은한 크림 피치의 데이지부쉬를 꽂아주었다.

봄과 겨울, 이곳 한솔 요양원에서 인테리어 요청을 받아 일을 시작했다. 처음 몇 달은 그녀에게 주어진 일거리에 불과했지만, 점차 상하는 요양원의 요청이 없는 여름과 가을에도 이곳을 찾았다. 자신이 할 수 있는 최소한의 봉사인 셈이었다.

벌써 두 번째 맞는 가을.

그사이 그녀는 꽃집을 오픈했고, 가게를 두세 시간 닫고 요양원에 오기 시작했다. 2층 복도 끝 207호. 상하가 병실 문을 노크했다. 손잡이를 돌려 문을 살짝 열자 60대 여인이 그녀를 보고 활짝 웃었다.

"언니."

딸뻘이 되는 여자에게 서슴없이 '언니'란 호칭을 쓰는 여인에게 상하는 빙긋 웃을 뿐이었다.

"삐삐 엄마."

금발의 마론 인형을 품에 들고 다녀서 이곳에선 삐삐 엄마로 통하는 여인이었다. 여인은 어린아이처럼 해맑게 웃었다. 요양보호사 없이는 식사도, 화장실도, 씻는 것도 제 맘대로 할 수 없는 이 여인의 병명은 치매. 상하가 이곳에 걸음을 하는 이유이기도 했다.

상하는 손 뒤에 들고 있던 꽃병을 앞으로 내밀었다. 퍼플색의 꽃 한 송이가 꽃병에 담겨 있었다.

"아, 아, 아…… 아네……."

도통 꽃 이름이 기억이 나지 않는지 여인의 미간에 주름이 생겼다.

"아네모네."

"아아, 거의 다 기억났는데."

아쉽다는 듯 웃는 그녀의 손에 꽃병을 쥐여주었다. 치매 환자에게 꽃병은 위험했다. 기억 장애와 인지 기능이 떨어져 유리에 크게 다칠 수 있기 때문이다. 그래서 상하는 여인에게서 눈을 떼지 않았다. 평소 살가운 성격과 거리가 멀었던 그녀였지만, 꽃을 좋아하는 이 여인의 모습에서 돌아가신 엄마의 모습이 떠오르곤 했다. 여인은 치매 환자이기 전엔 분명 대부분의 꽃의 이름을 알고 있었을 정도로 꽃을 가꾸었을 것 같았다. 실제 요양 보호사의 말론 자식들이 병원에 올 때 가지고 오는 유일한 게 꽃이라고 할 정도였다. 자식들이 가져온 꽃은 요양 보호사가 플라스틱 꽃병에 담아두는 듯했다.

"이거."

목소리를 낮추며 여인이 주머니에서 한 움큼 상하의 손에 무언가 쥐여주었다.

"혼자 먹어, 꼭."

당부까지 하며 쥐여준 것은 박하사탕이었다. 여인의 당부에 상하가 고개를 끄덕였다.

"잘 먹을게요."

상하는 제 손에 가득 담겨 있는 박하사탕을 바라보았다. 자신에게 주기 위해 가지고 있었던 그 마음에 상하의 가슴이 저릿해졌다.

침대에 걸터앉아, 이런저런 이야기를 나누는데 문이 열렸다. 요양 보호사를 보더니 여인이 검지를 마른 입술에 갖다 댔다.

"쉿."

절대 요양 보호사에겐 사탕을 주지 말라는 의미였다.

"안녕하세요."

상하가 침대에서 일어나 요양 보호사에게 인사했다. 요양원에서 봉사를 한 지 1년이 지나니 자연스럽게 요양 보호사와 인사를 나누는 사이가 되었다.

"아가씨 덕분에 어머님이 심심하진 않았겠어요. 자, 어머님, 꽃병은 저 주셔야죠."

달래는 목소리로 말하자 여인이 잠깐 망설이더니 꽃병을 내주었다.

"흥. 맨날 넌 내 거 빼앗아 가지? 나쁜 년."

심통 난 얼굴로 욕지거리를 하면서.

순순히 내줄 의향은 없는 모양이었다.

"어머님 다칠까 봐 그러는 거예요."

"거짓부렁이."

"아, 이제 어머님 유치원 가실 시간이네."

요양 보호사의 말에 여인이 침대에서 내려와 슬리퍼를 신었다. 유치원은 치매 환자를 위한 치료 프로그램의 일종으로 환자들의 취향에 맞춘 놀이 치료 프로그램이었다. 여인이 하루 중 가장 기다리는 시간이기도 했다.

"삐삐 엄마, 저 그럼 다음에 또 올게요. 건강하세요."

"응, 또 놀러 와."

같이 병실을 나서며 상하가 손을 흔들었다. 여인은 요양 보호사의 손을 잡고 엘리베이터로 사라졌다. 로비로 내려와 간호사들에게 인사를 하며 상하는 요양원 밖으로 나왔다. 봄 햇살만큼이나 따스한 가을 햇살에 상하의 눈꺼풀이 반쯤 감겼다.

지하식당 식탁에 꽃을 세팅하는 그녀에게 다가와 '장, 장, 장미.' 하고 말했던 여인이었다. 마치 그 꽃의 이름이 무엇인지 알고 있음을 상하에게 알려주는 듯했다.

'나, 꽃이 좋아. 우리 오빠가 꽃 사서 온다고 해서 기다리고 있어.' 해맑은 얼굴로 말하며 상하에게 먼저 말을 걸어주던 여인이었다. 여인의 말을 전부 이해할 수는 없지만, 마음은 이해할 수 있을 것 같았다.

겨울엔 멋진 트리를 장식해볼까? 여러 가지 장신구와 반짝이는 전구를 달면 정말 근사할 텐데. 크리스마스까지 멀었지만, 성큼 다가올 것만 같은 기분이 들었다.

2. 작년, 이맘쯤

출근하자마자 김 비서가 가져온 서류를 결재 중이었다. 대부분 대금 결제나 규모가 큰 사업의 견적서들이었다. 사각거리며 종이 넘어가는 소리가 대표실에서 나는 유일한 소리였다.

책상 위에 있는 휴대폰이 몸을 부르르 떨기 전까지는.

지한은 발신인도 확인하지 않고 통화 버튼을 눌렀다. 그것이 화근이 될 줄이야.

–오빠! 내 팬티스타킹 어쨌어? 빨래 바구니에 던져놓았는데!

발신인을 확인했다면 수신거부 했을 것이다. 카랑카랑한 채아의 목소리에 지한이 미간을 찌푸렸다. 일전엔 큰 목소리로 영업부 과장까지 되었다고 자랑했었다.

"쿡."

김 비서가 작게 웃음을 터트렸다. 명색이 회사 대표인데 체면이 날로 구겨지고 있다. 통화가 길어질 것을 예감한 김 비서가 고개를 까닥하며 대표실을 나갔다. 뽕 브라에 이어 이젠 팬티스타킹까지, 맡겨놓은 물건이라도 되는 양 저에게 찾는다. 가사 분배 중 빨래 담당은 분명 자신이지만, 그 후의 처사까지 어째서 자신이 감당해야 하는지 이해 불가였다. 지한은 인내하며 뒤늦게 스타킹의 행방에 대해 기억을 하려 했다. 하지만 그의 기억 밖의 일인 듯했다.

"스타킹을 왜 나한테 찾아?"

—왜긴 왜야! 빨래 담당이 누군데? 업체 미팅 있는데 오빠 때문에 늦었잖아!

"그게 왜 내 탓일까?"

미련하게 스타킹을 지금까지 찾으랬나.

"오빠, 정말 이럴 거야?"

"너 스타킹 많잖아."

—다른 건 다 커피색이란 말이야.

커피색과 살색을 지한이 구분할 줄 안다면 오산이었다.

"그럼 편의점 가서 사라."

—오빠, 진짜!

"네가 잘하는 돈지랄하러 백화점에 가든지. 끊는다."

절규하는 채아의 목소리를 뒤로하고 지한은 통화를 종료했다. 시답잖은 용건으로 더 이상 길게 통화를 하고 싶지 않았다. 뽕 브라와 팬티스타킹을 왜 자신에게 찾는지, 그런 전화인 줄 알았다면 절대 받지 않았을 것을. 괜한 시간 낭비만 했다. 여동생이 아니라 웬수가 따로 없었다. 사정을 다 아는 김 비서가 눈치껏 대표실에서 나가주었으니 망정이지, '뽕 브라' 에 이어 '팬티스타킹' 이란 단어까지 자신의 입에서 나갈 뻔했다.

그것도 살색 스타킹이란다.

서른이 넘은 여동생의 스타킹 행방까지 자신이 알아야 할 이유는 없었다. 채아는 회사에선 똑똑하고 딱 부러지는 커리어 우먼처럼 보이지만, 알고 보면 제 일 스스로도 못하는 철부지에 불과했다. 그것도 모르고 채아에게 선물을 자진납세 하는 한심한 남자들이 득실거렸다. 물론 눈이 하늘에 달린 채아는 거들떠도 보지 않아 다행이지만.

뽕 브라, 하니 그날의 일이 악몽처럼 떠올랐다. 늘 가던 꽃집에서 장미꽃 포장을 주문하고 기다리던 중이었다. 휴대폰 진동음이 적막을 깼다. 발신인을 확인했지만, 난데없이 그렇게 소리칠 줄 알았겠는가.

뽕 브라를 말이다.

저도 모르게 제 입에서 뽕 브라를 언급함과 동시에 마주쳐버린 시선. 괜한 민망함에 지한은 통화를 마치고 그녀에게 괜한 트집을 잡았다.

'엿듣는 게 취미예요?'

성격 특유의 필터링 없이 나오는 말에 그녀가 적잖게 당황한 것 같았다. 하지만 억울하다는 듯 그녀가 쏘아붙였다.

'제 귀에까지 들리네요, 손님.'

김 비서가 알아서 대표실에서 나간 걸 보면, 그녀의 말이 맞았다. 단지 채아의 목소리가 시간, 장소 불문하고 쓸데없이 크다는 게 문제였다. 사과를 해야 마땅한데, 지한은 사과를 할 타이밍을 놓쳐버렸다. 그녀는 보란 듯이 애꿎은 꽃에 화풀이를 하고 있었다.

탁, 탁.

플로럴 폼에 꽃을 꽂는 손이 신경질적이었다. 환하게 웃는 인상은 아니었지만, 그렇다고 매일 인상을 쓰고 있던 여자는 아니었다. 언제나 살짝 미소를 얼굴에 짓고 있던 그녀였다. 그렇기에 자신의 화를 꽃이 대신 받고 있음을 알 수 있었다. 툭, 하고 맥없이 줄기가 부러지고 나서야 아차 싶었던 모양이다.

'꽃이 무슨 죄라고.'

또다시 자체 필터링 없이 엄한 말이 튀어나왔다. 대꾸도 없이 그녀는 꽃바구니를 만들기에 여념이 없었다. 자신의 말에 일일이 대꾸할 가치가 없다는 반응이었다.

무시가 상책인가.

또다시 자신의 말에 반응해주길 바랐다. 사과할 기회와 타이밍을 놓쳐버린 까닭이었다. 사과할 기회가 다시 오길 바라던 그는 어느새 꽃바구니를 만드는 그녀의 손으로 시선이 가 있었다. 바구니가 완성된 줄도 모르고 넋 놓은 채로 닿아 있던 시선이었다. 한참을 넋 놓고 바라본 것이 꽃이었는지, 별로 예쁘지도 않은 그녀의 손이었는지 알 수 없었다. 완성된 꽃바구니를 그녀가 내밀었다.

'사만 원입니다.'

지갑에서 현금을 꺼내면서 살짝 바닥에 떨어뜨려볼까, 아니면 꽃바구니를 일부러 놓쳐볼까 바보 같은 생각이 스쳤으나, 다행히 행동으로 옮기지 않았다.

지한의 눈이 깊어졌다.

작년 이맘쯤이었을까. 출장을 다녀오던 길이었다. 눈에 보이는 카페에 들어가 커피를 주문하고 기다리는 중이었다. 커피 여섯 잔을 주문하고 만들어지기까지 시간이 꽤 걸렸다. 우연히 고개를 돌린 지한의 시야에 어떤 여자가 눈에 들어왔다. 창가에 혼자 앉아 있던 여자는, 커피 한 잔을 앞에 두곤 훌쩍이고 있었다. 눈물을 참는 듯하다가 눈물이 떨어질 세라 손등으로 연신 훔치고 있었다.

어깨까지 내려오는 검은 머리는 한쪽 귀에 꽂은 상태였고, 희고 고운 피부를 가진 여자였다. 하얀색 블라우스에 검은색 슬랙스 차림의 단정한 차림은 면접이나 출근에 적합한 옷차림처럼 보였다.

앞에 놓인 커피엔 시선조차 주지 않고 여자의 시선은 창밖으로 향해 있었다. 검고 깊은 눈동자에 눈물이 가득 고였다. 가까이 있었으면 손수건을 건넸을 정도로, 어딘가 슬퍼 보이는 얼굴이었다.

아직 주문한 커피가 나오지 않은 것을 확인한 지한의 시선이 자연스럽게 여자에게로 향했다. 남에게 눈물을 보이면 안 되는 사람처럼, 여자의 손은 연신 눈물을 훔치기 바빴다.

왜 울고 있는 걸까.

어느새 지한은 여자의 눈물에 호기심을 보이고 있었다. 엉엉, 하면서 소리 내어 울었다면 한 번 보고 말았을지도 몰랐다. 하지만 그녀는 꾹꾹 눌러 담았던 눈물이 터지는 것처럼 어딘가 애처로워 보이기까지 했다. 그래서일까, 지한은 주문한 커피가 나왔다는 직원의 말을 듣지 못할 만큼 여자에게 집중하고 있었다.

지한은 뒤늦게 캐리어에 담겨 있는 커피를 받았다. 카페를 나가려는 그의 시선이 다시 한 번 여자에게 향했다. 누군가에게 오랫동안 시선을 빼앗긴 건 처음이었다. 호감 같은 감정이 아니었다. 애잔하면서 애처로운 여자의 눈물 때문이었다. 여자의 시선이 잠깐 지한에게 닿았지만, 이내 도망치듯 창밖으로 향해버렸다. 지한은 모르는 사람을 오랫동안 바라보았다는 사실을 깨닫고, 머쓱해졌다.

도대체 무엇 때문에 울고 있었던 것일까. 정작 상대방은, 기억하지 못하는 일을 자신이 기억하고 있다는 것이 놀라웠다. 꽃집에 처음 왔을 때까지만 해도 낯이 익다는 정도였으나, 회를 거듭하면서 지한은 그녀가 1년 전 카페에서 울고 있던 여자와 동일 인물이란 사실을 기억해냈다. 애잔하게 울던 모습과 정반대의 얼굴로 '제 귀에까지 들리네요, 손님.' 하고 따지듯 대답하는 모습은 사뭇 달랐다.

"수요일."

어느덧 돌아온 수요일. 시간이 참 빠르다. 김 비서에게 당분간 3시부터 두세 시간 정도 외출할 것이라고 이야기해놓은 상태였다. 꽃집에서 강의를 듣고 다시 회사로 돌아와 밀린 일을 처리해야 했다. 첫 수업에서 지한은 제 손이 얼마나 뻣뻣한지 실감했다. 자유자재로 움직이는 유연한 그녀의 손가락이 신기할 정도였으니 말이다. 그녀의 손에서 탄생한 꽃다발은 그대로 손님에게 팔아도 손색없을 만큼 아름다웠으나 자신이 만든 것은 초등학생의 손에서 탄생한 형편없는 과제물 같았다.

“앞으로 아홉 번.”

남은 강의 시간임과 동시에 그녀와 앞으로 만날 횟수.

왠지 모르게 기대가 되었다.

“오늘은 조금 일찍 오셨네요.”

가게에 들어가자마자 미소 띤 얼굴로 그녀가 말했다. 지한의 시선이 손목시계로 향했다.

2시 40분.

생각보다 일찍 도착했다.

“그럼 조금 이따 다시 오겠습니다.”

딱히 그녀의 어조가 불쾌해서가 아니었다. 작업대 위에서 분주하게 그녀의 손이 움직이고 있었기 때문이었다. 그녀를 방해한 기분이었다. 그가 막 몸을 비트는 사이 그녀가 빠르게 말했다.

“그러실 필요 없어요. 잠깐 앉아서 기다리시겠어요?”

“그럼, 실례하겠습니다.”

지한은 짧게 대답하고 접객실 안으로 들어갔다. 이미 강의할 준비를 마친 테이블 위엔 다듬어진 꽃과 소품들이 세팅되어 있었다. 지한은 의자를 끌어당겨 앉았다.

“차 한 잔 드시면서 기다리세요.”

김이 모락모락 나는 찻잔이 테이블 위에 놓여졌다. 깊고 그윽한 향이 났다.

“감사합니다.”

찻잔을 든 지한의 시선이 닿은 그곳엔 노란색 프리지어 꽃다발을 들고 있는 상하의 모습이 있었다. 꽃을 매만지고 포장지를 다듬는 그 손길엔 정성이 가득했다. 딸랑, 방울 소리가 그의 시선을 방해했다. 그녀가 조금 전, 완성한 꽃다발을 들어온 남자에게 건넸다.

"다 되었습니다."

말하는 그녀의 입매가 부드럽게 말려 올라갔다. 그저 미소를 지은 것뿐인데 마치 다른 사람을 보는 것 같았다. 지금까지 한 달에 한 번, 꽃을 샀던 자신에겐 단 한 번도 보여주지 않은 얼굴이었다. 무표정에 미소 하나 더 보탠 것뿐인데 사람이 이토록 달라 보이다니. 애잔했다가, 톡 쏘았다가, 아름다운 미소까지. 이 여자의 표정은 참 다양하다는 생각에 무언가 발견한 기분이 들었다.

"하."

하지만 이내 지한은 김빠진 한숨을 내뱉고 말았다. 뭔가 석연찮은 기분이 들었다. 꽃다발을 품에 안고 나가는 남자의 뒷모습에 그녀의 미소가 더 진해졌다. 그 순간, 지한의 눈이 커졌다. 저렇게 웃을 줄도 아는구나 싶어서.

"오래 기다리셨죠?"

상하가 접객실 안으로 들어와 미안한 얼굴로 물었다. 그의 맞은편에 앉은 그녀의 얼굴에서 아까의 미소는 찾아볼 수가 없었다.

"차, 안 드셨네요."

실망한 상하의 모습에 지한은 그제야 시선이 찻잔으로 향했다. 차가 식는 줄도 모르고 그는 접객실 밖을 넋 놓고 바라보고 있었다. 지한은 차를 단번에 들이켰다.

"안 그려서 되는데……."

"갑자기 목이 타서요."

씁싸름한 맛에 살짝 그의 미간이 구겨졌다. 제 모습이 우스웠는지 그녀가 살포시 미소를 그렸다. 의도하지 않은 행동이었지만, 다시 보니 미소가 참 새로웠다.

"오늘은 '플라워 박스'를 만들어볼게요. 포장지가 아닌 박스로 포장을 하는 거예요. 같은 꽃이라고 해도 전혀 다른 느낌이 나죠."

높낮이가 일정한 상하의 목소리는 거부감 없이 그의 귀에 스며들었다.

"완성된 '플라워 박스'예요."

그녀가 보여준 플라워 박스를 보며 지한은 불안감이 엄습했다. 자신은 지금까지 꽃을 사본 적뿐이 없는 생초짜다. 그걸 그녀가 잊을 걸까.

"수준이 너무 높은 것 같습니다만."

미간을 찌푸리며 그가 말했다.

"걱정 마세요. 초보자 분들도 잘 따라오시니까요."

저번에 만들었던 꽃다발조차 제대로 만들지 못했던 그였다. 이걸, 제대로 만들 수 있을 리가 없다.

"지금까지 가르친 수강생 중, 남자도 있었습니까?"

"유지한 씨가 처음인데요."

상하의 시선이 지한의 얼굴에 닿았다. 순진무구한 표정으로, 그의 물음의 요지를 제대로 파악하지 못한 채 대답하는 그녀의 표정은 물음의 이유를 묻고 있었다. 그러니까 지한의 말은, 자신은 그녀가 지금껏 가르치던 초보자와는 다르다는 말이었다.

"그럼 저에게 1:1 맞춤 강의를 해주셔야겠습니다."

"네?"

"꽃이라곤, 사는 게 전부인 줄 알았던 사람입니다."

흔쾌히 수락을 기대하고 던진 말은 아니었다. 열정 넘치는 선생님에게 그도 최소한 배우는 사람으로서 성의를 보여준 것뿐이었다.

강의를 시작한 지금은 상황이 조금 달라졌지만. 꽃을 사기 위해 참 많은 과정들이 생략되어 있음을 몸소 경험하는 중이다.

"……그럼 유지한 씨에게 맞춰 1:1 맞춤 강의를 시작할게요."

그녀의 표정은 금세 그의 말을 이해한다는 듯 수긍하는 표정으로 바뀌어 있었다.

유지한, 아무래도 강사 하나는 잘 만난 것 같다.

도어락을 해제하고 집으로 들어가자 난데없는 꽃다발이 지한의 시야를 가렸다. 지한은 제 시야를 가리는 꽃다발을 손으로 가볍게 밀어냈다.

"또 어떤 한심한 놈한테 받은 건데."

"받은 거 아닌데?"

채아는 꽃다발에 코를 묻고 향을 맡았다. 뒤늦게 꽃다발이 지한의 시야에 들어왔다.

갈색 포장지에 비슷한 계열의 리본.

지한은 손을 뻗어 꽃향기에 흠뻑 취한 채아의 손에서 꽃다발을 빼앗았다.

"누구 주려고 산 건데? 혹시 여자한테 차인 거야?"

너무 황당한 억측에 지한은 대꾸할 가치가 없다고 판단했다. 안타까운 표정으로 저를 바라보는 채아의 시선을 피했다.

"비켜."

아직까지 현관에 서 있던 그는 구두를 벗고 집 안으로 들어왔다. 그의 냉랭한 태도에도 불구하고 채아는 그의 꽁무니를 열심히 쫓으며 종알댔다.

"누군데? 얼마나 대단한 여자길래 천하의 유지한을 차? 전지현쯤 돼? 응? 말 좀 해봐."

숨도 안 쉬고 질문을 쏟아내는 채아를 무시하며 지한은 방으로 들어갔다. 여전히 뒤도 안 돌아본 채로 쾅, 하고 문을 닫았다. 살벌한 분위기를 내뿜으며.

"진짜 시끄럽네."

지한은 꽃다발을 던지듯 침대 위에 던져놓았다. 아무 생각 없이 책상 위에 올려둔 꽃다발을 발견하고 채아의 호기심이 발동한 모양이었다. 꽃다발 하나에 수많은 예측과 억측이 채아의 머릿속을 떠돌아다녔을 것이다. 하기야 지금껏 지한은 지독하게 일만 파고들었으니 무한 호기심이 발동한 것도 이해가 간다. 누군가 고백을 하거나 대시를 해도 참 일관성 있게 거절을 해왔으니 말이다.

"진짜 형편없네."

꽃다발을 바라보며 지한이 중얼거렸다.

"흥! 그렇게 형편없는 꽃다발을 주니까 여자한테 차이지! 내가 만들어도 그것보단 낫겠다."

밖이 조용하다 싶더니 채아가 제대로 지한의 속을 긁어놓았다.

형편없다는 말에 한해서는 인정하는 바이지만, 어째 불쾌한 기분이 드는 건 왜일까. 지한은 꽃다발을 책상 위에 올려두곤 쇼핑백에서 오늘 만든 '플라워 박스'를 꺼냈다. 살짝 닫아둔 박스 뚜껑을 열자 싱그러운 꽃들이 고운 자태를 드러냈다. 연두 계열의 꽃들이 옹기종기 모여 있는 모습을 보며 지한이 중얼거렸다.

"장미라고 했던가? 아닌데. 수국이었나? 라, 라넌……. 아, 뭐였지."

도무지 생각이 나지 않았다. 애당초 꽃 이름까지 터득하려고 했던 게 아니었다. 스스로의 무지함을 인정하며 지한은 박스를 내려다보았다. 여전히 엉성하고, 형편없고, 볼품없었다. 그나마 꽃다발보다는 조금 나은 것 같았다. '1:1 맞춤 교육' 덕분이었다. 첫 수업보다 일취월장한 이유였다.

그녀는 마치 초등학생을 가르치듯 시종일관 인내심으로 하나하나 가르쳐주었다. 박스 높이에 맞게 꽃을 자르는 것부터 꽃을 어떻게 플로럴 폼에 꽂는지, 어떤 꽃부터 꽂아야 하는지 등등 생초보자이기에 자세히 가르쳐주었다. 제 손등 위로 그녀의 손이 겹쳐지고 꽃을 잡는 것부터 자르는 것까지 모두 함께였다. 그래서 그런지 지한은 긴장하고 있음을 느낄 수 있었다. 플로럴 폼에 꽃을 꽂을 때마다 '잘했어요.' 하고 칭찬을 하는 그녀였다. 어린아이 다루는 것처럼 칭찬이 익숙한 듯 보였다. 듣다 보니, 그녀의 칭찬이 점점 과하다는 기분이 들었다.

'잘하시네요.'

'이제 호아니 주변에 라넌큘러스를 꽂아주세요. 그렇게요, 잘했어요.'

이제야 기억이 났다. 라넌큘러스. 장미도, 수국도 아니었다.

'줄기를 더 잘라서 높이를 맞춰야죠.'

'혼자서도 잘하시네요.'

칭찬은 고래도 춤추게 한다고 했던가. 하지만 칭찬에도 불구하고 그의 꽃은 높낮이가 일정하지도 않을뿐더러 뭔가 언밸런스한 느낌이 강하게 들었다. 물론 강사 실력이 나빠서가 아니었다. 머리로는 분명 이해하겠는데 비루한 손가락이 제 뜻대로 되지가 않은 탓이다.

그래도 결국, 완성했으니 되었다. 좀 더 근사하게 만들지 못한 것이 실망스럽지만 어쩌겠는가. 지금 현재로선 이게 최선인걸.

이것마저 채아가 봤으면 제대로 실연당한 남자가 되었을 뻔했다. 앞으로도 계속 가져올 텐데, 몇 번이나 실연당한 남자가 되어 있으려나. 생각하니 기가 막혔다.

창문을 통해 들어온 따스한 햇볕이 중년 여성의 주름진 얼굴에 스며들었다. 막 식사를 마치고 병실 안으로 들어오던 참이었다. 옆에 있던 김순재 요양 보호사가 중년 여성의 거동을 돕고 있었다.

똑똑.

노크 소리에 중년 여성의 얼굴에 화색이 돌았다. 매달 이맘쯤 되면 그녀를 보러 오는 손님이 있었다. 문을 열고 들어온 젊은 남자에게 중년 여성이 반가운 표정을 그리며 다가갔다.

"아저씨, 왔어?"

천진난만한 얼굴로 아들에게 '아저씨'란 호칭을 쓰는 그녀는 그의 어머니였다. 이젠 제법 익숙해질 법도 한데, 좀처럼 익숙해지지 않는 아저씨란 호칭은 여전히 그의 가슴을 아프게 쑤셔댔다. 이런 어머니의 모습을 보는 것이 안타깝고, 목소리를 듣는 것이 가슴이 저리고, 행동 하나하나가 이젠 그에게 슬픔이었다.

"저 왔습니다."

살며시 미소를 그려보지만, 안 봐도 뻔하다. 얼마나 어색한지.

"잠깐 나가 있을게요."

김순재 요양 보호사가 모자간에 오붓한 시간을 가지라며 자리를 피해주었다. 젊은 남자, 지한은 어머니의 손을 잡고 테이블에 앉았다. 들고 있던 쇼핑백에서 상자를 꺼내 테이블 위에 올려두자 어머니의 얼굴에 환한 미소가 걸렸다. 매달 기다리는 것은 그가 아니었다. 그가 가져올 꽃이었다.

"예쁘다."

상자를 열자마자 어머니의 입에서 탄성이 터졌다.

"예쁘다, 예쁘다, 예뻐. 이거 내 거야."

너무 기쁜 나머지 그녀는 상자를 제 품에 꼭 끌어안았다.

"어머니 겁니다."

누군가에게 뺏길까 봐 초조해하는 모친의 모습에 그의 표정이 안쓰럽게 변했다. 환자다, 환자라서 그런 것이다. 그렇게 늘, 지한은 속으로 읊으며 모친을 이해하려 했다. 채아는 이런 어머니의 모습을 보는 것이 가슴 아파 1년에 한두 번만 오는 것이 전부였다.

"응, 응. 내 거다, 내 거. 맨날 저년이 빼앗아 간다. 저번에 언니가 와서 꽃 줬는데 그것도 빼앗아 갔다."

불안한 표정으로 닫힌 병실 문을 바라보며 모친이 한 쉬인 목소리로 말했다. 김순재에게 따로 들은 적이 있었다.

'계절이 바뀔 때마다 와서 꽃꽂이를 하는 젊은 아가씨가 있어요. 지하식당이며 접객실, 화장실마다 꽃꽂이를 해놓는데 꽃이 얼마나 예쁜지, 조화인데 나도 모르고 향기를 맡고 있다니까요. 그런데 어머님이 꽃을 좋아하는 걸 알고부터는 병실에 직접 들러 어머님 말동무도 해드리고 한 송이씩 꽃을 줘요. 물론 꽃은 내가 어머니한테 빼앗아두죠.'

지극히 타인. 그것도 얼굴도 모르는 사람에다가 어머니에게 살갑게 다가오는 젊은 여자라니. 지한이 우려하는 모습에 김순재가 목소리를 높여 여자를 칭찬했다.

'진짜 마음씨도 곱고 예쁘다니까요. 잠깐 화장실 간 사이에 어머님이 사라진 적이 있었어요. 화장실이며 접객실, 휴게실을 찾으면서 내려갔는데 글쎄, 지하식당에 계시더라니까. 거기서 그 아가씨랑 같이 도란도란 꽃 보면서 얘기하고 있었어요. 그 후부터였지? 어머님이 꽃을 좋아하는 것 같다고 생화를 한 송이씩 주더라고요. 그땐 학원에서 꽃꽂이 강사 한다고 했었는데 지금은 모르겠어요.'

김순재의 말에 안심했지만, 모르는 사람에게 이런 도움을 받는 것이 지한은 석연찮았다. 하지만 모친이 그 여자가 오면 좋아한다니 어쩔 도리가 없었다. 지켜보는 수밖에.

"아저씨, 우리 오빠는 언제 와?"

꽤 고심하고 묻는 모양새였다.

"어머니, 열 밤 정도 주무시면요."

"그렇게나 많이?"

어머니는 치매가 발병된 후로 돌아가신 부친에 대한 기약 없는 기다림이 시작되었다.

사고였다.

부친이 세상을 떠난 것은.

피의자의 음주운전으로 인해 지방에서 올라오던 부친의 차가 가드레일에 부딪히고 뒤집어지면서 무참히 박살 났다. 부친은 급히 중환자실로 옮겨졌지만, 하루를 버티지 못하고 돌아가셨다. 그 후로 부친의 회사를 아들인 지한이 이어받았다. 직원이 열 명이 채 되지 않았던 회사는 현재 직원도 세 배 이상 늘었고, 매출도 매년 증가하는 추세였다. 회사 설립 당시 대출금은 모두 상환한 상태였다. 아버지가 그토록 아끼시던 회사였기에 그가 이만큼 만든 것이었다.

어머니와 아버지는 어릴 적에 동네 오빠, 동생 하며 지냈다고 했다. 아버지께서 지방 공사 현장에서 올라오던 때면 모친에게 '무슨 꽃 사다 줄까?' 하고 물으셨다고 했다.

그 때문일까.

치매에 걸려서도, 그 말만큼은 잊지 못하셨다. 매번 그가 올 때마다 어머니는 묻곤 했다.

지한은 모친의 손을 꼭 잡았다. 주름이 가득한 손은 예전만큼 곱지 못했다. 회사 일을 배우느라 어머니를 챙길 정신이 없었다. 채아도 마찬가지였다. 지방에 오며 가며 업체 미팅에 끼니조차 제때 챙겨 먹을 시간이 없었다. 어머니의 병환을 진작 알았다면 치료를 시작했을 터이지만, 알고 난 후엔 이미 어느 정도 진행된 상태였다.

세상이 무너지고, 눈앞이 아득했던 감정이 떠올랐다. 치매 판정을 받고, 모친의 손을 잡고 얼마나 울었던가. 그래서 앞으로는 울지 말자고 수없이 다짐했다.

"어머니."

"왜 자꾸 나한테 어머니라고 해? 나 아직 결혼도 안 했는데."

저를 이상하게 바라보는 모친의 시선. 바늘이 가슴을 쿡쿡 찌르면, 이런 아픔일까 싶었다.

"채아는 마음 쓰지 마세요. 조만간 같이 올게요."

"채아가 누군데?"

지키지도 못할 약속을 아무렇지 않게 하고, 그 약속을 상대방은 알아듣지도 못한다. 그저, 당신의 딸 이름을 듣고도 누구냐고 물을 뿐.

"어머니 딸."

"아, 정말. 난 결혼 안 했다니까. 나한테 이렇게 큰 아들, 딸이 있을 리가 있나."

타박하는 어머니의 얼굴에 불쾌감이 서렸다. 지금쯤, 어머니의 세상에선 몇 살쯤 되셨을라나. 그 세상에선 부디, 행복하셨으면 좋겠는데.

그의 눈에 차마 흘릴 수 없는 눈물이 고였다. 잘 참았는데, 오늘 유독 감정이 주체가 되지 않는다.

"알았어. 내가 이거 특별히 주는 거야."

서랍에서 주섬주섬 무언가 꺼내 그의 손에 두어 개 쥐여준다.

박하사탕.

어릴 적, 우는 자신을 달래기 위해 입에 하나씩 넣어주던 사탕이었다. 그는 사탕 껍질을 까, 입에 하나 넣었다. 화한 박하 맛이 금세 입안에 퍼졌다.

"맛있네요, 어머니."

치매 환자는 대부분 다른 합병증으로 인한 사망이 대부분으로 최대 수명이 10년이라 했다. 약물치료로 치매 증상을 늦추고 있지만, 언젠가 한계에 다다를 날이 올 것이란 걸 지한은 알고 있었다. 남은 시간은 어머니에게 최선을 다하고 싶었다.

최선을 다해도 아쉬움은 남겠지만, 여전히 자신을 질책하며 스스로에게 실망하겠지만, 그럼에도 불구하고.

사무실에 들어오자 책상 위엔 서류가 가득이었다. 큰 규모의 사업만 해도 다섯 건이 넘었고 자잘한 인테리어 공사도 꽤 되었다. 책상에 앉아 서류를 펼치기도 전에 노크 소리가 들렸다.

"들어와."

지한의 명령이 떨어지자, 최민욱이 안으로 들어왔다. 업무적으로 할 이야기가 있어 들어온 것이 아닌 모양이었다. 그는 자연스럽게 커피 머신기에서 아메리카노 두 잔을 뽑았다.

"회의 시작까지 이십 분 정도 남았다. 커피 한잔하자."

민욱이 턱으로 소파를 가리켰다. 테이블에 진한 향이 나는 커피 두 잔이 세팅되었다. 지한은 민욱의 맞은편 소파에 앉았다. 푹신한 소파에 몸을 기대니 노곤함이 밀려왔다.

민욱은 지한과 사춘기 시절부터 함께한 친구였다. 아버지의 사고 소식을 듣자마자 만사 제치고 달려와주었고, 아버지의 사업을 이을 때 스카우트 제의를 받은 대기업 회사를 그만두고 기꺼이 지한의 인테리어 설계팀에서 일해준 사람이었다. 아마 그가 없었다면, 회사를 이만큼 성장시키지 못했을 것이다. 민욱은 지한에게 친구이자, 동료이자, 가족과 같은 사람이었다. 민욱이 자신과 같은 처지였으면 아마 지한도 그와 같은 선택을 했을 것이다.

"어머니는 어떠셔?"

"뭐, 똑같지."

특별히 증상이 악화되지도, 그렇다고 호전되지도 않은 상태. 악화되지 않은 것만으로도 다행이었다.

"어머니 뵌 지도 오래됐네."

"오래되기는. 어버이날 전날 같이 가놓고."

초여름에 같이 가놓고 어머니를 뵌 지 오래되었다고 말하는 민욱이 마치 친아들 같았다.

"벌써 가을이잖아."

뜨거웠던 여름의 뙤약볕이 엊그제 같은데 어느덧 선선한 바람이 부는 가을이다. 아마 눈 깜짝할 사이에 겨울의 문턱 앞에 있을 것 같은 기분이 들었다.

"다음에 같이 가든지."

민욱은 가볍게 고개를 끄덕이며 입을 열었다.

"오늘도 혼자 갔냐?"

"그렇지."

"채아는?"

"여전해."

지한은 짧게 대답했다. 채아는 낯선 어머니의 모습을 이해하려고 하지도, 받아들이지도 않았다. 채아도 지한과 마찬가지로 어머니의 치매를 자신의 탓으로 돌리며 많이 힘들어했었다. 1년에 한두 번이나마 면회를 오기까지 많은 시간이 흐른 것처럼, 죄책감을 덜고 어머니를 있는 그대로 받아들이기까지 얼마나 걸릴지 알 수 없었다.

"강한 성격이라 생각했는데."

지한이 씁쓸한 얼굴로 덧붙였다.

"아무리 강해도 여동생이잖아."

"그래, 알아."

지한은 커피를 한 모금 마셨다. 오늘따라 유난히 커피가 진한 것 같았다.

"그런데 듣자 하니 수요일마다 외출한다며."

"풉."

지한은 커피를 뿜을 뻔했다.

"더럽게."

미간을 찌푸리며 민욱이 티슈 두 장을 뽑아 지한에게 건넸다. 지한은 입 주변을 티슈로 닦고 커피 잔을 내려놓았다.

"그냥 볼일이 있어서."

민욱에게도 말하지 않은 일이었다.

"혹시, 무슨 일 있는 건 아니지?"

아무래도 오해를 하는 듯싶었다.

"없어."

커피 한잔하자고 대표실로 쳐들어온 이유가 이거였나 보다. 지한의 대답에도 민욱은 영 미덥지 않은 표정이었다.

"정말이야."

"그럼 됐고."

그제야 민욱의 얼굴이 펴졌다. 아무리 친구라고 해도 꽃집에서 강의를 받는다고 어떻게 말한단 말인가. 민욱의 웃음소리가 벌써부터 귀에 들리는 듯했다.

똑똑.

"회의 시간 5분 전입니다."

회의 시간을 알리는 김 비서의 알림에 두 사람은 소파에서 일어났다. 커피 잔엔 반 이상의 커피가 남아 있었다. 두 사람이 대표실을 나가자 김 비서가 찻잔을 치웠다.

회의실 안엔 설계팀 직원 몇 명이 프레젠테이션을 준비 중이었다. 지한이 회의실 안으로 들어오자 직원들이 지한을 향해 가볍게 목례했다. 맨 끝자리에 지한이 착석했다. 회의실 내부가 어두워졌다. 규모가 큰 사업에 해당하는 별장 공사 건이었다. 클라이언트는 제주도에 가족끼리 휴식을 취할 별장을 짓고 싶다고 했다. 1차 미팅을 통해 요구 사항을 적극 반영한 설계도에 대한 발표였다.

"제주특별자치도 서귀포시 서홍동에 지을 별장 설계도면입니다."

설계를 맡은 김 대리가 긴장한 기색이 역력한 얼굴로 물을 마셨다. 작은 인테리어 시공은 팀장인 민욱의 선에서 승인이 나지만, 큰 규모의 사업은 대표인 지한도 함께 회의에 참여했다. 디테일하게 만든 3D 설계도가 화면에 비춰졌다. 지한은 이미 '시'와 '도'뿐만 아니라 대기업에서 주최하는 설계 공모전에서 수상을 받은 이력이 상당했다. 그런 대표 앞에서 프레젠테이션 발표는 긴장되는 게 당연했다.

“대지 면적 137.94평, 건물 규모는 지상 2층과 다락방, 건축 면적은…….”

어느덧 회의는 중반을 넘어가고 있었다.

주황색 가로등이 빠르게 지한의 시야를 지나갔다. 핸들을 틀며 커브길을 부드럽게 돌았다. 재킷 안주머니에 넣어둔 휴대폰이 작게 몸을 떨었다.

[오늘 오빠가 장 보는 날인 거 알지? 나 스파게티가 먹고 싶어.]

채아에게서 온 메시지였다. 저녁 9시가 가까워진 시간이었다. 보나 마나 지금 막 집에 들어와 텅텅 비어 있는 냉장고를 확인하곤 메시지를 보낸 거겠지. 어차피 마트 폐점 시간도 한참 남았으니 마트에서 장을 보고 집에 가면 될 터였다. 장을 다 보고 집에 가면 10시쯤 될 것이고, 그 시간에 부랴부랴 스파게티를 만들어 먹을 수 있을는지 알 수 없었다. 일단 집에 가는 길이니 장 보는 것까진 자신이 하고, 그 후에 요리를 하는 건 채아에게 떠넘길 생각이었다.

지한은 마트 지하 주차장에 차를 주차하고 마트 안으로 들어갔다. 늦은 시간이었으나, 사람이 꽤 있었다. 카트를 밀고 식품 코너를 돌기 시작했다. 집에서 식사를 자주 하지는 않지만, 일단 밑반찬 두어 개를 골라 담았다. 그리고 컵라면이나 아이스크림 같은 가공식품이 거침없이 지한의 손에 잡혔다. 파스타 면과 소스도 함께 카트에 담겨졌다. 보통 일주일에 한 번 장을 보니 한꺼번에 많이 사는 경향이 있었다. 막 코너를 돌 때였다. 냉동실에 있는 가공식품에 정신이 팔려 상대방 카트와 부딪쳐버렸다.

"죄송합니다."

"죄송……."

상대방과 사과의 말이 겹쳐졌다.

"안녕하세요."

먼저 인사를 건넨 사람은 상하였다. 마트에서 만난 것이 의외라 당황한 지한이 뒤늦게 대답했다.

"안녕하세요."

막 카트 방향을 튼 상하에게 지한이 말을 덧붙였다.

"근처에 사시나 봐요."

"네."

"늦은 시간에 장을 많이 보셨네요."

지한이 그녀의 카트를 보며 말했다. 자신과 마찬가지로 카트에 내용물이 가득 담겨 있었다. 하지만 내용물의 차이가 있었다. 지한의 카트엔 가공식품과 인스턴트식품만 담겨 있었고, 그녀는 거의 직접 만들 수 있는 재료들이 가득했다.

그중 파스타 면이 지한의 눈에 띄었다. 중요한 것이 빠진 것 같은 느낌에 지한은 자신의 카트에 담겨 있는 토마토소스를 들며 말했다.

"소스는 이렇게 간단하게 팔아요."

"알아요."

살며시 웃으며 이번엔 그녀가 말을 덧붙였다.

"만들어 먹는 걸 좋아해서요."

지한은 괜히 토마토소스를 들고 있는 자신이 머쓱해졌다. 다시 카트에 소스가 담긴 유리병을 담는 사이, 사람들의 행보를 자신이 막고 있다는 것을 뒤늦게 깨달았다.

"먼저 가보겠습니다."

가볍게 목례를 하며 지한은 그녀를 지나쳤다. 과일 몇 개를 담으니 어느새 카트 안이 가득 찼다.

"아, 우유."

지한은 빼먹은 걸 뒤늦게 깨닫고 다시 가공식품 코너로 걸음을 옮겼다. 마지막 하나 남은 우유를 잡으려는 순간, 또 하나의 손이 겹쳐졌다.

"어?"

그녀였다. 본인도 적잖게 당황한 듯 보였다. 1000ml 우유팩을 양쪽에서 잡고 있는 애매한 상황이 되었다.

"가져가세요."

하루 이틀쯤이야 우유를 먹지 않으면 되었다. 그의 선심에 상하가 우유를 그에게 내밀었다.

"아니에요."

"괜찮습니다."

"그럼, 제가 가져갈게요. 고맙습니다."

지한의 양보에 못 이긴 상하가 우유를 카트에 담으며 입을 열었다.

"크림 파스타 소스를 만들려면 필요했거든요."

"그럼 크림 파스타 소스를 얻을 수 있을까요?"

"소스를요?"

생각지도 못한 지한의 부탁에 상하가 조금 난감한 얼굴로 물었다.

"크림소스 파는 건 입에 잘 안 맞아서요."

카트에 토마토소스만 담겨 있는 걸 확인한 상하가 그제야 이해한 듯 고개를 끄덕였다.

"그러죠, 뭐. 어차피 만드는 김에 조금 더 만들면 되죠."

조금 전까지 당황했던 상하의 수락이 떨어졌다. 순간, 지한은 자신이 얼마나 이상한 부탁을 했는지 깨달았다. 잘 먹지도 않는 크림소스를 만들어달라고 청하다니.

"조금만 부탁할게요."

우유는 자연스레 그녀의 카트로 향했다. 어느덧 두 사람이 카트를 밀며 같이 계산대로 향했다. 지한이 먼저 계산이 끝나자 그녀가 이어 계산을 하고 있었다. 지한은 주차장까지 들고 가기 편하도록 내용물을 박스에 담아 번쩍 들었다. 상하의 손엔 커다란 비닐봉지가 들려 있었다.

"그럼 수요일에……."

"집이 어디세요?"

그녀의 말허리를 자른 그가 다급하게 물었다. 양손으로 든 박스가 무거운 탓이었다.

"가까워요."

"가까우면 같이 가요. 데려다줄게요."

지한이 선뜻 말했다. 가까운 거리면 잠깐 돌아가는 것쯤은 괜찮겠지.

"괜찮아요. 버스 타면 금방이에요."

어투에서 완강히 거절하는 느낌이 든 지한은 다시 한 번 그녀에게 권했다.

"나도 괜찮아요."

"네, 저도 괜찮아요."

상하가 손까지 흔들며 거절했다. 계속되는 거절에 기분이 상한 지한은 고집을 부렸다.

"그럼 같이 가면 되겠네."

그렇게 말하며 지한은 상하의 손에 있는 비닐을 빼앗아 자신의 박스 위에 올렸다. 당황한 상하를 지나쳐 지한은 주차장으로 빠져나왔다. 어쩔 수 없이 상하는 지한의 차를 얻어 탈 수밖에 없게 되었다. 그의 차까지 가서 거절하는 모양새도 우스웠다. 뒷좌석에 짐을 실은 지한이 운전석에 올라탔다. 끝까지 거절하지 못한 상하가 뒤늦게 차에 올라타며 인사했다.

"그럼 실례하겠습니다."

"집이 어디예요?"

"신현동에 있는 한진 빌라예요."

지한은 고개를 가볍게 끄덕였다. 신현동이라면 그도 알고 있었다. 마트에서 신현동 사이가 그의 집이었다. 돌아가는 것이 아니라 아예 지나쳐가는 길목이었을 줄이야. 지한은 거기까지 생각을 하지 못했다. 차는 어느새 지하 3층에서 1층까지 이어지는 커브길을 내려와 한산한 도로를 달렸다. 차 안은 어색한 적막이 감돌았다.

"저번에 포장한 꽃, 여자분 드렸어요?"

"네."

"좋아하셨어요?"
"그런 것 같습니다."
지한은 플라워 박스를 받고 기뻐하던 어머니의 모습을 떠올렸다. 얼마 안 가 김순재에게 빼앗겨 씩씩거리며 저년, 못된 년, 하고 욕할 모습이 눈에 선했다.
"다행이네요."
"그러게요."
지한은 흘깃 상하에게로 시선을 돌렸다. 짙게 쌍꺼풀이 진 눈이 깜박거리는 게 보였다. 저 큰 눈에 눈물이 가득 고여 있었던 이유는 무엇 때문일까. 문득, 지한은 호기심이 일었다. 하지만 내색하지 않고 시선을 정면으로 돌렸다.
어색한 침묵이 이어졌다.
이런 어색한 적막을 깨는 방법을 그는 아직까지 잘 몰랐다. 그녀도 딱히 그 후론 말이 없었다. 그저 창밖으로 시선을 던진 채, 우수수 떨어지는 노란 은행잎을 감상하고 있을 뿐이었다.
지금은, 가을이니까.
하지만 지한은 시야를 방해하는 나뭇잎이 그저 신경이 쓰일 뿐이다. 그녀처럼 감상에 젖을 감성 따윈 없었다. 그녀의 집으로 쭉 이어진 길목에 이렇게나 많은 은행나무가 심어져 있었는지 그는 미처 몰랐다.
"아, 여기예요."
그녀의 말에 지한이 차를 멈추었다. 주변에 빌라들이 많이 모여 있었다.
"데려다주셔서 감사합니다."

지한이 가볍게 고개를 까닥했다. 바스락거리며 비닐봉지를 들고 상하가 내렸다. 지한은 차를 다시 출발했다. 백미러로 그녀가 아직까지 뒤에 서 있는 모습이 보였다.

"왜 아직 안 들어가고……."

그 이유는 이내 알 수 있었다. 바람에 따라 노란 은행잎이 춤을 추듯 살랑거리며 예쁘게 떨어졌다. 다시 바라본 그곳엔, 손바닥 위에 떨어진 은행잎을 바라보며 행복한 미소를 머금고 있는 그녀의 모습이 보였다.

참으로 예쁘게, 너무나 행복한 미소로.

그가 다시 백미러로 시선을 던졌을 땐 나뭇가지가 바람에 속절없이 흔들리는 모습만 보일 뿐이었다.

3. 이상한 호기심

가스 불을 끄고 뜨겁게 달궈진 팬에서 크림 파스타를 접시에 옮겨 담았다. 그리고 접시 두 개를 들고 식탁에 내려놓고, 작게 잘라 기름에 볶은 두부와 야채를 넣고 샐러드를 만들었다. 포크와 스푼을 세팅해놓자, 초인종이 울렸다. 상하는 앞치마를 벗어 의자에 걸쳐놓고 현관문을 열었다.

"왔어?"

"현관에서부터 맛있는 냄새 난다."

기대하는 얼굴로 말하며 수연이 단화를 벗고 집 안으로 들어왔다.

"자, 이거."

수연이 쇼핑백을 내밀었다. 뜻밖의 선물에 당황한 상하가 쇼핑백을 열어보았다. 아로마 향초와 홀더가 들어 있었다.

"향기 좋다. 예쁘다."

"오랜만에 집에 놀러 오는 건데 빈손으로 올 수 없지."

"고마워, 잘 쓸게."

언젠가 한번 수연에게 양초 하나 사야겠다고 말한 적이 있었다. 안 그래도 오늘 가게를 쉬는 날이니 새로 생긴 양초 가게에 가보려던 참이었다. 그런데 그 말을 기억하고 사온 것이다.

상하는 쇼핑백을 한쪽에 내려두곤 주방으로 갔다. 식탁에 앉자마자 수연이 포크로 스파게티 면을 돌돌 말아 입에 넣었다.

"맛있어, 맛있어."

수연이 연신 감탄을 했다. 맛있게 먹는 수연의 모습에 상하는 뿌듯한 미소를 그렸다. 오랜만에 가게를 쉬는 날, 수연이 집에 놀러 온다기에 상하가 음식을 준비했다. 요리에 그다지 재능이 있는 것은 아니었으나, 레시피를 보고 따라 만드는 재미가 쏠쏠했다.

파스타를 입안에 넣는데, 불현듯 그에게 크림소스를 만들어 주기로 한 것이 떠올랐다. 냉장고에 넣어둔 우유는 반 이상이 남았기에 크림소스는 충분히 만들 수 있었다.

갑작스러운 지한의 부탁 때문이었다. 생각지도 못한 부탁에 상하는 당황했지만 재차 하는 그의 부탁을 차마 거절할 말이 떠오르지 않았기에 수락하고 말았다.

"애인 있는 남자에게 크림소스를 만들어 주는 건 조금 그렇겠지?"

그것도 애인이 한 명인지, 두 명인지 알 수 없는 남자에게 말이다.

"내 남자가 받아 오면, 묻지도 않고 개수대에 버려버리지."

애인이 있는 남자가 그런 부탁을 자신에게 하다니. 역시 예상대로 바람둥이 기질이 다분한 남자인 걸까. 머릿속에 가득한 의문을 깨트리려는데 수연이 물었다.

"누구한테 줬는데? 강습생?"

"아직 준 건 아니고……."

"그러니까 강습생한테 주려고 했던 거네."

아직 대답하기도 전인데 수연은 이미 상하가 수긍한 것으로 단정지었다. 그것도 그럴 것이 눈빛만 봐도 무슨 생각을 하는지, 무슨 일이 있는지 알 수 있었던 때문이다. 12년 지기 베스트 프렌드는 그런 것이었다.

"너, 오해하지 마."

"뭘?"

갑자기 오해하지 말라며 다그치는 상하의 말에 수연이 반문했다.

"나 그 사람한테 전혀 관심 없어."

"풉."

"왜 웃어?"

진지하게 말하는 사람을 면전에 두고 웃음을 터트리다니. 도대체 웃음 포인트가 어디란 말인가.

"미안. 너는 진지한데 웃음이 터져서."

뒤늦게 사과를 받아도 언짢아진 기분은 되돌릴 수가 없었다. 진지한 저의 말 어느 포인트에서 웃음이 터진 건지 아무리 생각해도 모르겠다.

"어느 포인트에서 웃음이 난 건데?"

그다지 웃기는 상황도 아니었고 웃긴 말을 한 것도 아니었다.

"너무 진지하게 그 사람한테 관심 없다고 말하는 네 모습이."

"그게 뭐?"

수연은 매사에 너무 진지해서 가끔은 친구의 말이나 행동에 종종 웃음이 터질 때가 있었다. 농담 같은 건 할 줄도 모르고 알지도 못하는 상하는 가끔 엉뚱한 대답을 할 때가 있었다. 웃음을 멈춘 수연이 뒤늦게 물었다.

"크림소스는 왜 주려고?"

상하는 어제 마트에서 지한을 만난 이야기를 했다. 크림소스를 얻을 수 있겠냐는 그의 부탁을 거절하지 못하고 수락해버린 것과 그의 차를 얻어 탔다는 이야기까지 했다.

"난 절대 차에 안 타려고 했거든."

"애인 있는 남자라서?"

"애인이 한둘이 아닐 것 같은 남자라서."

상하는 수연의 말을 가볍게 정정했다.

"오호, 바람둥이?"

"뭐, 비슷하지."

두부와 함께 샐러드를 먹으며 상하가 대답했다. 사각거리는 야채의 식감이 오늘따라 좋게 느껴졌다.

별것 아닌 것 같으면서도 어쩌면 별일이 될 것만 같은, 단순히 고마운 마음의 호의이면서도 혹시라도 그가 오해하면 어쩌나 싶은, 단순하고도 복잡한 감정이 맴돌았다. 우유 하나에, 크림소스에 무수히 많은 의미 부여와 감정 소모를 하는 것은 아닌지. 상하는 이런 자신이 우스웠다.

"너한테 관심 있는 거 아니야?"

"관심?"

상하의 미간이 좁아졌다. 별로 달가운 말은 아니었다. 저에게 호감이 있다고 해도 절대 기쁘지 않을 일이었다. 어장 관리는 사양이었다.

"그냥 우유 하나 사줘."

"뭐?"

"그럼 알아서 하겠지. 우유를 마시든지 크림소스를 만들든지."

"그런가."

생각 없이 던진 수연의 말에 상하는 진지하게 생각 중이다. 역시, 크림소스를 만들어 주는 것이 조금 이상하긴 한가 보다. 생각을 정리한 상하는 빈 접시를 바라보며 자리에서 일어났다.

"아메리카노? 아님 믹스 커피?"

"식후엔 믹스지."

수연은 자연스럽게 서랍에서 믹스 커피 두 개를 꺼냈다. 그러곤 머그잔 두 개를 꺼내 믹스 커피를 쏟았다. 상하가 컵에 뜨거운 물을 붓고 스푼으로 저었다. 프림 대신 우유가 들어간 커피에선 그윽하고도 달콤한 향이 났다. 식탁에 있는 빈 접시는 대충 싱크대 안에 넣어두고 두 사람은 깨끗하게 치운 식탁에 앉았다.

"집이 참 심심하다."

집안을 둘러보며 수연이 혀를 찼다. 상하는 공주풍이나 레이스

와는 거리가 멀어, 심플하고 모던한 것을 좋아했다. 바닥과 벽은 하얀색으로 통일했으나 특별히 침대가 있는 벽면은 하늘색 벽지로 바꾸었다. 원래부터 있었던 붙박이장마저 하얀색이라, 침대 밑 러그는 단조로운 베이지색으로 맞추었다. 특별히 아기자기한 소품도 없고, 꾸밈도 없지만 상하는 이대로가 좋았다. 작은 집이지만, 여자 혼자 살기엔 충분했다. 가끔 수연이 와서 자고 가며 시간을 보내기도 했다.

"커피 맛있다."

커피를 한 모금 마시고 머그잔을 양손으로 쥐며 상하가 말했다. 반쯤 열어둔 창문으로 선선한 바람이 불어와 상하의 뺨에 스며들었다. 이 집에 유일한 하얀색의 레이스 커튼이 바람에 따라 춤추듯 살랑거렸다. 이사 왔을 때, 수연이 선물이라고 태민 씨와 함께 달아주고 간 커튼이었다.

시간은 참 빨리도 달려간다. 눈 깜짝할 사이에 저만치 가 있기 일쑤. 어쩐지 이렇게 수연과 마주 앉아 커피를 마시는 이 순간순간이 너무 소중하게 느껴진다.

"이게 뭡니까?"

1000ml 우유와 크림소스 레시피를 적은 메모지를 번갈아 보며 지한이 물었다. 그랬다. 크림소스 대신 그녀가 준비한 것이었다. 크림소스는 그쪽이 만들어 먹으라는 말 대신이었다.

"제가 미처 소스를 만들지 못해서 레시피로 대신했어요. 죄송해요."

거짓말까지 보탰다. 그녀가 건넨 것을 바라보는 그의 얼굴엔 적잖은 당황함이 스쳤다. 처음부터 제대로 거절할걸, 상하는 뒤늦게 후회가 되었다.

"이걸 보고 만들라는 겁니까?"

"쉽게 적어놓았으니까 어렵지 않을 거예요."

친절하고 상냥하기 그지없는 상하의 모습에 지한은 살포시 웃음이 터질 뻔했다. 자신이 부탁했을 때 떨떠름한 얼굴로 승낙하는 모습을 보면서 지한은 그녀가 당황했음을 알았다. 그리고 거절을 하기 전까지 고민했을 여자의 모습을 떠올리니 괜히 미소가 지어졌다. 우유를 건네주는 것으로 거절을 돌려 하는 여자의 모습이 신선했다. 크림소스 레시피 따위, 그에게 필요치 않았다. 어차피 그녀에게 얻었다 하더라도 입맛에 맞지 않았다면 맛만 보고 냉장고로 직행했을 테니까. 하지만, 지금 같은 상황에선 받지 않을 수 없었다. 살다 살다 1000ml 우유를 여자에게 받아보긴 처음이다. 황당했다가, 어이가 없다가, 그냥 웃음이 난다. 이 여자 도대체 뭔가 싶어서. 그래도 일단 성의를 생각해 인사는 해야겠지.

"고맙습니다."

"만들어 드리지 못해서 죄송해요."

굉장히 미안해하는 그녀의 표정.

"아뇨, 뭘……."

말하는 그의 입가에 다시 미소가 스쳤다. 서운하기는커녕, 크림소스보다 더 대단한 걸 받은 기분이었다. 그래서 그랬을까.

"만들면 맛 좀 봐줄래요?"

크림소스를 부탁했을 때처럼, 지한은 충동으로 내뱉고 말았다. 또 다른 부탁에 상하는 난색을 보이고 말았다. 애인이 한둘이 아닐 것 같은 남자를 피하려다가 왠지 덫에 걸린 느낌이었다. 대충 부탁을 들어주고 다시 적당한 거리를 유지하는 게 좋을 듯싶었다.

"그럴게요. 그럼 수업 시작할까요?"

가게 문 앞에 'close' 푯말을 걸어두고 상하가 접객실로 들어왔다. 샘플로 미리 만들어놓은 꽃꽂이를 테이블 위에 올려두었다.

"원래 화기엔 물을 넣고 꽃을 꽂아두는 게 보통인데, 오늘은 플로럴 폼을 넣고 꽃꽂이를 해볼게요. 그럼 꽃이 흐트러지지 않게 예쁘게 보관할 수 있어요. 이대로 선물해도 전혀 손색없어요."

지한은 투명 화기 안을 넓은 엽란으로 감싸곤 풍성한 핑크색 꽃들을 말없이 바라보았다. 걱정스러운 그의 표정에 상하가 말했다.

"그럼, 1:1 맞춤 강습을 시작할게요."

지한은 속으로 '헉' 했다. 아무리 자신이 요구한 것이지만, 대놓고 '1:1 맞춤 강습'이란 말을 들으니 민망했다. 초등학생이 된 기분이었다. 초등학생 취급을 자처한 것이 본인이라, 지한은 딱히 부정할 수가 없었다. 거기다 그녀의 1:1 맞춤 강습은 정말 자신을 위한 강의인 것처럼 귀에 쏙쏙 들어왔다. 비루한 손은 따라주지 않는다는 게 문제지만.

"엽란을 화기 안쪽에 빙 두르는 거예요."

먼저 보여준 상하는 그가 다 마칠 때까지 기다려주었다. 여기까지는 별 문제 없이 잘 따라 했다.

"플로럴 폼은 화기의 크기에 맞게 가위로 잘라주세요."

상하가 네모난 플로럴 폼의 모서리를 과감하게 싹둑 잘라내 후

화기 안에 넣었다. 화기의 크기에 딱 맞았다. 지한도 플로럴 폼의 가장자리를 잘랐다. 그러나 거침없이 플로럴 폼을 잘라낸 결과는 참담했다. 화기 안에 플로럴 폼이 고정되지가 않았다. 너무 많이 자른 탓이었다.

"아, 그럴 때는요."

침착하게 다가온 상하가 그가 잘라낸 플로럴 폼의 여분을 작게 잘라 화기 안에 넣었다.

"이렇게 하면 돼요. 이제 크기가 딱 맞죠?"

"아아."

그는 절로 고개를 끄덕였다. 별거 아닌 것 같지만, 꽃에 대해 무지한 사람에겐 마치 구세주가 내려온 것 같은 든든한 기분이 들었다.

"그다음엔……."

수업은 어느새 중반을 흘러 넘어가고 있었다. 볕이 잘 드는, 오후 3시의 강의는 지루할 틈 없이 훌쩍 지나갔다. 배우고자 하는 강습생의 열정 덕에, 상하는 대충대충 할 수가 없었다. 잠깐의 쉴 틈도 없이 강의가 막바지에 달했다.

"라넌큘러스를 아네모네보다 살짝 낮게 꽂으면 돼요."

상하는 라넌큘러스의 줄기를 잘라 화기를 돌려가며 꽃을 꽂았다. 그녀의 모습에 지한도 따라 꽃을 꽂았다. 물론 이번에도 생각보다 줄기를 많이 잘라 아네모네에 파묻혀버렸다. 뒷수습은 이제 당연스레 상하의 몫이 되었다. 이쯤 되니, 강의를 하는 건지 뒷수습을 하는 건지 알 수가 없다. 그녀의 인내심이 하루가 다르게 하늘로 승천하고 있었다. 그래도 뭐, 좋다. 일단 끝까지 하려고 하는 자세라도 있으니.

처음 그가 수업을 받고, 두 번째 수업엔 오지 않을 거라 생각했다. 남자가 꽃꽂이에 재미를 붙였을 리 만무하고, 엉망으로 만든 꽃다발을 보고 크게 실망했을 거라고 생각하며. 그럼 미리 받은 재료비는 그에게 돌려줘야지, 하던 참이었다. 그런데 그는 두 번째 수업에 임했다. 그리고 참으로 당연하게 요구했다.

'1:1 맞춤 강의를 해주셔야겠습니다.'라고.

다른 수강생이 없는 게 다행이었다. 이런 무리한 요구를 들어준 데는 다른 이유는 없었다. 단지, 열심인 그 모습이 보기 좋았기 때문이었다. 그를 너무 얕잡아 본 것에 대한 사과 대신이라고 할까.

가위에 잘려나간 줄기를 플로럴 테이프를 이용해 이어 붙였다. 줄기와 같은 색이라 자세히 보지 않으면 티가 나지 않았다. 거기다 화기에 꽂으면 테이프로 감은 부분은 더욱 눈에 띄지 않는다. 그녀의 수습에 지한의 얼굴에 존경스러움이 가득 묻어났다. 또다시, 강사를 잘 만났다고 스스로를 칭찬했다.

"다 되었네요."

그의 손을 거쳐 완성된 꽃꽂이는 그럭저럭 봐줄 만하지만 여전히 2% 부족해 보였다. 역시나 강사는 잘 만났으나, 비루한 솜씨는 하루아침에 나아지지 않는다는 것을 지한은 다시금 느꼈다.

"잘하셨어요."

실망한 표정인 그에게 상하가 칭찬했다.

"칭찬입니까?"

볼품없는 건 여전한데 잘했다니, 전문가가 아닌 자신이 봐도 그 정도는 알 수 있었다.

"네, 잘하셨어요."

이쯤 되니 놀리는 건가, 하는 생각이 스쳤다.

"표정은 전혀 잘했다는 표정이 아니라 기분, 별로네요."

"네?"

"놀리는 것 같기도 하고……."

"오, 오해세요."

다급하게 상하가 그의 말을 잘랐다.

"제가 유지한 씨를 놀려서 뭐하겠어요. 사람 놀리는 재미 같은 건 잘 몰라요."

말하는 목소리와 표정이 진심임을 말하고 있었다.

"그리고 처음보다 많이 나아지셨잖아요."

지한은 저의 행동이 경솔했음을 깨달았다. 그러니까, 지난번처럼 필터링 없이 튀어나온 말이었다. 그땐, 미처 사과할 타이밍을 놓쳐버린 채 지나갔었다.

"미안해요."

"……."

"객기를 부렸습니다."

"아뇨, 객기라뇨."

"비루한 제 손을 탓해야 하는데 화살이 엄한 곳으로 갔네요."

큰 손바닥을 펼친 그가 제 손을 바라보며 말했다. 길고 늘씬하게 빠진 그의 손의 비주얼만큼은 탐이 날 만큼 예쁜데 비루한 손이라니.

"아직 익숙하지 않아서 그럴 거예요. 조금만 힘내세요."

그가 이 꽃집에 꽃을 사러 오는 동안, 그녀와는 인사조차 해본 적 없는 사이었다. 그저 그가 들어오면 '어서 오세요.' 하고 인사를 하고 그의 주문대로 그녀는 꽃을 포장했다. 그리고 포장된 꽃을 받아 가게를 나서는 그의 뒤에 대고 '또 오세요.' 하고 인사하는 게 전부였다. 그런 그녀에게 이런 위로를 받게 될 줄이야. 위로를 받는 기분이 이상했다.

"꽃을 받고 기뻐할 애인분을 위해서라도 말이에요."

순간, 지한은 제 귀를 의심했다.

……애인?

"알았죠?"

이 여자, 뭔가 단단히 오해를 한 것 같다.

고모 미연의 전화에 상하는 부랴부랴 택시를 타고 응급실로 갔다. 택시에서 내리자 응급실 입구에서 친척 동생 성호가 그녀를 불렀다.

"누나!"

"성호야, 고모부는 어떠셔? 많이 다치셨어?"

걱정스러운 얼굴로 상하가 물었다. 전화를 받자마자 '네 고모부가 많이 다쳤다, 상하야. 흐윽.' 울먹이는 미연의 목소리에 상하는 심장이 바닥으로 떨어지는 줄 알았다.

"손가락 잘리셨어. 다행히 봉합 수술 잘 끝났어."

상하는 걷던 걸음을 멈추곤, 놀란 얼굴로 성호를 바라보았다.

"손가락을 잘리셨다고? 어쩌다?"

"일하시다 기계에 손가락이 딸려 들어간 모양이야. 바로 병원에 와서 방금 수술 끝났어."

"하아……."

"엄마는 무슨 좋은 일이라고 그걸 누나한테 전화를 해서는."

가게 문을 닫고 집에 가는 길에 걸려온 전화였다. 상하는 버스에서 내려 바로 택시를 잡아타고 한달음에 병원으로 달려왔다. 상하는 성호가 저를 생각해서 하는 말이라는 걸 알지만 서운한 얼굴로 말했다.

"말 안 하고 지나갔으면, 두고두고 화냈을 거야."

가족이 다쳤는데 모른다는 게 말이 되는 일인가. 어릴 적 사고로 부모님을 잃은 상하를 거두어주신 분들이었다. 고모와 고모부가 없었다면 상하는 고아원으로 갔을 것이다. 특히나 정현은 아들만 하나 있었기에 상하를 마치 친딸처럼 예뻐해주셨던 분이었다.

응급실 안으로 들어가자 링거를 꽂고 누워 있는 정현과 미연의 뒷모습이 보였다.

"고모, 고모부."

상하가 침대 곁으로 다가가자 정현이 침대에서 일어나려고 했다.

"누워 계세요. 수술하신 건 잘되셨어요?"

"말도 마라, 얘. 피를 얼마나 흘렸는지……."

병원에 막 도착했을 때의 상황을 말하려는 미연의 말을 정현이 가로막았다.

"어허, 이 사람. 쓸데없는 소리 그만해. 수술 잘 끝났으니 링

거 맞고 퇴원하라고 했잖아."

수액은 반쯤 남아 있었다. 손가락은 붕대로 칭칭 감겨져 있었고, 깁스까지 한 상태였다. 전화 통화로 숨이 넘어갈 듯 울던 미연의 두 눈은 퉁퉁 부어 있었다. 그래도 이만하니 다행이었다. 큰 수술을 해야 하는 상황이 오면 어쩌나 택시에서 얼마나 많은 걱정을 했는지 모른다. 막상 정현의 얼굴을 보니 상하는 안심이 되었다. 두근거리며 세차게 달리던 심장이 이제야 진정이 되었다.

"상하야, 많이 걱정했지? 고모부 괜찮다. 수술도 잘 끝났어."

"조심하시지 그러셨어요."

다행이라고 생각하면서도, 병원에 오면서 느꼈던 불안한 감정들이 터지자 상하의 눈에 눈물이 고였다. 어릴 적 사고로 병원에 이송되었지만 결국 숨지고 만 부모님이 떠올라 울컥했다. 상하의 눈물에 화살이 미연에게 향했다.

"이 사람, 쓸데없이 상하한테 전화해서는……."

"쓸데없는 일이라니. 고모부가 병원에 입원했는데 조카가 모르면 되겠어요?"

"이 사람이 그래도."

"어머니, 아버지."

정현과 미연의 언쟁은 성호의 의해 중재되었다. 조용한 응급실에서 두 사람의 목소리가 필요 이상으로 높아졌던 것이다.

"일은 당분간 쉬셔야겠네요."

"다행히 회사에서 산재 처리 해준다고 했고, 일주일 정도 쉬기로 했다."

"잘하셨어요, 고모부."

정현의 손을 잡으며 눈물을 닦는 상하의 어깨를 성호가 두드려 주었다.

"저 마실 것 좀 사올게요."

"같이 가, 누나."

응급실을 나서는 상하의 뒤를 성호가 뒤따랐다. 상하는 병원 내에 있는 편의점으로 들어가 생수와 시원한 음료수 두어 개를 들고 계산대로 가져가며 물었다.

"성호야, 넌 뭐 마실래?"

"난 됐어."

점퍼 주머니에 손을 찔러 넣은 채로 성호가 대답했다. 계산을 마친 상하는 음료수를 담은 비닐봉지를 들고 현금인출기 앞에 섰다. 지갑에서 카드를 꺼내 인출기 안에 넣고 상하는 얼마를 찾아야 적당한지 생각했다. 고민 끝에 현금을 인출한 상하의 시선이 편의점 밖에서 저를 기다리고 있는 성호에게 향했다. 현금을 넣은 돈은 봉투에 잘 넣어 가방 속에 넣고 편의점 밖으로 나왔다.

"누나, 벤치에 잠깐 앉을까?"

성호가 턱짓으로 투명 유리문 밖을 가리켰다.

"그래."

먼저 투명 유리문을 열고 밖으로 나간 성호는 상하가 나올 때까지 문을 잡고 기다려주었다. 상하의 키보다 20cm 큰 성호는 어느새 듬직한 남자가 되어 있었다. 언제 이렇게 부쩍 키가 컸나 싶을 정도로 새삼스러웠다.

밖으로 나오자 선선한 밤바람에 상하의 머리카락이 흐트러졌다. 상하는 손을 올려 머리를 귀에 꽂았다. 먼저 벤치에 앉은 성호는 탁탁, 하고 옆자리를 손으로 쳤다. 상하는 성호의 옆에 앉았다. 고개를 들고 올려다본 하늘은 어둑했다. 별도 달도 보이지 않은 깊은 밤이었다.

"누나, 꽃집은 잘돼?"

"그럭저럭. 자리 잡으려면 1년 정도는 있어야 하니까."

학원 강사로 일하며 대학교 시간제 강사로도 일했을 때는 남부럽지 않게 벌었었다. 하지만 그녀의 최종 꿈은 자신의 가게를 차리는 것이었기에, 어느 정도 밑천과 경험을 쌓은 후엔 강사 일을 그만두었다. 가게를 차린다고 했을 때, 미연의 반대가 제일 심했다. 왜 안정된 직장을 놔두고 손님도 없는 꽃집을 차리냐는 것이었다. 그땐 그 말이 상처가 되었지만, 상하는 꿋꿋하게 자신이 하고 싶은 일을 했다. 여전히 수입이 많지 않은 걸 알고는 미연이 '거봐라, 내 말 들었으면 좋았잖니.' 하고 상하를 꾸짖었다. 미연의 말이 상처가 되는 건 사실이지만, 모두 저를 걱정하고 잘되라는 의미에서 하는 말이라는 걸 상하도 알고 있었다. 뭐든 직설적으로 말하는 미연이었으니 새로울 것도 없었다.

"들어가자."

밤바람을 맞으며 이런저런 이야기를 나누던 상하와 성호는 다시 병실로 들어왔다. 정현과 미연에게 음료수를 하나씩 건네준 후 상하가 미연을 찾았다.

"고모, 잠깐 저 좀……."

"왜?"

미연이 귀찮은 듯 상하를 쳐다보며 물었다.

"잠깐 드릴 게 있어서요."

작은 목소리로 상하가 대답했다. 상하가 줄 것이 무엇인지 눈치챈 모양인지, 미연이 반색하며 일어났다. 미연은 상하의 뒤를 따라 응급실 밖으로 나갔다.

"고모부 일 쉬시면 돈이 필요할 것 같아서 조금 넣었어요."

미연은 고맙다는 인사조차 하지 않고 상하의 손에서 봉투를 빼앗듯 가져가 곧장 액수를 세었다. 대충 눈으로 금액을 확인한 미연이 퉁명스러운 목소리로 따졌다.

"이걸로 입에 풀칠이나 하겠니?"

"죄송해요."

"언제 다시 출근하게 될지도 모르는데 이걸론 택도 없다."

"그럼 병원비는 제가 계산하고 갈게요."

"네가 정 그렇게 하겠다면, 그렇게 하렴."

그제야 타박하던 미연의 입이 잠잠해졌다. 미연은 항상 적다고 말하는 사람이었다. 8을 주어도 10을 줘야 그나마 만족할 줄 알았다.

"먼저 가볼게요."

"고모부 손가락이 절단될 뻔했는데, 잠깐 얼굴 비치고 가겠다고? 우리가 너한테 부모나 마찬가지 아니니? 고모부 서운해하신다."

"……."

"난 잠깐 볼일 보러 나가야 하니까 네가 고모부 옆에 있으렴. 성호도 취업 준비로 바쁠 테니까 알아서 집에 보내고."

"아……."

뭐라 말하려다 상하는 입을 다물었다. 병원에서 괜히 큰소리

내고 싶지 않았다. 상하는 미연의 뒤를 따라 다시 응급실 안으로 들어갔다.

주방이 초토화가 되었다. 그녀가 준 레시피를 보고 크림소스를 만들어 맛을 보았다.

"뭐야, 이건?"

레시피에 충실히 만들었음에도 크림 파스타 소스의 맛이 나지 않는 건 도대체 왜일까? 약간 느끼하고도 밍밍한 맛에 지한의 미간이 찌푸려졌다. 단번에 팬에 있는 소스를 개수대에 버리곤 두 번째 시도를 했다. 팬에 버터를 녹인 후, 생크림과 우유를 넣고 끓이기만 하면 되었다. 그렇게 막 거의 다 끓을 즈음, 문이 열리는 소리가 들렸다.

"오빠, 주방이 이게 뭐야? 전쟁 났어?"

싱크대엔 설거지할 냄비와 그릇이 쌓여 있었고, 가스레인지 주변엔 하얀 크림소스가 여기저기 튀어 있었다. 거기다 식탁엔 잡다한 재료들이 어지럽게 올려져 있었다.

"너 이리 와봐."

지한은 채아에게 맛보기를 부탁하기로 했다. 가까이 다가온 채아는 팬에 있는 정체불명의 하얀 소스를 보고 미간을 구겼다.

"오빠, 설마 크림 파스타 만들어?"

"먹어봐."

지한은 크림소스를 스푼에 떠 채아에게 갖다 댔다.

"꼭 내가 먹어야 해?"

"여기 너밖에 더 있냐."

그런 논리로 시식은 채아의 몫이 되었다. 채아는 질끈 눈을 감고 소스를 먹어보았다.

"으음, 괜찮은데?"

"정말?"

"응."

듣고도 못 믿겠는지 지한은 소스를 먹어보았다. 처음보다 괜찮았다. 너무 느끼하지도, 밍밍한 맛도 아니었다. 제대로 된 크림 파스타의 소스 맛이었다.

"오빠, 나 옷 갈아입고 나올 테니까 파스타 만들어줘. 알았지?"

채아가 애교 섞인 목소리로 부탁했다. 하지만, 지한은 채아의 말이 귀에 들어오지 않았다. 두 번만에 완성한 크림소스를 보고 감격에 젖어 있었다. 그가 크림소스를 만들면, 상하가 맛을 봐주기로 했었다.

한번, 전화해볼까?

지한은 휴대폰에 저장되어 있는 그녀의 이름에서 한참이나 머뭇거렸다. 혹시, 이상하게 생각하지 않을까 싶어서. 하지만 결국 통화 버튼을 눌렀다.

-여보세요.

"유지한입니다."

-아, 네, 유지한 씨.

"저번에 상하 씨가 준 레시피 말입니다."

괜히 저답지 않게 서론이 길어지고 있었다.

-만들어보셨어요?

"지금 혹시 시간 괜찮으면, 맛을 봐줄 수 있나 해서."

물어놓고 지한은 벽에 걸린 시계로 시간을 확인했다. 어느덧, 저녁 9시가 넘어가고 있었다.

–지금 가게 문 닫고 집에 가는 중인데…….

난색을 표하는 상하의 말에 지한은 늦은 시간에 전화한 걸 후회했다.

"그럼 내일 가게로 가도 되겠습니까."

–내일은 가게 쉬는 날이라서요.

잇따른 거절에 패기 넘치게 크림소스를 만들던 지한은 어깨에 힘이 쭉 빠지는 기분이었다.

–괜찮으시면 내일 잠깐 집으로 오실래요? 크림소스가 오래되면 느끼해지거든요.

"그럼 퇴근 후에 가겠습니다."

–한진 빌라 A동 203호예요.

"내일 뵙겠습니다."

생각지 못한 전개에 지한은 뭔가 기분이 묘했다. 전화가 끊긴 휴대폰을 바라보다가 뒤늦게 전쟁터가 따로 없는 주방을 둘러보았다. 호기심에서 비롯된 참사가 눈에 보였다. 그녀의 의도는 별거 아니었을 것이다. 정말로 크림소스를 만들어 맛을 봐달라고 할 줄 몰랐을 것이고, 빨리 맛을 봐주고 끝내려는 의도가 엿보였다. '잠깐'이라는 단어에 힘을 주는 것을 지한은 느낄 수 있었다.

"아, 그런데."

그녀는 저에 대해 오해를 하고 있었다. 오해의 시발점이 어디서부터 시작인 건지, 지한으로선 알 도리가 없었다. 한 달에 한 번씩 꽃을 샀을 뿐이고, 지금은 그저 그녀에게 강의를 듣는 강습생 일 뿐이다. 어디서부터 잘못된 건지 그는 심각하게 생각하다 웃음이 터졌다. 굉장히 진지한 얼굴로 말하는 그녀의 모습이 떠올랐기 때문이었다.

'꽃을 받고 기뻐할 애인분을 위해서라도 말이에요.'

분명 본인은 위로랍시고 던진 말이었겠지만, 너무 많이 빗나가 버린 게 문제였다. 상상의 나래도 정도가 있지. 애인이라니, 정말.

그럼 지금까지 애인에게 꽃을 선물하기 위해 꽃을 샀다고 생각했단 말인가? 성심껏 가르쳐주었던 것도 같은 맥락에서 비롯된 것인지도 모르겠다. 거기까지 생각을 마친 지한은 이런 오해를 하는 그녀가 이해되기 시작했다. 이내 그는 고민하는 표정으로 변했다.

오해를 풀어줘야 할지, 아니면 내버려둬야 할지.

"음……."

굳이 나서서 오해를 풀고 해명을 할 필요는 없었다. 이런 고민을 하는 것 자체가 우스웠다. 한쪽 입꼬리를 말아 올린 지한의 표정이 고민을 마쳤다고 말하고 있었다.

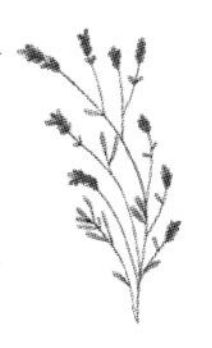

4. 이상하(에)게 신경 쓰이는

집 안은 꽤 단조로운 분위기였다. 특별히 애써 꾸민 흔적은 거의 보이지 않았다. 침실은 하얀색 커튼으로 가려져 있었다. 대부분이 화이트와 브라운 컬러의 가구들로 깔끔한 조화를 이루고 있었다. 특별히 여자의 집에 환상 같은 게 있었던 것은 아니었지만, 그녀는 아기자기함과 거리가 멀어 보였다.

퇴근 후 곧장 지한은 상하의 집으로 왔다. 쉬는 날 집으로 손님이 오면 얼마나 불편한지 알기에 지한은 최대한 목적만 달성하고 집으로 가야겠다고 생각했다.

손님?

생각해보니 손님이라 칭할 정도로 거창하지 않았다. 그녀의 입장에서 보면 이방인이나 불청객이었다.

"여기 앉으세요."

테이블 사이에 미리 놓은 방석을 가리키며 그녀가 말했다. 그제야 지한은 자신이 지금 여자의 집에 와 있다는 게 실감이 났다. 집안 내부를 탐색하듯 옮기던 시선이 그녀의 얼굴에서 멈추었다.

"어제 늦은 시간에 전화해서 미안합니다."

"괜찮아요. 크림소스를 만들면 봐주기로 했었으니까요. 그래도 뭐, 이런 것도 신선하네요."

"신선?"

"다 만든 크림소스를 가게로 가져올 줄 알았거든요. 연락도 없이, 무작정."

자신이 그 정도로 예의 없는 사람이었나.

지한은 잠깐 생각에 잠겼다. 자신이 무슨 말을 하는지 모르는 여자는 죄책감 없는 얼굴로 2연타를 날린다.

"미리 전화하실 줄 미처 생각 못해서 의외라고 할까요."

……강적이다. 디스를 이렇게 표정 하나 변하지 않고 하는 여자라니. 신선한 건 오히려 그녀였다.

어쨌든 그녀는 미리 예고한 것에 대해 놀랐다는 이야기다. 지한은 다른 날 가게로 찾아갈 수도 있었지만 당장 확인받고 싶었다. 전화를 걸면서 늦은 시간이라는 것을 깨달았지만, 늦은 후였다.

지한은 쇼핑백에서 밀폐 용기를 꺼내 테이블에 내려놓았다. 맛을 보기 위해 주방에서 스푼을 가져온 상하는 용기를 열어 크림소스의 상태부터 확인했다.

"그럼 한번, 먹어볼게요."

작은 스푼에 크림소스를 살짝 찍어 상하가 맛보았다. 지한은 결과를 숨죽여 기다릴 뿐이었다. 이상하게 긴장이 되었다.

"맛있네요."

"정말요?"

맛있다는 그녀의 대답에 지한이 반색하며 물었다.

"네, 정말 맛있어요."

반색하며 한 수저 더 떠 맛을 보는 상하의 모습에 지한은 이상한 기분이 들었다. 마치 이 순간을 기다린 것처럼 맛있다는 그녀의 말 한마디가 지한의 가슴을 울렸다.

단순한 호기심이었던 감정이, 그녀를 자극하고 싶고 때때로 변하는 표정을 보고 싶어서 먹지도 않는 크림소스를 만들겠다며 주방을 초토화로 만들어버렸다. 그러곤 그녀에게 맛을 봐달라며, 한달음에 달려온 자신은 분명 뭔가 이상했다.

"혹시 저녁 식사 안 하셨으면 크림 파스타 같이 드실래요?"

"잠깐 시간 내준 것만으로도 괜찮아요."

솔직히 크림소스를 다시 집으로 가져가 파스타를 만들어 먹을 생각까진 미처 하지 못했다. 이유도 목적도 불분명한 것에 목을 매고 있는 자신이 다시 한 번 우습게 느껴졌다. 어쨌든 목적이라면 그녀에게 검사를 받는 것이니 목적 달성은 한 셈이었다.

"퇴근하고 바로 오셨을 것 같은데."

"그렇긴 하지만."

"만드는 데 얼마 안 걸려요. 마침 사다놓은 재료가 남기도 했고."

그렇게 말하며 그녀는 크림소스가 담겨 있는 용기를 가지고 부엌으로 갔다. 계속해서 거절을 하던 그는 결국, 제가 만든 크림소스로 크림 파스타를 먹게 생겼다. 이런 결과를 바라고 온 것이 아닌데. 점점 상황이 재미있게 돌아가고 있었다. 충동적으로 던진 맛을 봐달라는 한마디가 그녀의 집에 오게 했고 결국 크림 파스타까지 얻어먹게 생긴 것이다. 연이어 벌어지는 기가 막힌 상황은 다름 아닌 자신이 자초한 일이었다.

그의 시선에 라탄 바구니가 들어왔다. 나무 재질로 엮어 만든 심플한 디자인이었다. 그리고 그 속에 있는 것은 박하사탕이었다. 지한은 손을 뻗어 사탕 하나를 집었다.

"박하사탕 하나 먹어도 될까요?"

허락을 구하는 그의 물음에 뒤돌아본 그녀가 고개를 끄덕였다.

"파스타 드셔야 하니까 하나만 드세요."

어린아이를 다루듯 말하는 어투에 지한의 미간이 살짝 좁아졌다. 하지만 부스럭거리며 사탕을 까 입에 넣었다. 숨을 크게 들이켜자 시원한 박하가 폐에 가득 차는 느낌이 들었다.

"박하사탕 좋아하세요?"

뒤돌아보지 않은 채로 상하의 물음이 지한에게 닿았다.

"가끔 먹습니다."

병원에 갈 때마다 꼭 하나씩, 제 손에 쥐이는 박하사탕을 먹었다. 박하사탕은 어릴 적 어머니를 기억하는 추억이었다.

조금 후, 팬이 달궈지는 소리가 들리는가 싶더니 맛있는 냄새가 나기 시작했다. 먹는 건 싫지만 구수한 크림 파스타 냄새는 싫어하지 않았다.

"다 되었어요."

포크와 스푼까지 세팅을 마친 그녀가 그를 불렀다. 지한은 차마 떨어지지 않는 걸음을 떼고 식탁에 앉았다.

"급하게 만드느라, 맛은 장담 못해요."

"맛있어 보입니다."

그가 포크를 들고 파스타를 입에 넣었다. 뜨거운 면발이 그의 입속에 후루룩, 들어갔다. 맛을 보기도 전에 냉수로 뜨거운 입안을 달랬다.

"천천히 드세요."

"후우."

"방금 만든 거라 뜨거워요."

아무래도 고새 입천장이 까진 것 같았다. 지한은 내색하지 않고 파스타를 먹기 시작했다. 그가 크림 파스타를 좋아하지 않는 이유는 먹으면 먹을수록 느끼한 맛 때문이었다. 먹다 보면 질린다고 해야 할까. 특별히 입이 짧은 것도 아니었다.

"담백하네요."

"입에 맞으세요?"

"네."

대답해놓고 스스로가 놀랐다. 정말 맛있었기 때문이었다. 그의 대답에 상하의 표정이 밝아졌다.

"다행이다. 입에 안 맞으면 어쩌나 했는데."

어차피 크림 파스타 레시피는 거기서 거기 아닌가.

"담백하게 먹고 싶어서 콩을 갈아서 넣어봤거든요."

"콩이요?"

크림 파스타에 콩이라니. 의외의 조합이었다.

"레시피 보고 따라 해봤어요. 지한 씨가 만들어 온 크림소스에 콩을 넣었어요. 콩을 넣으면 더 담백하고 부드럽다고 해서요."

아무래도, 콩을 갈아 넣은 크림 파스타는 계속 생각이 날 것 같았다. 먹고 또 먹어도 질리지가 않았다.

"괜찮은데요."

그가 다시 맛보며 칭찬했다.

"다음에 레시피 알려드릴게요."

맛있게 먹는 지한의 모습에 굉장한 뿌듯함을 느끼는 얼굴로 상하가 말했다. 레시피를 알려줘도 잘 따라 할 수 있을는지 미지수지만 일단 킵 해놓을까.

처음 식탁에 앉았을 때는, 남길까 봐 걱정이었다. 손수 만들어 준 음식을 남기면 굉장한 실례가 아닌가. 그러나 이제 그런 걱정은 하지 않아도 될 듯했다. 빠른 속도로 파스타의 양이 줄어가고 있었다. 저녁 식사 시간이란 이유도 한몫했다.

"양을 넉넉히 할 걸 그랬네요."

그의 먹성에 오히려 상하는 파스타를 더 주지 못해 미안한 얼굴이 되었다. 이렇게 잘 먹을 줄은 생각도 하지 못했다.

"괜찮습니다."

"제 것 좀 덜어 드릴까요?"

"이 정도면 충분합니다."

면발을 포크로 들어 곧장 자신의 접시로 넘어올 것 같은 기세에 지한이 거절했다. 아무리 그래도 남의 음식까지 넘보는 남자가 되고 싶지 않았다.

점점 깊어지는 밤, 그녀와 마주 앉아 파스타를 나눠 먹고 있다니. 물론, 그녀의 집에 온 사람은 지한이었다. 부탁하는 사람이 움직인 것뿐이었다. 지극히 단순하고 합당한 일리였다.

제 취향에 딱 맞는 담백한 파스타, 그리고 아득하니 깊어진 밤, 단조로운 공간인 그녀의 집, 모든 것이 새로운 것들이었다. 제 앞에 있는 무언가 단단히 오해를 하고 있는 여자까지.

이른 아침부터 상하는 외출 준비로 분주해졌다. 어제저녁에 깔끔하게 다려놓은 흰 셔츠를 입고, 검은색 바지에 네이비색 바바리코트를 걸쳐 입었다. 평소 캐주얼 차림으로 가게에 가는 옷차림과 사뭇 달랐다. 두어 송이 끈으로 살짝 묶어놓은 꽃다발을 들고, 상하는 깔끔한 단화를 신고 집에서 나왔다. 부는 바람이 꽤 시원하게 느껴졌다. 날씨가 화창해서 다행이었다. 마침 정류장에 멈춘 버스에 몸을 싣고 볕이 잘 드는 창가 쪽에 앉았다. 따사로운 햇살이 말간 상하의 뺨에 스며들었다.

하필이면 이렇게 날이 좋은 날 사고로 부모님께서 돌아가셨다. 내리쬐는 햇볕이 얼마나 예쁘고 따스한지도 모른 채. 참으로 허망하게 마지막 인사도 나누지 못하고 아쉬운 작별을 해야 했다. 할아버지의 기일이 다가와 산소에 다녀온다며 어린 저를 미연에게 맡기고, 울며불며 칭얼거리는 저를 뒤로한 채 부모님은 그렇게 돌아올 수 없는 길을 떠나셨다. 가지 말라고, 그렇게 울며 떼를 썼건만 소용없었다. 뒤늦게 후회가 되었다. 가지 말라고 엄마의 바지를 붙잡고, 바닥이라도 드러누워볼걸. 더, 더 떼를 써볼걸, 하고.

철이 들고, 혼자 대중교통을 이용할 수 있는 나이가 되자 상하는 혼자 부모님 기일에 납골당을 다녀왔다. 꽃집에서 파는 제일 예쁜 꽃을 들고. 어릴 적엔 혼자 버스를 타고 오가는 길이 멀게만 느껴졌는데 이젠 제법 짧게 느껴졌다.

효월 가족 납골당.

안내 방송에 상하는 버스에서 내렸다. 예쁜 나무들이 입구에서부터 찬란하게 우거져 있었다. 봉안당 건물 안으로 들어가 상하는 제 부모님이 안치되어 있는 곳을 찾았다. 투명 유리벽 안에 오래된 가족사진이 있었다. 상하는 준비해온 꽃을 그 안에 넣었다. 일찍 결혼을 하신 부모님이니, 돌아가신 나이가 저의 나이와 비슷할 것이다. 왜 그렇게 일찍 돌아가셨을까. 뭐가 그리 급하다고. 저의 수많은 입학과 졸업, 사춘기 시절과 성년이 된 모습을 보지 못하고 갈 만큼, 뭐가 그리 급하셨을까.

"난 잘 지내고 있어. 밥도 잘 먹고, 아픈 데도 없어. 몇 달 전엔 가게도 차렸어."

상하는 부모님의 사진을 보고 말했다.

"강의도 시작했고, 비록 강습생은 한 명뿐이지만 마지막 수업까지 잘하려고. 강습생은 남자야. 인테리어 회사 대표인데 한 달에 한 번씩 꽃을 사러 왔던 단골손님이야. 아, 오해하지 마. 그 사람과 아무 사이 아니니까."

그녀가 와서 하는 거라곤, 밀린 제 이야기를 들려주는 것이 전부였다.

"머리가 나쁜 사람 같진 않은데, 잘 따라 하지 못해. 조금 답답하기도 한데, 나도 초보자였을 때가 있었으니까. 참고 이해하고 있어. 얼마 전엔 파스타도 만들어서 같이 나눠 먹었어. 콩을 갈아 넣어봤는데, 맛있게 잘 먹더라. 아, 그리고 얼마 전엔 요양원도 다녀왔어. 꽃도 바꾸고 삐삐 엄마도 만나고. 참, 삐삐 엄마에게 박하사탕을 받았어. 얼마나 많이 주는지, 인정이 넘치는 분이셔."

성적표를 들고 '나 반에서 10등 안에 들었다.'고 자랑하다 결국 울음을 터트리던 사춘기 소녀의 모습은 없었다. 담담하게 제 이야기를 꺼내며 상하의 얼굴엔 씁쓸한 미소가 번졌다. 이젠 자다 깨어 울던 어린 시절의 그녀가 아니었다.

"난 아주 잘 살고 있어. 최선을 다해 하루하루를 살고 있고, 가끔 엄마 아빠가 그립지만, 이젠 제법 견딜 만해. 나도 어느새 엄마 아빠 나이랑 비슷해졌거든. 조금만 더 나이 먹으면 따라잡겠어."

표정은 꽤나 담담한데 음성은 제법 젖어들었다. 울컥, 눈물이 터져 나올 세라 상하는 서둘러 인사를 했다.

"다음에 또 올게."

눈가에 맺힌 눈물을 손등으로 훔쳐내며 상하는 건물 안에서 빠져나왔다. 바람 한 점 불지 않는 납골당 안은 고요했다. 올려다본 하늘은 흩어져 있는 구름 사이로 파란 하늘이 보였다. 계단을 내려오다 결국, 상하는 계단에 앉았다. 조금이라도 더 부모님과 같은 하늘 아래 있고 싶었다.

문이 잠겨 있었다. 가게 불도 꺼져 있었다. 지한은 손목시계로 시간을 확인했다. 이 시간이면 가게 문을 열고도 남았을 때였다.

"무슨 일이 있나."

괜한 헛걸음을 한 것 같아 기분이 언짢아졌다. 어차피 요양원엔 오후에 갈 생각이었으니 시간은 넉넉했다. 가게 문고리에서 손을 뗀 그가 막 뒤돌았을 때였다.

"유지한 씨."

뒤에서 저를 부르는 목소리에 그가 몸을 비틀었다.

"꽃 사러 오셨어요?"

"어떻게 아셨어요?"

"꽃집에 꽃 사러 오는 건 당연한 거 아닌가요?"

듣고 보니 맞는 말이다. 꽃집에 꽃을 사러 오는 건, 지극히 당연한 일이었다. 그녀가 가게 문을 열고 안으로 들어가 불을 켰다. 사방이 환해진 가운데 그가 뒤늦게 안으로 들어갔다.

"어떤 꽃 드릴까요?"

"이걸로 쉰여섯 송이 부탁합니다."

그가 핑크색 달리아를 가리키며 말했다. 상하는 작업대 밖으로 나와 화기에 있는 꽃을 확인했다.

"쉰여섯 송이가 되려나 모르겠네."

그러곤 하나, 둘, 셋…… 세더니 반색한다.

"딱 쉰여섯 송이네요."

마치 다행이라는 얼굴로 꽃을 가져가 작업대 위에 올려두고 손질하기 시작했다. 지한은 꽃을 다듬는 모습을 가만히 지켜보았다. 예전과 많이 달라졌다. 예전엔 꽃을 가리키며 포장을 요구하면 그녀는 그저 말없이 포장을 할 뿐이었다. 특별히 말이 많은 사람이라고 생각하지 않았었다. 강의를 듣기 전까지는 그녀가 이렇게 잘 웃고, 웃는 모습이 아름답고, 또 자신이 그 미소를 빠져들도록 바라보고 있었다는 사실을 알지 못했다. 게다가 말하는 목소리 또한 듣기 좋은 음성을 지니었고 그런 그녀의 목소리에 저도 모르는 사이, 어느새 경청하고 있는 저를 발견했다. 한 마디가 두 마디가 되고 두 마디가 세 마디가 되었다. 대화를 주도하는 쪽이 어느 쪽인지 알 수 없었다.

포장지를 작업대 위에 깔아놓고 가위질을 하며 열심히 그녀가 포장을 하고 있었다. 지한은 그런 그녀의 모습에서 주변을 훑었다. 그녀의 집을 눈에 담았을 때처럼, 처음인 양 가게 내부를 담았다. 정말 그녀다운 인테리어다. 꾸밈없는 심플함에 잡다한 소품 같은 건 아예 없었다.

뒤늦게 그녀의 옷차림이 그의 시선에 들어왔다. 흰색 셔츠에 진한 색의 재킷과 바지의 차림새를 보고 그가 물었다.

"아침부터 어디 다녀오는 길입니까?"

"부모님한테요."

"이렇게 일찍이요?"

현재 시간은 10시. 못해도 한 시간 전에 부모님을 뵈었다는 말이 된다. 문안 인사를 드리는 것도 아니고, 이렇게 일찍…… 거기까지 생각을 마쳤을 때였다.

"오늘은 일찍 뵙고 싶더라고요. 날이 좋아서 그런가."

"……."

"그래서 납골당 개방 시간에 맞춰 다녀온 거예요."

그의 생각과 완전히 빗나간 대답에 그의 표정이 변했다.

"미안해요."

"왜 사과를 하세요?"

막 눈물을 닦아낸 얼굴이라는 것을 뒤늦게 알아차렸기 때문일까, 아니면 괜한 것을 물었다는 생각마저 들었기 때문일까. 그는 멋쩍은 얼굴로 상하를 바라볼 뿐이다. 퉁퉁 부운 그녀의 눈이 참으로 아련해 보였다.

"별걸 다 사과하시네요."

울었냐고 물어보면, 더 큰 소리 내어 울 것만 같아서 지한은 차마 물어보지 못했다. 그저 다 만든 꽃다발을 다듬는 모습을 바라볼 뿐이다.

"맞다, 이거요."

부랴부랴 가방에서 반쯤 접힌 메모지를 꺼내 그에게 건넸다.

"이게 뭡니까?"

접힌 종이를 펼치자 무엇인지 알 수 있었다.

"파스타 레시피요."

"아."

"저번에 알려드리기로 했었잖아요."

레시피를 알려준다 한들, 똑같이 할 수 있을 리가 없었다. 하지만 메모지는 그대로 접어 재킷 주머니에 넣어두었다.

이것도 킵.

"고맙습니다."

"여기, 꽃다발이요."

예쁘게 포장된 꽃다발을 그가 건네받았다. 지한은 재킷 안주머니에서 손수건을 꺼내 작업대 위에 올려두었다. 손을 뻗어 건네면 받지 않을 것 같아서였다.

"써요."

"네? 딱히……."

"필요하게 되면."

지한은 조용히 손수건을 그녀에게로 밀었다. 조금 어리둥절해 보였던 그녀의 표정이 체념한 듯 바뀌었다. 꽃다발을 들고, 가게에서 나오자 투명 유리벽 너머로 눈물을 훔치는 그녀의 모습이 보였다. 차라리 크게 소리 내서 울면 좋을 텐데, 하는 생각이 들 정도로 소리도 없이 굵은 눈물이 뺨을 적시는 모습이 안쓰러워 보였다.

"참 답답하게 우네."

울고 있는 상하의 모습이 작년 이맘때를 떠올리게 했다. 그때도 그녀는 답답하게 울고 있었다. 꾸역꾸역 눈물을 참다가 결국 흐르는 눈물이 그렇게 애잔할 수가 없었다. 그래서 저도 모르게 우는 상하의 모습을 넋을 놓고 바라보고만 있었다.

남자한테 차이기라도 한 건가. 아님 면접에 떨어졌나. 그것도 아니라면, 무엇이 그녀를 저리 애잔하게 울도록 만들었는지 호기심이 일었다.

그때와 비슷한 상황에 지한은 쓴웃음이 지어졌다. 오늘은 그래도 손수건을 건네줄 수 있어서 다행이었다. 비슷한 시기에 다시 봐버린, 그녀의 눈물의 이유를 지한은 왠지 알 것 같았다.

손수건이 흠뻑 젖도록 울어버렸다. 그동안 잘 참았다고 생각했는데, 그렇지도 않았던 모양이다. 건네는 손수건을 보고 참았던 눈물이 왈칵, 터진 것을 보면 참은 게 아니라 억눌렀던 것일지도.

가을이라서, 나뭇잎이 떨어지는 것만으로도 감성에 젖는 계절이니까, 그저 감성이 충만해져 평소 보이지 않았던 눈물이 난 것뿐이다.

눈물 자국을 본 것일까. 아니면 울 것 같아 보였던 것일까. 그가 손수건을 건넬 줄 생각하지 못했다. 당황스러움보다, 치밀어 오르는 울컥함이 먼저였다. 그래서 나가는 그의 등에 대고 인사조차 하지 못했다. 뒤늦게 생각하니 민망하고 부끄러웠다. 타인에게 눈물을 보인 적이 많지 않아 익숙하지 않아서일지도 모른다. 어릴 적부터, 숨어서 혼자 우는 것에 익숙해진 자신이었으니 말이다. 손수건은 세탁해서 돌려줘야겠지.

손님들이 한차례 들어왔다 나가고 난 뒤 상하는 녹차 한 잔을 타서 작업대로 돌아왔다. 머그잔을 양손으로 매만지며 따뜻한 차를 한 모금 마셨다. 지나가는 사람들을 바라보며 잠깐의 휴식을 취하는데, 앞치마 주머니에 넣어둔 휴대폰 진동음에 머그잔을 작업대 위에 올려두었다.

바쁘게 꽃을 만지고 손님이 다녀간 후 정신을 차려보니 저녁이 되었다. 다른 날보다 유난히 바쁜 하루였다. 정신없이 바쁜 것이 차라리 다행이었다. 사방이 어둑하게 어둠이 내려앉았다. 밖으로 던진 시선이 작업대로 향했다. 작업대 위에 흩어져 있는 줄기를 치우고, 가게 청소를 대충 끝냈다. 일찍 가게 문을 닫을 생각이었다.

딸랑, 하며 문이 열리기 전까지는.

작은 선인장 하나를 들고 지한이 가게 안으로 들어왔다. 가게를 정리하려던 상하의 눈빛이 당혹스러움으로 변했다.

"아직 문 닫기 전이죠?"

"계산해드릴까요?"

"네."

"5천 원입니다."

지한은 지갑에서 만 원짜리 지폐 한 장을 건넸다. 그녀의 표정은 아침에 봤던 것보다 괜찮아 보였다.

지한은 오전에 꽃집을 나서곤 근처 백화점에 들러 스웨터를 하나 구입했다. 아침저녁으로 가볍게 걸치기 좋은 적당한 두께의 카디건이었다. 그러곤 다시 회사로 들어가 급한 일을 처리하곤 점심시간쯤에 요양원으로 출발했다. 어머니는 선물을 보고 굉장히 기뻐했다. 스웨터보다 꽃다발에 먼저 손이 가긴 했지만.

김순재에게 오전에 채아가 다녀갔다는 이야기를 전해 들었다. 채아가 1년에 어머니를 만나러 오는 날 중 하루였다. 오늘은 어머니의 생신이었다.

지한은 병실 밖으로 나와 어머니와 간만에 산책을 하며 시원하게 부는 바람을 맞았다. 강하게 내리쬐는 가을 햇볕 때문인지 가을치곤 더운 날이었다. 어머니는 꽃다발을 손에 쥐고는 해맑게 웃고 있었다. 너무나 행복한 얼굴로 꽃에 얼굴을 묻고, 향기를 들이마시기까지 했다. 꽃다발을 보자, 지한은 그녀가 떠올랐다.

콱 잠긴 목소리, 눈물 자국이 채 지워지지 않은 얼굴, 곧 울음을 터트릴 듯 아슬아슬해 보이는 표정. 그것들이 그 후로 줄곧 지한을 괴롭혔다. 다시 회사로 돌아와 일을 처리하고, 늦은 시간까지 일을 하면서도 지워지지 않았다. 그래서 결국 혹시나 하는 마음에 집에 가는 길을 돌려 이곳에 왔다.

……와버리고 말았다. 그녀와 마주하고 말았다. 그리고 괜찮아 보이는 얼굴에 내심 안도하는 제 모습에 놀라는 중이고.

"거스름돈은 됐습니다. 하나 더 가져갈게요."

"그러세요."

건네는 거스름돈을 다시 넣는 상하에게 지한이 무심한 얼굴로 물었다.

"다 울었습니까?"

"네?"

당황한 낯빛이 역력한 얼굴로 반문하고,

"아, 손수건……."

허둥지둥 손수건을 찾다 결국 앞치마 주머니에서 젖은 손수건을 꺼내는 그녀다.

"세탁해서 드릴게요."

부끄러운 얼굴로 말하는 그녀에게 지한은 짧게 대답했다.

"네."

그의 대답에 상하의 얼굴에 미소가 짙어졌다. 지한의 대답에 내심 안도하는 표정이었다.

"안 물어보세요?"

"뭘요?"

"왜 운 거냐고……."

굳이, 자신이 알아야 할 이유는 없었다. 묻고 싶지도 않았고. 더군다나 울음을 꾹 참고 있던 사람이라면 타인에게 눈물을 보이고 싶지 않을 거라 생각했다. 지한이 손수건을 주고 바로 가게에서 나온 이유이기도 했다. 그런데 그녀는 왜 묻지 않느냐고 한다. 여기에 뭐라고 대답을 해야 할까.

"물어보면, 대답할 겁니까?"

"아."

지한은 선인장을 들고 뒤돌아 걸었다. 그리고 막, 가게 문을 열기 직전 그가 몸을 비틀었다.

"술 한잔할래요?"

그저 술잔 기울이기 좋은 깊어진 밤이 이유였다.

5. 이상한 건

코끝을 스치는 짠내에 상하의 미간이 살짝 구겨졌다. 공용 주차장에 차를 주차하고, 제법 한산한 길을 걸었다. 바람이 불자 짠내가 더욱 짙어졌다.

횟집 건물을 사이에 두고 길을 따라 쭉 걸어간 곳엔 소래포구 종합 어시장이 보였다. 근처로 다가가자 어수선하고 시끌벅적했다. 제법 걸쭉하게 술에 취한 취객들도 보였다. 상하는 지한의 곁에 바짝 붙어 좇았다.

술 한잔하자는 그를 따라온 것은 그저 충동에 불과했다. 그가 아니었어도 가게를 일찍 닫고 집에 들어가 술을 마시다 잠에 들었을지도 몰랐다.

"못 먹는 거 있어요?"

"아뇨, 딱히."

"그럼 들어갑시다."

그가 횟집 안으로 먼저 들어갔다. 사람들이 밀물처럼 빠져나간 가게 안은 조용했다. 가까운 자리에 신발을 벗고 지한이 안으로 들어가 앉았다. 상하가 그의 맞은편에 앉자 지한이 주문했다.

"대하 주세요. 소주 한 병도요."

그가 주문하는 것을 지켜보던 상하의 시선이 부지런히 배회하기 시작했다. 소래포구는 처음이었다. 그러고 보니 벌써 대하 철이 돌아온 모양이었다.

"여기 자주 오는 곳이에요?"

"예전엔 가끔 왔었어요."

"그럼 오랜만이겠네요."

"벌써 그렇게 됐네요."

상하의 말에 긍정하며 그가 쓰게 웃었다. 오랜만인데도 가게 내부는 여전했다. 직원이 바뀐 것 빼고는 그대로였다.

기본 반찬이 테이블에 세팅되고 가스레인지 위에 대하가 담겨 있는 냄비가 올려졌다. 소금과 함께 파닥이며 튀어 오르던 대하의 움직임이 잠잠해질 즈음, 먹음직스럽게 대하가 익어가고 있었다. 지한은 소주 뚜껑을 열고 팔을 뻗었다. 상하가 잔을 기울이자 반쯤 잔이 채워졌다. 소주를 건네받은 상하가 그의 잔을 채워주었다. 대하와 함께 분위기도 무르익고 있었다.

"마실까요?"

상하가 잔을 들었다. 그리고 누가 먼저랄 것도 없이 잔이 부딪쳤다. 목으로 넘어가는 쓴맛에 상하의 콧방울이 찡그려졌다. 서둘러 따뜻한 홍합탕을 한 모금 마셨다.

"소주 잘 못 마시면 맥주 마셔요."

"오늘은 맥주보다 소주가 더 당겨서요."

지한은 더 이상 권하지 않았다. 그저 상하의 빈 잔을 채워줄 뿐이었다. 지한도 마찬가지로 소주를 잘 마시지 못했다. 직원들과 회식할 때도 주로 맥주만 마시는 편이었다. 술에 취하는 알싸한 기분이 싫었다. 제 몸을 가누지 못하는 것도 불쾌했다. 어느 누구에게도 흐트러진 제 모습을 보여주고 싶지 않아서였을까. 아버지의 회사 일을 시작하면서 필름이 끊기도록 마셔본 기억이 없었다. 그런 건 스스로가 용납이 되지 않았다. 그런데 오늘은 소주를 주문했다. 어머니의 생신날이라서일까. 유난히 아버지가 생각났다. 여전히 아버지를 기다리는 어머니 때문이겠지. 지한은 두 번째 잔을 들이켰다.

직원이 냄비 뚜껑을 열어주며 다 익었으니 먹어도 좋다고 했다. 상하가 대하 하나를 꺼내 지한의 접시에 올려주곤, 제 것을 집었다. 그러곤 머리와 다리를 제거한 후 야무지게 껍질을 까 초장을 찍었다.

"맛있다."

감격에 젖은 한마디였다. 처음 맛본 대하의 살은 부드럽고 고소했다.

"다행이네요."

이곳은 지한이 아버지와 가끔 술 한잔하던 곳이었다. 부산이 고향인 아버지는 소래포구 특유의 비린내를 좋아하셨다. 아버지가 돌아가신 뒤로 처음이었다. 비린내와 시끌벅적한 소리까지 모두 그대로였다. 변한 것은 아무것도 없었다.

이곳을 그녀와 함께 오게 될 줄은 몰랐다. 처음엔 꽃집에서 가까운 술집에 가려고 했었다. 하지만 시끄러운 음악 소리와 패기 넘치는 대학생들이 우글거리는 술집은 조용히 술을 마실 분위기가 아니었다. 간절히 술이 생각나는 밤이었다. 같은 생각을 가진 사람이 있었으면 좋겠다 싶을 때, 그녀가 떠올랐다. 물론, 거절을 염두에 두고 한 권유였다.

그녀가 아니었으면 이곳엔 오지 않았을 것이다. 혼자였으면 집에서 캔 맥주나 마시고 있었겠지.

"덕분에 기분이 좋아졌어요."

상하의 말은 의외였다.

"물론, 나 기분 풀어주려고 여기 데리고 온 것은 아니겠지만요."

"잘 아네요."

피식, 답지 않게 웃으며 지한이 농담을 건넸다. 술에 취한 걸까, 분위기에 취한 걸까. 어느 쪽인지 알 수 없었다.

"그래도 고마워요. 유지한 씨 아니었음, 집에서 청승 떨며 혼자 술 마실 생각이었거든요."

지한은 이번에도 그 이유를 묻지 않았다. 추측에 불과하지만, 이유를 알 것 같아서였다. 부모님 기일이라는 이유를 굳이 그녀의 입으로 말하게 하고 싶지 않았다. 그런데 연달아 술을 마신 그녀가 묻지도 않은 대답을 했다.

"사실은, 오늘 부모님 기일이거든요."

술은 사람을 참 용감하게 만드는 재주가 있다. 맨정신이었으면 하지 않았을 것들을 하고 마니까. 막 세 번째 잔을 내려놓았을 때,

상하의 눈은 반쯤 감겨 있었다.

"그래서 꽃 한 송이 놓고 오는 길이에요."

말하는 음성이 젖어 있었다. 지한은 무표정한 얼굴로 그녀의 말을 들을 뿐이었다. 잔은 채워지기가 무섭게 빠르게 비워지고 있었다.

"이젠 부모님 없다고 울 나이도 지났는데……."

"……."

"돌아가신 부모님을 찾을 나이도 지났고."

"……."

"시간도 참 많이 흘러서 이젠, 웃으면서 엄마 아빠 볼 때도 되었는데."

지한은 말없이 잔을 비웠다. 처음엔 쓰던 술이 어느새 물을 마시는 듯 밍밍했다. 이런 말에 어떤 말을 해줘야 할지 몰라 그저 듣기만 했다.

"난 여전히 잘, 웃을 수가 없어요."

잘 웃기만 하면서. 손님들에게, 자신에게 지은 그 미소가 얼마나 예쁜지 정말 모르는 건가. 말하려다 지한은 그저 술을 삼킬 뿐이다. 잘 웃는 것만큼, 잘 운다는 걸 알아버렸다. 술이 바닥이 났다.

"이모, 여기 술!"

그가 아닌 상하의 입에서 나온 목소리였다. 그런데 평소 목소리가 이렇게 컸던가. 평소엔 조근조근한 목소리였기에 상상도 할 수 없었다. 당황스러움도 잠시, 지한은 저도 모르게 웃고 말았다.

"이 여자, 주사인가."

턱을 괸 채로 아슬아슬하게 상하의 상체가 비틀거렸다. 왼쪽으로 쓰러질 듯하다, 다시 오른쪽으로 쓰러지기 일쑤. 그러다 결국 앞으로 꼬꾸라졌다가 부지런히 대하 껍질을 벗겨내고 있다. 눈은 풀려 있었고, 대하 껍질을 까는 손은 헛돌기 일쑤였다.

"까줘."

켁.

술에 사레들긴 처음이었다. 대하를 들고선 어서 받지 않느냐고, 그녀의 표정이 다그치는 듯했다. 지한은 대하를 받을 수밖에 없었다. 그러곤 이미 그녀의 손에 의해 머리가 날아가 있는 대하의 다리를 제거하곤 껍질을 벗겨냈다. 스스로가 생각해도 기특할 만큼 대하 껍질은 깔끔하게 벗겨진 상태였다. 지한은 방금 열심히 깐 대하를 그녀의 앞접시 위에 올려두었다. 금세 그녀의 입안으로 사라졌다.

"이것도."

또 다른 대하를 들고 말하는 그녀의 혀가 꼬인 상태였다. 제 주량을 한껏 넘긴 모양이었다.

"하."

어이가 없으면서도, 대하 껍질을 까고 있는 제 모습이 우스웠다. 지한이 대하를 까서 놓아주면 그녀는 어김없이 다른 대하를 들이밀었다. 지한의 주변엔 자신이 먹지도 않은 대하 껍질이 수북이 쌓여갔다. 그녀는 세상 다 가진 행복한 표정으로 그가 깐 대하를 입속으로 넣기 바빴다. 대하는 어느새 반 이상 사라졌다. 모두 그녀의 입안으로.

"아음, 맛나다."

발갛게 달아오른 양 볼을 손으로 감싼 그녀가 행복한 미소를 그렸다. 제대로 만취 상태였다. 맥주를 한 번 더 권하지 않은 것이 후회스러웠다. 소주 몇 잔에 이렇게 쉽게 취해버리다니. 다음에 내 얼굴을 어떻게 보려고, 참.

평소 차분하고 똑 부러지던 그녀의 모습은 온데간데없이 사라졌다. 툭 건드리기만 해도 울음을 터트릴 것 같은 여자의 모습은 어디로 간 걸까. 지금 그의 눈앞에는 그저 까는 족족 블랙홀처럼 대하를 먹어치우는 여자가 있을 뿐이었다. 취하는 것도 그녀에게 선수를 빼앗겨버렸다. 마시고 싶어도 술 취해 있는 여자를 두고 술을 마실 수 없는 노릇이었다.

"같이 취해서 뭐 어쩌자고."

길거리에서 다정하게 노숙자 신세는 사양이었다. 작정하고 온 대하 가게에서 소주 몇 잔밖에 입에 대지 못하게 되자 지한은 불만스러운 표정이 되었다.

"아음, 새우, 새우……."

반쯤 풀린 눈으로 새우를 읊조리던 그녀는 기어이 테이블에 얼굴을 묻고 말았다.

"새우 주세요……."

작게 읊조리는 그녀의 목소리가 점점 잦아들었다. 그래도 재미있는 구경거리를 했으니 불만은 이쯤 접어둘까. 턱을 괴고 잠든 그녀의 모습을 그는 가만히 지켜보기만 했다.

대리 기사를 불러 그녀의 집에 도착했을 때 그는 아차 싶었다. 도어락을 해제해야 하는데 여전히 만취 상태인 집주인은 정신을 차릴 기미가 보이지 않았다. 예상 밖의 상황에 지한은 난감하게 되었다.

시간은 새벽 한 시를 막 넘기고 있었다. 술 때문인지 피곤함이 밀려왔다. 고민 끝에 지한은 대리 기사에게 말했다.

"호텔로 가주세요."

대리 기사는 신속히 운전대를 돌려 골목을 빠져나와 근처에 있는 호텔에 도착했다. 어쩔 수 없는 선택이었다. 프런트에서 결제하고 엘리베이터를 타고 올라갔다. 그의 품엔 그녀가 안겨 있었다. 호텔 방 안으로 들어가 그녀를 침대에 눕혀놓고 지한은 냉장고에서 생수통을 꺼내 그대로 입에 대고 마셨다. 술 때문인지 심한 갈증이 일었다.

"하아."

지독하게 자신을 괴롭혔던 갈증이 사라지자 지한은 방 안을 둘러보았다. 통유리로 되어 있는 객실 창문에선 야경이 보였다. 지한은 타이를 느슨하게 풀고 창문을 열었다. 시원한 밤바람이 얇은 셔츠 속으로 파고들었다. 이제야 정신이 말짱해지는 것 같았다.

"흐음……."

앓는 소리에 고개를 돌려 보니 바람에 그녀의 몸이 잔뜩 웅크려져 있었다. 지한은 창문을 닫았다. 바람이 차단된 호텔 방 안은 약간 후덥지근했다. 지한은 침대 곁으로 다가가 재킷을 벗겨내곤 얇은 소재의 이불을 그녀의 가슴께까지 올려주었다.

"새우, 새우……."

"풉."

그녀의 잠꼬대에 지한은 저도 모르게 웃고 말았다. 아직까지 새우를 외치고 있는 걸 보면 그녀의 꿈속에서 자신은 아직도 대하 껍질을 벗겨내고 있는 모양이었다.

'덕분에 기분이 좋아졌어요.'

이쪽에서 할 말이었다. 유난히 괴로웠던 마음이, 그녀의 술주정으로 인해 사라져버렸으니.

붉게 달아오른 뺨으로 머리카락이 내려앉았다. 지한은 손을 뻗어 머리카락을 넘겨주었다. 침대에 걸터앉아 있던 그가 막 일어나려던 찰나였다.

"가지 마……."

재킷 끝자락을 움켜쥔 그녀가 나지막이 중얼거렸다. 재킷을 잡아챈 손에선 스르륵 힘이 풀렸으나 지한은 침대에서 몸을 일으킬 수가 없었다. 분명, 저에게 한 말은 아니었다. 잠꼬대라는 것도 안다. 알고 있음에도 어쩐지 몸이 움직여지지가 않았다. 당장이라도 집에 가서 따뜻한 물로 샤워하고 자고 싶지만, 잠시만 이대로 있어주자. 지한은 무겁게 내려앉은 눈꺼풀을 억지로 떴다.

"그래, 잠시만."

붙잡는 음성이 슬프게 젖어 있는 이유는 알 필요 없었다. 그의 시선이 창문으로 향했다. 잠들기 딱 좋은 온도와 볼 것 없는 야경이라니.

지끈거리는 두통에 상하의 무거운 눈꺼풀이 반쯤 떠졌다. 입안이 텁텁하고 갈증이 일었다. 일어나야 하는데 몸이 무거워 좀처럼 일어나기가 힘들었다. 상하는 다시 눈을 감았다. 하지만 이내 제 시야 안으로 들어온 남자의 얼굴에 감았던 눈을 번쩍 떴다.

"헉."

터지려는 신음을 간신히 삼킨 그녀는 손으로 제 입을 틀어막았다. 그리고 제 시야에 들어온 남자의 얼굴을 경악스러운 표정으로 바라보았다.

어, 어떻게 된 거지? 왜 이 남자가 집에…….

상하는 제 다리 위에 무겁게 올려져 있는 그의 다리를 옆으로 치웠다. 몸을 무겁게 짓눌렀던 것은 술기운이 아니라 바로 그의 다리였던 모양이다. 그와 최대한 몸을 떨어뜨린 후 상하는 제 몸부터 살폈다. 다행히 옷을 벗긴 흔적은 없었다. 안도의 한숨도 잠시, 상하는 주변을 훑었다. 제 눈에 들어오는 것들은 모두 낯선 것들이었다. 이곳은 저의 집이 아니었다.

"호텔……."

미처 커튼이 닫혀 있지 않은 창문에서 따사로운 햇살이 방 안으로 스며들었다. 상하는 곤히 잠든 지한의 얼굴을 바라보았다. 그러다 손을 뻗어 그의 어깨를 흔들었다.

"저, 저기……."

그녀의 손짓에 지한이 천천히 눈을 떴다. 그리고 제 눈에 먼저 일어난 상하의 얼굴에 그의 얼굴이 구겨지고 말았다.

"저기, 유지한 씨."

묻고 싶은 것이 많은 얼굴로 상하가 막 일어난 그를 불렀다.

"뭡니까."

"제가 왜 여기에 있는 거죠?"

지한은 대답 대신 일어나 냉장고에서 생수를 꺼내 벌컥 들이켰다.

"어제 기억 안 납니까."

"대, 대하 먹던 것까진 기억이 나는데 그 뒤로는……."

순간 지한의 얼굴이 와그작 구겨졌다. 어제 자신이 깠던 수많은 대하 껍질에 대해선 그녀의 기억 속에서 사라졌단 말인가.

"제가 뭐 실수라도……."

살벌하게 변한 그의 표정에 상하가 애매하게 웃었다.

"어제 제대로 취해서 집에 들어갈 수 있는 상황이 아니었습니다."

"유지한 씨가요?"

"나 말고 그쪽."

상하의 얼굴이 발갛게 달아올랐다.

"그래도 집에 데려다주지. 저희 집 아시잖아요."

"알면 뭐합니까. 도어락 해제를 못 하는데."

정론이다. 하지만, 남자와 한방에서 같이 잠을 잤다는 것이 상하는 부끄럽고 민망했다. 그러니까 결국 만취한 자신을 데리고 호텔에 올 수밖에 없던 상황이었다.

"그런데 유지한 씨가 저와 같, 같은 침대에……."

"그럼 바닥에서 잘까요?"

"아니, 꼭 그런 게 아니라요."

"굶아떨어진 것뿐입니다. 이불만 덮어주고 가려고 했었는데."

"아……."

술에 취한 자신의 집에 갔다 다시 호텔까지 왔을 그의 노고를 뒤늦게 생각한 상하는 그에게 미안해졌다. 침대에서 굶아떨어진 것도 어찌 보면 당연했다. 그런데 오히려 그에게 해명을 요구하는 꼴이 되고 말았다. 상하는 뒤늦게 허리를 숙였다.

"죄, 죄송해요."

"뭐가요?"

"어제 저 때문에 고생하셨잖아요. 어제 너무 오랜만에 소주를 마시는 바람에 필름이 끊기고 말았어요."

"됐습니다."

"제가 또 빚을 졌네요."

"빚?"

"저번 손수건도 그렇고 어제 일도 그렇고."

상하가 미안하고 고마운 얼굴로 말했다. 의도치 않게 그에게 도움을 여러 번 받았다.

"미안하면 다 갚아요."

"네?"

"고마워도 다 갚고."

"아……."

"이제 됐습니까?"

설마, 미안해하는 제 마음을 덜어주기 위해 한 말인 걸까?

"네."

지한은 손목시계로 시간을 확인했다.

"먼저 씻을래요? 일찍 일어난 덕에 여유가 조금 있는데."

지한의 말에 당황한 얼굴로 대답했다.

"먼저 씻으세요."

지한은 타이를 풀어 테이블 위에 올려놓고 욕실 안으로 들어갔다. 상하는 한숨을 쉬며 무심코 고개를 옆으로 돌렸다.

"웬 폐, 폐인이……."

머리는 말할 것도 없고 화장을 지우고 자지 않은 얼굴엔 벌써 뾰루지가 나 있었다. 초췌한 제 모습에 깊은 한숨이 또다시 터졌다. 어제 일은 제대로 기억나는 것은 없으나 확실한 건 그에게 제대로 신세를 졌다는 것이다.

쏴아, 하고 물줄기가 바닥으로 떨어지는 소리가 들렸다. 왠지 모르게 긴장이 되었다. 아무 일도 없었던 것이 확실함에도 남자와 단둘이 호텔에 왔다는 것만으로도 묘한 기분이 들었다.

"씻어요."

"네? 네."

급하게 샤워를 끝낸 모양인지 지한은 물기를 제대로 닦지 않아 입은 셔츠가 군데군데 젖어 있었다. 거기다 머리카락은 물기가 뚝뚝 흘렀다. 그가 수건으로 젖은 머리카락을 닦고 있었다. 부드러운 그의 옆선이 꽤 섹시해 보였다. 상하는 그의 모습을 훔쳐보는 것을 그만하고 욕실 안으로 들어갔다. 뿌연 김이 거울에 서려 있었다. 옷을 전부 탈의하곤 샤워부스 밑에서 뜨거운 물줄기를 맞았다. 손에 물을 받아 그대로 얼굴에 적셨다. 물기 묻은 제 얼굴이 뿌연 거울에 흐릿하게 보였다.

"후우."

술을 먹고 남자랑 외박이라니. 어제 일이 기억이 나지 않아 왠지 더 불안했다. 전날 자신이 몇 잔이나 마시고 정신을 잃었는지, 혹시 실수는 하지 않았는지 아무리 기억해내려 해도 기억이 나지 않았다. 깨끗하게 샤워를 마친 후, 속옷과 겉옷을 입고 나왔다. 집이었다면 나체로 나와 물기를 닦고 보디로션을 바른 후 옷을 입었을 것이다. 하지만 여긴 호텔에다 혼자가 아니었다. 밖엔 그가 있다. 남자가.

밖으로 나오자 그는 벌써 머리를 말린 후 의자에 앉아 있었다. 피곤한 모양인지 눈을 감은 채였다. 상하는 화장대에 앉아 드라이어로 머리를 말리기 시작했다. 거울 속으로 그의 모습이 보였다. 잠이 든 건지, 아니면 눈만 감고 있는 건지는 알 수 없었다. 하지만 거울 속에 비친 그에게로 자꾸 시선이 갔다. 위잉, 시끄럽게 울리던 드라이어 전원을 껐다. 너무 급하게 말린 터라 어깨에 닿은 머리끝이 축축해졌다.

"잠들었나."

상하는 일어나 그에게 다가갔다. 허리를 숙인 후, 그와 얼굴을 마주했다. 남자 속눈썹이 뭐 이렇게 길어, 속으로 불만을 쏟아내며 저도 모르게 손을 뻗었다. 그때였다.

"뭐 하는 겁니까."

번쩍, 눈을 뜬 그와 눈이 마주쳤다.

"잠드신 것 같아 깨우려고요."

믿지 않는 눈치다. 멋쩍은 상하는 재킷을 입고 가방을 들었다.

"그만 갈까요?"

뒤늦게 지한도 걸어두었던 재킷을 입고 그녀의 뒤를 따랐다. 객실에서 나오자 다른 방에서도 남녀가 같이 나오고 있었다. 무척 자연스럽게 여자가 남자의 팔짱을 낀 모습이었다. 하지만 반면 그는 별로 신경 쓰지 않는 표정이었다. 무표정한 얼굴로 그녀를 지나쳐 엘리베이터로 걷고 있었다. 상하도 뒤늦게 발걸음을 뗐다. 괜한 어색함과 민망함에 상하는 그와 시선을 마주할 수가 없었다.

퍽.

뒤에서 강한 밀침이 느껴졌다. 상하의 몸이 지한에게 안겨지고 말았다. 그녀의 등허리에 그의 손길이 느껴졌다.

"괜찮아요?"

"네. 뒤에서 갑자기 누가 밀치는 바람에……."

뒤를 돌아보자 취객으로 보이는 남자가 있었다. 몇 걸음 걷다 바닥에 주저앉아 있는 모양새였다. 지한의 찌를 듯한 시선이 취객에게 향했다. 뒤늦게 상하가 그의 품에서 빠져나왔다. 그의 몸에서 저와 같은 향기가 나고 있었다. 두근거림은 더 심해졌다. 욕실에서 나던 물줄기 소리를 들었을 때보다 더 심한 두근거림이었다.

"이런 데 취한 사람이 있을 줄이야……."

어색함을 물려보기 위해 떠드는데, 그녀의 손을 그가 잡아챘다.

"주차장까지만 이러고 있어요."

"네?"

"계속 당신 쳐다보고 있다고."

그의 시선이 그녀의 뒤로 향했다. 그녀의 뒤엔 그녀의 몸을 밀쳤던 취객이 있었다. 아깐 실수였는지 몰라도 왠지 쳐다보는 눈빛이 섬뜩했다. 상하는 어쩔 수 없이 그의 손을 계속 잡고 말았다. 이유를 알 수 없는 시선이 저에게 향해 있다고 하니, 상하는 무서웠다.

띵.

엘리베이터가 열리자 두 사람이 안에 탑승했다. 다행히 남자는 따라 타지 않았다. 그저 남자의 기분 나쁜 눈빛이 여전히 그녀에게 향해 있었다. 아까 밀쳤을 때 그가 상하를 받아주지 않았다면 나쁜 일이 벌어졌을 것 같다는 생각이 들었다. 문이 닫히자 두려움이 점차 사라졌다.

"고마워요, 조금 무서웠는데."

"그래서 이렇게 내 손 꼭 잡고 있는 겁니까."

"아, 아니, 그게……."

당황한 그녀가 그의 손을 뿌리치려고 했으나 그가 놓아주지 않았다.

"따라올지도 모르니까."

"그럼 주차장까지만 부탁할게요."

엘리베이터는 지하 주차장으로 내려가는 중이었다. 중간에 타는 사람도 없었다. 어색한 공기가 두 사람을 감쌌다. 상하는 제 손에 닿은 그의 온기 때문인지, 조금 더운 것 같았다. 열기가 얼굴까지 올라왔다. 여전히 그와 시선을 마주하는 것이 민망했다. 그래서 상하는 애먼 곳을 바라보았다. 뛰는 제 심장 소리가 그에게까지 들릴 세라 상하는 숨죽인 채 엘리베이터 문이 열리기만 기다렸다. 문이 열리자 상하는 기다렸다는 듯, 손을 놓았다. 손에 땀이 치덕치덕하게 달라붙어 있었다.

"제 손에서 땀이 많이 났네요."

민망함에 덧붙인 상하의 말에 그는 아무런 반응이 없었다. 그저 바지에 손을 닦아낼 뿐이었다.

"타요."

운전석 문을 열며 그가 말했다. 어차피 집에 들렀다 가려면 그녀의 집을 지나쳐 가야 한다. 돌아가는 것도 아니니, 잠깐 내려주고 가면 되었다. 지한은 제 손바닥을 펼쳤다.

뜨겁네, 손이.

지한은 속으로 읊조렸다. 손에 밴 땀이, 꼭 제 손에서 난 것 같았다. 찐득하니 있던 땀은 이미 사라져버렸는데 뭔가 기분이 찝찝했다. 차는 지하 주차장을 벗어났다. 햇살이 따사롭게 빛났다.

"날씨 좋네요."

반쯤 창문을 열며 그녀가 미소를 그렸다. 살랑이며 부는 가을바람이 차 안에 넘실거렸다. 결 좋은 그녀의 머리카락이 바람에 따라 찰랑거렸다.

지한의 시선은 운전대를 잡고 있는 제 손에서 여전히 반쯤 열린 창문을 바라보며 미소 짓는 그녀의 얼굴로, 그러곤 아무렇지 않게 다시 정면으로 향했다. 그의 표정이 굳었다.

답지 않은 행동을 했어, 유지한.

여전히 손에 진득한 땀이 배어 있는 것 같았다. 엘리베이터 문이 닫힌 후에도 손을 붙잡고 있던 쪽이 자신이었는지 그녀였는지 알지 못했다. 뿌리치려는 그녀의 손을 놓아주지 않은 쪽은 자신이었으니까.

이전에도 잦았던 자신답지 않은 행동들을 떠올리면서, 지한은 보조석에 앉아 있는 상하를 흘깃 바라보았다. 이상하게 가슴이 뛰기 시작했다.

책상 위의 선인장 두 개가 햇빛을 받고 있었다. 지한의 시선이 선인장에 닿았다가 커피를 한 모금 마셨다. 며칠 전, 그녀의 가게에서 산 선인장이었다. 잊고 있었는데 뒷좌석에 비닐봉지 채 방치되어 있었다. 가지고 올라와 책상 위에 올려두었더니 김 비서가 물을 준 모양이었다. 대표실 밖의 사무실 내부는 불이 꺼져 있었다. 점심시간엔 소등을 하기로 되어 있었다. 직원들 대부분 휴게실에서 쉬거나, 자리에서 잠깐 눈을 붙이고 있었다. 지한은 여유롭게 커피를 한잔하는 중이었다. 오후엔 햇볕 때문에 덥지만, 지한은 뜨거운 커피를 선호했다. 지금 마시는 커피도 막 커피 머신기에서 뽑아낸 뜨거운 아메리카노였다. 한여름에도 뜨거운 커피를 마시는 그를 보며 민욱이 혀를 찼지만, 아이스커피는 커피 향을 채 맡기도 전에 목으로 넘어가버린다. 커피를 마신다는 느낌이 나지 않았다.

"웬 선인장?"

커피 잔을 들고 민욱이 대표실 안으로 들어서며 물었다.

"전자파 차단용."

처음엔 딱히 그런 용도로 구입한 것은 아니었다. 별생각 없이 선인장을 들고 안으로 들어간 것이었다. 그저, 그녀의 얼굴을 확인하러 들어가기 위한 구실이었을 뿐이었다.

"하나 가지고 간다."

지한은 고개를 끄덕였다. 사이좋게 있던 선인장 두 개 중 하나가 민욱의 손에 의해 사라졌다.

"꽃 피겠지?"

민욱이 선인장을 보며 물었다.

"그렇겠지."

선인장이니까, 하며 지한이 덧붙였다.

"선인장 꽃 피면 볼만하다던데."

민욱의 말에 지한의 시선이 선인장으로 향했다. 딱히 선인장의 꽃을 보려고 구입한 것은 아니었지만, 꽃이나 피워볼까. 뭐, 예쁘다니까.

커피 잔을 내려놓은 지한은 제 손을 바라보았다. 호텔에서 손을 잡았던 것은 단순히, 그녀를 보호하기 위함이었다. 뒤에 있던 취객의 시선이 집요하게 그녀에게 닿아 있었기 때문. 가만히 있었으면 그녀에게 달려들 것 같았다. 다른 의도는 전혀 없었는데 저도 모르게 긴장하고 말았다. 손에 땀이 범벅이 된 것만 봐도 알 수 있었다. 분명, 제 손에서 난 땀이었다. 묘한 긴장감과 떨림이 엘리베이터 안에 공존했었다. 지한은 손을 쥐었다 다시 폈다. 그때 느꼈던 감정이 되살아나는 느낌이었다.

"하아."

미쳤냐, 유지한.

질책도 소용없다. 그저 잠깐 침대에 앉아 있다 일어나려고 했었는데 잠이 들어버린 것이 원망스러울 따름이었다. 아니, 다시 생각해보니 그녀를 혼자 두지 않아서 다행이란 생각이 스쳤다. 혼자 두었으면 분명, 무슨 일이 일어났을 테니까.

재킷 안주머니에 손을 넣어 반쯤 접힌 종이를 꺼냈다. 정갈한 글씨체로 '콩 크림 파스타' 레시피가 적혀 있었다. 크림소스부터 시작해 면을 삶는 시간까지 세세하게 기재되어 있었다. 크림소스까진 운 좋게 만들었을지 몰라도 파스타를 만들 수 있을 리가 없다. 그럼 방법은 단 하나. 저에게 진 빚을 갚게 하는 거다. 이 파스타로. 거기까지 생각을 마친 그의 입안에 침이 고였다.

어느새 소등 상태였던 사무실이 밝아졌다. 김 비서가 결재 서류를 가지고 대표실 안으로 들어갔다.

앞치마 주머니에 넣어둔 휴대폰이 몸을 부르르 떨었다. 상하는 꽃 손질을 멈추고 주머니에서 휴대폰을 꺼냈다.

"네, 고모."

–얘가, 어제 전화했더니 전화도 안 받더니 깜깜무소식이야?

"죄송해요."

어제 정신없이 바빠 미연에게 전화가 온 줄도 몰랐다. 집에 가서 씻고 잠들기 전에 부재중 기록을 확인했지만 시간이 시간인지라 통화를 할 수가 없었다.

–정신을 어디다 두고 다니는 거니? 아, 참. 그건 그렇고 글쎄, 이 여사가 아주 좋은 신랑감이 있다지 뭐니? 다른 여편네들이 쌍심지 켜고 달려드는 거, 내가 너 소개해준다고 눈독 들이지 말라 했다.

"네? 그게 무슨 말씀이세요?"

이 여사라면 미연의 계모임의 일원 중 한 명이었다. 동네 마당발로 동네 아주머니들 사이에서 소문이 자자했다. 워낙 입담이 좋아서 대기업 간부 사모님들과 사이가 좋을 뿐 아니라 실제로 사모님들의 소개로 맞선을 주선하기로도 유명한 분이었다. 평소 잘 하지도 않은 안부 전화를 한 것은 맞선 때문인 듯싶었다. 상하는 조용히 한숨을 토해냈다.

–애 인물 좋지, 능력 좋지, 거기다 외아들이란다. 뭐 하나 빼놓을 게 없어.

"고모, 전 만날 생각 없어요."

–생각이 없다니? 내가 너 좋은 남자 소개해주려고 이 여사에게 공들인 게 얼마인데?

나긋나긋했던 미연의 목소리가 단박에 날카롭게 변했다.

"전 아직 결혼 생각 없어요."

–너 그 말 작년에도 했던 거 알지? 내가 한 번은 양보했으면, 너도 양보할 줄 알아야지. 이런 남자 네가 어디 가서 만나겠니? 별 볼 일 없는 남자 만나서 결혼할 바엔 안 하느니만 못하지.

"고모."

–잔말 말고 고모가 시키는 대로 해.

상하의 거절이 투정쯤으로 보였는지 미연은 완강했다.

–직접 만나면 너도 싫다는 말은 나오지 않을 테니까. 날짜하고 장소는 다시 정해서 알려줄 테니까 그리 알고 있으렴.

"고모, 전……."

달칵.

채 말을 잇기도 전에 전화가 멋대로 끊겼다. 저번에 통했던 말이 이번에도 통할 거라 생각했다. 고모는 고집은 세지만, 막무가내로 타인의 의견을 묵살하는 성격은 아니었다. 하지만 이번엔 조금 달랐다. 자신이 나이 한 살을 더 먹어서 그랬을까. 지금까지 애인 없는 자신이 고모로서 신경 쓰이는 것은 당연하지만 그렇다고 멋대로 약속을 잡겠다고 할 줄은 몰랐다.

"하아."

저 또한 끝까지 고집을 부리지 못한 것이 후회스러웠다. 완강히 거절을 해야 했는데. 뒤늦은 후회가 상하를 괴롭혔다. 잘 알지도 못하는 남자의 겉모습만 보고 결혼하고 싶지 않았다. 능력과 배경만 과시하는 집안과 남자라면, 굳이 만나지 않아도 어떤 인격을 가진 사람들인지 알 것 같았기 때문이다. 통화 목록에 떠 있는 미연의 번호를 터치하려던 찰나였다.

딸랑.

방울 소리와 함께 문이 열렸다. 벌써 시간이 이렇게 된 줄도 모르고 있었다.

"어서 오세요."

휴대폰 화면을 끄고 앞치마 주머니에 넣었다. 상하의 인사에 그가 가볍게 고개를 까닥했다. 어느 날과 다르지 않은 잘빠진 슈트 차림이었다. 달라진 건 없는 것 같은데 묘하게 달라진 것 같은 느낌이 들었다.

"정리하고 들어갈게요. 먼저 앉아 계세요."

상하의 말에 지한이 접객실 안으로 들어갔다. 상하는 작업대를 정리하고 서랍에서 손수건을 꺼냈다. 손빨래 후 다림질까지 한 손수건은 마치 새것처럼 보였다.

"여기 손수건이요."

깔끔하게 세탁한 손수건을 상하가 건넸다. 지한은 의자에서 몸을 일으켜 손수건을 건네받았다. 손수건에서 향기로운 꽃향기가 났다. 지한은 손수건을 얼굴에 가까이 갖다 댔다.

"혹시 향기 싫어하세요?"

그의 행동을 오해한 상하가 걱정스러운 얼굴로 물었다.

"그게 아니라, 좋은 향기가 나서."

"다행이네요."

그의 대답에 안도한 상하가 미소 지었다.
"레시피 말입니다."
"제가 적어드린 거요? 알기 쉽게 적어드렸는데 어떠셨어요?"
"머리론 이해가 되는데 실전엔 영……."
레시피를 보고 따라 만든다고 해도 쉽지 않을 것이다. 상하가 조심스럽게 제안했다.
"그럼 제가 만드는 거 알려드릴까요?"
폐를 끼친 것에 대한 답례를 하고 싶었다. 상하에게 이제 그는 애인이 여러 명인 남자인지 아닌지는 중요하지 않았다. 어쩌면 처음부터 각인되어 있었던 선입견과는 다르게 실제로 그를 겪어본 결과 의외로 좋은 사람이었다.
"저희 집에서 제가 만드는 거 보여드릴게요. 눈으로 보면 더 알기 쉬울 것 같은데."
"음."
고민하는 그에게 상하가 마지막 일격을 가했다.
"같이 만들어 먹으면 더 맛있을 거예요."
이런 결과를 바라고 한 말은 아니었으나,
"그럽시다."
결국 지한은 승낙해버리고 말았다.
"이걸로 진 빚은 모두 탕감해주시는 거예요."
"뭐, 그때 가서 보죠."
처음부터 파스타로 빚을 탕감해줄 생각이었으나 지한은 그녀를 골려주고 싶었다. 평소 안 하던 장난기가 발동해버리고 만 것이다.

어쩐지 이렇게 예쁘게 웃고 있는 그녀의 얼굴을 보고 있자니 술 취한 그녀의 아련한 목소리가 떠올랐다. 본인이 무슨 말을 했는지조차 기억 못 하니 물어볼 수도 없었다. 하지만, 제 재킷 끝자락을 잡아끌며 가지 말라고 했던, 그 목소리만큼은 잊지 못할 것 같았다. 그 때문에 결국 한침대에서 잠들기도 했고.

기일, 이라고 했던가. 그랬다. 깔끔하게 차려입은 정장 차림으로 납골당에 다녀오던 길이었다. 기일에 마냥 기분이 좋을 수는 없을 것이다. 그래서 술 한잔하자는 저의 제안을 받아들였던 것이다. 어쨌든 왜 그렇게 슬픈 얼굴로 있었던 것이냐고, 물어보는 것은 쓸데없는 참견이겠지. 궁금해하는 것도 마찬가지일 테고.

자꾸만 이렇게 궁금해지는 것 역시 저답지 않았다. 자신과 전혀 상관없는 타인일 뿐이었다. 타인에게 지나친 관심은 실례라고 알고 있었다. 그 실례를 지한은 몇 번이나 범하고 말았다.

"뭐 하세요?"

수업이 시작된 것도 모르고 지한은 혼자 깊은 상념에 빠져 있었다.

"아닙니다."

정신 차리자.

또다시 스스로에게 질책을 해본다.

물론, 효과는 미미하겠지만.

6. 모락모락, 아지랑이처럼

그녀의 집에 오는 것은 두 번째였다. 처음엔 어떨결에 크림소스를 가져와 맛을 봐주었었다. 오늘은 파스타 만드는 방법을 알려주겠노라, 선뜻 그녀가 먼저 선약을 잡았다. 오늘은 가게가 쉬는 날이라고 했다. 평소 야근이 일상이지만 오늘은 정시 퇴근 후 그녀의 집으로 왔다. 근처 편의점에서 산 음료수를 들고.

파스타가 뭐라고 그녀의 집까지 와서 배워야 하는 걸까. 애당초 레시피 따윈 관심 밖인데. 이런 생각을 하는 스스로가 우습다고 생각한 것도 잠시, 지한은 초인종을 눌렀다.

"잠시만요."

안에서 인터폰을 확인하는 그녀의 목소리가 들렸다. 그러곤 잠시 후, 현관문이 열렸다.

"들어오세요."

아담한 집안 내부는 처음 왔을 때와 달라진 것은 없었다. 지한은 음료수를 그녀에게 건넸다.

"이거."

"그냥 오셔도 되는데. 감사합니다."

그가 건넨 음료수를 들고 주방으로 들어가 냉장고에 넣어두는 그녀다. 상하의 뒤를 따라 주방으로 온 그는 감탄했다. 손질된 파스타 재료들이 접시에 담겨져 있었기 때문이다.

"제가 재료 손질은 다 했어요. 면도 미리 삶아놓았고요."

"그렇군요."

아, 이 여자는 가르칠 땐 내용을 불문하고 열심인 모양이다. 너무 정갈하게 손질되어 있는 재료들을 보며, 마치 대단한 요리를 만드는 것처럼 느꼈다.

"하루 전날 불려놓은 콩은 삶아서 조금 전에 믹서기로 갈아놓았어요. 그럼 만들어볼게요. 옆에서 잘 보세요."

신신당부하는 상하의 말을 건성으로 들으며 그는 파스타를 만드는 것을 가만히 지켜보았다. 파스타를 만들 준비를 하는 그녀의 모습에 다시금 자신이 파스타 만드는 것을 배우러 왔음을 자각했다. 여전히 표정은 건성이긴 하지만.

"팬에 기름을 두르고 소고기를 넣고 볶다가 올리브와 고추, 야채를 넣고 한 번 더 볶는 거예요."

자자작, 달궈진 팬에 소고기 익는 소리가 들렸다.

"어느 정도 볶아졌으면, 콩과 우유를 넣고 한소끔 끓여주고. 삶아놓은 면을 넣어주면 끝."

손질해놓은 재료들에 비해 파스타는 15분이 채 되지 않아 완성되었다. 면은 불지도 않고 적당하게 탱글했다. 고소한 콩 냄새가 지한의 후각을 자극했다.

"팁을 드리자면 우유 대신 두유를 넣어도 맛있어요. 콩 크림 파스타니까요."

지한은 그녀의 말을 듣는 둥 마는 둥 했다. 접시에 고운 자태로 파스타가 담겨지는 모습에 정신이 팔려 있었다. 눈으로 그녀가 만드는 것을 보긴 했으나 너무 순식간이라 만드는 것은 패스해야 할 듯싶었다. 파스타가 담긴 접시 두 개를 상하가 식탁 위에 세팅했다.

"드셔보세요."

지한은 막 접시에 담은 파스타를 한 입 먹어보았다.

"맛있습니다."

그의 대답에 상하가 뒤늦게 포크를 들었다. 그와 같이 파스타를 먹기 위해 굶어오다 뒤늦은 저녁 식사라 그런지 배가 많이 고팠다.

"보통 남자들은 집에서 음식 해먹는 거 귀찮아하던데. 유지한 씨는 의외네요."

사실 그도 그녀가 아는 그 보통 남자들에 속해 있었다. 귀찮은 것도 귀찮은 거지만, 실속이 없어서 별로 요리에 관심이 없었다. 야근이 일상이라 집에서 저녁 식사를 하는 경우는 드물지만, 집에서 저녁 식사를 먹는다 해도 인스턴트 음식을 먹는 게 식습관이었다.

그녀는 도대체 어디까지, 오해를 할 셈인지.

"집에서 보통 이렇게 직접 만들어 먹습니까?"

"네. 몰랐던 것을 알아가고 배워가는 게 재미있거든요. 요리도 마찬가지예요."

"그렇습니까."

"그런 점에서 우리 둘은 공통점이 많네요."

"공통점?"

반문하는 지한의 시선이 그녀의 얼굴에 닿았다.

"유지한 씨도 같은 이유에서 강의 신청하신 거 아니에요?"

꽃을 포장하는 걸 좋아하는 남자가 있을까 싶다. 그런 걸 배운다 한들, 아무 짝에 쓸모가 없었다. 거기다 직업도 꽃과 거리가 멀었다.

"아닙니다."

"네?"

"다른 이유 때문이에요."

"다른 이유요?"

호기심 어린 그녀의 시선에 상하가 반문했다. 시작은 어머니 때문이었다. 하지만, 회를 거듭할수록, 신경이 쓰이는 여자가 생겼다. 바쁜 업무 시간을 쪼개서 강의 시간에 늦지 않도록 만드는 근원은 다름 아닌 이 여자 때문이었다. 이런 마음을 뭐라 설명해야 할까. 아니, 설명하기엔 아직 확실치 않았다.

"지나친 관심은 실례입니다."

스스로에게 했던 그 질책을 그녀에게 돌려주었다.

"불쾌하셨다면 사과할게요."

민망한 듯 붉어진 그녀의 얼굴에 지한은 속으로 한숨을 토해낼 뿐이다. 이런 분위기로 만들고 싶어서 한 말은 아니었다. 차갑게 말하려고 했던 것도 아니었는데, 저도 모르게 어투가 좋지 않게 나갔다. 그저 집안 이야기를 타인에게 세세하게 말할 의무는 없다고 생각했을 뿐이었다. 그녀도 같은 이유로 저에게 말하지 않은 것이라고 생각하기 때문에.

어색한 분위기가 감돌았다. 적막이 흐르는 가운데, 누가 먼저 입을 다물었는지 알 수 없었다. 넘지 말아야 할 선이, 어디서부터 어디인 걸까. 문득 지한은 의문이 생겼다. 넘지 말아야 할 선을 자신이 먼저 넘었다는 사실을 깨달았다.

"지극히 개인적인 일입니다."

"괜찮아요."

그제야 굳어 있던 그녀의 얼굴이 펴졌다.

"사람마다 말하고 싶지 않은 사정이 있는 거니까요."

이해한다는 듯 그녀가 덧붙였다.

"파스타 더 드릴까요? 면이 불었으려나. 너무 많이 했나."

언제 그렇게 어색했냐는 듯 그녀가 일어나 팬에서 남은 파스타를 지한의 접시에 담았다. 졸지에 그녀 덕에 과식하게 생겼다. 지한은 군말하지 않고 파스타를 먹었다. 조금 전 범한 실례에 대한 사과인 셈이었다.

"파스타 드시고 싶으면, 말씀하세요. 시간만 되면 해드릴게요."

저 뿌듯한 미소는 뭐지?

"번거롭게 무슨."

"번거롭다니요. 요리하는 거 좋아해요. 내가 한 음식 맛있게 먹어주면 뿌듯하고요."

그것뿐인가?

단순하기 그지없군.

"그러다 발목 잡힙니다. 시도 때도 없이 해달라고 하면 어떡하려고요?"

"그럼 세 번 중 두 번은 캔슬할까요?"

가끔 이 여자는, 농담을 진담으로 받아들이는 경향이 심하다. 진지하게 묻는 얼굴에 농담이라고 할 수도 없고 웃어넘길 수도 없다. 물론, 이런 농담을 하는 저 자신이 제일 놀라울 따름이지만.

"아, 여기."

문득 고개를 들어 시선이 닿은 곳이 하필이면 아랫입술에 묻은 크림소스였다. 그녀의 입술에 묻은 크림소스의 같은 위치의 제 아랫입술을 지한이 손으로 가리켰다.

"네?"

"묻었어요."

"아."

그의 친절한 설명에야 비로소 이해한 상하가 손으로 제 입술을 문질렀다. 그러나 크림소스는 아직 남아 있었다.

"아직 있어요."

지한이 다시 손으로 제 입술을 가리키며 위치를 알려주었다.

"여기요?"

"아니, 거기 말고……. 아, 정말."

답답함을 이기지 못하고 결국 그가 냅킨을 뽑아 그녀의 아랫입술을 닦아주고야 말았다. 놀란 건 본인뿐이 아니었다. 그의 돌발행동에 그녀 또한 적잖게 당황한 듯 보였다. 당황한 그녀의 표정에 지한은 아차 싶었다.

"제, 제가 닦을게요."

그의 손 위로 그녀의 손이 겹쳐졌다. 지한은 저도 모르게 냅킨에서 제 손을 빼냈다. 닿은 건 손인데, 심장이 미친 듯이 뛰고 있었다. 호텔에서 손을 잡았을 땐 아무렇지도 않았던 것 같은데, 지금은 달랐다. 잠깐 스치듯 손이 닿고 나서 묘한 떨림이 일었다. 기분이 이상했다. 고개를 들어 그의 시선이 상하의 얼굴에 향했다. 입술에 묻어 있던 크림소스는 처음부터 없던 것처럼 말끔하게 지워졌다.

……그런데, 그때 정말 아무렇지 않았었나? 손에 그렇게 땀이 많이 났었는데.

지한은 손바닥을 펼쳤다. 평소와 다름없는 손, 그러나 조금 이상한 것 같기도 했다. 이상한 건 손이 아니라 나인가.

"커피 드실래요? 믹스, 아님 원두?"

티백 두 개를 들고 물어보는 그녀를 향해 그의 멍한 시선이 향했다. 그리고 버릇처럼 대답했다.

"원두커피요."

저녁엔 되도록 커피를 마시지 않은 저이지만, 오늘은 왠지 마셔야 할 것 같았다. 마시고 정신 차리자.

접시를 싱크대에 넣어놓고 상하가 부지런히 몸을 움직였다. 잘 탄 커피 한 잔을 식탁 위에 두었다. 뜨거운 김이 모락모락, 아지랑이처럼 피어오른다. 지한은 머그잔을 들고 깊고 그윽한 커피 향기를 맡았다.

"저녁, 잘 먹었습니다."

머그잔에서 입술을 뗀 그가 인사했다.
"아, 이 커피도."
빼먹을 말을 하며 그가 잔을 들어 올렸다. 그녀는 대답 대신 싱긋, 웃었다. 마치 꽃망울이 터지듯, 무척 예쁘고 싱그러운 미소였다.
"이렇게 잘 웃으면서."
"네?"
왜 그런 슬픈 표정을 했을까.
"커피 맛있다고요."
"아."
못 들은 모양이었다. 아, 하고 애매하게 웃는 걸 보면 믿지 않는 눈치지만.
밤이 깊어간다. 깊고 아득한 어둠이 점점 짙어진다.
이 미친 심장 소리와 함께.

추적추적, 쏟아지는 빗줄기가 굵어졌다. 투명 유리벽을 타고 주르륵, 빗방울이 미끄러졌다. 지나가는 행인들의 모습이 보일 듯 말 듯 했다.
싹둑.
줄기의 3분의 1이 잘려서 작업대 위로 떨어졌다. 아직 봉오리 상태인 카네이션의 꽃받침을 잡고 꽃잎을 펴주었다.
"후우."
한숨과 함께 꽃을 작업대 위에 내려놓았다. 조금 전 미연에게 통보 전화가 왔었다.

'내일 7시로 약속 잡았다. 고모 얼굴에 먹칠할 생각이 아니라면 저녁이라도 먹고 와.'

당사자의 의견은 철저히 배제한 통보에 상하는 같은 말을 반복하는 것에 지쳐 있었다.

'직접 보고도 싫으면 더 이상 강요하지 않으마.'

예상외인 미연의 말에 상하는 당황하고 말았다. 아마 본인이 고른 상대방 남자에 대한 자부심일 것이다. 그러니까 결국 남자를 만나보란 얘기였다. 어차피 이번이 아니더라도 미연은 계속해서 상하를 괴롭힐 것이 자명했다. 그렇기에 마지막이라는 심정으로 수락하고 말았다. 미연이 보기엔 아직 연애 경험이 없는 자신이 한심하게 보였을지도 몰라도 상하는 지금까지 연애를 할 틈이 없었다. 대학생 때는 공부와 아르바이트로 바빴고, 졸업 후엔 강사로 취직하기 위해 발 벗고 뛰어다녀야 했으니까. 강사가 되어서는 공부와 배움을 게을리할 시간이 없었기 때문에 연애를 할 생각 따윈 할 수가 없었다. 마음적으로도, 시간적으로도 여유가 있지 못했다.

"카페."

상대방 남자가 흔쾌히 상하의 가게 맞은편에 있는 카페로 오기로 했다고 했다. 고마워하라는 미연의 말에 결국 어쩔 수 없이 선자리에 나가게 만드는 고모가 야속할 뿐이었다. 평소엔 가게 안에서도 보이던 카페가 빗방울에 흐려져 잘 보이지 않았다.

내일은 비가 그치려나.

상하의 손이 다시 바쁘게 움직였다. 카네이션과 수국이 함께 어우러진 꽃다발이 완성되었다. 작업대를 청소하고 차 한 잔 마시는데, 가게 문이 열렸다. 주문한 꽃을 찾으러 온 손님이었다. 빗물이 흐르는 우산은 문 앞에 세워두고 작업대로 다가왔다.

"꽃다발 여기 있습니다."

상하가 내민 꽃다발을 남자가 만족스러운 얼굴로 바라보았다.

"감사합니다."

꽃다발을 든 남자가 세워둔 우산을 들고 밖으로 나갔다. 며칠 사이 날씨가 바뀌었다. 비바람이 좁은 가게 안으로 침범하자 상하의 가는 어깨가 떨렸다. 며칠 전까지만 해도 시원했던 바람이 쌀쌀하게 변했다.

가을에서 겨울로 금방 바뀌겠구나.

옆에 벗어놓은 얇은 카디건을 입었다.

'지나친 관심은 실례입니다.'

그닥지 않은 차가운 눈빛으로 했던 말이 불현듯 떠올랐다. 지나친 관심, 이라니. 그 말에 상처를 받지 않았다고 하면 거짓말이겠지만, 틀린 말은 아니니 상하는 뭐라 대꾸하지 못했다. 그저 사과밖에는.

"지나친 관심이라고?"

손수건을 먼저 건네줄 때는 언제고…….

먼저 술 마시자고 했던 사람이 누군데. 거기다 같은 침대에…….

"손은 왜 잡은 거야?"

상하는 제 손을 펼쳤다. 물론 저를 노리는 취객이 있었다고 한들, 그냥 모르는 척하면 되었을 것을. 그야말로 지나친 참견을 한 것이다.

처음, 그가 자신에게 크림소스를 부탁했을 땐 그저 피해야겠다는 생각뿐이었다. 그래서 크림소스 대신 우유를 주었고, 크림소스 맛을 봐달란 부탁은 최대한 빨리 봐주고 끝내려고 했었다.

우는 모습을 그에게 들키지 않았다면, 손수건을 받지 않았다면, 아니 같이 술 한잔하자는 제안을 거절했다면…… 그의 행동 하나하나에 의미를 부여하지 않았을 것이다.

그저 강사와 강습생일 뿐인 사이에서 뭐 하나 보탤 말이 없다는 사실이 조금 서글픈 기분이 들었다. 호의가 계속되면 권리인 줄 안다고 했던가. 자신은 어느새 호의가 아닌 권리를 행사하고 싶은 모양이다.

타닥타닥, 투명 유리벽을 때리는 빗줄기가 점차 가늘어지기 시작했다.

어제 한바탕 퍼붓던 하늘은 맑게 개었다. 구름 사이로 비친 햇빛이 어느 때보다 따스했다. 하지만 지한의 뺨에 닿은 바람은 몹시 차가웠다. 며칠 사이에 날씨가 바뀌었다. 지한은 열어두었던 창문을 닫고, 커피를 들이켰다. 깊은 커피 향이 그의 코를 간질였다. 그녀의 집에서 마셨던 원두커피 또한 맛이 좋았다. 그래봤자 마트에서 파는 티백일 뿐이었는데 말이다.

후회를 담은 지한의 눈빛이 아득하게 빛났다. 그녀의 집에서 했던 말이 자꾸 신경이 쓰였다. 그렇게 말하지 말 걸 그랬나. 지나치게 예민하게 반응하고 말았다. 순식간에 변하는 안색에 뱉은 말을 후회하고 말았다. 지극히 개인적인 일이라고 뒤늦게 덧붙이긴 했지만, 분명 불쾌했겠지. 괜찮다는 그녀의 말에도 그는 안심이 되지 않았다.

'사람마다 말하고 싶지 않은 사정이 있는 거니까요.'

그녀에게도 해당되는 말일까. 이해한다는 듯 덧붙인 말이 꼭 그렇게 들렸다. 입술 사이로 피식, 미소가 번졌다. 분명 지나친 관심은 실례라고 경고했는데도 불구하고,

"파스타 먹고 싶을 땐 오라니."

사람 말을 뭘로 듣는 건지. 그러나 그 말만큼은 예민하게 반응하지 않았다. 거기다 늦은 저녁 남자를 집으로 들이는 걸 전혀 경계하고 있지 않다는 증거였다. 자신이니까 아무 일 없이 지나간 것이다. 밀폐된 공간, 성인 남녀가 그저 저녁만 먹을까? 아니, 다른 남자라면 본심은 다른 곳에 있었을 게 틀림없는데.

"생각이 있는 건지, 없는 건지……."

아차, 지나친 관심은 실례.

스스로가 말해놓고 어기고 싶은 기분이 들었다.

그래도 오늘, 파스타가 먹고 싶은 건 어쩔 수 없다. 세 번 중 두 번은 캔슬한다고 했으나 첫 부탁부터 캔슬하지는 않겠지.

그렇게 생각하며 지한은 아직 식지 않은 커피를 들고 자리에 앉았다. 밀린 일을 처리하지 않으면 정시 퇴근은 어림없다.

6시 30분. 아직 제 할 일을 끝내지 못한 직원들만이 퇴근 시간임인데도 업무 중이었다. 지한은 재킷을 입고 대표실에서 나왔다. 의아하다는 직원들의 눈빛이 지한에게 닿았다. 매일같이 회사 일에 둘러싸여 있던 사람이 바로 그였기 때문이다.

"대표님, 요즘 정시 퇴근이 잦네요. 데이트 가세요?"

설계팀 김 대리가 초췌한 얼굴로 능글거렸다.

"지나친 야근은 정신까지 흐리게 만들지."

헛소리 작작 하란 얘기다.

"그럼 수고해."

지한은 김 대리를 지나쳐 사무실에서 나왔다. 지하 주차장으로 내려가는 엘리베이터에 몸을 실은 지한은 거울 속 제 모습을 살폈다. 타이가 조금 삐뚤어졌다. 삐뚤어진 타이를 정돈하던 그는 문득 첫 강의를 하던 날을 떠올렸다. 제 뜻대로 손이 잘 움직이지 않아 타이를 느슨하게 해놓고 깜박 잊었다. 차마 타이를 제대로 고쳐주지 못한 손길이 타이를 가리키며 난감하다는 얼굴을 했다. 불과 얼마 되지도 않은 일이 오래전 일처럼 느껴졌다. 그것은 아마 강의를 시작한 이후 그녀와 많이 가까워졌기 때문일 것이다. 운전석에 앉은 지한은 미리 그녀에게 연락할까, 고민했다.

"어차피 금방인데, 뭐."

이미 퇴근도 했고.

지한은 운전대를 돌려 지하 주차장에서 빠져나왔다. 퇴근 시간이라 그런지 도로가 앞뒤로 꽉 막혔다. 하지만 백화점을 지나니 바로 도로가 한산해졌고 금방 꽃집에 도착했다. 지금 보니, 가게 내부가 그녀와 닮은 구석이 있었다.

굉장히 심플하다는 것.

근처에 차를 주차하곤 가게 안으로 들어갔다. 재킷을 걸쳐 입고 문 닫을 준비를 하던 그녀와 시선이 부딪쳤다.

"영업 안 합니까."

"오늘은 제가 일이 있어서 일찍 가게를 닫으려고요."

이런. 저절로 탄식이 터졌다. 미리 연락하지 않고 온 것이 후회되었다.

"그런데 무슨 일로."

조심스럽게 묻는 상하에게 지한은 한 템포 쉬고 대답했다.

"선인장 하나 더 살까 해서."

"아직 진열대가 밖에 있을 텐데."

거짓말엔 워낙 서툴러서 들켰을까. 뻘쭘한 표정을 숨기기 위해 지한은 곧장 가게 밖으로 나왔다. 그러곤 진열대에서 아무거나 집어 들었다. 선인장을 기르는 취미 따위는 없었다.

"고르셨어요?"

"네."

지한은 작업대 위에 선인장 하나를 내려놓았다.

"육천 원입니다."

지한은 지갑에서 만 원짜리 지폐 한 장을 꺼냈다. 돈을 건네받은 상하는 금고를 확인하고 난처한 얼굴로 말했다.

"잔돈이 없네요. 아, 어쩌지."

"그럼 다음에 하나 더 사겠습니다. 마음에 드는 녀석이 없어서 말이죠."

"네, 그러세요."

그의 제안을 흔쾌히 상하가 대답했다.

"어머, 늦었네. 벌써 시간이……."

서둘러 가방을 챙기는 상하의 모습에 지한은 가게를 나서고 말았다. 허둥지둥 가게를 정리하고 나온 상하는 문을 잠갔다.

"수요일에 뵐게요."

상하가 가볍게 목례했다. 지한도 고개를 까닥하고 뒤돌았다. 목적은 처음부터 선인장이었던 것처럼 그의 손에 검은 비닐봉지가 있었다.

수요일이라…….

이런 식으로 캔슬하는 건가. 첫 부탁부터 캔슬당할 거라고 생각하지 못했던 그는, 당황한 얼굴로 몇 걸음 걷다 뒤돌았다. 신호가 바뀌길 기다리는 그녀의 뒷모습에 저도 모르게 헛웃음이 입에 걸리고 말았다.

파스타 먹겠다고 칼퇴근을 하다니. 지독한 워커홀릭 유지한이.

다시 그가 뒤돌았을 때 그녀는 신호등을 건너고 있었다. 상하가 신호등을 다 건널 때까지 집요하게 머물러 있던 그의 시선이 그제야 정면을 향했다.

네이비색 슈트를 입은 남자가 상하의 시야로 들어왔다. 휴대폰을 꺼내 미연이 보내준 남자의 사진을 한 번 더 확인한 상하의 걸음이 옮겨졌다. 그는 창가 맨 앞자리에 앉아 있었다. 그녀가 가까이 다가오자 남자가 자리에서 일어났다.

"안녕하세요. 이상하입니다."

"최석후입니다. 앉으세요."

사진으로 본 대로 젠틀하면서 깔끔한 모습이었다. 상하는 의자를 끌어당겨 앉았다.

"우선 차부터 시킬까요?"

최석후의 물음에 상하가 대답했다.

"저는 아메리카노 마실게요."

최석후는 벨을 누르고 점원에게 아메리카노 두 잔을 주문했다. 상하는 최석후의 모습을 찬찬히 훑었다. 연예인처럼 잘생긴 얼굴은 아니나, 여자들이 한 번씩 쳐다볼 만한 호감형의 부드러운 인상을 지녔다. 입고 있는 슈트와 구두는 값비싼 고급 브랜드였다. SJ식품 연구소 팀장이라고 했던가. 상하보다 여덟 살 많은 그는 지금껏 일에 치여 사느라 결혼을 하지 않았다고 했다.

"사진보다 훨씬 더 미인이시네요."

상하의 외모를 칭찬하는 최석후의 얼굴에 미소가 걸렸다. 상하의 얼굴에 어색한 미소가 그려졌다. 이런 자리에서 어떤 대화를 나눠야 하는 것인지 감이 오지 않았다. 직원이 따뜻한 아메리카노 두 잔을 내왔다. 상하는 머그잔을 쥐고 한 모금 마셨다.

"상하 씨 사진 보고 한눈에 반해서 약속 날짜를 급하게 잡았습니다. 사진보다 더 마음에 드네요."

"만나자마자 고백은 조금 부담스럽네요."

다짜고짜 하는 그의 고백에 상하의 얼굴이 조금 굳어졌다. 입이 가벼운 남자의 말에 동요되기는커녕 무감각했다.

"제가 너무 경솔했던 것 같네요. 부담 드리려고 한 말은 아니었습니다."

"죄송해요. 이런 자리는 처음이라."

그의 즉각적인 사과에 예민한 제 반응을 상하도 사과했다. 그래도 고모의 인맥을 통해 마련된 자리였다. 상하는 미연에게 누가 되지 않도록, 예의를 차리는 선에서 자리가 끝났으면 좋겠다고 생각했다. 최석후는 서글서글하게 웃으며 자신의 회사에 대해 소개했고, 얼마나 치열한 경쟁을 통해 팀장의 자리에까지 왔는지 열심히 설명했다. 상하는 그저 최석후의 말을 경청할 뿐이었다.

아무리 맞선 자리가 결혼을 전제로 하는 만남이라고 하지만, 자신의 능력과 재능에 대해 아무리 과시해봤자 무덤덤할 뿐이다. 지루한 표정을 숨기며, 상하는 다시금 머그잔을 들었다.

"만약 저와 결혼하시면 그냥 몸만 오시면 됩니다. 저는 다 준비되어 있거든요."

"……."

"꽃집을 하신다고 들었는데, 결혼하시면 가게를 그만두고 내조를 해주셨으면 합니다. 요즘 같은 불경기에 꽃을 사는 사람이 있기나 합니까. 제가 버는 돈으로 충분하니 부족하진 않을 겁니다. 힘들게 가게 같은 건 하지 않아도 됩니다."

"……."

"제가 외아들이라 어머니께서 며느리가 생기면 아주 잘해주실 겁니다. 상하 씨도 부모님이 안 계시니 저희 부모님을 친부모님처럼 모셔주셨으면 좋겠네요."

결혼 이야기에 당황한 것도 잠시, 불쾌감이 상하의 몸을 뒤덮었다. 물론, 꽃집을 하는 건 돈을 벌기 위한 목적도 있지만 스스로가 좋아하는 일이었다. 거기다 돌아가신 부모님 이야기를 아무렇지 않게 주절대는 남자의 얼굴에 상하는 뜨거운 커피를 쏟아붓고 싶었다. 남자는 본인이 무엇을 잘못했는지 전혀 인지하지 못한 얼굴로 상하의 대답을 기다리고 있었다.

"최석후 씨, 저는 제 가게를 그만둘 생각이 없습니다."

"뭐, 원하신다면 그 정도 양보는……."

"그리고 다른 사람의 부모를 제 부모님처럼 모실 정도로 성격이 좋지 못하네요."

"저희 부모님, 좋으신 분들입니다. 며느리 시집살이 시킬 분도 아니고, 분명 고아인 상하 씨를 친딸처럼……."

"고아를 친딸처럼 대해주신다는 말만으로도 최석후 씨의 부모님이 얼마나 좋은 분들인지 알 것 같네요. 하지만 최석후 씨와 저는 인연이 아닌 것 같아요."

그는 끝까지 자신이 어떤 실례를 범했는지 모르고 있었다. 미연을 생각해 그에게 최대한 예의를 차리려고 노력했지만, 결국 이성이 무너지고 말았다.

"먼저 일어나겠습니다."

상하는 가방을 들고 자리에서 일어났다. 최석후도 따라 일어서긴 했으나, 카페 밖까지 쫓아오지는 않았다. 능력이 좋고 재력이 차고 넘치도록 많으면 뭐하나. 상대방에게 상처를 주고도 뭘 잘못했는지 모르는 사람이라면, 더 볼 것도 없었다. 애당초 미연의 압박에 억지로 나온 자리였으니 미련은 없었다. 하지만 조금 씁쓸한 기분이 들었다.

'고아인 상하 씨를.'

고아라고 단 한 번도 생각해본 적 없었다. 운이 좋아 좋은 친구들을 만난 덕분인지, 학창 시절에도 고아라도 놀림을 받거나 따돌림 당하는 일은 없었다. 거기다 고모와 고모부, 성호까지 곁에 있어서 그랬는지도 모른다. 자신에게도 가족이 있었으니까.

상하가 카페 앞에서 택시를 잡아탔다.

"신현동이요."

말해놓고 그녀는 을씨년스럽게 바람이 부는 창밖으로 시선을 던졌다. 나뭇잎이 우수수, 속절없이 바닥으로 나뒹군다. 안락한 승차감에 상하는 편한 자세로 등을 기댔다. 결국 좋지 않게 맞선 자리를 끝내고 말았으니 조만간 미연에게 잔소리 들을 게 뻔했다. 하지만 이번 계기로 두 번 다시 맞선은 보지 않겠다고 다짐했다. 걱정은 뒤로 미뤄두고 눈을 감았다. 최석후의 살아온 인생사를 듣느라 꽤 피곤했다.

빌라 앞에 택시가 멈추었다. 택시에서 내린 상하는 밀려드는 찬바람에 재킷을 여몄다. 빌라 안으로 들어가려던 상하는 걸음을 멈추고 뒤돌았다. 노란 은행잎이 살랑거리며 흩날리던 며칠 전과는 다르게 다 떨어진 은행잎은 몇 개 붙어 있지 않았다. 그나마 붙어 있는 은행잎도 떨어질 듯 위태로워 보였다. 찬바람이 불기 시작한 가을 끝자락, 그곳에 홀로 서 있는 기분이었다.

"꼭 겨울 같다."

상하는 빌라 안으로 들어갔다. 집 안으로 들어와 스위치를 켜곤 침대 위에 가방을 내려놓았다. 주방으로 가 냉장고 문을 열어 생수를 꺼내는데, 먹고 남은 파스타 면이 눈에 띄었다. 그러고 보니 아직 저녁 전이다. 손목시계로 시간을 확인하니, 어느덧 9시. 최석후와 카페에 적어도 한 시간 넘게 앉아 있었던 셈이었다. 상하는 파스타 면과 야채를 꺼내 식탁 위에 올렸다. 그러곤 면을 삶고 야채를 볶고 소스를 만들었다. 완성된 파스타를 접시에 담아 식탁에 앉았다. 냉장고에서 우연찮게 본 파스타 면을 봤을 땐 굉장히 시장했는데, 막상 먹으려니 입맛이 뚝 떨어졌다. 상하는 포크를 들고 파스타를 한입 먹었다.

"맛없다."

늘 해먹던 레시피 그대로 만든 파스타였다. 요즘 부쩍 파스타를 자주 먹긴 했다. 질릴 때도 되었지. 결국 한 젓가락 먹고 남은 파스타를 무심히 바라보던 그녀는 문득 그가 떠올랐다. 자신이 해준 음식을 유일하게 맛있게 먹어준 남자였다.

거리를 두자고 해놓고, 어느덧 휴대폰은 그의 이름 앞에서 멈추어 있었다. 정말, 다른 의도는 없었다. 결국 통화 버튼을 누르고 상하는 숨죽여 그의 목소리를 기다렸다.

–여보세요.

바로 앞에서 들었을 때보다 더 깊은 중저음이 상하의 귀를 간질이고,

"저기, 혹시 파스타 먹으러 올래요?"

상하는 조심스럽게 용건을 꺼내놓았다.

–…….

이 늦은 저녁에 파스타를 먹으러 오라니. 황당하긴 하겠다. 뒤늦게 경솔한 저의 행동을 속으로 질책하며 상하는 변명처럼 말을 덧붙였다.

"파스타를 했는데 너무 많이 해서……."

이유는 그것뿐이었다. 하필이면 파스타가 많이 남았고, 그가 떠올랐다.

"안 되면 다음에……."

–갈게요.

단 한마디로, 부끄럽고 민망했던 저의 행동이 용납이 되는 순간이었다.

7. 목요일, 3시

상하는 그저 그가 파스타를 먹는 모습을 바라보고 있었다. 남은 파스타의 면이 불어 새로 해야 했지만, 그 수고가 뿌듯함으로 변했다. 사실 그가 이렇게 한달음에 올 줄은 몰랐다. 늦은 시간을 핑계 삼아 거절을 해오면 차라리 잘됐다고 저의 경솔함을 탓하려고 했다. 이젠 질릴 법도 한데 파스타를 맛있게 먹는 그의 모습에 상하의 얼굴에 옅은 미소가 걸렸다. 자신은 한 젓가락 먹고 그대로 개수대에 버려버렸다는 말은 차마 그에게 할 수 없었다.

"이 시간까지 저녁도 안 드시고……."

상하가 적막을 깼다.

"이것저것 하다 보니 벌써 시간이 늦었더라고요."

"이것저것이요?"

호기심 어린 눈빛으로 반문하는 상하의 행동에 그가 한 템포

느리게 대답했다.

"네, 이것저것."

"바쁘셨나 봐요."

더 이상 캐묻지 않자 다행이라는 얼굴로 그가 물었다.

"상하 씨야말로 늦은 저녁이네요."

일이 있다고 했던 것 같은데, 하고 물으려다 지한은 입술을 닫았다.

"그렇게 되었어요."

"그렇군요."

"사실, 오늘 선을 봤거든요."

선이라는 단어에 지한의 눈이 커졌다. 하나 아무렇지 않은 표정으로 고개를 까닥했다.

"처음이라 내가 잘 몰라서 그러는 건지……."

"무슨 일 있었습니까."

말을 잇지 못하는 상하의 모습에 걱정 어린 표정으로 지한이 물었다. 맞선에서 수모를 당하긴 했으나, 할 말 다 하고 나왔으니 후련하긴 했다. 그러나 왜 고모는 이런 남자를 자신의 배우자로 정했는지 의문이었다. 그저 돈만 있으면 다 된 거였나. 정말 자신을 위해서 그랬던 것인지…….

의문이 증폭되면서 서러움이 밀려들었다.

"사랑 없이도 할 수 있는 게 결혼인가 싶어서요."

"……."

"절 보자마자 결혼 이야기를 꺼내는 상대방을 보면서 문득 그런 생각이 들더라고요. 맞선을 보러 왔으면 당연히 상대방 남자의

점수부터 매겨야 정상인데, 참 우습게 되었어요."

"……."

"나보다 가진 것 많은 상대방이 고아니 뭐니 하는 말들, 다 감수해야 하는 건데. 틀린 말도 아닌데 쓸데없이 발끈해서 훈계나 하고."

"후회돼요?"

위로의 표정이 아니다. 오히려 차갑게 굳은 얼굴로 그가 다그치듯 물었다. 후회할 일을 애당초 할 리 없었다.

"아뇨."

"할 말은 다 한 거 맞아요?"

"네? 뭐, 대충……."

"그럼 됐네요."

됐다니, 도대체 뭘…….

그의 말을 이해하지 못한 상하의 얼굴에 그가 덧붙여 말했다.

"억지로 할 필요 없다고요."

상하는 아무 말도 하지 못했다. 별말도 아닌 말에 감동받을 감성 같은 건 없었다. 아니, 그보다 감동받을 정도로 멋있는 위로도 아니었고. 하지만 울컥, 차올랐던 감정들이 사라져버렸다. 정말 아이러니하게도.

"파스타 잘 먹었습니다."

그의 인사에 바라본 접시는 깨끗하게 비워져 있었다.

"많이 배고프셨나 봐요."

"일이 좀 틀어져서요."

"일이라면 아까 말씀하신 이것저것……."

"비슷해요."

잘 이해가 안 가긴 했지만 상하는 더 이상 묻지 않고 고개를 끄덕였다. 뭔가 굉장히 바쁜 일이 있었던 모양이다. 그럼에도 저의 부름에 한달음에 와주다니. 고맙고 미안한 마음이 공존한 얼굴로 그를 바라보았다.

"혹시 좋아하시는 꽃, 있어요?"

"꽃 별로 안 좋아해요."

의외의 대답이었다. 물론 누군가를 위해 강의를 신청했다 하더라도, 꽃을 안 좋아할 줄은 몰랐다.

"어째서요?"

"금방 시들어버리니까."

"오래 볼 수 있는 꽃도 있어요. 겨울엔 꽃들도 활기가 돌아서 봄, 여름 꽃보다 오래가는 편이거든요."

상하의 설명에도 그의 표정엔 아무런 변화가 없다.

"알아요."

상하는 눈을 깜박이며 그가 다음에 할 말을 기다렸다.

"결국 시들어버리잖아요."

꽃을 좋아하지 않는 이유가 참 간단한 것 같으면서 복잡하게 들렸다. 사람이 태어나 언젠가 죽는 것처럼 꽃도 마찬가지로 피고 지는 것은 당연한 이치였다. 그 당연한 이치를 싫다고 하는 그에게 뭐라고 대답해야 할까.

"그래도 향기는 남아 있잖아요. 꽃은 시들어도 향기가 굉장히 진하게 남거든요."

이 또한 알고 있을까.

"그렇긴 하겠군요."

별로 동요하는 표정은 아니다.

"그 향기로 꽃을 대신하는 거예요."

"플로리스트다운 대답이네요."

"치매에 걸렸어도 꽃 이름을 기억하려는 분도 계세요. 다른 건 다 잊어도 그것만큼은 못 잊겠다는 듯 말이에요. 더듬거리며 꽃 이름을 말하는 그분의 얼굴에 행복한 미소가 번지는 걸 보면 플로리스트하길 잘했다, 이런 생각이 들어요."

"그 사람이 누군지 물어봐도 됩니까."

상하는 잠깐 머뭇거리다 입을 열었다.

"우리 엄마…… 와 굉장히 닮은 분."

상하는 삐삐 엄마를 떠올렸다. 노란 은행잎이 물들 때쯤 갔으니 조만간 가봐야 할 것 같았다. 시간은 어느덧 열 시가 넘었다. 집에 와서 파스타를 만들어 먹다 문득 떠오른 그의 모습에 전화를 걸고, 그가 와서 파스타를 먹기까지 한 시간 정도의 시간이 소요되었다. 그와 이런저런 대화를 하다 보니 다른 생각할 틈이 없었다.

을씨년스럽게 변한 밤바람, 가을과 겨울 사이의 애매한 계절, 자신의 전화에 한달음에 달려와준 이 남자, 유지한. 그녀를 더욱 감성적으로 물들게 하는 것들이었다.

대전의 날씨는 인천보다 포근했다. 마치 이제 막 가을의 시작을 알리는 것처럼 따사로운 햇살이 부숴졌다. 지한은 대전 시내의 중심가의 한 공사 현장을 찾았다. 있던 건물의 내부와 외벽을 철

거하고 카페로 공사 중이었다. 작업 발판을 밟고 1층부터 계단을 이용해 위로 올라갔다. 목공 작업이 한창 이루어지고 있는 가운데 자재들이 바닥에 쌓여 있었다.

"유 대표."

예순이 넘은 공사 담당 강 팀장이 지한을 불렀다. 그는 아버지가 대표로 있을 때부터 같이 일했던 사람이었다. 아버지와 함께 술 한잔한 적도 여러 번이었고 지한을 친아들처럼 잘 챙겨주었다. 쓰고 있던 공사모를 벗으며 강 팀장이 담배를 입에 물었다.

"오랜만입니다, 팀장님."

후, 하고 뿌연 연기를 흩뿌리며 강 팀장이 고개를 까닥했다.

"공사 진행 사항 보려고 왔나?"

"네."

"직원들이 그렇게 많으면 뭐해?"

회사 일을 처음 도맡고 몇 년간은 일을 배우기 위해 직접 공사 현장을 찾아다녔다. 물론 지금은 지원들을 통해 공사 진행 사항을 보고받을 수 있지만, 가끔 공사 규모가 큰 건은 직접 확인하곤 했다. 강 팀장의 농 섞인 타박에 지한이 멋쩍은 얼굴을 했다.

"직접 확인해야 편해서요."

"부전자전이구만."

그 말에 지한이 피식 웃고 말았다.

"담배 끊으셔야죠."

"이 좋은 걸 끊으면 뭔 재미로 사냐? 네 아버지도 나한테 담배 끊으라는 잔소리는 안 했다."

"잔소리라뇨."

강 팀장은 반쯤 태운 담배를 신발로 짓이겼다.

"밥이나 먹고 가라."

지한은 먼저 등 돌려 아래로 내려가는 강 팀장의 뒤를 따랐다. 강 팀장이 향한 곳은 그리 멀지 않은 곳에 있는 국밥집이었다.

"돼지국밥 두 개 주세요."

강 팀장은 자리에 앉자마자 반찬을 내오는 점원에게 주문했다.

"여기 돼지국밥이 아주 끝내줘. 해장으로 아주 그만이야."

"그래서 점심으로 해장하시는 겁니까."

"그렇지, 뭐."

돼지국밥 두 그릇이 테이블에 세팅되었다. 강 팀장은 국밥에 부추와 다진 양념을 넣었다. 돼지국밥은 별로 좋아하진 않지만, 간만에 강 팀장이 데리고 온 식당이니 지한도 양념을 넣고 국밥을 먹었다. 어느덧 그곳은 손님들로 북적댔다. 선풍기 하나가 홀로 돌아가고 있는 식당 안은 후덥지근했다.

점심 식사를 마치고 강 팀장은 공사 현장으로 갔다. 지한은 근처 테라스가 있는 카페에 앉아 뜨거운 커피를 들고 앉았다. 어차피 지금 출발해도 인천에 도착하면 3시가 넘을 듯싶었다. 지한은 상하에게 전화를 걸었다.

–여보세요.

"유지한입니다."

–네.

"오늘 강의 참석 못 할 것 같아서요."

–아……. 그러세요?

서운한 듯 들리는 그녀의 목소리에 지한은 다시 손목시계를 바라보았다. 지금 아무리 밟아도 3시까지 도착하는 건 어림도 없다. 알고 있음에도 다시 거리와 시간을 계산하고 있는 자신이 우스웠다.

–그럼 보강은 언제가 좋을까.

혼잣말하는 그녀의 목소리도 듣기 좋은 음성이었다.

–내일이나 모레, 언제 시간 되세요?

"내일이요."

지한은 빠르게 대답했다.

–그럼 내일 3시에 뵐게요.

통화를 끝내고 지한은 휴대폰 액정을 바라보았다. 5분 남짓한 통화 기록이 깜박이다 사라졌다. 일회용 커피 잔에 입술을 댔다. 오늘따라 커피가 쓰게 느껴진다.

"선, 이라."

선을 보았다고 했다. 일이 있어서 가게를 일찍 닫는다고 한 날 선을 본 것이다. 그녀가 선을 봤다는 그 말에 묘하게 비틀린 기분이 들었다. 결혼 적령기에 접어든 여자가 선을 보는 것이 잘못된 것도 아닌데 그는 굳은 표정을 애써 숨겨야 했다. 바닥까지 떨어질 뻔한 심장 소리까지.

만약 파스타를 먹으러 가지 않았다면 듣지 못했을 말이었다. 그녀의 꽃집에서 사 온 선인장은 책상 위에 올려두고 지한은 침대에 누워 있었다. 옷도 벗지 않고, 씻지도 않고, 저녁도 거른 채 내내 아무것도 하지 않았다. 멍하니 천장을 바라보다가 퇴근한 채아의 노크 소리에 정신을 차렸다. 그리고 그녀에게서 전화가 걸려왔고.

'안 되면 다음에…….'

갑작스러운 그녀의 말에 지한은 당황하고 말았다. 서둘러 전화를 끊으려는 그녀에게 지한은 냅다 말했다.

'갈게요.'

왠지 가야 할 것 같았다. 부모님 기일이었던 그날, 그날처럼 목소리에 힘이 없고 울먹이는 것 같았기 때문이었다. 금방이라도 울음을 터트릴 것 같은 아슬아슬한 목소리였다. 그가 집에 도착했을 땐 식탁 위엔 파스타를 담아놓은 접시가 있었다. 지한은 아무것도 묻지 않고 식탁에 앉아 파스타를 먹었다. 늦은 저녁이었다.

선은 본인 의지가 아닌 것 같았다. 그렇지 않고서야 술 취한 사람처럼 자신에게 떠들지는 않았을 테니 말이다. 상대방 남자에게 어떤 말을 들었는지는 모르겠지만, 무례하고 상식에서 벗어난 행동을 범한 것은 분명했다.

'사랑 없이도 할 수 있는 게 결혼인가 싶어서요.'

정해진 답안은 없다. 그저 본인 스스로의 가치관에 달라지는 것뿐. 지금까지 결혼에 대해 진지하게 생각해본 적 없지만, 애정 없는 결혼을 할 바엔 차라리 독신이 낫겠다 싶었다.

그래도 한편으로 다행인 건,

"할 말 다 했다는 거."

피식, 미소가 곡선을 따라 올라갔다. 옅었던 미소가 짙어진 줄도 모르고, 주변 여자들의 시선이 오롯이 그에게 향한 것도 모른 채 그는 볕이 잘 드는 테라스에 앉아 있었다. 그러고 보니 참 이상하다. 그녀는 차가워 보이는 인상과는 달리 친절하다. 강해 보이면서도 여린 것 같기도 하고 잘 웃지 않지만, 한번 웃으면 그 미소에 빠져들 만큼 예쁘다는 것은 그녀에게 비밀이다. 자신만 알고 싶었다. 하지만 역시 제일 이상한 건, 한가롭게 타지에서 커피를 마시면서 그녀를 떠올리고 있는 자신일지도.

"또 오세요."

손님에게 꽃바구니를 건네며 상하가 인사했다. 손님이 나가자 상하는 작업대를 치우고 의자에 앉아 잠깐 숨을 골랐다.

"후우."

절로 입술을 비집고 한숨이 터졌다. 조금 전 미연과의 통화를 떠올리자 상하는 지끈거리는 관자놀이를 지그시 눌렀다.

–그 자리를 내가 어떻게 만든 자리인데 먼저 일어나? 듣자 하니 최 군의 요구가 부당한 것도 아니던데 왜 그런 거니? 결혼해서 시부모 봉양하는 거야, 그럴 수도 있잖아. 혹시 가게 접으라고 해서? 장사도 잘되지 않는데 세만 나가지.

상하는 최석후가 저에게 범했던 무례를 말하지 않았다. 말한다 한들 달라지는 건 없었다. 어쩌면 미연은 최석후를 옹호하며 오해를 풀라고 할 수도 있다. 그러면서 자연스레 최석후와의 만남으로 이어지는 건 사양이었다. 죄송하다는 상하에게 미연은 더 날카로운 목소리로 다그쳤다.

–이 여사 얼굴을 내가 어떻게 보라고? 이 여사 체면도 말이 아니게 되었다, 이것아! 나이 서른 넘은 조카까지 내가 이리 신경 써야겠니?

'고모, 죄송한데 앞으로 선은 안 볼게요. 생각해주시는 건 감사하지만, 별로 내키지가 않아요.'

미연의 오랜 꾸중에도 불구하고 이번엔 제 고집을 꺾지 않았다.

-그래, 네가 알아서 해라. 내가 네 부모라고 생각했으면 끝까지 고집부리지 않았겠지. 서운하구나.

끝내 상하의 고집을 꺾지 못하면 미연은 마지막 비장의 카드인 양 서운한 내색으로 상하의 마음을 흔들었다. 그때마다 상하는 미연에게 못 이기는 척하길 여러 번, 그러나 이번엔 달랐다. 미연이 먼저 전화를 끊었음에도 상하는 다시 재다이얼을 누르지 않았다. 그러자 다시 미연에게 전화가 걸려왔었다. 상하는 휴대폰을 무음으로 바꿔놓은 채 제 할 일을 했다. 하지만 걸려온 전화를 무시하는 마음은 편치 않았다.

2시 30분.

접객실로 들어가 강의 준비를 부리나케 했다. 강의에 필요한 재료와 소품, 그리고 손질해놓은 꽃을 테이블 위에 세팅해놓고 상하는 아차 싶었다.

"바보 같긴."

분명 그에게 오늘 강의 캔슬 전화를 받았음에도 저도 모르게 시간이 되자 버릇처럼 강의 준비를 하고 말았다. 어설픈 미소가 그녀의 입가에 머물렀다. 강의 준비를 하기 위해 가지런히 놓아두었던 소품과 재료들을 치울 생각 없이 앉아 있다 상하는 꽃 한 송이를 들었다.

어차피 조만간 삐삐 엄마에게 가볼 생각이었으니, 간만에 꽃 포장을 해볼까?

지금까지 꽃을 팔기 위해서만 꽃을 손질하고 포장을 했다. 선물하기 위한 꽃 포장은 오랜만이었다. 그래서 그런지 꽃을 만지는 그녀의 손끝이 설레었다.

"아, 어서 오세요."

지한이 가게 안으로 들어가자 상하가 싱긋, 미소를 그렸다. 마치 그를 기다리고 있는 듯한 그녀의 모습에 지한은 기분이 좋았다. 그저 하루 지났을 뿐인데, 반가운 기분마저 들었다. 지한은 들고 있던 종이 가방을 작업대 위에 올려두었다.

"이게 뭐예요? 튀김 소보로빵?"

종이 가방 안에 있는 상자를 꺼내며 상하가 물었다. 사실, 채아에게 부탁받은 건 한 박스였으나 30분을 기다려 한 박스만 사기엔 뭔가 억울했다. 그래서 지한은 3박스를 구입해 한 박스는 채아에게, 다른 한 박스는 직원들에게 나누어 주었다.

"어제 대전에 갔다가 튀김 소보루가 유명하다기에 샀어요."

"아…… 대전에 튀김 소보로가 유명하구나."

"팥이 들어 있는 튀김 소보로입니다."

"저 팥 완전 좋아하는데. 팥죽, 팥빙수 등등 세상 모든 팥은 다 좋아요."

팥에 대한 무한 애정을 쏟아내는 상하의 모습에 지한은 빵을 사 오길 잘했다는 생각을 했다. 그녀가 상자에서 빵을 꺼내 반으로 툭, 잘랐다. 그러곤 한쪽 팔을 쭉 뻗었다.

"나눠 먹어요."

지한은 내민 빵 반 조각을 받았다. 상하가 빵을 베어 먹는 모습을 바라보다 뒤늦게 지한도 빵을 베어 물었다.

"맛있어요."

"난 별로입니다."

"별로예요?"

이렇게 맛있는데, 라며 상하가 덧붙였다.

"너무 달아요."

"팥은 원래 단맛으로 먹는 거예요."

"달아도 너무 달아."

"유지한 씨 이제 보니 노친네 입맛이네요."

"노친네?"

반문하는 지한의 눈썹이 삐뚜름해졌다.

"단 건 싫어하고, 담백하고 고소한 것만 찾잖아요."

"내가 언제요?"

물어놓고 지한은 후회하고 말았다.

"저희 집에서 파스타 먹은 것만 두 번."

지한은 피식 웃었다.

"노친네는 상하 씨가 아니고요?"

"내가요?"

이유를 묻는 상하를 향해 지한의 입가에 미소가 짙어졌다.

"두 번이 아니고 세 번이잖아요."

"아……."

크림소스 가져온 날, 콩 파스타 만드는 방법을 알려주던 날, 또…….

이렇게 혼잣말을 하며 상하가 생각해내는 동안 지한은 이런 세세한 것까지 기억하고 있는 스스로에게 놀라고 있는 중이었다.

"맞네, 세 번."

별것도 아닌 걸 기억해낸 그녀의 표정이 밝아졌다. 그녀는 아무렇지 않은데 왜 저만 이상한 기분이 드는 걸까. 의문이 풀렸는지 그녀는 빵을 맛있게 먹었다.

"아, 또."

"네?"

이번엔 팥이다. 입 주변에 팥을 묻힌 것도 모른 채 천진난만한 얼굴로 반문하는 그녀다.

"여기."

슥슥, 손으로 털어내는 손은 열심인데 목적지에서 떨어진 데다. 지한은 다시 가리켰다.

"거기 말고."

전적이 있으니 이쯤 되면 고의로 봐도 무방하다. 지한은 가리켰던 손을 바닥으로 떨어뜨렸다. 일일이 간섭하고 신경 쓸 필요 없으니까.

"이제 없어요?"

상하의 얼굴에서 그가 시선을 다른 곳으로 돌렸다. 하나 그녀가 거기까지 따라와 얼굴을 들이밀었다.

"없냐고요."

"아직 있어요."

"어디요?"

묻는 표정은 평소와 다름이 없는데, 왜 저는 이상한 기분이 드는 걸까. 시선을 마주하기가 힘들었다. 이상한 건 저뿐이었다.

"거울 없어요?"

저도 모르게 목소리에 짜증이 배어 있었다. 하지만 상하는 개의치 않은 얼굴로 서랍을 열고 거울을 찾기 시작했다.

"여기 어디 있을 텐데."

첫 번째 서랍을 열고 뒤적이던 그녀는 두 번째 서랍을 열고 나서야 거울을 찾았다. 지한은 관심 없는 척하면서 그녀의 행동을 지켜보고 있었다. 거울을 들고 허리를 편 그녀는 제 얼굴을 살폈다.

"아, 여기."

아랫입술 밑에 묻은 팥을 대수롭지 않은 표정으로 바라보더니 냅킨으로 팥을 닦았다. 지한은 들고 있던 빵을 해치워야 한다는 생각에 크게 베어 물곤 우걱우걱 씹었다.

그리고 그 순간이었다. 그녀의 손이 지한의 얼굴로 향한 것은.

"지한 씨도 팥 묻었어요."

들고 있던 냅킨으로 입술 주변을 아무렇지 않게 닦아주는 그녀의 행동에 지한은 얼음이 되었다. 역시, 이상한 건 저뿐이었다.

"됐다."

저도 이렇게 닦아줬어야 했나?

지나가듯 지한은 문득 그런 생각이 들었다.

"배도 채웠겠다. 이제 수업 시작할까요?"

"……네, 뭐."

뒤늦게 정신을 차린 지한이 대답했다. 그녀는 빵이 든 종이 가방을 작업대 밑에 내려놓고 개수대에서 손을 씻었다. 그러곤 접객실 안으로 들어갔다. 미리 강의 준비를 해놓는 그녀이니 강의 준비는 마친 상태일 것이다.

"안 들어오고 뭐 하세요?"

안에서 저를 부르는 목소리가 들렸다. 지한은 멀뚱히 서 있다 뒤늦게 접객실 안으로 들어갔다. 처음 꽃집에 왔을 때만 해도 일전에 카페에서 울던 여자가 상하라는 것을 깨닫지 못했었다. 어딘가 낯설다는 생각뿐이었다. 그래서 그랬는지, 지한은 꽃을 사러 올 때마다 여기로 왔다. 지금 생각하면 꽃을 사러 간 건지, 다른 목적이 있었던 것인지는 불확실했다.

어쩌면 어머니 핑계를 대고 강의를 접수한 것일지도 모른다는 생각이 들었다. 그렇게 되면 지금껏 자신이 해왔던, 의미 모를 행동들이 이해가 간다. 단순한 호기심에서 비롯되어 참 많은 것들이 바뀌었다.

하루 강의를 건너뛴다고 바로 다음 날 강의 날짜를 잡은 저의 모습은 마치 강의일을 목 빠지게 기다리는 사람 같았다.

기다리는 것이 수업인지, 아니면 다른 것인지 역시 깨닫기 전이지만.

그의 시선이 향한 곳은 꽃이 아닌, 꽃보다 더 고운 그녀의 얼굴이었다. 이렇게나 고운 얼굴로 꽃을 만지다니. 철저한 반칙이다.

"이렇게 해서……."

오늘은 수요일이 아닌 목요일. 목요일 3시의 강의가 시작되었다.

똑똑.

노크를 하고 병실 문을 열었다. 유치원에 다녀와서 잠깐 휴식을 취하던 삐삐 엄마가 상하의 얼굴에 반색했다.

"삐삐 엄마, 잘 지냈어요?"

중년 여인에게 가까이 다가간 상하가 주름진 손을 잡으며 물었다.

"응응."

"다녀간 지 한 달 넘은 것 같은데 벌써 겨울이 왔나."

계절이 바뀔 때마다 한 번씩 오던 상하였기에 김순재가 반가운 얼굴로 말했다. 겨울이 되려면 아직 더 있어야 한다. 삐삐 엄마에게 주려고 플라워 박스를 만든 것이 요양원에 걸음을 한 이유였다.

"아직 낙엽이 다 떨어지지도 않았는걸요. 낮엔 후덥지근하기까지 하고."

"그럼 지나가는 길이었어요?"

"아뇨. 며칠 전에 플라워 박스를 만들었거든요. 문득, 삐삐 엄마 생각이 나서."

쇼핑백에서 상자를 꺼내며 상하가 말했다.

"어머니 좋겠네."

플라워 박스 뚜껑을 열자 중년 여성의 입가에 행복한 미소가 그려졌다.

"예뻐, 예뻐."

"좋아하실 거라 생각했어요."

좋아하는 모습에 상하는 뿌듯함으로 가슴이 벅차올랐다. 중년 여인에 대해 하는 것은 별로 없지만, 아무렴 어떠한가. 여인이 자신이 가져온 꽃을 좋아하고, 기뻐하고, 행복해하면 상하는 그걸로 족했다. 돌아가신 엄마를 보는 기분이 들었다. 살아 계셨다면 중녀 여인처럼 아주 곱게 나이를 먹었을 것이다.

"삐삐 엄마는 꽃이 왜 좋아요?"

"좋은 향기 나. 향기 아, 아주 좋다. 우리 오빠도 좋아했어."

"나도 꽃향기 좋아해요."

'우리 오빠'란 호칭을 말할 땐 여인의 얼굴이 소녀처럼 빛났다. 참으로 어여쁘고 싱그럽게 반짝거리는 것 같았다.

"우리 오빠 열 밤만 자면 데리러 온다고 했어. 나, 기다리고 있어."

"에휴, 또 그 소리 하시네."

김순재가 안타까운 얼굴로 여인을 바라보며 덧붙였다.

"돌아가신 양반을 언제까지 기다릴 생각인지……."

상하도 대충 예측하고는 있었다. 여인이 기다리는 사람이 이 세상 사람이 아닌 것 같다는 느낌은 그녀와 대화를 하면서 느낄 수 있었다. 김순재의 말론 자식들만 요양원에 온다고 했으니까.

"나쁜 년. 우리 오빠 꼭 온다고 했어."

"그래요, 어머니. 내가 잘못했어요."

욕설에도 김순재는 여인을 어린아이 달래듯 어르고 달랬다.

"어머니, 산책 나갈까요?"

여인을 달래기 위한 방책으로 김순재에게 산책을 제안했다. 그녀는 따사로운 볕을 좋아했다. 특히나 요양원 주변에 산책로가 만들어져 있어 환자들이 산책을 하기엔 더없이 좋은 곳이었다. 꽃과 나무가 우거져 있고 벤치도 있어서 산책하다 잠깐 쉴 수도 있었다.

"흥, 아저씨 오면 다 이를 거다."

"아저씨?"

상하의 시선이 김순재에게 향했다. 김순재는 여인의 귀에 들리지 않도록 작게 속삭였다.

"아들."

"아……."

상하는 더 이상 묻지 않았다. 카디건을 입고 보조 가방까지 챙겨 멘 여인은 산책 준비를 마친 상태였다.

"괜찮으면, 제가 같이 산책 다녀와도 될까요?"

"그래주면 나야 고맙지. 나도 잠깐 쉴 수 있고."

"그럼 제가 다녀올게요. 볕이 좋아서 저도 산책 가고 싶어져서요."

의자에서 몸을 일으킨 상하는 잠깐 벗어둔 재킷을 입었다.

"이거 미안해서 어쩌지……."

"괜찮아요. 한 바퀴만 돌고 금방 돌아올게요."

상하는 여인의 팔을 부축이며 병실을 나섰다. 병실 안으로 들어오는 볕에 상하도 덩달아 산책로를 걷고 싶어졌다. 플라워 박스만 전해 주고 가려고 했었다. 계획이 조금 틀어졌지만, 상관없었다. 병원 밖으로 나오자 부서지는 볕에 여인이 눈을 찡그렸다. 길을 따라 걷자 푸석한 나뭇잎이 발에 밟혔다.

"삐삐 엄마, 좀 앉을까요?"

"응."

상하는 벤치를 손으로 툭툭 털었다. 자리를 턴 곳에 여인이 앉았다. 여인 옆에 앉은 상하는 구름 한 점 없는 맑은 하늘을 올려다보았다. 꽃과 나무가 만발했다면 더 근사한 산책로가 되었겠다, 하는 생각을 하면서.

"크리스마스 되면 같이 트리 만들어요."

"트리?"

"이런 나무에 별도 달고, 인형도 달고, 반짝이는 것도 다는 거예요."

상하의 손가락 끝이 맞은편에 있는 나무를 가리켰다.

"크리스마스는 언제야?"

"앞으로 한 달 정도 더 있어야 해요."

"한 달이면 열 밤 정도 될까?"

"그것보다 더 빨리, 돌아올 거예요."

상하의 대답에 여인이 싱긋 웃어 보였다. 별도 좋고 부는 바람이 참으로 시원했다. 아침, 저녁으로 기온차가 너무 크긴 하지만.

"재미있겠다."

"나도 기대돼요."

어린아이처럼 천진난만한 여인의 감성에 상하도 덩달아 어린아이가 된 것 같았다. 크리스마스 분위기가 나는 목화로 만든 리스나 포장은 강의 때 많이 했었지만 트리는 오랜만이었다. 집에서조차 하지 않았던 것이었다. 혼자 사니, 뭐든지 그냥 건너뛰기 일쑤였다.

"우리 이만 들어갈까요?"

벤치에서 일어난 상하가 손을 내밀었다. 그 손을 여인이 잡았다. 더없이 따뜻하고 부드러운 살결에 상하의 얼굴에 미소가 그려졌다. 왔던 길을 되돌아 병원 안으로 들어갔다. 여인은 입고 있던 카디건을 벗어 아주 정성스럽게 개어놓았다.

"얼마 전에 생신이었거든요. 아들 선물이에요."

"생신이요?"

"응, 병원에서도 생일잔치했었지. 사진 보여줄까요?"

김순재는 사진첩을 꺼냈다. 테이블 가득 맛있는 음식과 케이크를 사이에 두고 여인이 행복한 미소로 웃고 있었다. 생일 케이크 초를 끄는 모습, 고깔모자를 쓰고 천진난만한 미소를 짓고 있는 모습, 다양한 사진들이 많았다.

"재미있었겠네."

"말도 마요."

앞으로도 이렇게 여인에게 매일 행복한 일만 있길, 매일매일 웃을 일만 가득하길, 상하는 여인의 뒷모습을 보며 바랐다.

"삐삐 엄마, 저 이만 갈게요."

"벌써 가?"

아쉬운 표정으로 여인이 상하의 옷자락을 잡았다.

"다음에 같이 트리 만들어요. 약속."

상하가 새끼손가락을 내밀었다. 그제야 밝아진 얼굴로 여인이 새끼손가락을 상하의 손에 걸었다.

"건강하세요."

인사하며 상하가 뒤돌았다. 그때, 병실 문이 열리면서 안으로 들어온 사람으로 인해 상하의 눈이 커지고 말았다. 상대방도 놀란 건 마찬가지인 듯 보였다.

어째서 당신이 여기에…….

서로 아무 말도 잇지 못하고 당황스런 시선으로 바라보고 있는데 뒤에서 들리는 김순재의 카랑카랑한 목소리가 상황을 정리해 주었다.

"어머니, 아드님 왔네요. 오늘따라 어머니 보러 온 손님이 많아서 좋겠네."

삐삐 엄마의 아들이, 이 남자였다니…….

그의 손에 어제 강의 시간에 만든 꽃다발이 있었다.

8. 새벽, 취하기 좋은

바람에 결 좋은 상하의 머리카락이 흩날렸다. 병실에 들어오려던 그와 나가려던 그녀가 마주치고, 서로의 존재에 대해 알아차렸을 때도 한동안 놀란 표정으로 서로를 응시하기만 했었다. 지한이 먼저 그녀에게 '잠깐 바람 좀 쐴까요?' 하고 물었다. 서로 해야 할 이야기가 있었고 들어야 할 말이 있었다. 삐삐 엄마가 그의 모친이었다는 사실을 아는 순간 상하는 적잖게 놀라고 말았다. 지금은 그녀와 그가 그렇게 닮았는데 왜 진작 눈치채지 못했을까 하고 타박하는 중이고.

"마셔요."

음료수를 사러 간 그가 돌아왔다. 양손에 있는 것 중 하나를 그녀에게 건넸다. 상하가 음료수를 받자 지한은 그녀의 곁에서 조금 떨어져 앉았다.

"상하 씨였어요?"

다시금 부는 바람에 따라 그의 목소리가 상하에게 닿았다. 고개를 돌려 그를 바라보자 그가 다시 입을 열었다.

"가끔 요양원에 와서 어머니와 말동무도 해드리고, 병원 내 꽃꽂이를 맡고 있던 사람이."

"유지한 씨."

"이렇게 가까이 있는 사람인 줄 미처 몰랐네."

말하는 목소리가 허탈하기 그지없었다. 조만간 김순재에게 그 사람이 또 병원에 오면 연락을 부탁하려고 했었다. 어떤 사람인지 궁금하기도 했고, 왜 저의 어머니와 말동무를 하는 건지도 알고 싶었다. 그런데 예기치 못하게 그 사람과 마주했다.

"저도 유지한 씨가 설마 삐삐 엄마의 아드님일 줄은……."

"삐삐 엄마?"

반문하는 그의 고개가 삐딱해졌다.

"여기선 삐삐 엄마로 불려요. 금발의 마루인형을 가지고 다니는데, 마루인형 이름이 삐삐거든요."

그녀의 부연 설명에 지한은 이해한 듯 고개를 끄덕였다. 분명, 어머니의 보호자는 저인데 마치 그녀가 보호자인 양 어머니에 대해 잘 아는 것 같아 기분이 이상했다.

"왜 저희 어머니와 만나고 있는 겁니까."

"저번에 제가 했던 말 있죠. 돌아가신 어머니와 닮은 분이 있다고."

치매에 걸려도 꽃 이름을 기억하려는 분이 있다고 했던 말. 잊을 리가 있을까. 그녀가 말한 사람이 어머니였던 것이다. 그렇다면 그녀의 집에 까먹었던 박하사탕도 어머니에게서 받은 거겠지. 한가득 담겨 있을 정도면, 어머니가 그녀를 얼마나 마음에 들어 하는지 알 것 같기도 하다.

"그게 이유입니까."

"네."

어색한 분위기를 모면하고자 상하가 미소를 그려보지만 부질없다. 그 미소마저 어색하게 변했다.

"돌아가신 저희 엄마는 정원이 있는 집에서 꽃과 나무를 보면서 사는 게 꿈이셨어요. 내가 꽃을 좋아하게 된 것도 다 엄마의 영향을 받은 거고요. 그런데 요양원에 와서 어머니를 만났어요. 요양 보호사 몰래 자리를 이탈하신 건지 지하식당까지 오셨어요. 그리고 제가 만지고 있는 꽃 이름을 맞히시더라고요. 그 꽃이 장미였어요. 그거 아세요?"

"……."

"어머니는 다 잊어도 꽃 이름은 어렴풋이 기억하고 계신다는 거. 그리고 잊지 않으려고 노력하고 계시는 것 같아요."

지한은 몰랐던 사실을 깨달았다.

"꽃을 좋아하고 행복해하는 모습이 우리 엄마랑 참 많이 닮았어요."

여인의 모습에서 돌아가신 엄마의 모습을 기억하고, 참 많은 것을 추억했다.

"치매 환자예요. 당신을 아무리 만나도 누군지 모른다고."

"알아요."

"동정이라면 이쯤에서 그만둬요."

그럴 리가. 동정이었다면 한두 번 선행하고 끝냈을 것이다.

"어머니와 대화를 하다 보면, 나도 덩달아 행복해지는걸요. 그런데 동정이라뇨."

"상하 씨."

"어머니가 날 '언니'라고 불러주는걸요? 뭘 바라고 어머니를 만나러 간 것은 아니었으니까 이 정도면 충분해요."

지한은 들고 있던 음료수로 목을 축였다. 그녀의 진심이 무엇인지 알 것 같다. 그러나 그가 우려하는 것은 또 다른 것이었다.

"상하 씨는 이 정도면 충분할지 몰라도 어머니는 아니에요. 만약 나중에 상하 씨가 오지 않게 된다면 어머니는 상하 씨를 기다릴 겁니다. 돌아가신 아버지를 기다리는 것처럼 그렇게 기약 없는 기다림이 되겠죠."

지금도 매일 아버지는 언제 데리러 오냐고 묻는 어머니이시다. 그녀가 만약 걸음을 끊는다면 어머니는 또 저에게 물을 것이다.

"걱정 말아요. 지한 씨만 괜찮다면, 지금처럼 계속 어머니에게 말동무를 해드리고 싶은데……."

"그런 말은 함부로 장담하는 게 아닙니다. 세상 일이 어떻게 변하게 될지 모르는 거니까."

특히나 치매 환자를 상대로 말이다.

"그래서 장담하는 거예요. 세상 일만 바뀔 뿐, 내 마음은 변함 없으니까."

너무나 당당하게 말하는 그녀에게 지한은 할 말을 잃어버렸다. 사실 지금 당장 그녀에게 어머니를 만나지 말라고 한다면, 어머니는 당장 그녀를 찾을 게 뻔했다. 한 번에 무 자르듯 자를 수 없는 게 사람 인연이라고 했던가.

"크리스마스에 어머니와 트리 장식하기로 했어요."

"트리요?"

"네, 굉장히 좋아하셨어요."

좋아하는 건 어머니뿐 아니라 그녀도 마찬가지인 듯싶었다. 상기된 상하의 목소리와 표정은 크리스마스가 기대되는 표정이었다. 현재로서 어머니에게 제일 친한 친구는 그녀였다. 자신이 채우지 못한 것을 유일하게 해낸 사람이었다. 부정할 수 없는 사실을 인정하자 지한은 가슴이 먹먹해졌다. 어머니와 그녀, 이상하. 이제 보니 닮은 구석이 있다.

"시간 괜찮으면 지한 씨도 그때 같이하실래요?"

"아니, 전 별로……."

트리 꾸미는 건 별로 취미가 없었다.

"그러지 말고 같이해요. 같이하면 더 재미있을 텐데."

"그럽시다."

마지못해 한 수락은 아니었다. 트리를 장식하며 행복해할 어머니의 표정도 보고 싶고, 어머니를 위해서라고 말하지만 사실상 본인이 더 들떠 있는 그녀의 표정이 어떨지도 궁금했다.

"유지한 씨 어머니가 삐삐 엄마라 다행이에요."

"왜요?"

"아마 다른 사람이었다면, 허락하지 않았을 테니까. 나는 명백한 타인이잖아요."

"지금은 다릅니까?"

"다르죠. 유지한 씨잖아요."

"그게 뭐……."

뭐가 다르다는 건지 지한으로선 이해할 수 없었다.

"매달 꽃을 사던 이유, 어머니 때문이었네요. 그리고 강의를 듣는 이유도."

타인에게 지나친 관심은 실례라고 했던 말이 우습게 되고 말았다. 결국은 이렇게 다 들켜버렸고 언젠가는 알게 될 일이었다.

자신이 새로 오픈한 꽃집에서 꽃을 사지 않았더라면, 1년 전 카페에서 봤던 여자를 다시 만나지 못했을 것이다. 꽃집 앞에 강의 신청을 받는 종이를 보지 않았더라면, 그녀와 이렇게 가까워질 수도 없었을 것이다. 그간 있었던 일을 하나하나 떠올리니, 기분이 묘했다.

"그럼 나는, 지한 씨보다 어머니를 먼저 만난 거네요."

아니, 틀렸다. 그녀와 자신은 1년 전에 먼저 만났다. 물론 그녀가 기억하고 있는 것 같진 않지만.

"난 또…… 지한 씨가 바람둥이인 줄 알고……."

"바람둥이?"

말이 헛나왔던 모양인지 그녀의 표정이 참 가관이다. 그러니까 그녀는 줄곧, 자신이 꽃을 산 이유가 각기 다른 여자에게 주기 위함이었다고 오해했던 것이다. 이제 슬슬, 자신에게 애인이 있다고 믿고 있는 그녀의 오해를 풀어줄까? 아니다, 싫다. 이 재미있는 구경을 조금만 더 해보지, 뭐.

"아니, 그, 그게."

"줄곧 내가 바람둥이라고 생각했던 겁니까."

"지, 지한 씨."

본인 입으로 실토해놓은 사실을 거부할 수도 없는 상황에 상하는 그저 말을 더듬기만 할 뿐이다. 표정 관리 하나 제대로 못하는 그녀의 얼굴엔 '제대로 말실수했다.'라고 말하는 것이 그대로 드러났다. 때문에 의도적으로 무표정을 고수해온 그의 얼굴에 살그머니 미소가 그려졌다.

"오해 풀렸으니까 된 거죠."

애매하게 웃으며 지한의 눈치를 살피는 상하의 표정에 지한의 얼굴이 다시금 굳어졌다. 오해는 여전히 그녀와 저 사이에 아직 남아 있었다. 여전히 우리 둘 사이에 벽처럼 세워져 있는 그 오해.

"나 애인 없어요."

지극히 충동이었다. 그 벽을 부숴버리고 싶다는 생각을 했으니까.

"헤어지셨어요?"

"헤어진 게 아니라, 처음부터 없었어요."

이럴 때 보면, 맞선남에게 할 말 다 했다는 그녀가 못 미덥긴 하다. 눈치가 없는 건지, 없는 척하는 건지.

"아, 처음부터 없었……. 네?"

사실에 직면한 그녀가 놀란 표정으로 반문한다.

"진짜예요? 저번에 제 말에 부정하지 않았잖아요."

"그렇다고 당신 말에 긍정하지도 않았습니다."

멋대로 추측하고선 철석같이 믿어놓고 누굴 탓하는 건가.

"그, 그럼 그때……."

"그때 뭐요?"

그녀의 입에서 나올 말이 이젠 기대가 된다.

"……뽕, 뽕 브라는 누군데요?"

설마, 채아를 애인으로 착각하고 있을 줄이야. 어이가 없고 기가 막혔다. 역시나 기대에 어긋나지 않은 말에 지한은 웃음을 꾹 눌러 담고 대답했다.

"동생입니다."

"동생…… 이요?"

뽕 브라를 언급할 때까지만 해도 의심의 눈빛이 남아 있었던 상하의 눈빛이 긍정으로 바뀌었다. 지한은 지금 오해를 풀길 잘했다는 생각을 했다. 시간이 지나면 지날수록 커지는 상상의 나래에 제동을 걸지 않았다면 수많은 억측이 난무했을 테니까.

"그동안 참 많은 상상의 나래를 펼치고 있었네요."

"그 사실을 왜 이제야 말하는 거예요?"

왜일까. 이 눈치 없는 여자야. 잘 한번 생각해보라고.

"오해하는 거 싫으니까요."

액면 그대로였다. 재미있는 구경을 포기하고 싶을 정도로 더 이상 그녀의 오해는 사양이었다. 처음엔 그저 지극히 평범한 호기심일 뿐이었다. 그러나 이젠, 하나둘씩 신경 쓰이기 시작했다. 사소한 것부터 중요한 것까지, 놓치고 싶지 않은 것들이 늘어났다. 시작은 언제였는지 모르겠다. 그러나 이제야, 비로소 한 걸음 나아간 것이다.

오늘 수업에 쓸 꽃을 다듬고 있었다. 옆에 다듬은 수선화가 쌓여갔다. 장미를 꺼내 가시와 잎을 제거하기 시작했다.

요양원 산책로에 있는 벤치에 앉아 그와 나눴던 이야기를 떠올렸다. 그가 삐삐 엄마의 아들이란 사실에 놀라고 애인이 없다는 사실에 내심 안도했다. 안도하는 스스로에게 더욱 놀랐지만. 그날은 온종일 놀랄 일만 가득했다. 그래도 다행이라는 생각이 드는 건, 삐삐 엄마의 아들이 그라는 사실이다. 만약 자신이 강의 오픈을 하지 않고, 손님과 플로리스트의 관계였다면 그가 흔쾌히 삐삐 엄마의 만남을 허락했을까. 아니다, 허락하지 않았을 것이다.

낯선 여자가 어머니와 주기적으로 만나는 걸 달가워할 자식이 어디 있을까. 저라도 수락하지 않았을 일이었다. 여인은 어쩌다가 요양원에 오게 된 것일까. 물론 치매 환자이기 때문이겠지만, 그 전에 어떤 사연들이 있을 것만 같았다. 생각만 해도 슬픈 일이다. 이미 세상을 떠난 남편을 하염없이 기다리는 아내라니. 그 사실을 잊고 싶을 만큼 힘들었던 거다. 차라리 잊어버렸으면 하고 바라는 일이, 한두 가지쯤은 있으니까.

그런 어머니를 바라보는 그의 심정은 말로 표현할 수 없을 정도로 고통이겠지. 뭔가 도움이 될 일이 없을까.

사각.

듣기 좋은 소리. 반쯤 줄기가 잘려나갔다. 상하의 입가에 잔잔한 미소가 퍼졌다. 주기적으로 어머니를 위해 꽃을 사는 남자라니. 뭔가 로맨틱하다.

처음 그를 봤을 땐 꽃을 사는 잘생긴 손님이었으나, 횟수가 늘어갈수록 수상한 손님으로 변질되었다. 그러곤 주기적으로 꽃다발을 사는 남자, 바람둥이가 분명하다고 생각했었다. 자신이 얼마나 허무맹랑한 상상의 나래를 펼치고 있었는지, 상하는 다시금 깨달았다. 그의 입을 통해 직접 들었다.

'나 애인 없어요.'

천천히 귓속에 스며드는 그 말을 상하는 제대로 이해하지 못했다. 결국은 그의 여동생을 애인으로 오해하고, 이런저런 억측들이 쌓인 해프닝일 뿐이었다.

애인이 없다는 건…….

그 한마디에 형언할 수 없는 감정들이 상하의 가슴에 가득 찼다. 어쩐지 그와 더욱 가까워진 기분이 드는 건, 이것 또한 착각이고 오해일까. 이 또한,

"오해는……."

아니었으면 좋겠는데.

꽃을 다듬는 그녀의 손길이 오늘따라 유난히 행복하게 물들었다. 테이크아웃한 따듯한 카푸치노를 한 모금 마신 상하의 시선이 밖으로 향했다.

수요일, 오후 3시. 유난히 더디게 시간이 가는 것 같다. 손목시계로 시선이 가길 여러 번, 가게 안에 방울 소리가 울려 퍼진다. 어느 때와 다름없는 멋진 슈트 차림의 그가 안으로 들어왔다.

"어서 오세요."

어느덧 작업대 앞까지 걸어온 그의 모습에 상하가 작게 웃음을 터트렸다. 의미 모를 웃음에 지한의 미간이 좁아졌다.

"밖에 바람 많이 불죠?"

"그런데요."

"풋."

다시 웃음이 터졌다. 성인 남자가 이리도 귀여워도 되는 걸까.

"왜 자꾸 웃어요?"

그의 고개가 삐딱해졌다. 사람 면전에 대고 웃는 실례를 범했음에도 상하의 얼굴엔 웃음이 떠나지 않았다. 발꿈치를 들고 손을 뻗어, 그의 머리에 떨어진 낙엽을 떼어주었다.

"머리에 참 재미있는 걸 달고 다니시네요."

"그냥 떼주면 되지."

단정한 머리를 매만지며 그가 툴툴거렸다. 이 남자 이렇게 툴툴거리기도 하는구나.

"나도 모르게 놀리고 싶어져서요."

그의 입가에 묘한 미소가 그려졌다. 이유를 묻기도 전에 그의 엄지손가락이 그녀의 아랫입술을 훑고 지나갔다.

"뭐, 뭐예요."

"이겁니까."

옆에 있는 일회용 커피를 보며 물었다.

"뭐가……."

그는 아무렇지 않게 그녀가 마셨던 일회용 용기를 제 입술에 갖다 대었다.

"카푸치노네. 상하 씨 입술에 남아 있던 거품."

"아……."

입술에 거품이 묻어 있었던 모양이다. 제 입술에 닿았던 그의 손끝, 잠깐이지만 심장이 정지되는 줄 알았다. 놀라고 당황스러움도 잠시, 심장이 튀어나올세라 뛰고 있었다.

두근두근, 두근두근.

제 귀에 들리는 이 소리가, 그의 귀에까지 닿을까 조마조마하다. 부디 제 귀에만 들리는 소리이기를, 제어할 수 없는 심장 박동이 제자리를 찾길, 상하는 속으로 바랄 뿐이었다.

"입술에 뭐 묻히고 다니는 건 선수네요."

"선, 선수요?"

"파스타, 팥, 이제 커피까지."

"고의로 그런 건……."

왜 그의 앞에서 이런 모습만 보이게 되는 건지.

"벌. 써. 시. 간. 이. 이. 렇. 게. 됐. 네. 요."

말하는 목소리 또한 평소답지 않게 딱딱하게 나오고 말았다.

나, 지금 긴장한 거야?

분명 확인하지 않아도 얼굴이 새빨갛게 달아올라 있을 것이다.

"수, 수업 시작하죠."

애써 침착하며 상하가 먼저 접객실 안으로 들어갔다. 두근거리는 심장을 제어하지 못한 채.

오렌지 장미와 수선화로 꽃바구니가 완성되었다. 1:1 맞춤 강의 덕에 강의 시간은 더디게 흘러갔지만, 완성도 높은 결과물이 탄생되었다.

"수고하셨어요."

3시간이 훌쩍 지나간 후였다.

"상하 씨야말로 꼴통 가르치느라 수고했어요."

"꼴통이라뇨. 지금은 꼴통에서 조금 업그레이드되었는걸요."

상하가 진지한 얼굴로 대답했다. 그의 농담을 진지하게 받아들인 탓에 결국은 그가 꼴통임을 인정하는 꼴이 되고 말았다.

"결국, 꼴통 맞네."

"그게 아니라."

"틀린 말도 아닌데요, 뭐."

여전히 들쑥날쑥한 꽃을 보면 그녀 말이 맞았다.

"지한 씨."

상하가 선인장 하나를 그에게 내밀었다.

"이게 뭡니까. 선인장인 건 알겠는데."

"일전에 저에게 맡겨두신 거 있잖아요."

맡겨둔 거라면…….

"거스름돈?"

"네."

그제야 의문이 풀린 얼굴로 지한이 선인장을 받았다. 이건 집에 갖다 놔야겠다고 생각을 하는데.

"이건 꽃 피는 선인장이에요."

"선인장은 다 꽃 피는 거 아닙니까."

바보 같은 그의 물음에 상하가 이제야 이해한 얼굴을 했다.

"어쩐지 꽃 안 피는 선인장만 고른다 했더니."

"네?"

"꽃 피는 선인장이 있고, 그렇지 않은 선인장이 있어요. 지한 씨가 사간 선인장은 꽃 피지 않는 선인장이고요."

그녀의 친절한 설명에 지한은 그제야 저의 무지함을 깨닫고 말았다. 무지한 건, 저뿐만이 아니었다. 선인장을 보며 꽃이 피면 볼만하다고 말한 이는 민욱이었다.

"그렇습니까."

"이건 꽃 피는 선인장이에요. 걱정 마세요."

깨끗이 잊어버리고 있었다. 거스름돈에 대해서는. 아마 그녀가 먼저 말을 꺼내지 않았다면 저 또한 그냥 지나갔을 것이다. 꽃 피는 선인장을 받아서 다행이라고 해야 하나. 걱정 말라며 저를 달래는 그녀의 말에 기쁜 표정을 지어야 할 것만 같았다. 선인장은 단순히, 구실이었을 뿐인데.

"잘됐네요."

"꽃 피면 예쁠 거예요."

"나중에 꽃 피면, 보여줄게요."

"정말요?"

보여주고 싶었다. 예쁜 건 공유하고 싶었다.

"물론."

"기대할게요."

이렇게 고운 얼굴로 기대한다고 말하면, 꽃을 피워보는 수밖에.

밖과 전혀 다른 온도. 단순히 실내와 실외의 차이는 아니었다. 따뜻한 실내의 온기에 지한은 취해버릴 것 같았다. 다시 회사로 돌아가기 싫을 만큼.

불판 위의 고기가 먹음직스럽게 익어가고 있었다. 핏기가 가신 소고기는 직원들의 입으로 순식간에 사라졌다. 병원 건축 사업 계약을 무사히 성사한 설계팀 팀원들과 오랜만에 회식하는 자리였다. 공사가 끝나면 받는 돈이 억 단위가 넘어가는 사업이었다. 그동안 몇 번의 설계도 수정을 거치며 밤낮 할 것 없이 고생해준 설계팀 직원들에게 지한이 회식 자리를 마련한 것이다. 주거니 받거니 잔을 채우고, 불판 위의 고기가 사라지기 무섭게 주문을 했다.

"그동안 수고했습니다."

지한은 직원들의 잔을 돌아가며 채워주었다.

"대표님도 한잔 받으시죠."

김 대리가 지한의 잔을 채웠다. 지한은 나이가 어린 직원들에게도 꼬박 존대를 쓰며 존중했다. 30대 초반의 젊은 나이에 대표로 부임하면서 저보다 나이가 많은 직원들에게 대표라는 이유로 하대할 수 없었기 때문이었다. 이제 제법 젊은 직원들이 많아졌음에도 쉽게 직원들에게 말을 놓기가 힘들었다. 차라리 존대하는 편이 편했다.

"과장님, 왜 좁은 자리에 끼고 그러세요?"

한윤미가 박 과장에게 불쾌한 얼굴로 쏘아댔다. 자신과 김준식 대리의 사이에 기어코 꼽사리를 낀 박 과장이 곱게 보일 리가 없었다. 박 과장은 능글스럽게 웃으며 잔을 들었다.

"자, 자. 바쁜 일도 끝났는데 마시자고."

"과장님 자리는 저쪽이잖아요."

한윤미가 맞은편을 가리켰다. 그럼에도 넉살 좋게 웃으면서 건배를 유도했다.

"대표님과 팀장님도 한잔하시죠. 건배!"

그의 외침에 직원들이 잔을 들었다. 결국 한윤미는 박 과장의 자리에 앉는 것으로 실랑이가 종료되었다.

무르익는 분위기 속에서 지한은 몇 잔 마시지도 않았는데 취기가 올라오는 기분이 들었다.

"바람 좀 쐬고 올게."

"같이 나가자."

민욱이 재킷을 들고 자리에서 일어났다. 박 과장과 한윤미의 투닥거림이 다시 시작되었다. 가게 밖으로 나오자 부는 바람에 지한은 그제야 취기가 가시는 듯했다. 민욱은 재킷 주머니에서 담배를 꺼내 입에 물었다. 짙은 담배 연기가 바람에 따라 공기 중으로 흩어졌다.

"으, 춥다."

민욱이 바지 주머니에 손을 찔러 넣었다.

"어, 그러게."

쌀쌀하긴 해도 완연한 겨울일 때보다 지금의 이 날씨가 지한은 더 마음에 들었다. 애매한 날씨의 경계선, 따스한 가을 햇살보다 더 좋았다.

"채아는 해외 출장 중인가?"

"그럴걸."

유창한 중국어 실력 덕에 영업팀 이사의 중국 출장에 동행하기로 했다고 했다.

"얼마 전엔 지방 출장에 다녀온 것 같은데 또 중국 출장이라니, 한시도 가만히 있지 못하네."

"체질이야."

"맞다, 그러네."

채아는 워낙 자유분방하고 진취적이고 활동적인 성격이었다.

친화력도 상당하여 누구 앞에서든 기죽지 않고 당당한 데다 일 처리도 깔끔해서 출장이라도 갔다 오면 계약 성사는 말할 것도 없었다.

깊게 담배를 빨아들인 민욱이 물었다.

"이번 주 주말쯤 귀국하나?"

"이번엔 박람회 참석 때문에 일주일은 더 있을 거라고 하던데."

"그래?"

"궁금하면 연락해보든지."

"귀국하면 주지, 뭐."

반쯤 남은 담배를 구두로 짓이기며 민욱이 말을 줄였다.

"내가 전해줄게."

지한이 손을 내밀며 답지 않게 배려를 보였다.

"지금 없어, 인마. 다 만들지도 않았고."

"뭔데?"

"저번에 건축 모형 만드는 걸 던져주고 갔었는데."

"건축 모형?"

그 녀석이 그런 거에 관심이 있었나?

어린애도 아니고 뜬금없는 건축 모형이라니, 지한은 의아했다.

"만들다 못 해먹겠다며 씩씩대면서 왔더라고."

"별짓을 다 하네."

"그건 나도 마찬가지고."

만들다 보니 민욱도 덩달아 승부욕에 불타오른 모양이었다. 퍼즐 맞추는 것부터 해서 손재주가 남다른 민욱에겐 건축 모형을 만드는 일은 일도 아닐 것이다.

"들어가자."

지한이 민욱의 어깨를 툭툭 쳤다. 식당 안으로 들어가 자리에 앉자 고새 테이블엔 술병이 정신없이 나뒹굴고 있었다.

"대표님 오셨습니까. 딸꾹! 와서 한잔하십쇼."

만취한 박 과장이 지한의 잔을 채워주었다.

"팀장님도 한잔 받으시고."

박 과장은 민욱의 잔을 채운 뒤 직원들의 빈 잔을 채워주기 바빴다. 주당인 박 과장이 그동안 야근하며 술을 어떻게 참았나 싶을 정도로 술자리를 즐기고 있었다.

다시금 잔이 부딪치고, 쓰디쓴 술이 목구멍으로 넘겨졌다. 좋은 일로 지한이 먼저 제안한 회식 자리였기에 평소답지 않게 과음으로 이어지고 있었다.

회식 자리가 어느 정도 무르익을 즈음, 박 과장이 2차를 외쳤다. 다른 직원들도 해산하는 것이 아쉬운 얼굴들이었다.

"그럼 대표님 빼고 우리끼리 한잔 더 하자고."

제법 취한 지한을 민욱이 배려해서 한 말이었다. 오랜만에 자신이 제안한 회식 자리라고 끝까지 자리를 지켜준 것만으로도 용했다.

회사에 차를 세워두고 민욱의 차로 식당까지 이동한 지한은 택시를 잡아탔다. 택시 기사에게 목적지를 말하곤 그는 창밖으로 시선을 던졌다. 히터 때문인지 택시 안이 후덥지근하게 느껴졌고 취기도 올라왔다. 타이를 느슨하게 풀며 지한은 창문을 조금 열었다.

"히터를 끌까요?"

정면을 응시한 채 운전하던 택시 기사가 물었다.

"그래주시면 감사하겠습니다."

곧장 택시 기사가 히터를 껐지만 여전히 열기가 그를 감쌌다. 스산하게 부는 밤바람을 맞았다. 그의 검은 머리카락이 흩날렸다. 택시는 목적지를 향해 막힘없이 국도를 달렸다. 그리고 막, 어느 골목에 진입했을 때였다.

"기사님, 여기서 내리겠습니다."

"조금 더 가야 하는데……. 그럼 그러세요."

그가 말한 목적지에서 조금 못 간 곳이었다. 지한은 지갑에서 지폐 한 장을 주곤 거스름돈은 받지 않았다. 처음 목적지인 집에 도착했을 때 나올 택시비를 지불한 것이다. 택시에서 내린 지한은 빌라 2층을 바라보았다. 12시에 조금 못 미치는 시간, 사람을 감성적이고 즉흥적으로 변하게 만드는 듯했다. 불이 꺼진 2층 건물을 바라보다 시선을 아래로 떨어뜨렸다.

전화를 걸어볼까. 자고 있을지도 모르는데…….

고민하는 사이 이미 통화 버튼을 누르고 있었다. 시간이 너무 늦었다는 것을 알면서, 술김에라는 적당한 핑계를 삼아 전화를 걸어본다.

–여보세요.

조용하게 그녀의 목소리가 지한의 귀에 스며들었다.

"안 자고 있었어요?"

–막 자려고 누웠는데 전화가 와서…….

다시 올려다본 2층 건물에 불이 켜졌다.

"미안해요. 너무 늦은 시간에 전화했네."

–혹시 술 드셨어요?

술이라면 조금 마셨다. 거기다 지금 살짝 알딸딸한 상태이기도 하고. 그걸 그녀가 어떻게 알았을까.

드르륵.

궁금함도 잠시, 2층 창문이 반쯤 열렸다. 그사이에 휴대폰을 귀에 대고 있는 그녀의 얼굴이 보였다.

–있네.

"……."

지한은 할 말을 잃은 얼굴로 그녀를 바라보았다.

–아래에서 지한 씨 목소리가 들리는 것 같았거든요.

"아……."

–여기서 뭐 하세요?

여전히 휴대폰 통화로 말하고 있는 중이었다.

"택시를 타고 집에 가다가 바람 좀 쐴 겸 내렸습니다."

–아, 역시 술 드셨구나.

"조금."

엄지와 검지 사이의 틈을 만들며 지한이 대답했다. 창문 틈에 턱을 괸 그녀가 장난스레 말했다.

–조금이 아닌데요.

"정말 조금 마셨는데."

–혀가 완전 풀렸어요.

더 이상 조금 마셨다고 고집을 부릴 수도 없었다. 점점 더 생생하게 귀에 스며드는 그녀의 목소리. 조금 더 듣고 싶다.

"내가 잠을 방해한 것 같군요."

–잠이 달아났어요, 지한 씨 덕에.

"그럴 생각은 아니었는데."

미안하다고 사과는 하지 않았다. 사과를 해버리면 전화를 끊어야 할 것 같았다.

–취하신 것 같은데 집에 잘 들어갈 수 있겠어요?

취해도 집은 곧잘 찾아 들어갔다. 대신 집에 가자마자 옷도 갈아입지 않고 침대에 뻗어버리는 게 문제지만.

"걱정 말아요."

–이러고 계속 밖에 서 계실 거예요? 그러다 감기 걸릴 텐데.

"괜찮습니다. 이제 집에……."

–맥주 한잔하실래요?

"……."

–맥주라도 마셔야 잠이 올 것 같아서요.

"너무 늦었습니다."

그저 목소리만 듣고 싶었던 것뿐이었는데 얼굴까지 보았다. 여기까지면 되었다. 그 이상 했다가는…….

–잠 달아난 거, 지한 씨 때문인데.

더 이상 거절하지 못하도록 꺼내놓은 비장의 카드 덕에 지한은 거절할 말을 찾지 못했다. 사실은 다 핑계다. 시간이 늦은 것도, 집에 가야 한다는 것도, 이제 자야 할 시간이라는 것도. 마음속에 자리 잡았던 수많은 핑계들이 그녀의 한마디로 모두 묵살되었다.

"그럼 실례하겠습니다."

그녀가 '네.'라고 대답하더니 창문을 닫았다. 밤 12시가 지난 새벽. 재킷 하나 걸쳐 입은 그의 몸이 덜덜 떨렸다. 그리 오랜 시간 통화한 것 같지도 않은데 잠깐 밖에 있었다고 이렇게 몸이 떨리다니, 날이 꽤 추운 새벽이었다. 감성에 젖어 걸어버린 전화 한 통으로 너무 급작스럽게 전개된 상황에 지한은 숨이 멎을 듯 심장이 빨리 뛰고 있었다.

9. 그가 그녀에게, 그녀가 그에게

막 구운 쥐포가 안주였다. 먹기 좋게 그녀가 가위로 잘라놓았다. 냉장고에 있다 실온에 나온 맥주 표면에 이슬이 맺혔다. 지한은 맥주 캔을 따 상하에게 건넸다. 상하가 팔을 쭉 뻗었다. 지한은 가볍게 건배를 했다. 시끌벅적한 분위기보다 조용하고 운치 있는 곳을 좋아했다. 그래서 그런지 적요 속에서 술을 마시는 것 또한 마음에 들었다.

"술 많이 드신 것 같은데 괜찮으세요?"

"이제 와서 걱정하는 겁니까."

먼저 맥주 한잔하자고 권한 사람치곤 걱정이 이르다.

"미안해요."

웃으며 하는 사과에 진심은 담겨져 있지 않았다. 다행이었다. 진심으로 사과를 해버리면 집에서 나가야 할 것 같았기 때문이다.

캔 맥주를 한 모금 마신 그녀가 덧붙였다.

"맥주 한 잔 마시면 잠이 잘 올 것 같았거든요."

"알아요. 원인 제공은 나라는 거."

"잘 아시네요. 혼자 마시면 분명 안주도 없이 맥주만 홀짝이다 취해서 잘 게 뻔해서요."

"아깐 나 때문이라면서."

"좋은 구실 하나 잡은 거죠."

"그럼 내 덕분에 안주에 맥주 마시는 거네요."

이 집에 들어오길 잘했다. 마주 앉아 술 한잔하길 잘했다. 그리고 그녀의 이야기를 들을 수 있어 다행이었다. 이 깊은 밤, 깊어져가는 새벽. 잠에 뒤척일 그녀를 떠올리니 그런 생각들이 스쳐 지나갔다.

"어쨌든 고마워요. 늦은 시간이라는 걸 알면서 떼를 써버려서."

"가끔은 괜찮아요. 자주 하면 귀찮겠지만."

지한은 맥주를 들이켰다. 찬바람 덕분인지 취기는 가신 후였다. 아직 정신은 알딸딸하나 제 몸 하나 가누지 못할 정도는 아니었다. 이성과 감정의 구분은 아직까지 확실했다.

"저번에 소래포구 가서 먹었던 대하도 맛있었는데."

당연히 맛있었겠지, 누가 깐 새우인데. 그날 그는 새우 1.2kg의 새우 껍질을 까는 대기록을 세웠다. 손끝에 물들었던 그 비린내가 며칠을 괴롭혔는지 알 턱이나 있을까.

"다음에 또 갈까요?"

"다음에?"

"그땐 제가 살게요. 대하철 끝나기 전에 또 가고 싶어요."

그날의 악몽이 채 사라지기도 전이었으나, 이렇게 행복한 얼굴을 하는 그녀를 어찌 거절할 수 있을까.

"그럽시다."

뭐, 어려운 일도 아닌데.

"아, 좋다. 맥주 맛."

벌컥 캔 맥주를 들이켜는 그녀의 뺨이 빨갛게 물들었다. 차라리 취했으면 좋겠다. 아까 회식 자리에서 마시던 술이 부족했나. 더 마실 걸 그랬나. 턱을 괸 채로 눈을 아래로 내리깐 그녀의 모습이 예뻐 보였다. 예쁘다는 생각마저 들지 않도록, 취하면 좋을 것을.

"상하 씨는 왜 꽃집을 하게 됐습니까. 전엔 강사였다고 들은 것 같은데."

차라리 정신을 딴 데 팔아보자, 그가 질문을 던졌다.

"꽃집을 차리려면 돈이 필요했으니까요. 물론 강사 일이 재미없었던 건 아니었지만요."

참으로 심플하고 간단명료한 대답이 아닐 수가 없다. 지한은 가볍게 고개를 까닥했다. 구운 쥐포가 식어 딱딱해졌다. 쥐포를 씹는 그의 얼굴이 구겨졌다.

"그래도 보기 좋네요. 자기가 하고 싶은 일하면서 사는 사람 별로 없잖아요."

"그러고 보니, 지한 씨 인테리어 회사 대표죠? 제 동생도 건축과 졸업반이거든요. 반갑네요."

"요즘 취업하기 힘들 텐데."

"안 그래도 고민이 많은 눈치더라고요. 잘되겠죠."

지한은 그녀에게 동생이 있을 거라고 생각하지 못했다.

"동생이 있었습니까?"

"엄밀히 따지면 친척 관계죠. 부모님이 돌아가시고 고모네 집에서 자랐거든요. 어릴 때부터 같이 자라서 그런지 친동생이나 다름없어요."

"그렇군요."

그녀의 부모님이 돌아가신 건, 일전에 들어서 그런지 별로 놀라울 것은 없었다. 다만 친척 집에서 자란 이야기는 처음이었다. 이런 말을 자신이 아닌 타인에게 얼마나 많이 했을까. 지한은 오히려 아무 내색 없는 그녀의 모습이 안타까웠다.

"지한 씨도 하고 싶은 일을 하시는 건가요?"

"인테리어 쪽은 하고 싶었던 일이긴 한데 대표란 직업은 영 적성에 맞지 않네요."

"그렇게 말씀하시기엔 너무 잘 어울리시는데요."

가끔은 대표직을 내려놓고 싶을 때도 있었다. 아버지의 회사만 아니었어도, 힘들 때마다 꾸역꾸역 참고 버티지는 않았을 것이다.

"워낙 성실하지 못한 대표라서."

"하긴 업무 중 개인 시간을 남용하는 날라리 사장님이시긴 하네요."

"날라리?"

그녀의 입에서 나온 신선한 단어에 그의 눈썹이 삐뚜름해졌다.

"그래도 열심히 하는 모습, 가르치는 사람으로서 기분이 좋네요. 진심이에요."

병 주고 약 주는 탁월한 능력을 가진 그녀의 모습에 그는 그저 맥주를 홀짝일 뿐이었다. 새벽도 깊어가고, 정신도 아득하니 이제 그만 마셔야겠다고 생각했다.

"아버지께서 살아 계셨다면, 이것밖에 못하냐고 호되게 야단맞았을지도 모르겠군요."

"야단이라뇨."

"아버지께서 굉장히 아끼시던 회사였습니다."

"아, 그럼……."

그의 말을 이해한 상하는 더 이상 묻지 않았다. 지한은 이제 그만 마시기로 한 캔 맥주를 들었다. 오늘따라 목을 넘어가는 맥주가 부드럽게 잘 들어간다. 술을 마실 날이었나 보다.

"제가 한 말은 농담이었어요. 혹, 기분 상하셨다면."

"농담인 것 정도는 나도 알아요."

지한이 어깨를 으쓱했다. 농담과 진담도 구분 못 할 정도로 꽉 막힌 사람은 아니었다. 아버지가 돌아가신 지도 꽤 되었고 이제 제법 아버지에 대해 말하는 것은 어느 정도 자연스러워졌으니까. 마시던 맥주가 바닥이 났다. 상하가 서둘러 냉장고에서 캔 맥주를 꺼냈다. 푸쉬, 하고 캔을 따는 소리가 들렸다. 캔 맥주에 취할 정도로 미련한 놈은 아닌데.

"괜찮으세요?"

"괜찮아요."

대답과 달리 전혀 괜찮지가 않았다. 오늘따라 빨리 취해버렸다. 그 순간 그는 의문이 들었다. 맥주 한잔하자는 그녀의 제안은 단순히 제안인 걸까, 아니면 유혹일까. 그것도 아니면 도발인 걸까. 새벽에 남자를 집으로 끌어들인, 순진한 이 여자는 도대체…….

새벽으로 물들어가는 이 밤. 더 감성적으로 변하는 남자를 앞에 두고 이리도 무방비 상태라니. 지한은 식탁에 손을 대고 의자에서 일어났다.

"내가 뭘로 보입니까."

"네?"

당황해서 눈만 끔벅대는 그녀를 향해 그가 다시금 물었다.

"나도 남자예요."

"……."

그 순간 지한은 말보다 몸이 먼저 움직인 것을 깨달았다. 찰나에 깨달아버린 감정을 말로 설명하기엔 부족했다.

처음 느꼈던 호기심이 관심으로 바뀐 건지.

그녀가 어째서 사랑스러워 보였는지.

타인이라는 벽을 먼저 무너뜨린 것인지.

구실을 만들어 선인장을 구입하고, 또 선인장을 또 구입하러 간 것인지.

예쁜 것을 공유하고 싶었던 마음까지.

입술을 맞대는 그 순간 자신을 괴롭혔던 의문들은 명확해졌다.

이번에도 술김에, 라고 적당한 핑계를 둘러댈 만큼 그는 파렴치한 놈이 되고 싶지는 않았다. 말보다 먼저 움직인 몸. 사풋 떨리는 입술이 무엇을 의미하는지 알고 있었다. 그녀에게 동의를 구할 새도 없이 시작된 키스에 퍼뜩, 정신이 차렸을 즈음 이제 상황은 돌릴 수 없음을 깨달았다. 알싸한 맥주 냄새가 그의 코를 간질이고 도톰하게 올라온 보드라운 살갗이 맞닿아 있었다. 그녀가 그를 밀쳐내며 마시던 맥주를 그의 얼굴에 뿌려도 건넬 말이 없었다. 하지만 그녀는 오히려 잠잠했다. 그의 키스를 기다린 것처럼 받아들이고 있었다. 그녀 역시 취한 걸까.

"말보다 몸이 먼저……."

입술을 뗀 그가 입을 열었다. 그러나 끝까지 말을 이을 수 없었다. 타이를 확, 잡아끈 상하가 그의 입술을 점령해버렸기 때문이었다. 그러곤 지한의 입술 사이로 말캉한 것이 비집고 들어왔다. 정신이 아득하게 물들었다. 당황해서 그녀가 이끄는 대로 뜨거운 키스가 이어졌다. 정신을 차린 그가 식탁을 돌아 그녀의 앞까지 왔다. 여전히 입술은 떨어지지 않은 채였다. 식탁을 사이에 두고 키스하기엔 자세가 너무 불편한 탓이었다.

까치발을 든 상하가 그의 목에 손을 둘렀다. 서로의 콧대가 맞닿았다. 지한은 고개를 비스듬히 돌려 그녀의 입술과 더 밀착했다. 다시금 그의 입안으로 넘어온 뜨거운 숨결과 말캉한 그것이 서툰 유영을 시작했다.

늘 감정보다 이성이 먼저인 그였다. 이성을 무너뜨린 적은 단 한 번도 없었다. 그런데 지한은 처음으로 이성보다 감정이 먼저 그의 심장을 두드렸다. 은은한 조명 아래 붉게 달아오른 그녀의 얼굴이 미치도록 사랑스러워서, 지금껏 꾹꾹 억눌렀던 감정이 폭발해버렸다.

술 때문일까, 키스 때문일까. 후덥지근한 내부 온도에도 불구하고 두 사람은 집요한 키스를 이어나갔다. 입술 안을 훑고 지나가는 짜릿한 감각에 지한은 발끝부터 올라오는 짜릿함을 느꼈다.

이토록 그녀와 짜릿한 키스를 하게 될 줄이야.

마침내 두 사람의 입술이 떨어졌다. 부끄러운지 그녀는 그를 똑바로 바라보지 못했다.

"나 봐요."

오랫동안 이어졌던 키스로 인해 지한은 그녀의 마음에 확신이 생겼다. 술에 취해, 분위기에 휩쓸려 한 키스는 아니었다.

"나 이제 단골손님 안 해요."

"……."

"강습생도 싫고."

그제야 그녀가 시선을 들었다. 조금 전 뜨거웠던 키스로 촉촉하게 젖은 입술이 그의 시선에 제일 먼저 들어왔다.

"남자만 할 겁니다."

"……지, 지한 씨."

"그러니까 상하 씨도 내 여자 해요."

나눈 것은 키스만이 아니었다. 잠깐이지만 서로의 마음도 나누었다. 시작은 지한이었으나 끝은 그녀였다. 서 있던 다리에 힘이 풀릴 듯 말 듯, 심장은 짜릿하게 물들고 머릿속은 아득하니 변하던 고요한 키스 속에서 마음을 읽었다. 그윽하게 빛나던 눈빛으로, 떨림이 일었던 입술로 그렇게 서로의 마음을 읽었다.

이제 그녀와 새로운 이름으로 관계를 만들고 싶었다.

연인, 이라는 이름으로.

"……좋아요."

심장에 찌르르 새겨지는 수줍은 목소리. 촉촉하게 젖은 눈망울을 담은 얼굴이 참으로 고와 보였다. 새벽의 감성에 젖어 충동이란 핑계를 대고 싶지는 않았다.

핑계는 더없이 좋았으나, 결국은 진심이었음을 고요함 속에서 울리는 심장이 말하고 있었다.

상하의 집에서 나온 시각은 새벽 2시가 넘어서였다. 시간이 시간인지라, 서둘러 그녀의 집에서 나온 지한은 결국 몇 걸음 떼지 못하고 빌라 앞에 멈추어 서 있었다. 쉬이 발걸음이 움직여지지가 않았다. 이 벅찬 감정의 여운을 조금 더 만끽하고 싶었다.

지한의 시선이 집요하게 머물러 있는 2층 빌라는 한참이 지나서도 환하게 불을 밝히고 있었다. 혹, 저 때문에 쉽게 잠을 청할 수 없는 것인가. 아니, 저처럼 여운을 조금 더 느끼기 위함일까. 그래도 시간이 시간이니만큼, 어서 잠자리에 들었으면 좋겠는데.

집요하게 지한의 시선이 머물러 있던 2층 빌라의 불이 꺼졌다. 술에 취하듯, 분위기에 취해 그녀에게 동의도 없이 키스를 했다. 은은한 조명 아래 비친 그녀의 얼굴에 저에 대한 일말의 경계심이 없어 보였기 때문이었다.

나도 남자라고.

무언의 자존심이 짓밟혀 화가 났다. 하지만 부드러운 살갗에 입술이 맞대는 순간, 머릿속의 잡념들은 모두 사라져버렸다. 생각했던 것보다 아찔하고, 심장이 들뜬 기분. 지금까지 살며 처음 맛본 기분이었다. 키스로 달뜬 상하의 얼굴은 더없이 사랑스러웠다. 이 긴 밤을 키스로 채우고 싶을 만큼 달콤했다.

지한은 가만히 제 입술을 손으로 쓸었다. 아직까지 키스의 열기가 남아 있는 것 같았다. 그저, 키스 한 번에 이렇게 이성이 무너져버리다니. 사람이란 참 간사한 동물 아닌가. 부는 바람은 매서웠으나, 지한은 추위를 느낄 새가 없었다. 키스의 후폭풍은 참으로 대단했다.

"하……."

결국은 말보다 몸이 먼저 움직인 짐승이 되어버렸고. 그 이상 범하지 않은 것이 다행이라고 여겨질 정도였다. 마음을 확인할 수 있는 결정적인 순간이 되었으니 이걸로 되었다. 2층 불이 꺼진 지 한참 만에 지한의 걸음이 옮겨졌다.

머리가 더욱 맑아졌다. 마음은 더욱 확고해졌다. 그리고 설렘의 바람이 불었다.

지한이 사무실 안으로 들어오자마자 아차 싶었다. 불이 꺼진 사무실 내부는 아직 직원들이 출근 전이었다. 지한의 시선이 벽으로 향했다. 평소보다 한 시간이나 일찍 출근했다는 것을 그제야 깨달았다. 천하의 유지한이 시간을 잘못 보고 조기 출근을 한 것이다. 지한은 대표실로 들어가 커피 머신기에서 커피 한 잔을 뽑아 자리에 앉았다. 진한 커피의 향이 지한의 코를 간질였다. 몇 시간 자지 못했음에도 머리는 맑았다. 조금 피곤한 감이 없지 않아 있지만, 기분은 상쾌했다. 지한은 재킷 안주머니에서 휴대폰을 꺼냈다.

[오후에 시간 됩니까? 가게로 갈게요.]

상하에게 메시지를 발송한 후 등받이에 기대 눈을 감았다. 아직 그녀 또한 잠들어 있을 것이란 생각에. 하지만 예상외로 답장은 빨리 도착했다. 지한은 진동 소리에 감았던 눈을 떴다.

[30분 정도는 괜찮을 것 같아요.]
커피라도 마시기에 시간이 너무 짧다는 생각이 들었다. 하지만 그녀의 일을 방해할 수는 없었다.
[어떤 커피 마실래요?]
[지한 씨랑 같은 걸로 마실게요.]
저는 당연히 아메리카노다. 일전에 그녀의 집에서 마셨던 커피를 기억하고 있는 걸까.
[에스프레소 두 잔 괜찮죠?]
지한은 슬그머니 상하를 떠보았다.
[아, 그럼 저는 아메리카노로…….]
역시 저의 커피 취향을 알고 있었다.
[3시까지 갈게요. 기다려요.]
어느덧 직원들이 하나둘씩 출근한 사무실이 술렁거리기 시작했다. 오늘 날씨가 꽤 춥다느니, 모닝커피 한잔 마시자느니 시시콜콜한 잡담이 이어졌다. 노크 소리와 함께 김 비서가 지한에게 인사하곤 서류를 올려두었다. 지한은 아직 반 정도 남은 커피를 마시고 업무를 시작할 생각이었다. 다시금 대표실 문이 열렸다.
"일찍 출근했네."
초췌한 몰골로 나타난 이는 민욱이었다.
"그건 내가 할 말 같은데."
말을 이해 못 하겠다는 민욱의 표정에 지한이 무표정한 얼굴로 말했다.
"거울은 보고 나왔냐?"
옆에 붙어 있는 벽 거울로 민욱이 그제야 제 상태를 확인하고도 태평한 목소리로 우쭐댔다.

"뭐, 이 정도면 완벽한데."

머리를 정돈하는 민욱의 시선이 지한에게 향했다.

"어제 유지한답지 않게 많이 취한 것 같던데."

"그랬었나."

지한은 서류를 펼쳤다.

"털어도 먼지 하나 안 떨어지게 생겼냐."

"칭찬이지?"

"듣기 좋을 대로."

민욱이 뒤돌아 대표실을 막 나가려고 할 때였다.

"최 팀장."

지한이 민욱을 불러 세웠다. 민욱이 반쯤 몸을 비틀어 지한을 바라보았다.

"요즘 새 키우나?"

"새?"

"혹시, 까치."

지한은 픽, 웃으며 시선을 아래로 내렸다. 민욱은 뒤늦게 지한이 무엇을 말하고자 함인지 깨달았는지 머리를 재정비하기 시작했다. 지한이 다시 고개를 들었을 때, 민욱이 대표실에서 나가고 있었다.

"하여튼, 완벽한 척하는 건 유채아랑 똑같다니까."

지한은 고개를 절레절레 저었다.

테이크아웃한 커피 두 개를 들고 꽃집 근처로 갔다. 투명 유리벽 너머로 꽃을 손질하다 고개를 든 그녀와 시선이 부딪쳤다. 갑자기 등장한 지한으로 인해 놀랐는지, 들고 있던 가위를 바닥으로 떨어뜨리는 모습이 그의 시선에 들어왔다.

"괜찮아요?"

문을 열며 지한이 물었다. 혹시 날카로운 부분에 발을 다치진 않았는지 걱정이 되었다.

"네."

"다친 곳은 없어요?"

"가위 하나 떨어뜨렸을 뿐인데요."

뭘 그렇게 소란스럽냐고 다그치는 모양새였다. 상하가 바닥에서 가위를 줍는 모습을 멋쩍은 얼굴로 바라보다 커피를 작업대 위에 올려두었다.

"어떤 게 제 거예요?"

장난기가 발동한 지한이 일회용 컵 두 개를 들고 선택하라는 표정을 지어 보였다. 상하는 일회용 컵 두 개를 번갈아가며 바라보다 지한의 오른손에 있는 커피를 들었다.

"마셔봐요."

혹, 에스프레소면 어쩌나 하고 걱정하는 표정이 적나라하게 지한의 눈에 포착되었다. 그 표정이 귀여워서 지한은 눈을 떼지 않고 바라보며 채근했다.

"얼른."

"잘 마실게요."

컵에 빨대까지 넣어주는 그에게 상하는 인사를 빼먹지 않았다. 그런데 빨대를 입에 댄 순간, 그녀와 나눴던 긴 키스가 떠올랐다.

하필이면 이럴 때 촉촉하게 젖은 그녀의 입술이 떠오를 게 뭐란 말인가.

“아메리카노 맞습니까?”

지한의 물음에 기쁨의 표정을 지으며 그녀가 고개를 끄덕였다. 지한은 저도 모르게 다른 커피를 그녀 쪽으로 밀었다.

“이것도 마셔봐요.”

“네?”

“에스프레소는 처음이라서요.”

지한이 변명처럼 덧붙인 말에 상하는 의심 없이 커피를 마셨다. 묘하게 변하는 그녀의 표정에 지한은 웃음을 꾹 참았다.

“커피를 잘못 주문받았나 봐요.”

핀트 나간 상하의 반응에 지한은 어떻게 반응해야 할지, 잠깐 고민했다. ‘이거, 아메리카노인데요? 설마, 저 놀리신 거예요?’ 이런 반응을 예상했던 터라 난감했다. 이토록 진지하게 커피 주문을 잘못 받았다고 말할 줄이야. 아, 이 여자는 보통 여자와 다르다는 것을 깜박했다. 농담이나 장난이 통하지 않는 여자란 걸 잊고 있었다.

“왜요?”

여전히 사태 파악이 덜 된 얼굴로 상하가 물었다. 갑작스런 이 어색함의 이유를 묻는 것 같았다. 처음부터 커피는 둘 다 아메리카노였음을, 그녀를 놀리기 위한 장난이었음을 고백할 타이밍을 놓쳐버렸다. 계획과 틀어졌지만 어쩌겠나. 잠깐이지만 그녀의 귀여운 모습도 보았으니 이걸로 위안을 삼는 수밖에.

“워낙 손님이 많았거든요.”

그녀가 무안해하지 않았으면 했다.

"어쩐지."

진심으로 본인 일처럼 상하가 안타까운 얼굴을 했다.

"괜찮아요. 그냥 호기심에 마셔보려고 했던 것뿐이니까."

"그래도 저 같으면 기분 상할 것 같아요."

"정말 괜찮아요."

지한은 커피를 한 모금 마셨다. 그녀와 마시는 커피라서 그런 걸까, 아니면 그녀와 같은 커피라서 그런 걸까. 오늘 처음 마시는 커피도 아닌데 유난히 커피 맛이 더욱 좋게 느껴졌다.

"어제 잘 잤어요?"

조심스럽게 지한이 물었다. 상하의 뺨이 발그레해졌다.

"네, 뭐……."

말을 줄이며 상하는 지한과 시선이 마주치자 놀라 다급히 피해 버린다.

"나는 잘 못 잤는데."

"네?"

"좀처럼 잠이 오지 않더라고요."

"……."

지한은 그녀의 손을 잡아끌어 제 가슴에 댔다.

"이렇게 돼버려서."

미친 듯이 펌프질하는 이 미친 심장 때문에 지한은 한잠도 자지 못했다. 그의 손안에 잡혀 있는 상하의 손이 꼼지락거렸다. 잡고 있는 손이 간지러웠다. 꼼지락거리는 그녀의 손이 닿은 가슴도 간지러워 간지러움을 참는 지한이 눈을 찡그렸다.

"저도 평소보다 조금 일찍 일어났어요."

자세히 보니 상하의 눈 밑에 그늘이 생겼다. 아, 이 여자 잠 못 잤구나. 나 때문에. 미안하긴 하지만, 원인 제공이 저라서 그런지 기분은 좋았다. 왠지 밤새 저를 생각하고 있었던 것 같아서.

"좋네요, 이런 거."

왜, 이 좋은 걸 지금껏 하지 않고 살았을까. 일에 미쳐, 일만 파고 살았던 지난 시간들. 상대가 그녀라서 다행이라는 생각이 들었다. 수줍은 미소도, 붉히는 얼굴도, 모두 사랑스러웠다.

"밖에 춥죠?"

"조금."

상하의 시선이 지한의 등 뒤로 넘어갔다.

"벌써 겨울 같다."

"눈만 내리면."

상하의 혼잣말을 지한이 거들었다. 상하가 사풋, 미소를 그렸다. 스산한 바람에 속절없이 흔들리는 나뭇가지 위에 살포시 하얀 눈송이가 내려앉으면 딱 겨울이다.

"이런 날 겨울 바다는 더 춥겠다."

커피 한 모금 마시며 상하가 혼잣말을 했다. 올해가 가기 전 바다를 보러 가고 싶었는데 가게 일로 바쁘다 보니 시간 낼 틈이 없었다. 다음 달엔 꼭 시간 내야지, 이러다 보니 어느덧 겨울의 문턱 앞까지 와버리고 만 것이다.

"갈래요? 바다 보러."

"바다요?"

"바다 보고 싶은 거 아닙니까."

"그렇긴 하지만."

너무 갑작스러워 당황한 기색이 상하의 얼굴에 드러났다. 하지만 이래저래 걱정하고, 뜸 들이며 고민하는 동안 시간은 금방 저 앞까지 가 있었다.

"조금 쌀쌀하긴 하겠지만 괜찮을 겁니다."

"가고 싶긴 하지만……."

"갑시다."

주춤거리는 그녀에게 지한이 단호하게 말했다.

"네."

조그마한 목소리로 상하가 대답했다. 지한의 얼굴에 옅은 미소가 그려졌다.

"저기, 그런데……."

"말해요."

"저 외박은 안 돼요."

굉장히 고민한 기색이 역력한 얼굴로 조심스럽게 말하는 상하의 모습에 지한이 당황하고 말았다. 붉어진 얼굴을 감추기 위해 아래로 떨어뜨린 그 모습이 무척 설레었다. 다시 턱을 끌어당겨 입을 맞추고 싶을 만큼.

"난 그냥 바다에 가자고 했을 뿐인데. 벌써 거기까지 생각했군요."

"그런 게 아니라……."

달아오른 얼굴이 더욱 붉어졌다. 지한의 설렘도 커져갔다.

"은근 음흉해요, 상하 씨."

"네?"

"몸조심해야겠어요. 언제 당할지 모르니까."

"지한 씨, 정말……."

나빠요…….

그 말은 지한의 입속에서 사라지고 말았다. 상하의 턱을 잡아챈 지한이 입술을 그대로 막았기 때문이었다. 부드러운 살갗을 혀로 훑다 입안 탐색을 끝내기도 전에 지한이 입술을 떼었다.

"벌써 30분 다 되었네요."

"……네."

숨 고를 새도 없이 아찔한 키스를 시작하자마자 끝남이 아쉬워 지한은 차마 발걸음을 뗄 수가 없었다.

"이번 주 토요일에 가는 겁니다."

상하가 고개를 끄덕였다. 옅게 미소를 그린 지한이 뒤돌았다. 그의 등에 대고 수줍은 음성이 들렸다.

"커피, 잘 마셨어요."

그의 입가에 그려진 미소가 더욱 짙어졌다.

상하의 시선이 가게 밖으로 향해 있었다. 부는 바람에 흐트러진 머리조차 화보의 한 장면처럼 느껴질 정도로 멋있었다. 곧, 그가 상하의 시야 밖으로 사라졌다.

"이번 주 토요일……."

당장 내일모레였다. 갑작스럽게 정해진 일정이라 그럴까. 설렘에 가슴이 상하의 가슴이 두근거렸다. 엉겁결에 그와 연인이 되어 마주 보며 미소 짓고, 커피를 마시는 일. 별것 아닌데도 별일인 것처럼 느끼게 되어버린다.

그날 새벽, 만약 그의 전화를 받지 못했다면, 일찍 잠자리에 들어버렸다면 어땠을까. 그저 맥주 한잔하자는 그녀의 제안은 충동에 불과했다. 깊어가는 새벽, 아무렇지 않게 남자를 집에 끌어들이고도 아무 일 없길 바라는 것이 어리석다는 걸 알면서도. 그저 같이 맥주 한잔 기울일 누군가 필요했다. 아니, 더 솔직히 그와 맥주를 마시고 싶었다. 그 때문에 잠이 달아나버렸다고 핑계를 대며 떼를 썼다.

어쩌면, 유혹일지도.

이런 허술한 유혹에 넘어올 거란 생각은 하지 않았다. 고민하는 그를 더욱 부추긴 건 다름 아닌 상하였다. 술에 취한 사람은 그였으나, 마치 그녀가 술에 취한 사람처럼 굴었다. 그리고 술에 취해, 분위기에 취해 들뜬 심장이 더 크게 울렸다.

그와 같이 마주 앉아 술을 마시는 그 순간 캔 맥주를 잡는 그녀의 손이 떨렸다. 가라앉은 분위기 때문에 긴장했고, 저를 바라보는 그윽한 눈빛에 설레었다.

'말보다 몸이 먼저…….'

미안하다는 사과는 듣고 싶지 않았다. 상하가 그의 목에 손을 두르고, 서툰 키스를 이어간 까닭이었다. 방금 했던 키스를 실수로 치부하고 싶지 않았다. 단단히 제 등허리를 붙잡는 그의 손길이 안심이 되었다. 온몸이 뜨거운 열기로 가득 차고, 발끝부터 심장이 아찔해지는 기분에 상하는 정신을 놓을 뻔했다. 다행히 그는 키스, 그 이상은 하지 않았다. 고삐 풀린 망아지처럼, 긴 시간 동안 이어졌던 키스가 끝나는 순간 그녀의 심장은 자신이 제어할 수 있는 범위를 벗어나 있었다.

단골손님에서 강습생으로, 강습생에서 삐삐 엄마의 아들로, 이젠 연인이라는 이름으로 다시 시작하게 되었다.

날은 춥지만 마음만은 따뜻한, 겨울의 문턱 앞에서 그와 그녀는 연인이 되었다.

토요일 이른 새벽.

상하는 맞춰둔 알람 소리에 일어났다. 당일치기 여행이기 때문에 이른 시간에 출발하기로 했다. 하지만 밖은 아직 해도 뜨지 않은 새벽이었다. 그와 처음 맞는 여행, 누구의 방해도 받지 않는 오롯이 둘만의 시간. 잠이 올 리가 없었다.

상하는 머리를 하나로 모아 묶고는 주방으로 갔다. 전날, 사다 둔 재료를 식탁 위에 꺼내놓고 도시락 준비를 했다. 이른 시간 출발이기 때문에 간단하게 먹을 샌드위치를 준비하기 위해서였다. 앞치마를 두르곤 재료를 손질하기 시작했다. 남은 야채로 주먹밥을 만들고 정리하곤 외출 준비로 분주해졌다.

휴대폰 전화벨이 울렸다. 그가 도착한 모양이다. 침대 옆에 있는 협탁 위에 올려둔 휴대폰 액정을 확인했다. 통화 버튼을 누르곤 창문을 열었다. 눈에 익은 차 한 대가 주차되어 있었다.

"여보세요."

–일어났어요?

"네, 아까. 지한 씨도 벌써 도착했네요."

상하의 말에 운전석 문을 열고 지한이 내렸다. 간단한 점퍼 차림의 네이비색 면바지를 입은 모습도 멋스러워 보였다. 슈트뿐만 아니라 캐주얼룩을 걸친 그는 좀 색달라 보였다.

여전히 서로 휴대폰을 귀에서 떨어뜨리지 않은 채 상하가 말했다.

"간단히 먹을 아침 준비했어요."

그녀의 말에 지한이 손목시계로 시간을 확인하며 놀란 얼굴로 변했다.

–몇 시에 일어난 겁니까.

"5시 조금 안 돼서요. 어서 올라와요."

그가 고개를 끄덕이는 걸 확인하고서야 빌라 안으로 들어오는 걸음 소리가 들렸다. 무겁지도 가볍지도 않은 걸음 소리. 상하는 그가 벨을 누르기도 전에 현관문을 열고 그를 맞이했다.

"들어와요."

지한이 집 안으로 들어왔다. 이미 외출 준비를 마친 상하는 식탁 위에 샌드위치와 주먹밥, 원두커피까지 차려놓고 있었다.

"별로 차린 건 없어요."

"아침이 이 정도면 충분하죠."

지한이 의자에 앉으며 말했다.

"급하게 만드느라 맛없을지도 몰라요."

그가 먹기도 전에 상하가 선수 쳤다. 주먹밥에 소금은 넣었는지, 후추는 넣었는지, 급하게 만드느라 잊어버린 것이다. 지한이 주먹밥을 하나 크게 베어 먹었다.

"싱겁고 딱 좋네요."

"싱거워요?"

"농담입니다."

농담이란 말에 상하가 가슴을 쓸어내리며 저도 주먹밥을 먹었다. 하지만 농담이 아니었다. 그의 말대로 싱거웠다. 간이 덜 되었다.

"싱겁네요. 깜박하고 소금을 안 넣었나 봐요. 그러고 보니 간도 안 봤네."

뒤늦게 실토하며 상하가 울상이었다. 반면 지한은 대수롭지 않은 얼굴로 주먹밥을 먹을 뿐이다. 조금 싱겁긴 하지만, 맛있었다. 그녀가 저를 생각하며 만들어준 아침 아닌가.

"안 먹으면 내가 다 먹습니다."

마지막 남은 주먹밥을 향해 손을 뻗으며 그가 말했다. 샌드위치까지 해치우고 따뜻한 커피 한 잔을 마셨다.

추위가 한풀 꺾여 제법 따스한 날씨였다. 두 사람은 차에 탑승했다. 바다를 보고 싶다고 지나가듯 한 말에 저를 바다로 데려가 주는 이 남자. 고민할 틈조차 주지 않았다. 덕분에 바다를 보러 갈 핑계는 더 이상 대지 않아도 되었다.

강원도 속초. 그들이 떠나는 여행지였다.

10. 파도 소리, 바닷바람, 그 속에 우리 둘

찰싹, 찰싹 쉴 틈 없이 파도가 밀려들 때마다 부서지는 하얀 포말이 장관이었다. 조금만 더 세차게 불면 상하의 단화까지 닿을 기세로 무섭게 달려들다 다시금 파도가 주춤거렸다. 파도로 흠뻑 젖은 모래로 발을 내밀었다가 밀려드는 파도에 한 걸음 뒤로 물러나기를 반복했다. 이런 장난은 어릴 때도 해보지 못한 것이었다. 이런 천진난만한 장난을 사랑스럽게 봐줄 부모님은 일찍이 세상을 떠났고, 미연과 정현은 어릴 적부터 맞벌이로 바빴기 때문에 가까운 곳에 바람 한 번 쐬러 간 적이 없었다.

머리 위로 부서지는 햇살이 어느 때보다 따사롭다. 토요일, 사실은 제일 바쁜 시간이었다. 가게 매출 대부분을 차지하고 있는 날이기도 했다. 하지만, 지금 이 순간 걱정과 잡념을 모두 떨쳐버릴 정도로 몰아치는 파도에 가슴이 벅찼다.

"와아."

탄성이 절로 터졌다. 촤아, 하고 몰아치는 파도를 피해 괴석에 앉은 갈매기는 다시 몰아치는 파도를 피해 멀리 날아갔다. 끼룩끼룩, 우는 갈매기 소리 또한 매우 신선했다. 가슴이 시원하게 뻥 뚫렸다. 걱정과 근심은 모두 날아간 듯 개운했다.

바람에 흐트러지는 머리를 귀에 꽂았다. 신고 있던 단화를 벗어 손가락에 걸치곤 모래사장을 걸었다. 부서지는 햇빛 때문에 발에 닿는 모래 또한 따뜻했다. 파도가 상하의 발에 닿을 듯 말 듯 몰아쳤다.

"우리 저기 가봐요."

인파가 제법 모인 곳을 가리키며 상하가 지한의 팔을 잡아끌었다. 그저 조용히 상하의 뒤에서 흐뭇한 얼굴로 모래사장을 걷던 그는 상하의 이끌림에 모래사장으로 이어진 길로 진입했다. 신기하고 특이한 조형물과 벤치가 길을 따라 세워져 있었다. 이쪽에서 저쪽 끝까지 이어진 길을 따라서도 파도가 박력 있게 몰아치고 있었다. 조형물 앞에서 기념사진을 찍는 사람들을 지나 두 사람은 걸었다.

"여기 앉아요."

중간쯤 걸었을 무렵 지한이 상하를 벤치에 앉혔다. 그녀 앞에 무릎을 굽힌 지한은 모래로 뒤덮인 상하의 발을 털어주었다.

"손 더러워져요."

슬쩍 발을 뒤로 빼는 상하의 발을 잡고 지한이 내려다보았다.

"상하 씨 발, 이렇게 생겼네요."

"못생겼어요. 그만 봐요."

지한의 손에 잡힌 발을 빼내곤 서둘러 단화를 신었다. 여전히 무릎을 굽힌 채 지한이 상하의 앞에 앉아 있었다.

"좋네요, 이런 거."

눈부신 햇살 때문에 지한의 눈이 좁아졌다. 하지만 상하를 바라보며 지어진 미소는 더욱 진해졌다. 남자의 미소가 이렇게 아름답다는 걸 상하는 처음 깨달았다. 상하는 허리를 앞으로 기울였다. 숨이 닿을 듯 말 듯 가까워진 거리. 조금 더 고개를 내밀어 지한의 입술 위로 제 입술을 포갰다. 기다렸다는 듯 지한이 팔을 뻗어 상하의 뒷머리를 잡아당겼다.

서로의 입술 사이로 겹쳐진 입술. 그리고 가두어진 건 지한의 입속의 상하의 입술이었다. 고운 지한의 뺨 위로 상하의 손이 겹쳐지고, 꽤 긴 시간 동안 불편한 자세로 긴 키스가 이어졌다. 침이 넘어가는 소리, 서로의 혀가 얽히는 소리, 탁한 숨소리, 그리고 키스를 방해하는 파도 소리까지 이어졌다.

정신이 아득해졌다. 키스를 시작한 사람은 상하였으나, 리드하는 쪽은 지한이었다. 기다렸다는 듯 입술을 점령한 그는 상하의 입안을 훑어 내려갔다. 부드럽고 천천히, 배려 깊은 키스였다. 신음이 터질 듯, 위험했던 순간. 지한이 키스를 멈추었다. 굽힌 다리를 펴고 일어난 그가 상하를 향해 손을 내밀었다.

"여기 물회가 유명하대요."

"아……."

방금까지 달콤한 키스를 퍼붓던 남자가 맞나 싶을 정도로 태연하게 물회를 권유한다. 그 태연함에 상하는 마른침을 꿀꺽, 삼키며 지한의 손을 맞잡았다. 손이 닿자, 서로의 체온이 녹아들었다.

손안 가득 진득한 땀이 배었다. 긴장한 사람은 저뿐인 것 같아 상하는 억울한 기분마저 들었다. 그런 상하의 기분을 아는지 모르는지, 지한은 상하의 손을 꼭 붙잡고 걸을 뿐이었다.

두 사람은 횟집이 즐비한 거리를 걷다 괜찮아 보이는 가게 안으로 들어갔다. 손님이 몇 없는 가게 안은 한산했다. 메뉴판을 보며 지한이 물었다.

"뭐 먹을래요?"

"물회가 유명하다면서요."

거기다 가게 이름도 '속초 물회'였고, 메뉴판 대부분이 물회 종류였다. 지한은 모듬 물회와 멍게 비빔밥을 주문했다. 주문한 음식이 나오는 동안 상하는 제법 넓은 가게 안을 훑었다. 손님들이 하나둘씩, 빈자리에 채워지고 있었다. 저마다 사람들이 주문하는 음식은 물회였다.

"물회가 유명하긴 유명한가 봐요."

"그런 것 같네요."

상하의 말에 지한이 가볍게 수긍했다. 테이블 위에 밑반찬과 주문한 음식이 세팅되었다. 푸짐하게 한 상 차려진 먹음직스러운 음식을 바라보고 있자니 침이 절로 고였다. 이른 아침 식사를 하고 1시에 가까워진 시간이었다.

각종 해산물과 야채를 잘 섞어 지한이 그릇에 물회를 퍼 담았다. 먼저 상하의 것부터 퍼 담은 뒤 제 것을 담았다. 그사이 상하는 멍게 비빔밥을 비볐다.

"전혀 안 비리네요."

여러 가지 해산물이 섞어 있어 특유의 비린내가 나지 않을까

우려와 달리 새콤하고 달달하면서 식감이 좋았다.

"그러네요."

지한도 물회를 먹더니 상하의 말에 동의했다. 여름에 먹으면 별미가 따로 없겠다는 생각이 들 정도로 시원하고 개운했다.

특별히 상하는 맛집을 찾아다니는 특별한 취미는 없었다. 이곳에서 먹나 멀리 떨어진 곳에서 먹나 같은 음식이니 별반 다르지 않을 거라는 생각 때문이었다. 그러나 푸른 바다를 보며 먹는 음식은 더없이 맛있었다. 좋아하는 사람과 함께이기 때문일까. 넓게 드리운 바다와 모래사장이 황금빛으로 물든, 낭만적인 공간이기 때문일까.

왜 사람들이 맛집을 찾아다니고 여행을 하는지 조금 이해가 가기 시작했다. 그런 사람들과 비슷한 상황이 되어보니 이유는 별거 없었다.

"오길 잘했어요."

동심으로 돌아간 듯한 감성에 젖은 얼굴로 상하가 말했다.

"이하 동문."

가볍게 대꾸한 지한이 잘 비벼진 멍게 비빔밥을 수저로 떠 팔을 뻗었다. 코앞으로 다가온 수저를 바라보다 수저를 향해 입을 크게 벌렸다.

"음, 맛있어요."

냠냠거리며 볼이 부풀려진 상태로 상하의 눈이 커졌다. 지한은 작게 쿡, 웃으며 멍게 비빔밥을 수저로 떴다. 넓은 바다를 보는 것은 오랜만이었다. 아버지가 세상을 떠나고, 어머니까지 요양원 신세를 지게 되고 나서 여행 한 번 떠나본 적이 없었다. 그녀 덕분에 홀가분하게 오랜만에 바다를 보았다. 어린아이처럼 신난 그녀의 천진난만한 모습은 티 없이 맑고 순수해 보였다. 지한은 그런 상하의 모습이 좋았다.

찰싹거리며 괴석을 때리는 파도 소리, 더할 나위 없이 나른한 오후, 제일 좋은 건 그녀와 함께라는 사실이었다.

원목으로 이루어진 카페 내부는 조용하고 아늑했다. 두 사람은 커피 한 잔씩 들고 창가에 앉아 따사로운 햇볕을 맞았다. 그곳에서 작게 보이는 정자에 상하는 호기심 어린 눈으로 물었다.

"저건 뭘까요?"

"영금정 전망대예요."

사람들이 줄지어 그곳으로 가고 있었다.

"우리도 가죠, 영금정으로."

먼저 일어난 지한이 상하에게 손을 내밀었다. 반쯤 남은 커피를 들고 길을 따라 영금정으로 향했다. 멀리서 작게 보이던 정자 안엔 사람들이 몰아치는 파도를 감상하고 있는 것이 보였다. 파도치는 소리가 거문고 같다 하여 이름이 붙여진 이름이 '영금정'이라 했다. 그만큼 파도 소리가 아름답게 들렸던 모양이다. 영금정 전망대는 일몰과 일출로도 유명한 명소였다. 바위에 나부끼는 파도가 첨벙거리며 포말을 만들어냈다. 속초의 명소라는 명성답게 사람들이 꽤 모여 있었다. 상하는 양손으로 일회용 커피 잔을 쥐고는 영금정과 이어진 거리를 걸었다. 가까워질수록 바람이 세차 눈을 뜨기조차 힘들었다.

영금정 안으로 들어온 두 사람은 난간에 기대 부서지는 파도를 감상했다.

"여기까지 올라올 것 같아요."

들뜬 얼굴로 상하가 말했다. 그리고 그 순간 거짓말처럼 파도가 근처까지 몰아쳤다. 놀란 상하가 뒤로 물러났다.

"정말이네."

지한도 방금 몰아친 파도에 놀란 모습이었다. 아까까지만 해도 따뜻했는데, 그늘이 진 곳이라 그런지 한기가 느껴졌다. 겉옷을 걸쳤지만 역부족이었다. 여기까지 와서 차 안에만 있기엔 아까운 것들이 너무 많았다.

"잠깐 어디 좀 갔다 올게요."

지한이 상하의 손에 마시던 커피를 쥐여주곤 다급하게 왔던 길을 되돌아갔다. 상하는 어리둥절한 얼굴로 넓게 드리운 바다를 홀로 감상했다.

생각보다 금방 돌아온 그는 빈손이 아니었다. 손에 무언가 들고 뛰어오고 있었다. 가까워지자 그의 손에 있는 것이 무엇인지 보였다.

"이걸 가지러 차까지 다녀온 거예요?"

미안한 얼굴로 상하가 물었다. 숨을 고르며 그가 고개를 끄덕였다. 쌀쌀해진 날씨에도 뛰어오느라 지한의 이마엔 땀이 맺혀 있었다. 지한은 담요를 넓게 펼쳐 상하의 어깨에 둘러주었다.

"차에 두고 내린 걸 깜박해서요."

"괜찮은데……."

미안한 얼굴로 상하가 말을 흐렸다. 여기서 주차장까지 못해도 20여 분은 가야 한다. 그런데 그는 10여 분 만에 다녀왔다. 헐떡거리는 숨을 몰아쉬며.

"감기 걸린다고요."

"아……."

"나 때문에 감기 걸리는 건 사양입니다."

"지한 씨 때문이라니요."

상하의 몸을 파도 쪽으로 돌린 지한은 뒤에서 그녀의 몸을 감쌌다.

"실컷 보고 가요."

목덜미가 간지러워 상하는 콧등을 찡그렸다. 상하의 손에서 커피 잔을 넘겨받은 지한은 미지근하게 식은 커피를 마셨다.

더없이 좋은 이 순간, 상하의 가슴이 저릿하게 울렸다. 점점 몸이 따뜻해진다. 마음도 함께. 짠내와 함께 몰아친 바람에 코끝이 시큰거렸다.

지한의 말대로 푸른 바다를 두 눈에 담고, 바람에 따라 코끝에 머문 짠내를 마시며, 더없이 따뜻한 그의 품에 몸을 깊숙이 파고들었다. 제일 그녀의 가슴을 두근거리게 만드는 건 차일피일 미루다 결국 오게 된 바다 앞에 있다는 사실보다, 그의 품 안에 갇혀 있다는 사실이었다.

고속도로를 타고 돌아가는 차 밖으로 아름다운 낙조가 보였다. 앞뒤로 차가 꽉 막혀 정체가 지속되고 있어 여유롭게 낙조를 감상하고 있었다. 창문 밖으로 시선을 뺏긴 상하는 제 손등 위로 느껴지는 온기로 인해 정신을 차렸다. 돌아보니 상하의 손 위로 느껴진 건, 그의 손이었다.

"이러다 사고 나요."

빼내려는 상하의 손을 지한이 움켜잡았다.

"사고 안 나게 잘 잡아요."

길고 잘빠진 손가락이 상하의 손등 위로 겹쳐져 꼭 잡았다. 상하는 손을 뒤집어 그의 손가락 사이사이에 제 손을 끼워 넣었다. 빈틈없이 손가락 마디마디가 맞물렸다. 깍지 낀 손을 더 세게 잡았다. 여전히 고속도로는 정체였지만, 그렇게 나쁜 상황만은 아니었다. 낙조도 감상했고 이렇게 서로의 손을 꼭 잡고 있을 수 있으니까.

"배고프지 않아요?"

지한의 물음에 상하가 고개를 끄덕였다.

"휴게소까지는 40분 정도 걸릴 것 같은데."

내비게이션을 보며 지한이 말했다.

"얼마 안 남았네요."

"차가 밀려서 더 걸릴지도 모르겠어요."

"아."

지금 꽉 막힌 고속도로 안에 있다는 사실을 까맣게 잊고 있던 상하는 실망한 얼굴이 되었다. 사실 배가 고픈 것보다 생리 현상이 더 급했다. 갑자기 밀려드는 생리 현상에 상하는 다리를 비비 꼬았다.

"어디 안 좋아요?"

"아, 아뇨."

화장실이 급하다고 차마 입이 떨어지지가 않았다. 얼굴을 붉히며 창문 밖으로 시선을 던져보지만, 정체가 풀릴 기미가 보이지 않는다.

"말해야 알죠."

"화장실이 급해서……."

부끄러움에 얼굴이 달아올랐으나 당장이라도 화장실에 가야 했기에 상하는 순순히 대답했다.

"진작 말하지 그랬어요. 가까운 휴게소를 지나쳤는데."

"미안해요."

"미안해할 필요 없어요."

지한은 침착하게 내비게이션으로 제일 가까운 휴게소의 거리를 확인했다. 차만 밀리지 않는다면 15분도 채 걸리지 않는 거리였다.

"조금만 더 참을 수 있겠어요?"

"얼마나요?"

기다림의 시간이 좀처럼 줄어들지 않아 상하는 발만 동동 굴렀다.

"정체가 풀리기 시작했나 봅니다."

마침 앞에 있는 차들이 거북이걸음으로 움직이기 시작했다. 오도 가도 못한 상황에서 반가운 소식이 아닐 수가 없다. 거북이걸음으로 움직이던 차는 이윽고 속력을 내어 달렸다. 지나가면서 보니, 교통 체증이 아닌 앞에서 추돌 사고가 났던 모양이었다.

"꽉 잡아요."

지한이 경고한 후, 액셀을 밟았다. 1차선과 2차선을 자유자재로 넘나들며 화려한 운전 실력을 과감히 뽐내고 있었다. 지금까지 안전 운전을 고수하며 부드러운 승차감을 안겨주었던 것과 상반된 스펙터클한 승차감에 상하는 할 말을 잃었다. 놀랄 틈도 없이 쭉 뻗은 도로를 지나 금세 휴게소 주차장까지 진입했다. 상하는 안전벨트를 풀고 스프링 튕기듯 차에서 뛰어내렸다. 민망함이고 뭐고 없었다.

볼일을 보고 화장실에서 나와 손을 씻고 거울을 보며 제 옷매무새를 다듬었다. 그제야 드는 민망함과 부끄러움이 상하의 몸을 뒤덮었다. 이렇게 금방 휴게소에 도착할 줄 알았다면, 실토하지 않았을 거였다.

"어쩌지……."

화장실 밖으로 나가기가 두려워졌다. 즐거웠던 첫 여행 막바지에 화장실이 급하다고 거의 울 듯했던 자신의 모습을 다시 떠올려도 부끄러웠다. 차마 밖으로 나가기가 두려워진 상하는 한참을 화장실 안에서 손을 씻고 또 씻었다. 하지만 결국, 밖으로 나갈 수밖에 없는 현실을 인정하고 한참 만에 화장실 밖으로 주춤거리며 나왔다.

지나가는 여자들의 시선을 한 몸에 받으며, 꼿꼿이 서 있는 남자는 바로 지한이었다. 그는 저들끼리 숙덕거리며 말 한번 걸어볼까 고심하던 그의 주변에 있던 여자들을 뒤로한 채 상하를 향해 손을 번쩍 들었다.

"여기예요. 상하 씨."

상하의 등장으로 인해 실망한 여자들이 지한의 주변에서 사라졌다.

"차 안에서 기다리지."

"간단히 뭐라도 먹을 겸."

지한이 손을 내밀어 상하의 손을 잡았다. 어둑해진 휴게소 안에 사람들이 바글바글했다.

간단하게 허기를 채울 라면과 김밥을 주문한 두 사람은 자리에 앉았다. 아까까지만 해도 민망함에 사로잡혀 있던 상하였으나, 허기 앞에선 속수무책이었다. 뜨거운 라면을 호호 불며 허기를 채우기 시작했다.

"인천 도착하면 10시 넘겠는데요."

손목시계로 시간을 바라보며 지한이 덧붙였다.

"다행히 외박은 아닙니다."

"그러게요."

옅게 웃으며 식사하는 상하의 모습에 지한은 씁쓸한 기분이 들었다. 고속도로가 조금 더 정체되었으면 좋겠다는 생각이 드는 자신이 어쩐지 파렴치하다. 겉으로는 일찍 인천에 내려가기 위해 빠른 길을 찾아보지만, 결국 속내는 달랐다. 조금이라도 그녀와 같이 있고 싶은 욕심이 점점 커졌다.

두 사람은 식사를 마치고 식당 밖으로 나왔다. 달콤한 호두과자 냄새에 상하가 지한을 잡아끌었다.

"몇 개 살까요?"

몇 개씩이나…….

"한 봉지."

"또 맛있는 거 있나."

"방금 라면에 김밥 먹었잖아요."

매점 주변을 둘러보며 고민하는 상하를 사랑스럽게 바라보며 지한이 말했다.

"이런 거 볼 때마다 먹고 싶었거든요."

결국 다 먹지도 못한다는 걸 알면서도 상하는 욕심을 부리고 있었다. 그런 상하의 모습에 지한은 회오리 감자, 국화빵, 어묵 등 종류별로 품에 한가득 들고 그녀에게 다가왔다.

"이 정도면 충분합니까?"

"너무 많아요."

"다 먹는 겁니다."

"살찌겠다."

걱정하는 표정이 아니었다. 오히려 기쁜 얼굴이었다. 그의 품에 먹고 싶은 음식이 한가득 있어서가 아니었다. 그의 마음 때문이었다.

휴게소에서 빠져나와 다시 고속도로를 달리기 시작했다. 도로는 제법 한산했다. 장거리 운전으로 인해 피곤할 법도 한데 지한은 내색 한 번 하지 않았다. 오히려 그녀와 같이 있을 시간이 얼마 남지 않아 아쉬울 뿐이었다. 주황색 등이 휙휙 눈 깜짝할 사이에 지나쳤다. 지한은 호두과자를 손으로 가리키며 입을 크게 벌렸다. 그러자 그의 입안으로 호두과자 하나가 들어왔다. 상하의 품엔 네 개의 봉지가 안겨져 있었다.

"너무 많이 샀나 봐요."

"뭐, 어때요."

하긴 그렇다. 다 못 먹어서 버리게 되면 아깝긴 하겠지만, 그의 마음으로 가슴이 채워졌으니 괜찮았다. 사소한 거에 일일이 신경 쓰면서 그동안 너무 빡빡하게 살았나 보다.

"오늘 되게 즐거웠어요."

"정말입니까."

잠깐 그의 시선이 상하의 얼굴에 닿았다.

"이렇게 가게 문 닫고 여행 간 거, 처음이거든요."

"다음엔 어디 갈까요?"

"음…… 글쎄요."

충분히 속초 여행만으로도 즐거웠다. 다음에 또 어딜 가겠다는 생각은 하지 못했다.

"안면도, 부산, 대전, 대구. 모두 가보고 싶어요."

"가볼 곳이 참 많네요."

생각만 해도 벌써부터 즐거워졌다. 상하는 어묵 하나를 베어 물었다. 식었지만, 맛이 괜찮았다. 지한이 입을 벌려 상하가 베어 먹은 어묵을 먹었다.

"휴게소 음식은 다 맛있는 것 같아요."

품에 안겨 있는 군것질거리를 하나씩 먹으며 상하가 말했다.

"이러다 휴게소 가려고 여행 가는 거 아닙니까."

"지한 씨도 참."

고속도로 지하 차도로 진입했다. 정면을 향한 그의 눈빛이 그윽하게 빛났다.

"재미있습니다, 상하 씨와 같이 있는 거."

"저도요……."

작게 읊조리듯 상하가 대답했다. 지하 차도 내에서 울리는 자체의 울림이 어느 때보다 크게 울렸다. 밤이 어둑하니 짙게 깔려 있었다. 쌩, 하고 질주하듯 차들이 앞다퉈 지나쳤다.

"사실 학교 수학여행을 빼고는 여행 온 거 처음이거든요."

"처음이요?"

"고등학교 땐 고모가 친구들과 여행 가는 걸 허락하지 않으셨거든요. 대학생 때는 아르바이트하느라 시간을 빼기 곤란했고요. 강사로 일할 때는 주말에도 강의가 있어서 뺄 수가 없었거든요. 어떻게 보면 다 핑계죠."

그때 당시 그 상황에 최선을 다했지만 결국 지나 보니 핑계라는 걸 상하는 인정하고 말았다.

"나도 바람 쐬러 나온 거 오랜만이에요."

"지한 씨도요?"

지한이 가볍게 고개를 끄덕이며 대답했다.

"그 역시 바쁘다는 허울 좋은 핑계."

지한의 농담에 상하가 작게 웃음을 터트렸다. 그러고 보니 그는 저와 비슷한 구석이 많다.

"앞으로는 핑계 대지 않으려고요."

"……."

"그럴 만한 이유가 생겼으니까."

그가 말한 이유가 무엇인지 상하는 알 수 있었다. 상하의 왼손 위로 지한의 손이 겹쳐졌다. 그리고 누가 먼저랄 것도 없이 깍지 낀 손을 꼭 잡았다. 그저 손 한 번 잡은 것만으로도 심장이 미친 듯이 펌프질을 해댔다.

집으로 가는 길고 긴 이 길, 그와의 헤어짐이 무척이나 아쉬웠다. 아침 일찍부터 같이 있었음에도 불구하고, 부족한 느낌이 들었다. 아마 그것은 그와 만남을 지속하면서 채워야 한다는 걸 알고 있었다.

그것은, 공허함.

채우고 채워도 좀처럼 가시지 않는 그것. 이렇게 온기가 가득한 손을 잡고 있으면 가슴에 가득했던 공허함마저 사라지는 기분이 들었다. 고속도로에서 빠져나와 어느덧 국도를 내달리고 있었다. 상하는 가만히 고개를 돌렸다. 부드러운 턱선, 짙은 눈썹, 집중할 때면 그윽하게 빛나는 눈동자, 예쁘게 날 선 코, 여자보다 더 붉은 입술. 그의 이목구비 하나하나 천천히 눈에 새기는 상하의 입술이 곱게 올라갔다. 너무 행복한 이 순간, 시간이 멈추면 좋겠다고 생각했다.

바쁜 오전을 보내고 의자에 앉아 잠깐 숨을 골랐다. 작업대 위엔 미처 치우지 못한 줄기 끄트머리가 어지럽게 있었다. 자리에서 일어나 작업대를 치우는 상하의 귀에 문이 열리는 소리가 들렸다.

"어서 오……."

반사적으로 나온 인사가 멈추었다.

"지한 씨."

작업대 앞에서 멈춘 그가 쇼핑백 하나를 내려놓았다.

"아직 점심 전이죠?"

"네."

전날, 장거리 운전으로 피곤할 법도 한데 산뜻한 얼굴이었다.

"잘됐네요."

쇼핑백 안에서 도시락을 꺼내며 지한이 반색했다. 안 그래도 상하는 막 작업대만 치우고 간단하게 끼니를 해결할 참이었다. 그런데 생각지도 못하게 그가 도시락을 배달해올 줄이야.

"안에 들어가서 먹어요."

두 사람은 접객실 안으로 들어갔다. 테이블에 일회용 도시락 세 개를 꺼내놓은 지한은 뚜껑을 열었다. 근처 도시락 가게에서 주문해놓고 찾아온 것이다. 간단하면서도 영양까지 챙길 수 있는 한 끼가 뭐가 좋을까 고민하다 도시락이 떠올랐다. 반찬도 다른 도시락 가게에 비해 가짓수가 많고 직접 고를 수도 있었다.

"도시락은 어디서 사 온 거예요?"

도시락 비주얼에 놀란 상하가 지한에게 물었다.

"이 근처에 새로 생겼더라고요. 길 건너 좌측으로 50m 정도에 있어요."

"몰랐어요."

이 동네에 가게를 하고 있는 상하보다 지한이 이 근처를 꿰뚫어 보고 있는 기분이 들었다. 어쨌든, 보통 도시락 가게에서 봤던 것과 다른 상반된 비주얼에 상하는 놀라는 중이었다.

"어서 먹어요."

"잘 먹을게요."

상하는 나무젓가락을 반으로 툭 잘랐다. 두 사람은 때늦은 점심 식사를 하기 시작했다.

"불고기도 먹어봐요. 맛있어요."

상하는 젓가락으로 불고기를 집어 그의 밥 위에 올려두었다.

"편식하지 말고 골고루 먹어야 해요."

말하며 김치도 밥 위에 올렸다.

"누가 편식한다고 그럽니까."

"교묘하게 불고기에 있는 양파는 안 먹잖아요."

"교묘하다니."

"내가 다 봤어요."

더 이상 시치미 떼지 말라며 상하가 쏘아댔다. 난처한 지한의 표정에도 불구하고 상하는 불고기를 갖은 야채와 함께 젓가락으로 집어 강제로 먹였다.

"다시 봤어요. 지한 씨."

"뭘요?"

지한이 뜨끔한 얼굴로 물었다.

"야채를 싫어하는 줄 몰랐는데."

"아, 그건……."

"거기다 김치도 잘 안 드시고."

"그게 아니라……."

"초등학생 입맛이네요."

초, 초등학생?

연이은 놀림에 지한은 점점 할 말이 없어지고 있었다. 반박이라도 하고 싶지만 이미 실체를 들킨 이상 어떠한 반박도 그녀의 귀에 들리지 않을 것 같았다. 뭐, 그래도 꽤나 재미있어하는데 잠깐 그녀의 손바닥 위에서 놀아줄까?

결국 '앞으론 편식 금지예요.'로 끝난 그녀의 놀림을 자처해 받았으나, 기분은 썩 나쁘지 않았다.

"잠깐 앉아 있어요. 커피 타 올게요."

접객실 밖으로 나온 상하는 찬장에서 믹스 커피와 원두커피 티백을 꺼냈다. 원래는 믹스 커피 티백뿐이었는데, 그를 위해 원두 티백도 한 박스 구비해놓았다. 상하는 양손에 머그잔 하나씩 들고 안으로 들어왔다. 오랜만에 배부른 점심에 몸이 더욱 나른해지는 기분이 들었다.

딸랑, 방울 소리에 머그잔을 내려놓고 접객실 밖으로 나왔다.

"어서 오세요."

인사를 마친 상하는 생각지도 못한 이의 방문에 당황한 얼굴이 되었다. 작년 생신에 사드린 트렌치코트를 입고 한껏 멋을 부린 이는 미연이었다.

"고모."

"오늘 모임이 있었는데, 지나가다 들렀다."

굉장히 쌀쌀맞은 말투였다. 정이란 건 눈 씻고 찾아볼 수 없는 목소리와 표정. 상하는 미연이 주기적으로 가지는 계 모임에 다녀왔다는 것을 알 수 있었다.

"얘가 뭐 해? 계속 고모 세워둘 거니?"

바로 어제 미연에게 저녁 먹으러 집에 들르라는 통보를 들었으나 상하는 지한과 먼저 한 선약 때문에 거절했다. 다른 날 같으면 가게를 일찍 닫고서 집으로 가겠지만, 어제는 달랐다. 지한이 먼저 바다를 보러 가자고 제안했다. 그리고 상하 역시, 바다를 보러 가고 싶었다. 섭섭한 목소리로 미연이 전화를 끊었지만, 바로 다음 날 이렇게 가게로 불쑥 찾아올 줄은 꿈에도 몰랐다. 거기다 지금 접객실 안엔 지한이 있었다.

"고모, 지금 손님이 있어서요."

"손님 누구? 수연이 말이니?"

"아니요."

난처한 얼굴로 상하가 대답했다.

"그럼 누군데 그래? 너랑 긴히 할 얘기가 있어서 왔건만 끝까지 세워둘 거니?"

"다음에……."

다음에 집으로 가겠다는 말을 하려던 찰나, 접객실 안에서 지한이 나왔다. 지한은 그녀의 옆에 서서 정중하게 미연에게 인사했다.

"처음 뵙겠습니다. 유지한입니다."

지한의 등장에 미연의 얼굴에 화색이 돌았다. 말끔하게 잘생긴 남자가 접객실에서 나오자 미연이 상하의 팔을 툭 치며, 평소엔 들을 수 없었던 다정한 목소리로 물었다.

"누구니? 고모한테 소개 안 할 거야?"

아직 지한과 서로 알아가는 단계일 뿐이었다. 이렇게 빨리 미연에게 인사하게 할 생각은 없었으나, 상황이 이렇게 되어버렸으니 소개할 수밖에 없었다. 괜히 지한이 부담을 느낄까 상하는 괜한 조바심이 났다.

"유지한 씨예요. 저와 진지하게 만나는 사람이에요."

말하며 상하의 시선이 지한에게 향했다. 지한은 고개를 까닥하며 다시금 정중하게 인사를 건넸다.

"어머머, 그럼 네 애인?"

"연인 사이가 된 지는 얼마 안 되었습니다."

믿음직스러운 얼굴로 지한이 상하 대신 대답했다. 듣고도 믿기지 않은 듯 미연의 얼굴엔 시종일관 미소가 떠나지 않았다. 그동안 상하가 애인도 없었지만, 본인 스스로도 만나고자 하는 의지가 없었다. 그런데 이렇게 떡하니, 듬직한 애인을 소개하니 미연으로

서는 기분이 좋았다.

"만나서 반가워요. 오늘 가게에 오길 잘했네."

"저도 반갑습니다."

"지한 씨, 고모예요."

상하가 지한에게 미연을 소개했다.

"내가 상하 어릴 적부터 친딸처럼 키웠어요. 친딸이나 마찬가지지, 뭐. 내가 상하 엄마다 생각해요."

미연의 말이 맞기는 하나, 상하의 입장에선 그다지 듣기 좋은 말은 아니었다.

"상하 씨를 이렇게 예쁘고 바르게 키워주셔서 감사합니다."

"감사는 뭘요. 상하는 내 딸이나 다름없다니까 그러네."

평소보다 과장된 나긋한 목소리로 미연이 상하의 손을 잡았다.

"아, 그럼 저는 이만 가보겠습니다. 상하 씨와 말씀 나누세요."

"아니에요. 그리 급한 얘기도 아닌걸요. 내가 눈치 없이 오붓한 두 사람 방해했네."

호호호, 자지러질 듯 웃으며 미연이 가게에서 나가려는 지한을 붙잡았다.

"다음에 시간 되면 같이 식사라도 해요."

"예, 불러주십시오."

듬직한 지한의 모습이 꽤 마음에 들었는지, 미연은 식사 제안까지 했다. 미연의 시선이 상하에게 향했다.

"상하야, 다음에 집으로 와서 같이 저녁이라도 하자꾸나."

"네, 고모."

"자주 집에도 좀 오고."

여전히 상하의 손을 마주 잡은 채로 미연이 서운하다는 목소리를 냈다.

"그럴게요. 들어가세요."

미연은 상하와 지한에게 인사를 한 후 가게에서 나갔다. 평소와 다른 미연의 다정한 모습에 상하는 잠깐 소름이 끼쳤다. 하지만 내색하지 않고 미연을 배웅했다. 단지, 저에게 애인이 생겨 기뻐하는 것뿐이라고 생각했다.

"고모님과 사이가 좋네요. 안심이 되네요."

"네?"

"집안 이야기는 잘 안 하길래, 안 좋은 쪽으로 생각했었거든요."

"아."

애매하게 웃으며 상하는 부정도 긍정도 하지 않았다. 원래 성격상 시시콜콜 남에게 떠드는 성격이 되지 못하기도 할뿐더러 특별히 집안 이야기는 할 게 없었다.

"나도 이만 가볼게요."

재킷을 들며 지한이 말했다.

"조심히 가요."

옅게 미소 지으며 상하가 지한을 향해 손을 흔들었다. 딸랑이는 방울 소리가 가게 안에 퍼졌다. 그가 시야 밖으로 사라질 때까지, 상하의 시선이 가게 밖으로 향해 있었다.

11. 마음을 나누고, 사랑을 나누고

추적추적. 창문을 때리는 빗줄기 소리가 굵어졌다. 모니터에서 시선을 뗀 지한은 몸을 일으켜 창문으로 다가갔다. 오전부터 내리기 시작한 빗줄기는 그칠 줄 모르고 신나게 퍼부었다. 겨울을 알리는 비였다. 창문을 때리던 빗줄기가 스르륵 미끄러져 툭툭 떨어졌다. 흐릿한 밖을 내다보는 지한의 눈이 빛났다.

며칠 전부터 내내 마음에 걸렸다. 그날, 상하의 고모와 인사를 나누고 가게를 나온 직후부터였다. 가슴에 이물감이 느껴졌다. 상하가 미연에게 지한을 먼저 소개하지 않았다면, 그는 대충 둘러대고 자리를 비켜줄 생각이었다. 그런데 그녀는 선뜻 지한을 소개했다. 진지하게 만나는 사람이라고. 지한은 그녀의 애인으로서 인정받은 기분에 기뻤다. 상하와 더욱 가까워진 기분도 들었다. 무언가 유대감이 생기는 것 같았다. 그런데 그녀의 표정이 마냥 기쁘지 않아 보였다. 상하의 손 위로 겹쳐진 미연의 손에 어찌할 바를 모르는 것 같았다. 당혹스러워하는 것 같기도, 불안해하는 것 같기도 했다.

'고모님과 사이가 좋네요. 안심이 되네요.'

저의 말에도 그녀는 대답 대신 그저 어색한 미소를 그릴 뿐이었다. 어쨌든 그녀의 손까지 잡고 자주 집에 오라는 미연의 목소리가 한없이 다정하게 느껴졌고, 그녀를 친딸이나 마찬가지라고 말해주니 그로선 그녀가 사랑받고 자라 다행이라는 생각뿐이었다. 그녀의 성격상 살갑게 고모에게 대할 거라는 생각은 안 했지만, 이리도 어색해할 줄을 지한은 몰랐다. 그런 그녀에게 저는 안심이 된다고 말했다. 그저 자신이 예민한 것뿐이라고 치부했지만, 시간이 지날수록 그날 일이 자꾸 마음에 걸렸다. 물어보고 싶지만 어떤 식으로 물어봐야 할지 감이 오지 않았다.

굵었던 빗줄기가 점차 가늘어지기 시작했다. 이런 날, 파전에 막걸리 한잔했으면 좋겠다 싶었다. 잡념을 떨쳐버리고 자리에 앉았다.

지잉.

책상 위에 올려둔 휴대폰이 작게 몸을 부르르 움직였다. 액정을 확인한 지한의 입가에 미소가 걸렸다.

[날도 흐린데, 파전에 막걸리 어때요?]

발신인은 지한의 머릿속에 가득 찬 상하였다.

지한은 택시를 이용해 술집으로 이동했다. 비가 와서 그런지 가게 안엔 막걸리를 마시는 손님들이 대부분 자리를 차지하고 있었다.

"지한 씨."

지한은 소리가 나는 쪽으로 고개를 돌렸다. 먼저 도착한 모양인지 상하가 자리에 앉아 있었다. 재킷에 묻은 빗물을 손으로 털어내며 지한이 그쪽으로 다가갔다.

"주문은 먼저 했어요."

말하는 상하의 손이 지한의 머리 위로 올라갔다. 머리에 묻은 물기를 손으로 닦아주는 상하의 손길이 무척이나 다정했다. 지한은 제 머리에 있는 상하의 손을 끌어당겨 양손으로 잡았다.

"사람들이 많네요."

"혹시 시끄러운 데 싫어하세요?"

걱정스런 상하의 물음에 지한이 가볍게 고개를 저었다. 사실은 시끄러운 곳은 딱 질색이긴 하지만, 그녀가 먼저 데이트 신청을 했으니 장소야 아무렴 어떠한가.

양손으로 상하의 손을 잡아 옴짝달싹하지 못하게 만들었다. 지한의 손바닥 안에 갇혀 있는 상하의 손이 꿈틀거렸다. 간질간질, 손바닥에 전해지는 묘한 느낌이 이상하다. 간지러워서 웃음이 터질 것 같으면서도 뭔가 야릇한 감각이 느껴지기도 한 것이다. 안 되겠다 싶어 지한이 손바닥을 펼쳐 상하의 손을 양손으로 눌렀다. 하지만 결국 지한의 손에서 빠져나오는 데 성공했다. 상하는 지한의 손바닥을 눕혀놓고 제 손을 겹쳤다.

다시, 꿈틀꿈틀. 꼼지락. 간지러움.

3단 콤보의 위력에 지한은 무심한 얼굴로 흐릿한 밖을 바라보았다. 고의가 아닐 거라고 믿지만 손바닥에 전해지는 야릇한 감각에 지한의 세포가 열리는 기분이었다.

"주문하신 음식 나왔습니다."

점원의 말에 누가 먼저랄 것도 없이 테이블에서 서로의 손이 사라졌다. 막 만든 두툼한 두께의 파전과 막걸리와 사이다가 테이블에 신속히 채워졌다.

"사이다랑 막걸리 섞어 마시면, 엄청 맛있어요."

상하는 사기에 막걸리와 사이다를 1:1 비율로 섞은 후, 젓가락으로 저었다. 사기 하나를 지한에게 건네었다. 지한이 살짝 입술을 적셨다.

"그냥 음료수 같은데요."

"그렇죠?"

그냥 사이다를 마시는 게 낫겠다고 말하려던 지한은 반색하는 상하의 얼굴에 입을 다물었다. 두 사람의 잔이 허공에 부딪쳤다.

"이거 마시고 취하진 않겠습니다."

"그래도 술이에요. 무시하지 마세요."

"많이 마시면 취할 것 같기도 하고."

그제야 말을 정정하며 지한이 파전을 뜯어 입속에 넣었다.

"오전부터 내리던 비가 이제 좀 그치려나 봐요."

창문으로 가는 빗줄기가 미끄러졌다. 걸음을 재촉하며 걷는 행인들도 하나둘씩, 폈던 우산을 접고 걷는 모습이 보였다.

"이제 제법 추워지겠죠."

"다음 주부터 영하로 떨어진대요."

겨울은 싫은데, 하고 투정부리듯 상하가 덧붙였다.

사이다 맛 막걸리로 건조한 목을 축이던 지한은 빙그레 미소를 지어 보였다. 겨울이 싫다고 말하는 상하의 모습이 마치 어린아이 같아 보였기 때문이었다. 가끔 보여주는 아이 같은 모습이 지한을 미소 짓게 했다.

"지한 씨, 옷 따뜻하게 챙겨 입으세요. 감기 걸리지 않게."

지한을 걱정하는 상하의 얼굴이 한없이 따뜻했다. 일전에 상하의 집에서 술을 마셨을 때보다 분위기가 더 빠르게 무르익었다. 추적추적 을씨년스럽게 내리던 빗줄기 때문일까. 아니면 다른 장소에서 술을 마시고 있기 때문일까. 시끌벅적한 소란 속에서도 이 공간엔 오롯이 둘만 있는 듯한 기분이 들었다. 시끄러운 건 질색하는 성격이지만 오늘은 이런 분위기가 다행이다 싶었다. 제 손안에서 꼼지락대던 그녀의 손가락의 야릇한 감각으로 인해 잠깐 긴장했던 제 마음을 그녀에게 들키지 않을 수 있었다.

아직까지 여운이 남아 있는 그 감각.

그저 간지러움뿐이었다면 여운이 남지 않았을 것이다.

짜릿함, 그 이상의 감각이었다.

사이다 맛에 가려 막걸리를 물 마시듯 들이켜던 상하가 먼저 취했다. 그녀의 취한 모습은 오늘로 두 번째. 같이 술을 마셨음에도 지한은 취기가 올라오는 정도였다. 상하와 같이 있으니 정신을 더욱 바짝 차리게 되었다. 차갑게 식은 파전을 사이에 두고 마시던 막걸리도 바닥이 났다.

지한은 취한 상하를 부추겨 가게에서 나왔다. 물웅덩이에 상하의 한쪽 발이 빠졌다. 그 바람에 흙탕물이 지한의 바짓단에 튀었다. 지한은 일단 택시를 타는 것이 먼저였다. 버린 바지도 그녀의 발도 처사는 그 후였다. 30분 만에 택시를 잡았다. 기사에게 목적지를 말한 뒤 지한은 재킷 안주머니에서 손수건을 꺼냈다. 그러곤 젖은 상하의 한쪽 발을 꼼꼼히 닦아주었다. 구두 안쪽도 닦긴 했지만 깨끗하게 물기를 제거할 수는 없었다. 도착할 때까지 그녀의 발에 제 구두를 신겨주었다. 마치 아이가 아빠 구두를 신은 것처럼 여분이 많이 남았다. 후우, 하고 한숨 돌리며 지한은 상하의 얼굴을 가리고 있는 머리를 정리해주었다.

"역시, 물어봐도 말 안 해주려나."

마음에 계속 걸렸던 물음은 결국 묻지 못했다. 시간이 지나면 그녀도 저에게 말해주겠지. 지한은 상하에게 시간을 주기로 했다. 택시는 곧장 목적지에 도착했으나 지한은 또다시 아차 싶었다. 결국 지한은 목적지를 다시 수정할 수밖에 없었다.

그때와 변한 관계. 같은 마음, 키스만으로도 짜릿한 심장, 비가 내리고 운치 있는 이 밤, 그녀를 옆에 두고 과연 잠을 잘 수 있을까.

지한은 상하의 겉옷을 벗겨 걸어두었다. 바람은 꽤나 찬데, 몸은 후덥지근하여 추위를 느낄 수가 없었다. 침대에서 곤히 잠든 상하의 얼굴을 바라보다, 지한은 옷을 전부 탈의하곤 욕실로 들어갔다. 미지근한 물줄기 밑에서 눈을 감았다. 오늘만큼은 그녀를 두고 먼저 호텔에서 나갈 수가 없다. 가지 말라고 붙잡던 그녀의 손길이 다시금 떠올랐다. 혹시나 새벽에 깨서 낯선 곳에 혼자 있음을 느끼지 않도록 같이 있어주고 싶었다. 머리부터 발끝까지 젖은 몸을 타월로 닦고는 입고 있던 옷을 다시 몸에 걸쳤다. 셔츠와 정장 바지, 잘 때 입는 옷치곤 무척 불편했다. 잠든 상하가 깰까 봐 드라이어로 머리를 말리지 못하고 타월로 툭툭 털었다. 지한은 침대에 걸터앉아 보드라운 상하의 뺨을 손등으로 쓸어내렸다. 동그란 이마에 가볍게 입을 맞추었다. 콧등에, 양 볼에, 그리고 붉은 입술에 입을 맞추었다. 자리에서 일어나 불을 껐다. 사방에 어둠이 내려앉았지만 커튼을 치지 않은 창문으로 달빛이 스며들어 어둡지 않았다. 지한은 이불 속으로 들어가 누웠다. 그때였다. 곤히 자는 줄 알았던 그녀가 지한 쪽으로 몸을 틀었다.

"깼습니까."

지한이 낮은 목소리로 물었다. 지한의 가슴에 얼굴을 묻은 채 고개를 끄덕이는 게 느껴졌다.

"호텔로 왔습니다."

이유는 굳이 말하지 않아도 상하도 알고 있었다. 잠에서 깬 건 그의 입술이 제 입술에 닿았을 때였다. 뜨거운 촉감에 잠에서 깼지만 그녀가 몸을 일으키기도 전에 불이 꺼졌다. 지한의 손이 상하의 등을 쓸었다. 어서 자라고, 토닥여주는 것 같았다. 지한의 가슴 위로 얹어진 상하의 손바닥에 불규칙적으로 뛰는 그의 심장 소리가 느껴졌다. 손바닥을 타고 전염된 것처럼 상하의 심장도 같은 속도로, 아니 더 빠르게 뛰기 시작했다.

어스름하게 내려앉은 달빛이 침실을 비추었다. 상하가 고개를 치켜들자 입술이 닿을 듯 말 듯 거리가 좁혀졌다. 이불 속에서 손을 빼낸 상하는 그의 턱을 매만졌다. 조금 수염이 올라온 턱이 까칠했다. 미처 생각을 하기도 전에 고개를 들어 지한의 입술 위로 제 입술을 포갰다. 살짝 벌어진 지한의 입안으로 어설프게 혀를 밀어 넣고 휘저었다. 서로의 침이 섞이고, 뜨거운 숨결이 뭉근하게 피어올랐다. 상하의 등을 쓸어주던 지한의 손은 자신의 몸으로 끌어당기고 있었다. 상하의 입술이 각도를 달리하여 지한의 입술을 뭉갰다. 서로의 입술을 탐하고 탐했다. 한참 만에 상하가 입술을 뗐다. 달빛에 의지한 채 보이는 그의 얼굴은 굳어져 있었다. 촉촉하게 젖은 입술만큼이나 그윽하게 빛나는 눈동자. 그의 눈빛을 지그시 바라보는 상하의 심장은 터질 것 같았다.

"……입 냄새 나겠다."

걱정은 이미 늦은 후였다. 열띤 키스를 나눈 후 하는 걱정거리 치고 너무 시시하기 짝이 없었다. 그의 시선을 피해 고개를 내린 상하는 내려온 머리를 귀에 꽂았다.

순식간에 자리가 바뀌었다. 지한이 상하를 침대에 눕히곤 그 위로 올라갔다.

"키스, 해도 됩니까."

젖은 듯한 목소리가 낮게 울렸다. 상하는 가만히 고개를 끄덕였다. 그러자 기다렸다는 듯 상하의 입술 위로 지한이 입술을 뭉갰다.

또다시 뜨겁게 피어오르는 열기.

입술과 입술 사이가 맞물리고 말캉한 혀가 뒤섞였다. 상하는 턱을 치켜들고 지한의 입술을 갈구했다. 더 깊고, 더 진하게 저의 입술에 키스해주기를. 하고, 또 해도 질리지 않은 키스였다. 지한의 목뒤로 손을 넘겨 꼭 껴안았다. 서로의 몸이 빈틈없이 맞물렸다. 뜨겁게 오르내리는 불규칙한 숨이 더운 공기를 만들어내어 뜨거운 열기가 맴돌았다. 가슴과 가슴이 부딪치고, 서로의 다리가 겹쳐졌다. 민망한 자세로 오랫동안 키스가 계속되었다.

상하의 뺨을 감싸던 지한의 손이 미끄러지듯 아래로 내려왔다. 셔츠 단추를 풀 듯 말 듯 매만지던 가느다란 손이 결심을 끝낸 듯 단추를 열었다. 하나둘씩, 단추가 열리자 상하의 하얀 속살이 달빛에 은은하게 비추었다. 지한의 손이 바지 지퍼를 열고 아래로 끌어 내렸다. 곧게 세운 무릎이 펴지며 바지가 벗겨졌다. 겉옷은 침대 밑으로 어지러이 떨어졌다. 지한도 셔츠와 바지를 급하게 벗어 던졌다. 단단한 그의 상체가 상하의 시선을 사로잡았다. 지한은 아름다운 여체를 눈으로 훑다 허벅지 사이를 가르고 위로 올라탔다. 가는 목덜미에 입을 맞추는 그의 손이 브래지어를 들어 올리고 그득하니 동그란 가슴을 움켜쥐었다.

들릴 듯 말 듯, 작은 신음이 스며들었다.

솟은 정점을 손가락으로 비비다 튕기자 억눌린 신음이 다시금 터졌다. 못 참겠다는 듯 지한이 다급한 손길로 브래지어를 풀었다. 작게 솟은 언덕을 양손으로 쥐고는 지한은 고개를 내렸다. 가슴을 손안에 가득하니 쥐곤 가슴을 흠뻑 빨았다.

"……아."

낮은 신음 소리에 가슴을 애무하는 손이 야릇하게 변했다. 처음 느끼는 감각에 상하의 다리가 비비 꼬이고 자꾸만 입에서 의지와 상관없는 신음이 터졌다. 팬티가 아래로 끌어당겨졌다. 그녀의 팬티가 가뿐하게 침대 아래로 떨어지고 나서 지한도 드로즈를 벗었다.

서로의 몸이 나체가 되었다. 감출 것도, 감출 수도 없었다. 지한은 맞닿은 무릎을 넓게 펼치고 검은 수풀 아래로 손가락을 미끄러뜨렸다.

이미 그의 입술에 먼저 키스를 시도했을 때, 상하는 여기까지 올 것이라고 예감했다. 각오하고 시작한 일이었는데, 왠지 모를 두려움이 상하의 몸을 감쌌다. 원래 처음은, 누구나 다 느끼는 두려움일 것이라고 침착하게 저를 다독였다.

"그만할까요?"

그녀의 눈에서 두려움을 읽은 지한이 물었다. 그만둘 수 있는 시간은 지금뿐이었다. 아직까지 그의 이성이 남아 있는, 지금.

막상 그가 그만한다고 말하니 이토록 아쉬운 마음이 드는 건 왜일까. 상하는 고개를 가로저었다. 그 모습에 지한이 상체를 기울여 상하의 입술에 가볍게 입 맞추었다.

부드럽고 따뜻한 입술. 애무하는 배려 깊은 손길. 사랑스럽게 바라보는 눈빛. 가슴이 뭉근하게 채워지는 기분이 들었다. 이 밤이 끝나지 않았으면 좋겠다. 이 밤이 길고 또 길었으면 좋겠다고 생각할 즈음, 검은 수풀을 가르고 낯선 손가락이 침입했다. 입구부터 빽빽해서 손가락이 잘 들어가지 않았다. 그 통증에 상하의 허리가 비틀렸다.

"혹시, 처음…… 입니까."

묻는 게 미안할 정도로 입구가 좁았다.

"……네."

작은 목소리가 지한의 귀에 닿았다. 미안함에 지한이 눈썹을 찡그렸다. 그녀의 처음을 과연 지금 이렇게 보내도 되는 것인지 걱정되었다. 충동이 아닐까, 혹여 술김이 아닐까 하는 마음이 지

한의 마음을 어지럽힐 무렵,

"괜찮아요."

강단 있는 목소리였다. 지한은 지체하지 않고 입구에서 지분거렸던 손가락을 안으로 쑥 밀었다. 빽빽한 살덩어리들이 지한의 손가락을 옭아맸다. 움직일 수조차 없었다.

"다리에 힘 빼요."

지한이 부드러운 목소리로 말했다. 긴장한 탓에 하체에 잔뜩 힘을 주고 있어 손가락을 움직일 수가 없었다. 하체에 힘이 풀렸다. 지한의 손가락이 여린 살덩이를 가르고 직진과 후퇴를 반복했다. 그의 손가락에 끈끈한 물기가 질척하게 묻어났다.

"하아……."

뭔지는 모르겠지만, 이 기분은 말로 설명할 수가 없었다. 오직 경험해야만 느낄 수 있는 무언의 감각. 온몸의 세포들이 깨어나는 듯한 아찔한 충격.

부끄럽고 민망함 따위는 없었다. 흥분과 쾌락이 아득하니 밀려들었다. 숨이 가빠 오르고, 탁 하고 뜨거운 숨이 연신 오르락내리락거렸다. 내부를 휘저으며 밀려드는 손길에 상하의 입에선 연신 뜨거운 신음이 터졌다. 저만 이렇게 달뜨고 흥분한 것 같아서, 그것이 상하는 민망했다. 그는 이토록 고고한 자태로 그녀를 흥분의 도가니로 밀어 넣으며 그윽하니 바라보고 있었다. 하아, 흐으, 하며 신음을 토해낼 때마다 그의 손가락이 예민한 곳을 툭, 툭 건드렸다.

야비하다. 흐트러짐 없이 저를 바라보는 건 반칙 아닌가.

뭔가 억울하다. 저 혼자, 이렇게 흐트러진 것 같아서.

그럼에도 좋았다. 저의 반응에 따라 자극하는 손놀림을 계속 느끼고 싶었다. 질척거리는 물기가 좁은 입구에서 흘러 시트를 적셨다. 지한은 여성에서 손가락을 빼내고 부푼 남성을 지분거렸다. 간질간질, 그리고 순식간에 좁디좁은 그녀의 내부에 가득 채워졌다. 다리가 넓게 벌려지고 지한이 허리를 앞으로 숙였다. 허벅지를 잡은 그가 허리를 움직이기 시작했다. 가는 손가락이 들어올 때와 차원이 다른 고통에 상하가 이마를 찡그렸다. 아프고 너무 아파서 소리를 내지를 수가 없었다. 입술을 앙다물곤 고통을 꾹 참아냈다. 그녀의 입술 위로 부드러운 입술이 포개졌다. 참지 말라는 듯 다독여주는 것 같았다. 그제야 상하는 입술을 벌렸다. 입술 안으로 말캉한 혀가 들어와 입안을 휘저었다. 그의 입안에 고통을 내질렀다. 안에 그가 들어찰 때마다 그의 입술을 깨물고, 어깨를 세게 쥐었다.

고통은 점차 잦아들었다. 그의 목에 손을 두르곤 그를 받아들이기 시작했다. 장골이 맞닿았다. 빈틈없이 하체가 맞물렸다. 이상한 기분이 들었다.

"하읏!"

거친 신음과 함께 그가 밀어닥쳤다. 그러자 그득하니 채워졌다. 안에도, 그녀의 가슴에도 그가 채워지기 시작했다. 그득하니 들어찼다가, 공허하게 사라져 아쉬움이 밀려들었다. 고통과 쾌락 속에서 아슬아슬한 줄다리기를 하던 상하의 몸은 완전히 그에게 맡겼다.

"상하 씨……."

애타게 그녀를 부르는 목소리가 젖어들었다.

"하아, 상하 씨……."

아까까지만 해도 고고한 자태로 상하의 반응을 바라보던 그였다. 그가 뜨거운 숨을 내지르며 상하의 가슴에 무너져 내렸다. 하체를 부르르 떨며, 끊임없이 입술을 찾고 가슴을 문지르며. 그런 그의 음성이 듣기 좋아 상하의 가슴이 벅차올랐다.

"지한 씨……."

채워지고 또 채워진다. 지칠 줄 모르고 그녀의 가슴 안에 그가 채워졌다. 혹시라도 넘쳐흐르면 어쩌나, 채워질 자리가 모자르면 어쩌나. 상하는 그의 등을 꼬옥 안았다. 그의 등에서 내려간 손이 엉덩이를 쥐었다. 여자와 달리 말랑하지 않고 탈력이 느껴졌다.

이로써 서로의 몸은 빈틈없이 밀착되었다. 뜨거운 열기는 쉬이 사그러들지 않았다. 서로를 탐닉하는 손짓이, 몸짓이 더욱 짙어졌다. 야하고 야릇한 움직임이 달빛 아래 부끄러운 줄 모르고 대범해졌다.

"사랑해요."

상하의 귓가에 스며드는 고백에, 울컥 눈물이 터질 것 같았다. 비어 있던 가슴이 점점 그로 채워지기 시작했다. 아무리 정현이 저를 친딸처럼 대해줬어도, 가슴의 공허함은 채워지지 않았었다. 저를 가엾게 여기고, 동정이 깃든 다정함은 그녀를 더욱 공허하게 만들었다. 그런데, 지금 이 순간은 아니었다.

사랑한다고 말하는 그의 입술이, 그의 표정이, 손짓이 그녀를 울컥하게 만들었다.

"……나도."

밀려드는 울컥함을 잠시 미뤄두고.

"사랑해요."

그녀도 입술을 움직였다. 뜨거운 고백에 두 사람의 몸이 달아올랐다. 격렬한 허릿짓이 쉴 틈 없이 그녀에게 몰아쳤다. 퍽, 퍽 살과 살이 맞부딪쳤다. 매끈거리는 그의 등을 쓸어내리자 진득하니, 땀이 배어났다.

"지한 씨, 핫……!"

정신이 아득했다. 그를 부르지 않으면, 울컥 차오른 것이 터질 것 같았다. 가느다란 음성으로 상하는 계속해서 그의 이름을 불렀다.

"지한 씨, 지한 씨……."

그녀의 부름에 응답하듯 그의 뜨거운 입술이 겹쳐졌다. 숨을 내지르고, 입술을 머금었다. 그를 조금만 더 일찍 만났으면 좋았을 뻔했다. 하지만 지금이라도 만나 다행이다.

사랑받고 있다.

그리고 사랑하고 있다.

그것을 완전히 느껴버린 지금, 더 이상 외롭지 않았다.

그의 등을 꼭 안았다. 그리고 사랑한다고, 속삭였다.

체력이 바닥날 즈음, 지한이 그녀의 가슴에 스르륵 무너져 내렸다. 하체의 떨림이 일었다. 뭉근하게 피어오른 열기는 여전히 방 안을 가득 채우고 있었다. 아래의 뜨거움이 느껴졌다. 두 사람은 하나가 되었다.

"하아."

건조한 입술이 상하의 입술을 묻었다. 서로의 몸은 떨어지지 않았다. 섹스의 여운이 채 가시기도 전에, 키스로 다시 열기가 달아올랐다.

“나 어떡하지. 당신이 더 좋아졌는데.”

입술을 뗀 그의 입에서 낮은 목소리가 흘러나왔다.

섹스 후 그녀가 더 좋아졌다는 이 남자.

흐트러졌는데도 그 흐트러짐마저 섹시한 분위기를 물씬 풍겼다.

적요 속에 스며드는 낮은 목소리. 여운을 느끼며 서로의 몸을 또다시 탐닉하기 시작했다. 너무나 예쁜 그의 입술에 키스를 퍼부었다.

삭신이 쑤셨다. 뼈 마디마디가 비명을 내질렀다. 뒤척이다 눈이 마주치면, 서로의 손길이 살결에 닿기라도 하면, 어김없이 누가 먼저랄 것도 없이 몸 위로 올라왔다.

서로를 안고, 또 안았다. 밤새 그의 품에 안겼음에도 질리지가 않았다.

제 안에 그득하니 채워지고, 뭉근하게 피어오른 열기는 아침까지 지속되었다. 그리고 샤워를 하면서도 그는 그녀를 안았다. 끊임없이 안았고, 쉬지 않고 사랑을 확인했다.

참으로 신기했다. 사람의 몸이 이토록 쉽게 반응할 줄은 몰랐다.

그래도 그의 품에 안겨, 신음을 토해내는 그 순간, 마치 그녀는 자신이 다른 사람이 된 기분이 들었다. 처음 제 안에 그가 가득 찼을 때 느꼈던 그 고통은 회를 거듭할수록 쾌락으로 젖어들었다. 뭐든 처음이 어려운 법이었다. 신기하게도 몸의 적응력은 상당했다.

그를 받아들이는 것이 더 이상 힘들지 않았다.

생각지도 못한 섹스였다. 계획에 없던 밤이었다. 후회는 없었다.

그저, 술 한잔 그와 기울이고 싶었을 뿐이었다. 그날 미연의 전화 때문이었다. 그를 처음 미연에게 소개했을 때 느꼈던 그 이질감이 다시금 느껴졌다.

지한에 대해 꼬치꼬치 캐묻던 미연은 그가 인테리어 회사 대표라는 사실에 굉장히 반색했다.

–우리 성호도 건축과잖니. 이렇게 반가울 수가.

반색하는 미연의 목소리에 상하는 '그러게요. 성호도 취업 준비 열심히 하고 있으니 좋은 결과 있을 거예요.' 하고 말했다. 미연은 원하는 대답이 아니었는지, 힘없는 목소리로 주절주절 떠들기 시작했다.

–우리 성호가 수상 경력도 있고 4년 내내 장학금 받으면서 공부했잖니. 어디 내놔도 떨어지는 스펙은 아닌데 취업하기가 영 힘드네.

'요즘 취업난이잖아요. 너무 걱정 마세요.'

지한에 대한 이야기가 성호의 취업 걱정으로 바뀌었다. 몇 초간의 정적이 흐른 후, 미연이 조심스럽게 본론을 꺼내놓았다.

–혹시 성호, 소개해주면 안 될까?

'네?'

–인테리어 회사 대표라며. 그럼 자리 하나쯤은 턱 하니 내줄 수 있겠지, 안 그러니? 우리 성호가 네 친동생이나 마찬가진데.

미연의 뻔뻔한 속내에 상하는 잠깐 할 말을 잃었다. 하지만 이내 정신을 차리고 대답했다.

'무슨 소리 하시는 거예요, 고모.'

미연에게 그를 소개하는 것이 아니었다. 거짓말로 미연을 돌려 보냈어야 했다. 뒤늦은 후회를 하며 휴대폰을 들고 있는 손이 부들부들 떨렸다.

–아니, 뭐, 내가 틀린 말 한 것도 아니고…….

'못 들은 걸로 할게요. 다음에 다시 통화해요.'

지금도 여전히 이런 뻔뻔스러운 부탁을 당연한 권리인 양 미연은 행사하고 있었다. 미연에겐 여전히 이런 부탁을 하게 될 경우 곤란해할 자신은 보이지 않았다. 언제나 그렇듯, 미연에겐 오직 성호뿐이었다.

미연이 끔찍이 아끼는 아들이었다. 미연의 하나뿐인, 눈에 넣어도 아프지 않은 아들이었다. 저와는 비교가 되지 않을 정도로 금지옥엽 자란 동생이었다. 그동안 성호로 인해 포기한 것들이 하나둘씩 떠올랐다. 저에겐 허락되지 않은 사치가, 성호에겐 당연하게 허락되는 것이 무척 부럽고 욕심이 났던 시절이 있었다. 그 시절을 지나고 나니 더 이상 미연에겐 어떤 기대도 하지 않게 되었다. 상하에게 동생 등록금을 벌라며 대학 갈 생각은 꿈도 꾸지 말라고 하던 미연이었으니 이제 더 이상 실망할 것도 없었다. 정현이 아니었다면 상하는 대학에 입학하지도, 이렇게 플로리스트가 되지도 못했을 일이었다.

어제 일을 떠올리는 상하의 눈엔 수심이 가득했다. 이런 말을 지한이 듣게 된다면 어떤 표정을 지을까. 혹시 실망하지는 않을까. 너무 염치없고 뻔뻔한 부탁에 저처럼 할 말을 잃겠지. 그 회사가 그에게 어떤 의미인지 알아버린 이상 미연의 부탁은 들어줄 수가 없었다.

바쁜 오전이 지나고, 오후가 되었다. 작업대를 치우던 손길이 가게 문이 열리자 멈추었다. 상하의 표정이 순식간에 굳어졌다. 가게 안으로 들어온 미연의 표정도 그닥 좋아 보이지 않았다.

"여긴 어쩐 일이세요?"

지나가다 들른 차림새가 아니었다. 편한 점퍼에 스카프를 두른 미연의 모습이었다.

"바쁘지 않으면 차 한잔하자꾸나."

이야기가 길어질 것 같았다. 미연을 접객실로 안내하곤, 따뜻한 녹차를 내왔다. 미연의 맞은편에 앉으며 상하가 입을 열었다.

"다음부터는 미리 연락하고 오세요. 손님이라도 있으면 곤란해요."

"그래, 그러마."

영 탐탁지 않은 얼굴로 미연이 퉁명스럽게 대답하곤 녹차를 들었다. 찻잔을 내려놓은 미연의 얼굴이 살갑게 변했다.

"내가 한 말은 생각해봤니?"

"무슨 말이요?"

찻잔을 들던 상하의 손이 허공에서 멈칫했다.

"젊은 애가 왜 이렇게 정신이 없어."

"네?"

영문 모를 타박에 불쾌해진 상하의 미간이 좁혀졌다.

"우리 성호 말이야."

"고모, 그 얘긴……."

"그 회사에서도 어차피 사람 구할 거, 우리 성호처럼 스펙 뛰어난 인재를 채용하면 이득 아니니? 그리고 우리 성호가 회사에서 인정받고 한자리 차지하면 너도 좋은 거다?"

"고모."

잠깐 잊고 있었다. 미연이 한번 고집을 부리고 작정한 일은 무슨 수를 써서라도 얻고야 만다는 것을. 더욱이 성호와 관련된 일이라면 죽는 시늉이라도 하는 그녀였다. 전화 통화로 이미 끝난 이야기를 가게까지 찾아와 저를 설득할 줄은 꿈에도 몰랐다.

"우리 성호 정도면 팀장 정도는 되어야 하지 않겠니? 네가 그 정도 자리쯤은 부탁할 수 있겠지?"

"팀장이요?"

어이없는 요구에 상하의 언성이 날카롭게 변했다.

"뭐, 그 자리도 썩 내키지는 않는다만, 팀장 정도면 우리 성호도 기가 살지 않을까 싶구나."

"고모, 성호 성인이에요. 고모가 나서지 않아도 제 앞가림 정도는 알아서 해요."

"네가 정 싫다면 나라도 가서 부탁해보마. 네 고모인데 모른 척하진 않겠지."

상하는 진정 할 말을 잃은 얼굴로 미연을 바라보았다. 이 정도면 알아들었으리라 생각했건만 미연은 요지부동이었다. 당장이라도 지한을 찾아가 성호의 취업을 구걸할 것 같았다. 지금까지 성호가 세상 전부인 양 살아온 미연에게 상식과 예의를 바란 상하의 잘못이었다.

"그만하세요, 고모."

"뭐?"

"부끄러운 줄 아셔야죠."

진정 염치도 없고 부끄러운 줄 모르는 미연이 부끄러웠다. 상식과 예의를 버린 미연의 모습은 참으로 초라해 보였다. 성호를 사랑하고 위하는 방법 중 최악을 선택한 미연이 불쌍했다.

"무슨 말이니?"

상하에게 향한 미연의 눈빛이 희번덕거렸다.

"부끄러워요. 고모 이러는 거. 그 사람에게 가서 취업 구걸이라도 하실 셈이에요? 팀장이라고 하셨어요?"

"너……."

"추잡한 행동은 그만하세요."

이렇게까지 말할 생각은 없었다. 하지만 고모의 지나친 욕심과 허황된 꿈에 늘 희생하는 사람은 상하였다. 그걸 고마워하기는커녕, 누나로서 당연히 해야 하는 일이라고 미연은 말했다. 하나를 들어주면, 둘을 요구하는 사람이었다. 그 사실을 알기에 상하는 미연의 부탁을 들어줄 수 없었다.

"세상에 당연한 일은 없어요."

당연하게 해왔던 희생. 그 희생을 지한에게까지 짊어지게 하고 싶지 않았다. 호의가 계속되면 당연한 권리인 줄 안다더니, 지금껏 저의 노력과 희생은 늘 미연에게 당연한 권리로 받아들여졌던 것이다.

미연의 서슬 퍼런 눈빛이 상하에게 닿았다. 당장이라도 무슨 년, 무슨 년 하며 욕지거리를 퍼부어야 마땅한데 미연의 앙다문 입술은 잠잠했다. 그래서 상하는 더욱 불안했다. 배신감이 든 것인지 미연은 찻잔을 쥐고 있는 손마저 부들부들 떨고 있었다.

"네가 어떻게 나한테……."

한참 만에 분노에 찬 미연의 입술이 열렸다.

"그동안 키워주고 먹여주고 입혀주고 한 보답이 겨우 이거니? 부끄럽다고? 추잡하다고?"

"……."

"남자한테 미쳐서 가족이고 뭐고 안 보이니? 검은 머리 짐승은 거두는 게 아니었는데. 내가 미쳤지, 미쳤어."

진심으로 통탄해하며 미연은 주먹 쥔 손으로 제 가슴을 퍽, 퍽 쳐대며 까랑까랑한 목소리로 말을 이었다.

"어차피 그 남자랑 결혼할 거고, 미래의 처남한테 잘하면 좋은 거 아니니? 가족이라곤 여동생하고 치매 걸린 엄마밖에 없다며? 그럼 우리가 가족이잖니? 가족한테 그것도 못 해줘? 팀장 자리가 뭐가 대수라고!"

그깟 팀장이라…….

미연의 뻔뻔함이 극에 달했다. 동시에 상하의 인내심에도 한계가 왔다.

"고모."

"그래."

미연의 표정이 다시 이성을 되찾았다. 아무래도 상하가 생각을 바꾼 거라고 착각한 모양이었다.

"앞으로 이런 부탁하실 거면 찾아오지 마세요."

상하의 표정이 어느 때보다 침착했다. 이젠 더 이상 기대할 것도 바랄 것도 없다는 것을 깨달아버린 지금, 그녀는 가슴이 텅 빈 것처럼 허무했다. 씩씩거리며 미연이 접객실 밖으로 나갔다. 밖에서 유리 깨지는 소리가 연이어 들리다 잠잠해졌다. 조금 후, 가게 문이 열리고 닫히는 소리가 상하의 귀에 닿았다.

"후우."

허탈한 한숨이 마른 입술 사이로 빠져나왔다. 눈시울이 뜨거워졌다. 뜨거운 눈물이 뺨을 타고 후두둑 떨어졌다.

12. 걱정과 불안, 서로를 향한 마음

-고객님이 전화를 받지 않아…….

지한은 미간을 구기며 통화 종료를 눌렀다. 문이 닫혀 있는 가게 앞에서 지한은 한참을 서성거렸다. 시간은 어느덧 3시가 넘어가고 있었다. 수업 날인 걸 그녀가 깜박했을 리가 없다. 어제 밤을 같이 보내고 아침까지 같이 있다 그녀를 집으로 데려다주었다. 옷만 갈아입고 다시 가게에 나간다고 했었다. 그래서 3시에 수업하기 전, 잠깐 티타임을 갖기로 했었다. 그런데 느닷없이 가게 문도 닫고 전화도 받지 않는다.

답답한 마음에 타이를 느슨하게 풀었다. 다른 손에 들고 있는 커피를 바라보는 그의 눈에 걱정이 가득 담겼다. 지한은 보조석에 커피를 내려놓고, 운전석에 탔다. 그녀의 집으로 가볼 생각이었다.

미끄러지듯 골목 안으로 들어와 빌라 앞에 차를 주차하곤 2층으로 뛰다시피 올라갔다. 초인종을 누른 후 안에서 소리가 나길 기다렸다. 하지만 정적에 지한은 애가 탄 목소리로 그녀를 불렀다.

"상하 씨."

다시 초인종을 눌렀다. 청량한 초인종 소리가 복도를 가득 메웠다. 하나 역시 안은 고요했다.

"미치겠네."

거칠게 머리를 쓸어 넘긴 지한의 입에서 탁한 음성이 흘렀다. 빌라에서 빠져나온 그는 한참을 그렇게 서서 기다리다, 다시 운전석에 탔다. 온기를 잃어버린 커피는 미지근하게 식은 뒤였다. 지한은 휴대폰을 꺼내 다시 상하에게 전화를 걸었다. 수십 번 들은 기계음에 지한은 신경질적으로 통화를 종료했다.

걱정된다. 걱정돼 미치겠다. 혹시 무슨 일이 있는 건 아닐까. 사고라도 난 건…….

거기까지 생각을 마친 그는 거칠게 머리를 흔들었다. 불안과 걱정이 가득 담긴 그의 눈빛이 파도처럼 흔들렸다. 다시 회사로 가야 한다는 사실을 잊은 채, 지한은 빌라 앞에서 그녀를 기다렸다.

기다림이 얼마나 지났을까. 사방에 짙은 어둠이 깔렸다. 지한은 외투를 입고 차에서 내렸다. 밤바람이 꽤 차가웠다. 앙상한 나뭇가지가 을씨년스럽게 흔들리고 있었다.

"도대체 어디에 간 거야……."

혼잣말하는 지한의 입에서 하얀 입김이 피어올랐다. 차에 타지도 않고 지한은 골목을 서성거리며 상하를 기다렸다.

"지한 씨?"

익숙한 음성에 지한이 몸을 비틀었다. 가까운 거리에서 상하가 그를 바라보고 있었다. 타박도 다그침도 잊은 채, 지한은 한달음에 달려가 상하의 몸을 꽉 끌어안았다. 제 몸에 그녀를 가두고 한참을 그렇게 서 있었다.

"걱정돼서 돌아버릴 뻔했습니다."

"……지한 씨."

가느다란 음성으로 그를 부르는 그녀는 영문도 모른 채 그의 품에 갇혀 있었다. 그의 품에서 빠져나온 상하는 손을 뻗어 지한의 얼굴을 감쌌다. 상하의 표정이 차갑게 굳었다.

"얼마나 기다렸던 거예요? 완전 얼음장이잖아."

상하의 손이 지한의 양손을 감쌌다. 그러곤 입김을 호호 불어 얼음장이 된 그의 손을 녹이기 시작했다. 이것도 부질없다고 생각했는지 그의 손을 붙잡았다.

"집에 들어가서 따뜻한 차라도 마셔요."

"괜찮아요."

"괜찮기는요. 얼굴이며 손이며 다 얼음장인데. 이러다 감기 걸려요."

괜찮다고 고집부리는 지한의 손을 잡고는 상하는 억지로 집으로 끌고 들어왔다. 집에 들어오자마자 서둘러 보일러를 켜곤 그를 침대에 앉혔다. 뿐만 아니라 가슴까지 이불을 덮어주고 차를 타러 갔다. 환자 취급하는 그녀의 행동이 영 못마땅했으나 지한은 그녀가 무사해서 안심이 되었다. 너무 안도한 나머지 가슴까지 덮어준 이불을 거절할 생각조차 하지 못했다.

"가게는 왜 닫았어요?"

뒤늦게 지한이 물었다.

"필요한 게 있어서 잠깐 나갔다 왔어요."

"휴대폰은 왜 꺼두었습니까."

원두 티백을 담은 머그잔에 온수를 담으며 상하가 대답했다.

"배터리가 다 되었나 봐요. 충전하는 걸 깜박했어요."

그의 추궁에도 불쾌한 기색보다는 오히려 기분 좋은 미소를 머금고 있었다. 따뜻한 머그잔을 침실로 가져온 상하는 그의 옆에 앉았다.

"몸 좀 녹여요."

지한은 그녀가 건넨 머그잔을 받았다. 따뜻한 온기에 몸이 녹는 것 같았다.

"수업 전에 같이 티타임 갖기로 했던 걸 내가 깜박했지 뭐예요. 미안해요."

그녀가 무사함에 안도가 되는데 좀처럼 굳어진 지한의 얼굴은 펴질 줄 몰랐다. 그녀의 사과에도 마음이 좀처럼 풀리지 않았다. 화가 나서가 아니었다. 그녀의 얼굴에서 무언가 숨기고 있다는 것을 발견했기 때문이었다.

"다른 일은 없었습니까."

지한이 조심스럽게 물었다.

"일은요, 화기를 새로 사러 잠깐 가게 문을 닫은 것뿐인걸요."

대수롭지 않은 그녀의 대답에도 지한은 마음이 편치 않았다.

"걱정 끼쳐서 미안해요."
지한의 입에서 낮은 한숨이 흘렀다.
"두 번 다시 이런 일 없기입니다."
"지한 씨."
"그땐 정말 화낼 거니까 그런 줄 알아요."
상하의 한쪽 뺨을 감싸는 지한의 표정에 다시 옅은 미소가 그려졌다. 제 뺨에 닿은 지한의 손등을 어루만지며 상하가 고개를 끄덕였다.
"오늘 못 한 수업은 다음에 몰아서 할까요?"
"그럽시다."
대답하며 머그잔에 입술을 댔다. 따뜻한 온기가 점차 그의 몸에 퍼져나갔다. 잠깐 연락이 두절되어 미칠 것처럼 질주하던 심장도 어느새 잠잠해졌다. 이로써 그녀가 자신에게 얼마나 소중한 사람인지 깨달았다. 눈에 안 보이면 걱정되고, 목소리를 듣지 않으면 불안했다.
"좋다."
눈을 감았다 뜬 상하가 예쁘게 입술을 말았다.
"누군가 이렇게 걱정해주는 거 오랜만이에요."
"그래도 두 번은 안 돼요."
"알아요, 아는데……."
말끝을 줄이며 상하가 팔을 쭉 뻗어 지한의 목을 감쌌다.
"그래도 좋아서."
"그럼 한 번 더 봐줄까요."
엉거주춤 머그잔을 들고 있던 지한은 탁상 위에 머그잔을 올려놓았다. 결 좋은 그녀의 머리를 쓰다듬는 손이 무척 다정했다.

"아뇨. 봐주지 말아요."

의외의 대답이었다.

"그럼 계속 좋다고 칭얼거릴 것 같아."

이런 칭얼거림이라면, 몇 번이고 그냥 넘어가주고 싶을 정도로 사랑스러웠다. 가만히 울리는 듣기 좋은 그녀의 음성. 결 좋은 머리카락에 나는 은은한 샴푸 향. 지한은 상하의 목덜미에 얼굴을 깊게 묻고 숨을 들이켰다.

"……자고 갈래요?"

귓바퀴를 간질이며 상하의 목소리가 지한에게 스며들었다. 전날, 수없이 안고, 또 안으며 격정적인 밤을 보냈음에도 또다시 그녀를 품에 안고 싶었다.

"침대가 너무 좁나, 아앗."

풀썩.

그런 걱정 따위는 둘 사이에 장애물이 되지 않았다. 상하의 몸을 뒤로 밀어 침대에 눕힌 지한은 그녀의 몸 위로 올라탔다. 기다렸다는 듯 눈을 감는 상하의 입술에 부드럽게 키스를 했다. 그의 손은 바쁘게 셔츠 단추를 풀고 하얀 속살을 가르고 있었다. 동그랗고 말랑한 언덕 위에 솟아난 정점을 비틀며 그녀의 입안에 숨결을 불어넣었다.

가슴을 쥐고 주무르는 손길이 매우 야했다. 정점을 꼬집듯이 쥐다 부드럽게 놓아주었다. 그때마다 상하는 입술을 깨물며 신음을 삼켰다.

"참지 마."

더 내질렀으면 좋겠어. 좋다고, 너무 좋다고. 지금 이 순간은 우리 둘뿐이니까.

달뜬 상하의 얼굴을 내려다보는 지한의 눈빛이 그윽하게 빛났다. 제 아래에 깔려 반쯤 눈이 풀린 상하의 얼굴이 섹시했다. 흐트러진 자태로, 자신을 올려다보는 그녀의 눈빛이 애처롭게 빛났다. 정말, 무슨 일이 있었던 것은 아닐까. 걱정과 불안은 이미 사라졌다고 생각했는데 또 다른 근심이 그의 가슴에 들어차고 있었다.

불을 끄지 않아 환한 방 안에 아름다운 여체가 그의 눈에 들어왔다. 촉촉하게 젖은 입술을 머금으며, 장난을 걸 듯 혀를 밀어 넣고 입술 안을 훑었다.

지한의 셔츠 단추가 하나둘씩 풀리기 시작했다. 상하가 손을 뻗어 서툰 손을 움직였다. 셔츠 단추를 전부 푸르곤 손바닥을 넓게 펼쳐 넓은 가슴을 만졌다. 적당한 근육이 자리 잡은 가슴에서 쓸어내리듯 복부로 미끄러졌다. 상하의 손이 버클에서 멈칫했다. 남성의 단단함을 느끼곤 어찌할 바를 모르고 있었다. 지한은 바지와 함께 드로즈를 아래로 내렸다. 튕기듯 솟아난 남성을 바라보는 상하는 신기한 눈으로 바라보고 있었다. 지한은 상하의 손을 잡고 남성을 잡게 했다. 조심스럽게 남성을 잡은 손에서 힘이 느껴졌다. 부드럽게 쓸어내리는 손이 어설프기 그지없었지만 서툴기 때문에 매력적인 여자가 바로 그녀였다.

지한의 입에서 흐윽, 하고 짧은 단말마 같은 신음이 터졌다. 그녀의 손안에서 휘둘리고 있는 남성은 더 단단하게 부풀었다.

지한은 허리를 숙여 양손으로 가슴을 쥐고는 입술을 묻었다. 삼키듯 정점을 입속에 가두곤 이로 잘근 씹어댔다.

좋았다.

너무나 좋았다.

그녀의 체취, 달뜬 얼굴, 부르르 떨며 흥분하는 몸까지.

이리도 쉽게 반응하는 솔직한 몸의 반응은 오롯이 저에게만 허락된 것이었다. 그녀를 흥분시킬 수 있는 사람은 저뿐이라는 생각에, 그녀의 몸 구석구석 맛보고 싶었다. 가슴에서 내려온 그의 입술이 배꼽 주변에 잔키스를 퍼부었다. 쪽, 쪽 하고 소리를 내면서.

쭉 펴진 상하의 다리를 올려 무릎을 세웠다. 허벅지를 가르고 검은 수풀 사이에 입술을 묻었다.

"지, 지한 씨."

급하게 외쳤지만 이미 늦었다. 그의 입술은 여린 살결을 혀로 쓸고 밀면서 제멋대로 휘젓고 있었다. 지한의 어깨를 붙잡았던 상하의 손이 스르륵, 힘이 풀렸다. 그녀를 침대에 눕히곤 넓게 벌린 다리 사이로 지한이 얼굴을 깊숙이 묻었다. 시큼한 맛이 혀에 감겼다. 끈적하고 미끈한 물기가 그의 입술에, 혀에 닿았다. 혀를 세워 자극하면 할수록 움찔거리며 여린 살덩어리들이 반응했다.

"흐으읏."

듣기 좋은 신음 소리가 방 안을 메웠다. 지한의 어깨 위로 상하의 다리가 올려졌다. 하체의 떨림이 그대로 느껴졌다. 지한은 애무로 질척하게 젖은 여성에 남성을 문지르다 안으로 밀었다.

어제 그리도 길고 긴 밤을 섹스로 뒤척였으면서 또 그녀를 안는다. 질리지가 않았다. 오늘도, 내일도, 모레도. 이렇게 매일매일 그녀의 살 내음을 맡으며, 긴 밤을 보내고 싶었다.

그녀의 좁디좁은 내부에 몰아치듯 가득 그가 들어섰다. 허벅지를 붙들고 넓게 벌린 그가 허리를 곧추세워 은밀한 곳에 더 깊숙이 맞닿았다.

장골까지 닿아버린 지금.

완벽히 두 사람은 하나가 되었다.

"흐윽."

무너지듯 신음을 토해내는 그의 숨결을 상하가 머금었다. 입술을 핥고 뜨거운 숨결을 들이마셨다. 지한이 허리를 움직이기 시작했다. 채워졌다, 빠졌다 반복하는 그의 허릿짓에 상하의 몸이 쾌감으로 뜨겁게 달아올랐다. 예민한 살갗을 비벼대고 뭉개지면서 신음을 서로의 입에 쏟아부었다.

그렇게 채워지고.

"하앗."

반쯤 물러나고.

"흐윽!"

또다시 채워지기를 반복했다. 색정적인 신음과 함께 연이어 질척거리는 마찰음에 서로의 몸짓이 달아올랐다. 부서질 듯 상하의 등을 꼭 끌어안고서 뜨겁게 전율했다

"사랑해요."

맞닿은 입술이 떨어지는 순간, 그녀가 고백했다.

"사랑해요, 하앗."

그가 미처 대답하기도 전에 또다시 그의 목을 끌어안은 그녀가 토해내듯 고백했다. 그리고 또 이어지는 고백.

사랑한다고.

사랑한다고.

그렇게 그의 허릿짓이 깊어질수록 그녀의 뜨거운 고백이 이어졌다. 그가 대답할 시간조차 주지 않은 채.

절정의 끝에 달한 지한이 허리를 부르르 떨었다. 마지막까지 격하게 몸을 떨던 그가 상하의 가슴 위로 무너졌다. 흐트러진 호흡은 토해내며, 말랑한 가슴을 손에 쥔 채로 누웠다.

"잠깐만 이러고 있을까요."

잠긴 목소리로 지한이 물었다. 좋다고 가만히 상하가 고개를 끄덕였다.

차가운 밤바람이 두 사람의 몸을 감쌌다. 지한이 고개를 들어 창문을 바라봤다. 아주 조금의 틈새로 바람이 들어차고 있었다. 아까까지만 해도 느낄 수 없었던 추위였다. 서로의 살과 살이 밀착되었다. 움츠러들며 상하가 그의 몸 깊숙이 파고들었다. 이렇게 둘이, 매일 밤을 맞이하는 것도 좋을 것 같다는 생각이 들었다.

어스름한 새벽녘. 잠에서 깬 상하가 뒤척이며 일어났다. 실오라기 하나 걸치지 않은 두 사람은 서로의 살갗을 맞대고 잠이 들었다. 그가 잠에서 깨지 않도록 조심스럽게 침대에서 내려와 주방으로 갔다. 정수기에서 냉수 한 잔을 마셨다.

낮에 미연을 만난 일을 떠올랐다. 미연이 나가고 난 가게 안은 아수라장이 따로 없었다. 무언가 깨지는 소리에 내심 예상했기에 많이 놀라진 않았다. 서둘러 꽃을 개수대에 담가놓고 깨진 화기를 치우기 시작했다. 손님들이 들어왔다가 그 광경을 보고 다시 나가기 일쑤였다. 바닥에 흥건한 물기까지 닦아내고 상하는 서둘러 도매상으로 가서 화기를 구입했다. 냉장고가 따로 없었기에 꽃은 화기에 담아 그때그때 손질해서 쓰고 있었다.

화기를 배달하고 다시 가게로 돌아왔을 때 시간은 4시가 훌쩍 넘어 있었다. 3시에 하는 수업도 까맣게 잊었다.

'검은 머리 짐승.'

그 말이 날카로운 칼날이 되어 상하의 가슴을 쑤셔댔다. 진심으로 후회하던 고모의 표정. 주먹 쥔 손이 미연의 가슴을 내리칠 때마다 상하의 가슴도 퉁, 퉁 하고 울리는 것만 같았다.

도무지 빈 가슴에 채워지지 않았던 그것. 채워질라치면 썰물처럼 빠져나가곤 했던 그것. 공허하고 또 공허했던 가슴. 그녀가 미연에게 원했던 것은 따뜻한 말 한마디와 다정한 손길이었다. 하지만 미연은 단 한 번도 상하에게 허락하지 않았다. 그리고 시간이 지날수록 그녀를 당연하게 여겨졌던 것 같다.

다시 냉수 한 잔을 마시며 갈증을 해소했다. 은은한 달빛이 지한의 나체에 내려와 앉았다. 과하지 않은 근육들이 그의 몸에 보기 좋게 자리 잡고 있었다. 상하는 침대 위로 올라갔다. 그의 가슴에 얼굴을 깊숙이 파고들었다. 따뜻한 온기에 상하는 눈을 감았다.

"깼습니까."

나른하고도 잔잔한 음성에 상하가 고개를 치켜들었다.

"갈증이 나서."

손을 뻗어 상하는 거뭇거뭇하게 올라온 턱을 만지작거렸다. 지한은 그녀의 손을 잡아끌고 이불 안으로 넣었다. 중심부에 단단하게 솟아난 남성이 느껴졌다. 이 남자의 체력은 도대체 어디까지일까. 잠깐이지만 상하는 두려웠다. 그의 체력을 자신이 이기지 못할 것 같아서. 하지만 싫지 않은 얼굴로 예민한 살갗을 밀며 쓸어올렸다.

"아, 흐윽."

낮은 신음이 쏟아졌다. 반쯤 눈을 뜬 지한의 손이 말랑한 가슴을 가득히 쥐었다. 손으로 비틀 때마다 정점이 더욱 단단하졌다. 지한이 상하의 허리를 잡고 제 몸 위로 올렸다. 양손으로 가슴을 그득하니 쥐고서 상체를 일으켜 정점을 혀로 핥았다. 다른 손으로 상하의 등 언저리를 받친 채로.

타액으로 물든 정점이 진한 분홍색으로 물들었다. 단단하게 솟은 그것이 상하의 납작한 배꼽을 꾹 눌렀다. 등 언저리를 받친 손이 밀자 생경한 감촉이 짙어졌다. 애무만으로도 이토록 야릇하고, 야할 수 있다는 것을 상하는 깨달았다. 서로의 몸을 탐닉하고, 타액으로 뭉개고, 숨결을 불어넣는 것만으로도 몸이 뜨겁게 달아올랐다. 그득하니 가슴을 쥔 손이 아래로 미끄러졌다. 검은 체모 깊숙이 손을 밀었다. 상하는 살짝 엉덩이를 들었다. 지한의 손이 자유로워졌다. 상하는 양손으로 그의 목을 꼭 끌어안은 채, 희롱하듯 여린 살결을 건드리는 야릇한 손길에 하체가 떨렸다.

"흐으읏."

미칠 것 같은 쾌감에 온몸이 떨렸다. 미끈한 애액이 그의 손에 휘감겨 자유자재로 그녀의 여성 안을 넘나들었다. 가만히 내뱉은 숨결이 지한의 목덜미를 간질였다. 그의 목을 혀로 핥아 타액으로 지분거렸다. 입술을 내려 단단한 어깨를 이로 지그시 깨물었다.

"이렇게 밤새 계속해도 되는 걸까요?"

좋은데, 너무 좋아서 드는 불안감에 상하가 물었다. 찢어질 듯한 고통도 내부가 채워질수록 쾌감으로 바뀌었다. 그러곤 그의 몸을 더듬고, 찾았다. 이것이 사람의 본능이라는 것을 이제야 깨달았다.

"싫어요?"

여전히 여성을 애무하는 손길이 야릇하고 야하다.

"……아뇨. 싫은 것보다."

"싫은 것보다?"

그가 대답을 재촉하듯 애무가 짙어졌다.

"좋아서."

그가 만족한다는 듯 입술을 말아 올렸다.

"이렇게 좋아도 되나 싶어서……."

"됩니다. 더 좋아도 되고."

확답이 떨어지자 좁은 통로 안으로 손가락 하나가 쑥 밀고 들어왔다. 거짓말처럼 밀려든 불안감은 저만치 사라졌다. 지금은, 이 순간만 생각하자. 정직하게 반응하는 이 몸의 반응. 그를 원하고, 또 원하고 있다는 것만. 다른 생각은 하지 말자.

그의 입술이 상하의 귓바퀴를 깨물었다. 아프지 않게, 무척 조심스럽게.

간질간질, 예민한 살결에 느껴지는 야릇한 감각에 상하의 숨소리가 거칠어졌다. 호흡이 점차 가빠지면서, 흐트러지기 시작했다. 입술로는 귓바퀴를 애무하고, 손으로는 꽃잎을 애무하고 있었다. 상하의 몸은 그에게 완전히 지배당하고 있었다. 옴짝달싹할 수가 없었다. 그의 손길을, 입술을 더 느끼고 싶었다. 귓바퀴에서 미끄러지듯 내려간 입술이 턱선을 따라 내려갔다. 동그란 어깨에 입을 맞추며 숨결을 흩뿌렸다.

마치 이 순간을 기다린 사람처럼 상하는 그에게 매달렸다. 이토록 좋은 순간, 그라서 다행이란 생각이 들었다.

"하아."

여성 안에 들어선 손가락이 비틀렸다. 내벽을 긁고 올라가는 손가락이 더없이 색정적으로 변했다. 그의 손가락이 비틀릴 때마다, 질척한 소리가 났다.

지한은 상하의 엉덩이를 잡고 남성을 꽃잎에 문질렀다. 또 다른 자극에 상하의 허리가 튕겼다. 들어올 듯, 말 듯 희롱하는 그의 모습에 약이 오를 지경이었다.

쑥, 하고 여성에 남성이 들어찼다. 지한은 한 손으로 침대를 짚고 다른 손으로 상하의 엉덩이를 감쌌다. 서툴게 상하가 엉덩이를 움직였다. 자세가 바뀐 것뿐인데, 남성이 더욱 가득 들어찬 느낌이었다.

찰박이며 살이 부딪치는 소리와 함께, 상하의 몸짓이 짙어졌다. 그의 어깨를 꼭 붙잡고 제 가슴에 얼굴을 묻는 그의 뜨거운 온기를 느끼며, 엉덩이를 튕겼다.

그의 하체 위에서 어설픈 허릿짓에 소담한 가슴이 튕기듯 출렁거렸다. 지한이 양손으로 상하의 엉덩이를 쥐고는 앞뒤로 움직였다. 상하는 꼭 끌어안은 그의 어깨를 손톱으로 누르면서 허리를 비틀었다.

"하아, 잠깐."

지한이 상하를 침대에 눕혔다. 다시 어깨를 뒤집으며 그녀의 엉덩이를 높게 치솟게 한 뒤 열려 있는 여성 안으로 남성을 밀었다. 동그란 엉덩이를 부드럽게 주무르면서, 여성 안에 제 것을 밀고, 또 밀었다.

자세가 불편한지 상하가 엉덩이를 내렸다. 하지만 두 사람의 결합은 여전했다. 하체가 맞물린 상태로 지한이 상하의 몸 위로 무너졌다. 넓게 벌린 허벅지 사이를 가르고 파헤쳤다. 지한의 손이 상하의 손등 위로 겹쳐졌다. 상하의 손등에 입을 맞춘 뒤 꼭 잡았다. 결합된 하체만큼 맞물린 손도 빈틈이 없었다.

더운 공기가 퍼졌다. 아까 닫았던 창문을 다시 열고 싶었으나, 상하의 몸 위로 무너져 내린 그를 밀어낼 수가 없었다. 더워도 좋았다. 후덥지근한 공기도, 열기도, 치덕이며 달라붙은 머리카락마저도.

상하의 귓가에 스며드는 지한의 흐트러진 숨결에 오소소 살이 돋았다. 내뱉는 숨이 이토록 섹시할 수 있을까 싶었다.

"상하 씨."

부름 뒤에 이어지는 신음.

"하아."

대답 대신 상하는 흐트러진 숨을 토해낼 뿐이다.

"미치겠어."

치받는 힘에 의해 상하는 베개에 얼굴을 묻은 채 그를 바라보았다. 치받고, 또 치받으면서 하염없이 무너져 내리는 그를 받아내며 상하는 그와 맞잡은 손에 힘을 주었다.

"당신 때문에 회사도 가기 싫을 지경이야."

"흐읏."

우리 둘이 일 때려치우고, 매일 이 집에서 사랑이나 나누면 참 좋겠다. 복잡한 세상만사 다 제쳐두고 이렇게 매일 서로의 입술에 키스하면서. 정말, 좋겠다.

"이상하 씨……."

읏, 하고 그가 몸을 부르르 떨었다. 찰박이는 소리가 더욱 커졌다. 귓가에 스미는 신음이 더욱 짙어졌다.

"흐으윽."

낮게 으르렁거리던 흐트러진 숨소리가 상하의 등에 닿았다. 점차 숨소리가 잦아들 때쯤, 그가 고개를 들어 목덜미부터 어깨, 그리고 등줄기를 따라 내려가면서 잔키스를 뿌렸다. 간질이며 뿌리는 입맞춤이 더욱이 좋았다.

"이러다 밤새우겠어요."

귀여운 그녀의 투정에도 그는 아랑곳하지 않았다. 옆으로 돌아누운 그는 팔베개를 해주곤 상하의 매끈한 등을 토닥이다 동그란 엉덩이에 머물렀다.

"이제부터 잡시다."

"……."

"자다 깨서 눈 마주치면 또 하고."

"……."

"아침에 일어나서 또 하는 걸로."

"지한 씨."

이쯤 되니 자라는 말이 더 무섭게 들린다. 방금 한 말이 진심이라는 것을 알기에. 그래도 뭐, 좋다. 좁은 침대에서 서로의 살결을 맞대고, 살 내음을 맡으며 누워 있는 지금 이 순간, 몸서리치게 행복한 순간임이 틀림없었다.

불안하리만큼 행복한 순간의 연속이었다. 미연은 가게로 찾아와 성호의 팀장 자리를 운운하며 당연하게 요구를 한 후로는 찾아오지 않았다. 아마 그녀가 먼저 굽히고 연락할 것이라고 기세등등한 것이리라.

하지만 그 부탁은 들어줄 수 없었다. 돌아가신 아버지 대신의 회사. 그 회사를 지키기 위해 그동안 얼마나 노력했는지 그녀는 알아버렸으니까. 또한, 미연의 희생과 강요는 날로 커질 것이다. 팀장 자리를 주면, 그 후엔 더 높은 자리를 원할 것이다. 결국엔 그의 회사까지 욕심내려는 것이 눈에 보였다. 뻔히 눈에 보이는 부탁을 상하는 단칼에 거절했다. 당연한 일이었다. 그동안 상하가 희생했던 이유는, 가족이라고 생각했기 때문이었다. 오갈 곳 없이 하루아침에 고아가 되어버린 저를 거두어주었기 때문에.

그런 미연의 희생을 상하는 단 한 번도 당연하다 여긴 적이 없었다. 늘 감사했고, 그래서 더욱 잘하려고 노력했다. 하지만 미연은 상하를 어쩔 수 없이 생긴 '혹' 쯤으로 여겼다. 그녀를 못마땅해하는 것이 눈에 보였다. 다행히 성호와 정현의 따뜻함으로 견딜 수 있었지만, 늘 상하는 미연 앞에서 위축되었다. 그래서 그랬을까. 눈 하나 깜박이지 않고, 당돌한 상하의 모습에 미연은 적잖게 놀란 듯 보였다. 그녀 대신 화기에 분풀이를 하고 나간 것을 보면 그랬다. 또다시 미연이 찾아오면 어떻게 해야 할까.

자꾸 미연이 한 말이 머릿속을 떠나지 않고 괴롭혔다. 하지만 수연과 오랜만에 가진 술자리를 망치고 싶지 않아 상하는 잡념은 잠시 밀어두었다.

집에 놀러 온 수연과 이런저런 이야기를 하다 늦은 새벽이 되어서야 수연이 먼저 침대로 올라갔고 상하는 뒷정리를 대충 하곤 수연의 옆에 누웠다. 여자 둘이 누워도 이렇게나 좁은데, 어떻게 그와 이 침대에서 같이 잤을까 싶었다.

보고 싶다.

유난히, 달이 밝은 새벽.

그가 그립다.

다음 날, 일찍 일어난 두 사람은 간단한 토스트와 커피로 아침을 때웠다. 수연은 집으로 갔고, 상하는 가게로 출근했다. 화기도 모두 새로 구입해놓았고 다행히 꽃도 멀쩡해서 미연이 다녀간 후에도 가게 문을 열었다.

또다시 찾아오면 어쩌나 싶은 불안감. 그러나 이번엔 그냥 넘어가지 않겠다는 생각이 확고했다.

가게 문을 열자마자 들어닥친 손님으로 인해 상하의 걱정과 근심은 물러갔다. 오전부터 바삐 꽃다발을 만들었다.

"또 오세요."

꽃다발을 가지고 나가는 손님을 향해 상하가 인사했다. 건조하기 이를 데 없는 날씨에 상하는 카디건을 입었다. 작업대를 바삐 치우던 상하는 휴대폰 진동에 멈추었다.

'고모.'

발신인 이름을 보고 상하는 잠깐 멈칫했다. 하지만 이내 결심한 얼굴로 통화하기로 했다. 피할 수 없다면, 부딪쳐야 하는 일이었다.

"여보세요."

-나다.

"네."

짧게 대답하곤 미연의 말을 기다렸다.

-너 만나는 사람, 듣자 하니 회사 규모가 꽤 크더구나.

어느새 회사에 대해 수소문한 듯싶었다. 마당발로 통하는 아주머니에게 돈을 쥐여주면 얻어낼 수 있는 정보였다. 잡잡한 기분에 상하는 할 말을 잃었다.

-회사 이름이 '디자인 공간'이라던데, 맞니?

"고모."

-너에게 마지막으로 말하려고 전화했다. 네가 그 사람에게 부탁하지 않겠다면, 내가 가서 할 거다.

"이렇게까지 꼭 하셔야겠어요?"

-뭐?

"제가 행복한 게 그렇게 싫으세요?"

-모르는 사람이 들으면 네가 너에게 힘든 부탁하는 줄 알겠다. 그깟 거 하나 들어주면서 생색내려는 거니? 나야말로 물어보고 싶구나. 우리 성호를 친동생으로 생각하긴 하는 거니?

휴대폰을 들고 있는 상하의 손이 부들부들 떨렸다. 미연의 억지에 상하는 할 말을 잃었다.

"그만하세요."

-어른이 이 정도까지 말하면 알아듣는 시늉이라도 해야 하는

거 아니니? 정말 내가 남부끄러워서…….

"……."

-그래서 어떻게 할 거니? 이대로 내가 가서 말해도 되겠어?

"마음대로 하세요."

상하의 인내심이 한계에 달했다. 그나마 부여잡고 있던 이성의 끈이 뚝 하고 끊겼다. 상하의 대답에 당황한 듯 휴대폰 너머가 잠잠했다가 이내 거친 욕설이 난무하기 시작하자 상하는 그대로 통화를 종료했다. 곧이어 계속해서 휴대폰이 잡음을 내며 움직였지만, 상하는 전화를 받지 않았다.

아마 처음부터 미연은 지한에게 갈 생각은 없었던 모양이었다. 그에게 가서 부탁을 가장한 구걸을 하겠노라, 상하에게 협박을 했던 것이다. 추잡스럽고 더러운 미연의 모습에 상하는 더 이상 미연을 보지 않기로 결심했다.

결국, 지금까지 수없이 했던 고민을 행동으로 옮길 수밖에 없었다. 여기까지 와버리고 말았다. 미연의 허황된 꿈과 도를 넘어선 태도가 거듭되자 마음이 점점 확고해졌다. 그러나 가슴이 쓰리고, 아프기 짝이 없었다. 쓰린 가슴을 손으로 문지르는 상하의 눈에 눈물이 고였다.

잠잠해진 휴대폰을 들고 통화 목록에서, 부재중 전화가 찍혀 있는 미연의 이름 밑에 지한이 있었다. 상하는 지한의 이름을 손으로 문질렀다.

13. 당신을 사랑해서

[8시에 카페에서 만나요. 할 말이 있어요.]

메시지를 입력하고 전송 버튼을 누르는 상하의 손이 미세하게 떨렸다. 결국 결심이 굳은 상하는 메시지를 전송하고 창문으로 시선을 던졌다. 제법 찬바람에 사람들의 외투가 두꺼워졌다. 행인들의 걸음이 빨라졌다.

상하는 머그잔을 들었다. 일찍 가게를 닫고, 상하는 카페에서 따뜻한 차 한잔을 했다. 그와 헤어졌다는 말에 미연이 또다시 가게로 찾아와 난리를 피울까 걱정이 되었다. 오늘 이곳에서 그를 보내려고 한다. 이별은, 빠르면 빠를수록 좋다고 생각했다. 마음도 몸도, 모두 지쳤다. 남들에겐 당연히 허락되는 것들이 자신에겐 사치고 허영심이라는 것을 깨달았다. 더없이 좋은 그를, 누구보다 사랑하게 된 그를, 이제는 보내야 한다는 사실에 상하의 가슴이 먹먹해졌다.

그와 이별할 시간이 다가왔다. 유난히 빨리 흘러가는 시간을, 지금 이 순간만큼은 조금 더 붙들고 싶었다. 욕심내고 싶었다. 아주, 잠깐이라도 좋으니 그의 연인으로서 있을 수 있도록.

창가에 앉아 행인들을 구경하던 상하의 시선이 정면으로 향했다. 그녀의 눈에, 그녀가 그토록 사랑하는 남자가 보였다. 반가운 얼굴로 상하를 보자마자 이쪽으로 걸어왔다. 조금만 더 늦게 오지. 약속한 시간은 조금 더 남았는데.

"오래 기다렸습니까."

"아뇨."

대답하는 목소리가 건조했다. 표정도, 목소리도 모두 엉망이었다. 대답은 아니라고 해놓고 차를 마시고 있는 제 모습을 뒤늦게 깨달았다.

"차 어떤 거 마실래요?"

그녀의 거짓말에 눈감아주며, 묻는다.

"저는 마시고 있어요. 지한 씨 차만……."

상하가 채 대답을 잇기도 전에 지한이 상하의 잔을 빼앗아 입술을 적셨다.

"따뜻한 걸로 마셔요. 식었네."

"괜찮은데."

"날도 추운데 차가운 거 마시면 감기 걸립니다. 같은 걸로 주문할게요."

상하의 대답도 듣지 않은 채 그가 주문대로 갔다. 그 모습을 지켜보던 상하는 울컥, 눈물이 나려고 했다. 이렇게 따뜻한 사람, 또 만날 수 있을까.

양손에 일회용 컵을 들고 그가 가까이 다가왔다. 그가 건넨 컵을 받으니 마음까지 따뜻해지는 기분이었다.

"고마워요."

컵에 입술을 댔다. 따뜻한 차가 입술을 적시고, 목으로 넘어갔다. 그에게 이별을 고할 때가 다가왔다. 사뭇, 입술이 떨리고, 심장이 쓰라렸다. 이제 그를 두 번 다시 보지 못한다고 생각하니, 가슴이 아렸다.

"멋대로 약속 잡아서 미안해요."

"이런 것도 좋은데요, 난."

뭔들 좋지 않은 것이 있을까. 그와 함께하는 것 중, 싫은 것은 단 한 가지도 없었다. 이렇게 마주 앉아 차 한잔 마시는 것도, 불시에 약속을 잡고 만나는 것도, 당일치기로 바다를 보러 간 것도. 휴게소에서 먹던 주전부리도, 저에게 보여준 부드러운 미소, 살내음, 가만히 저를 꼭 안아주던 손길까지…… 모두 행복한 것이었다. 어느 것 하나 좋지 않은 것이 없었다.

"생각해봤는데……."

"……."

"우리 그만 만나요."

아프게 입술이 떨어졌다. 다행히 눈물은 보이지 않았다.

"그게 무슨……."

한참 만에 항의하듯 그가 말끝을 흐렸다. 경직된 표정에서 얼마나 충격을 받았는지 느낄 수 있었다.

"무슨 말입니까."

되묻는 그는 여전히 적잖게 충격을 받은 얼굴이었다.

"헤어지자고요. 유지한 씨."

꽤나 담담하게 이별을 고하는 저의 모습이 어떻게 보일까. 냉정하고, 차갑고, 일말의 감정 따위는 없어 보이지는 않을까. 차라리 그렇게 보였으면 좋겠다. 저를 그렇게 기억했으면 좋겠다.

"상하 씨."

"너무 성급했던 것 같아요."

"……."

"지한 씨를 사랑한다고 착각했던 것 같아요."

여전히 지한의 표정은 굳어 있었다.

"무슨 일 있었습니까."

그 한마디에 스르륵 무너질 뻔한 마음을 상하는 다시 한 번 다잡았다.

바보 같은 남자. 그냥, 이런 저를 욕하고 끝내면 되는 것을. 일말의 미안함도 없이 상처를 주는 저에게 끝까지 따뜻한 이 남자, 유지한. 어떻게 당신을 사랑하지 않을 수 있을까, 내가.

"당신을 사랑하지 않아요."

"거짓말하지 말아요."

찌를 듯한 지한의 눈빛이 상하에게 향했다. 그의 눈을 마주하고도 거짓말을 할 수 있을까. 상하는 무릎 위에 올려둔 손에 힘을 주었다.

"진심이에요, 유지한 씨. 그만해요."

"……."

"그러니까 앞으로 찾아오지 말아요."

지체 없이 자리에서 일어났다. 막 지한을 지나치려 했을 때,

"거짓말, 하지 말라고."

나직하게 울리는 목소리. 제 손목을 꽉 움켜쥔 그의 손 때문에 상하는 움직일 수 없었다.

"미안해요."

이 말밖에 할 수가 없었다. 해줄 말은 이 말뿐이었다. 이렇게 상처를 준, 저를 부디 용서하지 말기를. 그의 기억 속에 나쁜 사람으로 기억되기를 그녀를 바랐다.

부들부들 떨던 지한의 손이 힘없이 바닥으로 떨어졌다.

"가지 마. 가지 말라고, 당신……."

울먹이는 목소리가 상하의 등 뒤로 들렸다. 당장이라도 뛰어가 그의 등을 꼭 안아주고 용서를 구하고 싶었다. 하지만 상하는 걸음을 재촉할 수밖에 없었다. 카페에서 나오자마자 그동안 참았던 눈물이 뺨을 적셨다.

"미안, 미안해요……."

짧지만 뜨겁게 사랑을 했던 남자. 제 빈 가슴을 채워주었던 남자. 어찌, 그를 사랑하지 않을 수 있을까. 사랑한다는 말이 모자랄 만큼, 사랑했다. 사랑하고 또 사랑하고, 재가 되어버려도 좋을 만큼, 그를 사랑했다.

그러나 자신이 해줄 수 있는 것은 아무것도 없었다. 그에게 적어도 짐은 되고 싶지 않았기에. 상하는 어쩔 수 없는 선택을 할 수밖에 없었다.

이런 저를 부디 용서하지 않기를.

저보다 더 좋은 여자를 만나 사랑하기를.

그는 충분히 따뜻하고 좋은 남자기에.

부디, 부디…….

으슬으슬 몸이 떨렸다. 일어나야 하는데 몸이 생각처럼 움직여 주지 않았다. 꽃 시장도 다녀와야 하고 가게 문도 열어야 했다. 해야 할 일들은 많은데 의욕이 나지 않았다. 몸도 천근만근, 어지러운 머리는 깨질 듯한 두통이 일었다. 한 손으로 침대를 짚고 겨우 몸을 일으켰다. 어깨까지 덮었던 이불이 떨어지자 들이닥친 한기에 상하의 어깨가 떨렸다.

이틀째, 꼬박 침대에 누워 있었다. 미처 보일러도 켜지 않은 채 잠들어버린 덕에 이틀 내리 감기로 고생하는 중이었다. 때문에 가게를 열지도 못하고 대충 끼니를 때우곤 약을 먹고 잠들었다. 약 기운 때문인지 정신이 몽롱했다.

"아픈 것도 괜찮네."

잔뜩 쉰 목소리가 까칠한 입술에서 흘러나왔다. 깊이 잠을 이루지 못한 상하의 얼굴을 창백했다. 한 시간도 채 잠들지 못하고 잠에서 깨면 눈물이 주르륵 흘렀다. 이내 마음을 다잡고 다시 잠을 청해보지만 부질없는 짓이었다. 그렇게 수십 번 잠에서 깨 뒤척이며 베개를 눈물로 적셨다.

이별은 생각보다 견디기 힘들었다. 하지만 자신이 감당해야 할 몫이었다. 울고 나면 잊을 수 있겠지, 그를 보낼 수 있겠지. 스스로를 위로하며 무너지려는 자신을 다잡았다.

이불을 걷어내고 침대에서 내려왔다. 부엌으로 향하던 상하의 몸이 잠깐 휘청거렸다. 혼자 있을 때만큼 아플 때 서러운 것도 없었다. 하지만 지금은 차라리 아파서 다행이라는 생각이 들었다.

냉장고에서 용기를 꺼냈다. 어제 먹다 남은 죽이었다. 뚜껑을 열고 전자레인지 안에 넣었다. 전자레인지가 돌아가는 동안 상하는 냉수로 까칠한 입안을 헹궜다.

띠. 띠. 띠.

전자레인지가 다 돌아간 알람 소리에도 상하의 멍한 시선이 식탁에 향해 있었다. 용기를 꺼낼 생각도 없이 한참을 그러고 있다 다시 들리는 알람 소리에 정신을 퍼뜩 차렸다. 전자레인지에서 용기를 꺼냈다. 약을 먹으려면 대충이라도 끼니를 먹어야 했다. 계속 가게를 닫고 있을 수는 없었다.

억지로 죽을 입속에 넣었다. 아무 맛도 느낄 수 없었다. 몇 수저 뜨지 않고 수저를 식탁에 내려놓았다.

시야가 흐려졌다. 뜨거운 눈물이 눈물 자국으로 얼룩진 상하의 뺨을 적셨다. 오늘은 잘 견뎌야지, 하고 다짐했던 마음이 무너졌다. 도무지 마음을 다잡을 수가 없다.

이별을 용납할 수 없다는 듯, 세상 무너진 듯한 그의 표정이 도무지 잊혀지지가 않는다. 당장이라도 전화를 걸어 그의 목소리를 듣고 싶은 것을 수십 번 참고, 또 참았다.

저를 사랑스럽게 바라보던 눈빛, 저를 부르던 다정하고 부드러운 목소리, 따뜻했던 그의 품, 모든 것이 그리웠다. 잊으려고 노력해도 잊을 수 없는 것들이었다. 그것은 머리가 아닌 그녀의 가슴에 새겨진 것들이니까.

약을 입에 털어 넣고 냉수를 들이켰다. 쓰디쓴 약이 목으로 넘어가며 미간이 찌푸려졌다. 상하는 침대로 걸어왔다. 이불을 목

끝까지 덮고는 눈을 감았다.

지잉.

머리맡에 놓아둔 휴대폰이 짧게 소리를 냈다. 확인하지 않아도 발신인이 누구인지 직감했다. 며칠째 그는 집으로 찾아왔었다. 초인종을 누르고, 현관문을 두드리며 애가 탄 목소리로 상하를 불렀다. 받지도 않은 전화를 걸고 확인하지도 않은 메시지를 보내고 또 보냈다. 밖이 조용하면 늘 그는 밖에서 그녀를 밤새 기다리다 아침이 되어서 사라졌다. 밤바람이 꽤 찬데, 밤을 새우고 출근하는 그가 걱정이 되었다. 하지만 상하는 모질게 그의 연락을 차단했다. 미연이 검은 속내를 드러내던 그 순간, 상하는 자신이 그에게 짐이 될 것을 알았다. 그가 자신으로 인해 힘들어지는 것을 원치 않았다. 하지 않아도 될 고민과 걱정을 그에게 떠넘기고 싶지 않았다. 사랑한다는 이유로, 연인이라는 이유로, 짊어지지 않아도 될 짐을 지게 할 수는 없었다.

"거짓말쟁이 됐네."

그의 어머니 곁을 떠나지 않겠다고 약속을 했었다. 하지만 그 약속은 지킬 수 없게 되어버렸다. 약속 같은 건 하지 말 걸 그랬다.

"……트리."

트리를 만들자던 말에 기뻐하던 그의 모친이 떠올랐다. 크리스마스까지는 이제 한 달도 채 남지 않았다. 하지만 이 또한 지킬 수 없는 약속이었다. 아쉬움과 후회가 상하의 가슴에 멍울처럼 새겨졌다.

"또 오세요."

계산을 마치고 나가는 손님의 등에 대고 상하가 말했다. 아직도 머리가 지끈거리고 어지러웠다. 아직 미열이 남아 있긴 했으나, 견딜 만했다. 서둘러 작업대를 치우고 따뜻한 차 한 잔을 가져왔다.

하루, 이틀 지날수록 견딜 만했다가 사무친 그리움에 눈물이 흘렀다. 감정 기복이 심해졌다. 어떤 날은 괜찮았다가 어떤 날은 참을 수 없는 감정이 복받쳐 올랐다. 바쁘게 지내다 보면 잊을 수 있겠지. 괜찮아질 날이 점차 늘어나다 보면 유지한이라는 남자도, 가슴에서 완전히 지울 수 있는 날이 올지도 모른다.

그렇게 생각했다. 가게 문이 열리기 전까지는.

"장미 포장해주세요."

태연하게 그가 꽃을 사러 올 줄은 꿈에도 하지 못했다. 상하는 들고 있던 머그잔을 떨어뜨릴 뻔했다. 애써 다잡은 마음이 흐트러지기 시작한다. 꽃을 꺼내고 줄기를 자르는 손끝이 떨렸다.

"집에 갔었습니다."

낮게 가라앉은 지한의 목소리가 상하의 귀에 스며들었다. 상하는 대꾸도 하지 않고, 시선 한 줌도 그에게 주지 않았다. 그의 얼굴을 보면 왈칵, 눈물을 쏟아낼 것 같아서였다.

"전화, 왜 안 받아요?"

"……."

"메시지는?"

꽃을 포장하던 상하의 움직임이 멈추었다.

또다시 독해져야 할 때.

"찾아오지도 말고 전화도 하지 말아요."

처음으로 제대로 지한과 시선을 마주했다. 그의 얼굴이 많이 야위었다. 아파 보였다. 쓸쓸해 보였다. 그런 그를 바라보는 상하의 가슴은 미어졌다.

"왜 이렇게 제멋대로야?"

"……."

"나는 아직 당신과 끝낼 생각이 없다고."

"유지한 씨야말로 제멋대로네요. 그만하자고요. 우리 이미 끝난 사이예요."

한 자 한 자 끊어내는 목소리가 잔인하기 그지없다.

"우리가 뭘 했지? 하긴, 했나? 끝내? 뭘?"

이해할 수 없다는 듯 그가 반박했다. 이별을 받아들일 준비가 되지 않은 남자의 눈빛엔 막막함이 드리워졌다.

"유지한 씨."

"말해요."

"……."

"무슨 일 있었는지."

다 털어놓고 나면, 그는 어떤 얼굴을 할까. 혹시 자신을 잡은 걸 후회하진 않을까. 정말 두려운 것은, 그가 자신에게 실망하는 일이었다. 분노와 실망이 얼룩진 눈빛으로 그가 저를 바라볼까 두려웠다.

"무슨 일 있었잖아요."

"그만해요."

차갑게 상하의 얼굴이 굳어졌다. 작업대 아래로 떨어진 손이 주먹을 쥐었다. 손톱이 살갗을 파고들었다.

"그러면 왜……."

"……."

"얼굴이 그 모양인 겁니까."

지한의 음성이 아프게 젖었다. 한계에 달했다. 상하는 서둘러 꽃다발을 만들어 그에게 건넸다. 참고 참았던 감정이 터지기 전에, 그러다 제 입으로 용서를 구하기 전에, 제발 그가 가게 밖으로 사라지길 바랐다.

"다 되었어요. 여기요."

꽃다발도 자신도 모두 엉망이었다.

"아프지 말아요."

"……."

"밥 잘 먹고."

"……."

"살도 좀 찌고."

"……."

차마 그의 얼굴을 마주할 수가 없어 상하는 시선을 작업대로 떨어뜨렸다. 귓가에 스미는 젖은 음성이 상하의 가슴을 콕콕 쑤신다.

그녀가 건넨 꽃다발을 지한이 뒤늦게 받았다. 그가 뒤돌아 가게를 나서자 그제야 상하는 고개를 들었다. 그의 뒷모습을 눈에 담고, 또 담았다. 머리부터 발끝까지, 잊혀지지 않도록 눈에 새기고 가슴에 담았다.

딸랑.

초겨울을 알리는 쌀쌀한 바람에 상하의 머리가 흐트러졌다. 점점 멀어지는 그가 너무 안타까웠다. 시야에서 사라진, 그가 벌써 그리웠다.

그가 사라진 곳엔 바짝 마른 나뭇잎이 바람에 나부끼고 있었다. 상하의 시선이 오랫동안 유리벽 너머로 향해 있었다. 그리고 그 순간이었다. 그가 다시 상하의 시야 안으로 들어온 것은.

"날 사랑하는 게 착각인지 아닌지 다시 만나봐요. 처음 만나는 것처럼."

비장한 얼굴로 그가 입술을 열었다. 심장이 쿵, 하고 멎은 기분이었다. 그를 이제 다시 볼 수 없다고 생각한 순간 그가 다시 나타나 상하의 심장을 어지럽혔다.

"그럼 알 수도 있잖아요."

그 말은 거짓말인걸. 그를 사랑하는 건 그녀의 심장이 제일 잘 알고 있었다.

"그러니까 인사할게요. 유지한입니다."

그의 눈이 반짝 빛났다. 참으로 맑게 빛나는 눈엔 굵은 눈물이 고여 있었다.

이 남자, 운다. 못난 자신 때문에.

자신을 붙잡기 위해 안간힘을 쓰는 그의 모습이 안타깝게 상하의 눈에 서렸다.

도대체 내가 뭐라고…….

술이 한 잔, 두 잔 목으로 넘어갔다. 이기지도 못하는 술을 억지로 입속에 들이붓다시피 소주 한 병을 비웠다. 초점 없는 지한의 눈이 허공에 머물렀다.

"하아……."

그때 그녀를 조금 더 자세히 살필 걸 그랬다. 무슨 일이 있냐고 더 강경하게 물어볼 걸 그랬다. 뒤늦은 후회를 담은 지한의 눈빛이 짙게 변했다.

지한은 카페에서 상하를 만난 그날을 떠올렸다. 그녀를 만날 생각에 지한의 가슴은 부풀어 올랐다. 할 일을 모두 미뤄둔 채 지한은 상하에게로 달려갔다. 이상한 낌새를 왜 진작 눈치채지 못했을까, 질책할 만큼 스스로가 한심했다. 그녀는 먼저 도착해 차를 마시고 있었다. 미지근하게 차가 식을 정도면 못해도 20분 전엔 먼저 도착했다는 얘기였다. 도대체 무슨 할 말이 있길래 한참이나 뜸을 들이는지 궁금했다.

'우리 그만 만나요.'

청천벽력 같은 말에 지한의 심장이 아래로 떨어지는 기분이었다. 지금 자신이 제대로 들은 게 맞는지 제 귀를 의심했다. 며칠 전까지만 해도 그 고운 입술로 사랑을 고백하던 입술이 이제는 아니라고 말한다. 참으로 밉게 입술이 선을 따라 움직였다. 잔인하게 그의 가슴을 후벼 팠다. 믿을 수 없는 이별에 진한은 매일 그녀의 집으로 찾아갔다. 쉼 없이 전화하고 메시지를 보냈다. 밤새 집 앞에서 기다렸다.

막막했다. 눈앞이 아득했다.

이젠 그녀가 없는 세상은 단 한 번도 생각할 수 없게 되어버렸다. 이제 그의 시간은 그녀에게 맞춰 돌아가고 있었다. 그런데 이별이라니, 말도 안 된다. 당치도 않다. 그렇게 지한은 이별을 부인

했다. 그렇지 않으면, 미칠 것 같았기에.

빈 잔에 술을 따랐다. 술이 넘치는 것도 모른 채, 채우다 못해 흐르는 잔을 막연히 바라보았다. 잔을 들고 그대로 꺾었다. 손끝에 물기가 묻어났다.

"얼굴이 왜 그 모양이냐고."

오랜만에 본 그녀의 얼굴은 많이 아파 보였다. 며칠 가게를 비운 이유인 듯했다. 희고 고운 얼굴은 창백했고, 입술은 말라 거칠어 보였다. 목소리 또한 갈라져 있었다. 당장 손을 뻗어 상하의 이마를 짚고 싶은 충동을 억눌렀다. 만약, 행동을 해버리면 그녀를 응급실로 데리고 갈 것 같았다.

안색이라도 좋아 보였으면, 행복해 보였으면, 예전보다 더 예쁘게 웃었다면, 저를 사랑하지 않는다는 말을 믿었을지도 모른다. 어떻게 며칠 만에 그렇게 야윌 수 있는 것인지, 말도 안 되게 야윈 그녀의 얼굴에 그의 가슴이 쓰라렸다.

그런데 어떻게 이별을 받아들이라는 것일까. 그럴 수 없었다.

"오빠."

저를 부르는 음성에 지한이 고개를 돌렸다. 막 집에 들어온 채아의 얼굴이 걱정스럽게 변했다.

"무슨 일 있어?"

가방을 바닥에 내려놓은 채아가 그의 곁으로 다가왔다.

"혹시 회사 사정 안 좋아?"

"늦었다. 들어가."

"무슨 일인지 말해봐."

술병을 잡으려고 뻗은 지한의 손을 채아가 막았다. 찌를 듯한 그의 눈이 채아에게 향했다.

"내놔."

지금까지 이렇게 술에 취한 오빠를 채아는 딱 한 번 보았다. 아버지가 사고로 돌아가시고 장례를 치른 뒤 괴로움을 이기지 못하고 술이 떡이 되도록 마신 이후로 처음이었다. 그 후로는 술은 간단히 맥주만 마시는 정도였다. 두 번 다시 보고 싶지 않은 오빠의 모습에 채아는 반쯤 남은 병을 옆에 세워두곤 강경하게 말했다.

"그만 마셔."

"유채아."

"새벽 2시야."

"알아."

대답하며 지한이 손을 뻗었다. 채아는 술병을 잡고는 한 방울도 남김없이 술병을 비웠다.

"이제 됐지?"

나가서 술을 사올 기력도 없었다. 자신을 방해한 채아에게 화를 내고 싶지도 않았다. 의욕을 상실한 지한의 눈이 스르륵 감겼다. 그의 몸이 뒤로 무너지듯 쓰러졌다.

새벽이 깊어간다, 아득하게.

내일은 또 어떻게 살아야 할까.

그녀가 없는 이 세상, 시간을 어떻게 보내야 할까.

달아나려는 시간을 어디도 가지 못하게 붙들고 싶었다.

머리가 깨질 듯한 두통이 일었다. 새벽에 몇 번이나 변기를 붙잡고 속을 게워냈다. 숙면을 취하지 못한 그의 얼굴을 까칠했다.

밤을 새우다시피 한 지한은 샤워 후 일찍 집에서 나왔다. 회사로 출근해 급한 일을 처리하곤 사무실에서 나왔다.

오늘부터 3일 동안 부산에서 워크숍 일정이 있었다. 이미 직원들은 일찍이 부산으로 출발했을 시간이었다. 지금 부산으로 출발해도 빠듯한 시간임에도 지한은 상하의 가게 앞에 차를 세워놓고 가게 문이 열릴 때까지 기다렸다.

얼마나 기다렸을까.

저쪽에서 걸어오는 상하의 모습이 보였다. 가게 문을 열고 안으로 들어가 정리하는 모습이 보였다. 꽃을 다듬고, 청소를 하고 차를 끓여 마시고 있었다. 아직 손님이 들어오기엔 이른 시간. 그녀는 손님맞이할 준비를 끝내고 쉬고 있었다.

얼굴만 보고 가려고 했다. 하지만 빌어먹을 욕심에 더 가까운 곳에서 그녀를 보고, 목소리를 듣고 싶었다. 보조석에 비상약이 든 봉투와 도시락과 죽이 든 봉지가 있었다. 전하지 못해도 괜찮았다. 하지만, 상하의 얼굴을 보자 전해주고 싶은 마음이 커졌다.

지한은 차에서 내려, 가게 안으로 들어갔다.

"어서 오……."

인사하던 상하의 목소리가 흐려졌다. 지한은 작업대 위에 봉투를 올려두었다. 그녀의 상태를 살피는 것이 먼저였다.

"병원은 다녀왔습니까."

"……."

봉투를 물끄러미 바라보던 상하의 시선이 지한의 얼굴에 닿았다. 그토록 보고 싶었던 얼굴, 듣고 싶었던 목소리였다.

"밥 먹고 약 먹어요."

"유지한 씨."

"점심엔 도시락을 먹고 저녁엔 죽 먹어요."

상하의 얼굴이 싸늘하게 굳었다.

"질척거린다고 욕해도 소용없습니다."

이별하는 방법을 알지 못하니까.

"……."

사랑할 줄만 알았지, 이별에 어떻게 대처해야 옳은 것인지 그는 알지 못했다. 그 나름대로 지금 이별에 앓는 중이었다. 그러니까 아프게 한 주제에 더 이상 그만하라는 말은 그에게 들리지 않았다. 그런 말로 지한을 멈추게 할 수는 없었다. 이렇게라도 보지 않으면 살 수가 없었다.

"약속 지켜요."

"약속이요?"

"트리 만들기로 했던 거."

지한의 대답에 상하의 눈이 커졌다. 하지만 돌아오는 대답은 침묵이었다.

"며칠 동안 가게 못 와요."

"그게 나랑 무슨 상관이죠?"

"그동안 밥 잘 먹고, 약 먹고, 잘 자라고요."

"……."

"그래야 나도 마음이 놓이지."

"하……."

탄식 섞인 한숨이 상하의 입에서 터졌다. 지쳐 보였다.

"다음 주부터는 수업할 겁니다."

"그만해요."

애절한 눈빛으로 상하가 말했다.

"공과 사는 구분할 줄 아니까 걱정 말아요."

몇 회 남지 않은 수업을 듣겠다는 것은 이제 어머니를 위해서가 아닌 저를 위해서였다. 이렇게라도 하지 않으면, 그녀를 볼 수 없으니까.

"난 그저 남은 수업을 다 채우고 싶을 뿐입니다."

거짓말이었다. 위선자가 따로 없었다. 강의를 신청한 이유와 목적은 상실한 채 오직 그녀뿐이 보이지 않았다.

"준비할게요."

결국 지한의 고집을 꺾지 못하고 상하의 수락이 떨어졌다. 남은 수업을 다 채우고 나면 우리는 어떻게 되는 것일까. 하나 남은 구실이 사라지면, 그땐 정말 그녀와 이별을 받아들여야 하는 것일까. 지독한 상념에 사로잡힌 지한의 눈이 짙어졌다.

주사위는 던져졌다.

이젠, '공'적으로밖에 그녀를 만날 수 없게 되었다. 그녀가 수락의 의미가 무엇인지 지한은 알고 있었다. 확실하게 선을 긋고 싶은 것이다.

사무친 이 마음을 이젠 어찌해야 할까. 바람에 나부끼는 나뭇잎처럼, 그의 마음도 공허하게 떠돌았다. 미련이, 그리움이, 아쉬움이, 사무침이 아직은 그녀를 놓을 수 없다고 말한다.

가게에서 나와 차로 걸어가다 몇 걸음 떼지 못하고 뒤돌아 다시 상하를 바라보았다. 이렇게 뒤돌면 또 보고 싶은데 이별이라니. 생각만 해도 가슴이 먹먹했다.

부산으로 뒤늦게 출발했다. 눈도장을 찍었으니 부산에서 3일 정도는 거뜬히 참을 수 있었다.

예약해놓은 펜션에 도착했을 때, 해가 저물었다. 바비큐장에선 벌써 직원들이 거하게 마시고 먹고 즐기고 있었다. 지한을 알아본 직원들이 인사를 했다. 그 무리 중 민욱이 나와 지한을 배웅했다.

"왜 이렇게 늦었냐? 대표라는 놈이."

편한 캐주얼 점퍼를 벗어 손에 쥐고는 지한의 어깨에 손을 올렸다. 아무리 초겨울이라지만 부산은 수도권만큼 매서운 바람이 불지 않았다. 거기다 불 앞에서 고기를 굽기까지 했으니 어지간히 더운 모양이었다.

"내가 쓸 방은?"

"따라와."

독채 3개 중 가까이에 있는 펜션으로 민욱이 걸음을 옮겼다. 주머니에서 키를 꺼내 문을 열었다. 거실과 부엌, 그리고 방이 3개가 있었다.

"저 방이 너와 내가 쓸 방이다."

민욱이 가리킨 방에 들어가 지한은 짐을 풀었다. 어느새 따라 들어온 민욱이 벽에 기댄 채로 지한을 바라보았다.

"어제 새벽까지 술 마시더니 얼굴이 말이 아니다."

어렴풋이 채아가 걱정하던 얼굴이 스쳤다. 회사 사정이 좋지 않다고 오해했던 모양인지 민욱에게 연락한 모양이었다. 어지간히 걱정한 모양이었다.

"새벽에 전화 왔었어. 그 녀석 꽤 놀란 모양이던데."

지한은 묵묵히 짐 정리를 마저 했다. 설마, 채아가 새벽에 민욱에게 전화했을 거라고 예상하지 못했던 지한은 채아에게 걱정 끼친 것이 미안했다.

"회사에 무슨 일 있는 거 아니냐고 걱정하더라. 안심시켰어. 못 믿는 눈치이긴 했지만."

"미안하다."

지한은 민욱의 어깨를 툭툭 쳤다.

"무슨 일인지 말 안 하냐?"

"나중에."

"나는 그래도 넘어가지만, 돌아가는 대로 채아 안심시켜라. 내 말보다 네 말을 더 믿을 거 아냐. 너 그렇게 술 마시는 거 보고 많이 놀란 목소리더라."

"그래."

지한은 짧게 대답하며 방에서 나왔다. 두 사람은 펜션에서 나와 바비큐장으로 들어왔다. 한껏 무르익은 분위기에 직원들이 걸쭉하게 취해 있었다. 그래도 되는 날이었다. 직원들이 빈 잔에 술을 채웠다. 속은 말이 아니었지만 분위기를 망칠 수 없어서 지한은 술을 마셨다.

선선한 바람이 불었다. 춥지도 않고, 덥지도 않은 날씨였다.

아득하니 짙어진 밤에 다시 잔을 기울였다.

지금 그녀는 뭘 하고 있을까. 술김이라는 핑계를 삼아 목소리를 듣고 싶었으나 지한은 참았다.

부산과 인천.

그 거리가 참 까마득하고 멀게만 느껴졌다. 하지만 인천에서 부산으로 운전할 때만큼은 느끼지 못했다. 아마도 직전에 한 눈도장 덕분이었다.

보고 싶다.

이 말이 모자랄 만큼.

14. 다시 사랑을

어느덧 돌아온 수요일.

시간 가는 것이 어쩐지 긴장이 되었다. 설레기도 하고. 자꾸만 벽시계로 시간을 확인하고 있었다. 벌써 몇 번째인지 알 수가 없다.

"미쳤어……."

스스로를 질책해도 소용없었다. 펌프질하기 시작한 가슴은 좀처럼 진정이 되지 않았다. 이별을 말한 여자가 느껴서는 안 될 감정이었다.

언행 불일치.

말로는 수없이 그를 밀어내지만 정작 진심은 그러지 못했다. 가슴속에서 그를 밀어내는 일이 아직 쉽지가 않았다. 이 수업이 끝나면 이젠 그를 더 이상 볼 수 없게 되겠지. 어쩐지 쓸쓸한 기분이 들었다.

3시에 가까워졌다. 상하는 저도 모르게 유리벽 너머로 시선을 던졌다. 늘 수업 시간보다 일찍 도착하던 사람이었다. 지각한 일도 없었다. 3시가 넘었을 무렵, 초조해지기 시작했다. 애써 다른 곳으로 신경을 쏟아부어도 소용없었다.

다시 고개를 들었을 때였다. 가게로 걸어오는 그의 모습에 안심하는 스스로를 발견하고 말았다.

"조금 늦었습니다."

그의 말대로 겨우 5분 남짓한 시간이 지났다. 그런데 그가 오지 않을까 봐 상하는 불안함을 느꼈다. 정말 바보 같았다. 상하는 아무렇지 않은 얼굴로 입을 열었다.

"들어오세요."

수업 준비를 마친 테이블엔 소품과 나뭇가지가 준비되어 있었다. 원래 꽃 포장 수업이지만, 그에게 이렇게라도 약속을 지키고 싶은 마음이었다.

"작은 크리스마스트리를 만들어볼게요."

준비된 소품들도 크리스마스 분위기가 물씬 나는 것들이었다. 상하는 일부러 그의 얼굴을 바라보지 못했다. 그가 어떤 표정을 하고 있을지, 눈으로 확인한다면 무너질 것이 자명하기에.

"플로럴 폼을 화기에 맞게 잘라 넣어주세요."

수업이 시작되었다. 그는 말없이 그녀의 수업에 잘 따라오고 있었다. 그동안 보여주었던 실수들은 모두 고의라고 오해할 만큼 잘 해내고 있었다. 그만큼 시간이 많이 흘렀다는 증거였다. 전나뭇가지를 플로럴 폼 중간에 꽂은 뒤 주변에 짧게 자른 전나뭇가지를 꽂아 풍성하게 만들었다. 수업은 중반을 흘러, 거의 막바지에 달했다. 꽃 포장과 다르게 완성하는 데 두 시간도 채 걸리지 않은 짧은 수업이었다.

"목화솜을 가지에 꽂아주세요. 그리고 솔방울을 이용해 빈 공간이 보이지 않게 채워주시고요."

그가 완성해나가는 모습을 상하가 뿌듯한 얼굴로 바라보았다. 꽤 그럴듯하게 완성한 작은 트리가 참 앙증맞아 보였다. 이 정도면, 그의 어머니도 무척 기뻐할 것이다.

시종일관 공적으로 진행되던 수업이 끝이 났다.

"다 되셨네요. 수고하셨어요."

전에 하던 폭풍 칭찬은 없었다.

"약속, 지킨 겁니까?"

"……."

"겨우 이걸로?"

다 완성된 트리를 바라보며 그가 헛웃음을 그렸다.

"겨울이라 시즌에 맞게 수업을 준비한 것뿐이에요."

그가 트리를 들어 올렸다. 작은 트리가 그의 한 손에 들어왔다. 처음 그를 만났을 때 그녀의 시선을 사로잡은 것은 그의 외모가 아니었다. 길고 예쁜 손이었다.

거짓말이 점점 는다. 언제까지 거짓말을 계속할 수 있을지…….

"얼굴, 많이 좋아졌네. 다행이다."

그녀의 안색을 살피던 그가 안도하는 얼굴로 혼잣말했다. 하지만 상하에게까지 전해졌다.

"내가 강사 하나는 정말 잘 만났다고 깨달았던 순간이 있었어요."

"……."

"당신이 1:1 맞춤 강의를 해주었을 때."

아무런 대답 없는 그녀에게 지한은 개의치 않은 얼굴로 입을 열었다.

"내 입에 꼭 맞춘 듯한 파스타를 만들어줬을 때."

아프게 젖은 그의 음성이 그녀의 심장에 콕 박혔다.

"유지한 씨."

무슨 말을 해야 할까. 어중간한 위로로 그의 마음을 혼란스럽게 할 수 없었다.

"다시, 그때로……."

"……."

"돌아가는 건 힘들까요?"

막막함과 막연함이 드리운 그의 눈빛을 상하는 한참을 바라보았다.

"네."

뒤늦게 대답을 하고 접객실에서 나왔다. 그는 그녀에게 원망도 질책도 쏟아내지 않았다. 제멋대로의 이별 앞에서 그는 그저 아파할 뿐이었다.

"기다릴게요."

"……."

"그것까지 하지 말라고 하지 말아요."

반쯤 열렸던 상하의 입술이 무심하게 닫혔다.

"나한테 할 말이 생각이 나면, 언제든지 와요. 기다릴 테니까."

"……실망할 텐데."

저도 모르게 상하가 작게 읊조렸다. 아차 싶었지만 이미 늦은 후였다.

"그건 내가 결정해요. 그러니까 상하 씨는, 할 말이 생기면 꼭 와요."

"……."

"나한테 오는 겁니다."

상하는 대답하지 않았다. 그녀의 대답을 듣지도 않고 그가 뒤돌아 가게에서 나갔다. 사람의 욕심이라는 건 끝이 없나 보다. 그 말 한마디에, 그에게 모든 것을 털어놓고 붙잡고 싶었으니까. 그에게 짐을 짊어질 수 없다고 하면서도 결국은 그의 곁에 있고 싶었다. 이중적인 자신의 모습이 역겨웠다.

기대고 싶고, 기대하고 되고, 곁에 있고 싶은 마음. 욕심이 다시 고개를 치켜들었다. 하지만 차마 행동으로 옮길 수 없는 것이 현실이었다. 현실의 벽은 언제나 높았다. 쓸쓸한 미소가 상하의 입에 걸렸다. 그의 마음만으로도 충분하다. 그 마음이면, 앞으로 몇 년은 더 버틸 수 있을 것 같았다. 그가 사라지고 없는 거리에 상하의 시선이 닿았다.

그는 수업 외에 따로 가게에 찾아오지 않았다. 마음을 정리한 것일까? 아니다, 그는 기다리는 것으로 마음을 바꾼 것 같았다. 그녀를 재촉하지도, 다그치지도 않았다. 그저 묵묵히 수업을 들은 후엔 가게를 나갔다. 상하는 투명 화기에 꽂아놓은 꽃을 바라보았다. 바로 어제, 수업 시간에 만든 꽃다발이었다.

그녀가 아닌, 지한이.

수업이 끝나고 가게를 나가던 그가 다시 가게 안으로 들어왔다. 그러곤 꽃다발을 상하에게 내밀었다. 그의 행동을 이해하지 못한 상하가 멀뚱히 그를 바라보자 지한은 상하의 손을 잡아끌더니 꽃다발을 쥐여 주었다.

'받아요, 형편없지만.'

그리고 제 할 일을 끝냈다는 듯 미련 없이 가게에서 나갔다.

형편없기는…….

세상에서 제일 아름다운 꽃다발을 받은 기분이었다. 거절할 새도 없이 손에 쥐여 준 꽃다발을 상하가 제일 좋아하는 화기에 꽂았다. 그의 마음처럼 예쁜 꽃을 바라보는 상하의 마음이 무거웠다.

손님이 주문하고 간 꽃다발을 만드는 상하의 손이 바삐 움직였다. 꽃다발을 거의 다 만들어갈 즈음이었다. 가게 문이 우악스럽게 열리며 미연이 안으로 들어왔다. 가게에 올 때 미리 연락해달라고 했던 상하의 부탁을 잊은 모양이었다.

미연의 표정이 심상치가 않았다. 미간의 주름이 깊게 팰 정도로 인상을 쓰고 있었다. 뭔가 당신 뜻대로 되지 않을 때 나오는 표정이었다. 작게 한숨을 토해낸 상하가 작업대 앞으로 나왔다.

"차 한 잔 드려요?"

인사 대신 상하가 물었다. 아무래도 이야기가 길어질 것 같아서였다. 미연이 또다시 가게로 찾아온 이유는 묻지 않아도 대충 짐작했다. 집요하게 걸려오는 미연의 전화를 받아 상하는 건조한 목소리로 지한과 이별했음을 말할 수밖에 없었다. 그러니 더 이상 자신을 괴롭히지 말고 찾아오지도 말라고 경고했다. 제 할 말만 하고 전화를 끊자마자 미연에게 걸려오는 전화에 상하는 아예 전원을 꺼버렸다. 자신과 연락이 닿지 않자 가게에도 찾아왔었을 것이라고 상하는 예상했다. 하지만 감기로 꼬박 이틀을 앓아누웠기에 자신을 만나지도 못하고 허탕만 치다 돌아갔겠지.

"냉수 한 잔 다오."

미연의 말에 상하는 정수기에서 물 한 잔을 받아 내왔다. 상하에게 머그잔을 건네받은 미연은 벌컥 들이켰다. 탁, 하고 반쯤 남은 컵을 작업대 위에 내려놓았다.

"너, 우리 성호가 잘되는 게 그렇게 배 아프니?"

"그게 무슨 말씀이세요?"

다짜고짜 따지는 미연의 눈이 희번덕거리며 씩씩댔다.

"괘씸해서 잠도 못 자고 내가……."

"무슨 말씀이시냐고요, 고모."

"어디 속 시원하게 말해보렴. 쥐꼬리만 한 회사 소개해주는 게 그렇게 배 아프니?"

역시 미연이 찾아온 이유는 상하의 짐작대로였다. 자신의 기분은 안중에도 없이 지한과 헤어진 이유를 잘못 짚고 씩씩거리고 있었다. 친부모도 아닌 미연에게 큰 걸 바란 적은 없었다. 살뜰하게 저를 보살펴주지 않아도 거두어준 것만으로 충분히 감사하게 여겼으니까. 없는 형편에 객식구 한 명이 는 것이 가계에 부담이 된다는 걸 알기에 늘 죄송했었다. 하지만 눈에 보이는 차별은 상하를 늘 외롭게 만들었다.

지금처럼 늘 희생을 강요하고 많은 것을 요구했으니까. 반에서

1등 성적표를 받아 와도 칭찬엔 인색했다. 어차피 고등학교 졸업 후 취업해서 성호의 뒷바라지를 해야 하는데 성적 좋아봐야 아무 쓸모 없다던 미연이었다.

"고모."

"말해보라니까?"

살갑게 웃어준 적이 단 한 번이라도 있다면, 다정하게 저의 이름을 부른 적이 있다면 그녀가 먼저 미연에게 다가갔을지도 몰랐다. 하지만 상하의 기억 속의 미연은 늘 성호의 앞길 걱정뿐이었다.

이제야 깨달았다. 돌이켜 생각해보니, 어쩌면 미연에게 많은 것을 바라고 있었는지도 몰랐다. 나열해놓고 보니 은연중 바라고 있었나 보다.

미연에게 성호와 같은 대우와 애정을.

그럴 수 없다는 것을 잘 알고 있었으면서.

"그런 적 없어요."

"그러면 왜 헤어졌는데? 갑자기 헤어진 데는 그만한 이유가 있을 거 아냐? 넌 동생이 취업도 못 하는 모습이 안쓰럽지도 않니?"

"……."

"헤어지기 전에 진작 소개해줬으면 성호가 한자리 턱 차지했을 거 아냐?"

하아, 정말 끝까지…….

이별을 한 제 마음과 기분은 안중에도 없이 끝까지 성호만 걱정하는 이기적인 태도에 상하의 가슴이 싸해졌다. 적어도 괜찮냐고 예의상 물어봐주는 것도 너무 큰 걸 바라는 것일까.

그 정도도 못한 사이였나. 차라리 그랬다면 이토록 비참하진 않을 텐데.

"그만하세요."

"뭐?"

"그만하시라고요. 저 바빠요."

더 이상 미연과 마주하고 싶지 않아 상하는 미연에게서 등을 돌렸다. 하지만 미연의 우악스러운 손이 상하의 팔을 움켜잡았다.

"그만하긴 뭘 그만해? 내가 속이 얼마나 터지는 줄 아니? 자다가도 내가 벌떡 일어나!"

"손 놓으세요."

차갑게 내뱉는 말투와 표정에 미연이 움찔거렸다. 팔을 잡는 손에 힘이 풀리긴 했으나 완전히 떨어진 것은 아니었다. 상하는 다른 손으로 미연의 손을 떼어냈다. 처음 보는 상하의 싸늘한 표정에 미연이 충격 받은 얼굴로 멀뚱히 서서 상하의 얼굴만 바라볼 뿐이었다.

"저한테 왜 이러세요?"

"……."

"저에게 왜 늘, 희생을 당연하게 요구하세요? 제가 도대체 뭘 얼마나 잘못했다고요. 객식구라는 이유로 그만큼 눈치 보고 희생했으면 됐잖아요. 뭘 더 얼마나 해야 하는데요?"

"너, 너……."

말하는 음성이 가느다랗게 떨렸다. 시야가 흐릿해지면서 굵은 눈물이 뺨을 타고 흘러내렸다.

"적어도 괜찮냐는 위로 정도는 할 수 있는 거 아니에요? 지금 제 기분이 어떤지 알고 제 탓을 하는 건데요!"

"위로? 내가 헤어지라고 했니? 얻다 대고 화풀이야?"

충격에서 벗어난 미연이 상하에게 윽박을 질렀다. 자신에 대한 일말의 애정이 느껴지지 않은 미연의 모습에 이성의 끈이 끊어졌다.

"화풀이라고요? 고모 눈엔 제가 그렇게 보여요?"

"뭘 잘했다고 눈을 똑바로 뜨고 소리를 질러? 어?"

"그럼 제가 잘못한 건 뭔데요? 일찍이 사고로 부모님이 돌아가신 거요? 아니면 고아원에 갔어야 했을 내가 객식구로 들어온 거예요?"

"얘가 점점……."

"말씀을 해보세요. 제가 고모를 이해할 수 있도록."

이성을 상실한 상하의 얼굴이 눈물로 얼룩졌다. 이렇게 다 터놓고 미연에게 대드는 것은 처음이었다. 매번 참고, 참았으나 이제 자신도 한계에 달했다. 미연의 비틀린 아들 사랑에 늘 찬밥 신세였던 상하의 어린 시절은 생각도 하기 싫을 만큼 끔찍했다. 지금도 여전히 미연의 가족 범주 내에 상하는 없었다. 말로만 하나뿐인 누나라고 하지만, 그것은 곧 그녀가 필요했기 때문이었다.

"먹여주고 재워주고 입혀줬더니 못 하는 소리가 없네, 정말. 지금까지 아무 탈 없이 키워줬으면 당연히 우리 성호한테 한자리 정도는 줘야 하는 거 아니니? 까놓고 네가 우리 성호 대학 졸업할 때까지 뒷바라지를 했니, 뭘 했니? 그런 것도 안 했으면 최소한 양심은 있어야지. 어디서 그렇게 잘난 남자를 하나 물었다 싶더니만. 쯧쯧."

"……."

"저번에 선봤던 최 군을 다시 만나보든가. 네가 마음을 굽힐 생각만 있다면, 만나고 싶다고 연락 왔었다. 저번에 그 소식 전해주려고 왔었다가 네게 애인이 생겼다는 걸 알고 덮었다만, 이왕 이렇게 된 거 어쩌겠니?"

"하아……."

천연덕스럽게 지난번 선봤던 남자의 이야기까지 꺼내놓는 미연에게 상하는 할 말을 잃었다. 이제 미연에게 무언가 바라는 것도 사치다.

"두 번 다시 저 찾아오지 마세요."

결심한 얼굴로 상하가 말했다. 쓸데없는 감정 소모 덕에 상하는 지칠 대로 지쳐 있었다. 더 이상 미연의 얼굴은 보고 싶지 않았다.

"네가 어떻게……."

"저, 더 이상은 어리지 않아요."

"이제 머리 컸다고 아주…… 키워준 은혜를 이렇게 갚아?"

"제가 고모에게 갚아야 할 은혜가 있다고 생각하세요?"

되레 상하가 반문했다. 양심이 있다면 은혜라는 단어를 언급하지 말았어야 했다. 체념한 순간 가슴에 쌓아둔 감정들이 폭발해버리고 말았다.

그 순간이었다.

상하의 얼굴 위로 차가운 물이 뿌려졌다. 피할 새도 없이 순식간이었다. 작업대 위에 둔 컵을 들고 미연이 팔을 뻗었다. 그러곤 화기를 들어 바닥에 냅다 던졌다. 꽃과 유리가 널브러져 아수라장이 되는 것은 순식간이었다. 협탁 위에 올려둔 투명 화기마저 바닥에 던졌다. 유리가 깨지는 소음이 연이어 상하의 귀를 연속으로 때렸다.

"고모!"

"어머니!"

상하의 목소리와 또 하나의 목소리가 겹쳐졌다. 가게 문을 열고 안으로 들어오는 사람은 다름 아닌 성호였다. 꽤나 충격 받은 얼굴로 성호가 난장판이 된 가게 안을 바라보다가 제 모친의 얼굴로 향했다. 충격과 배신, 실망이 엉켜 붙은 눈빛이 이글거렸다.

"……성, 성호야."

제 아들이 끔찍이 생각하는 누나였다. 그런 누나에게 이런 짓을 했다는 것을 안다면 용서하지 않을 것이라는 걸 미연은 알고 있었다. 아들이 제일 싫어하는 짓을 했으니 이제 뒷감당을 어찌해야 할지 미연의 얼굴에 막막함이 드리워졌다.

"뭐 하시는 거예요?"

"아, 아니. 나는……."

"어떻게 누나한테 이런 짓을. 어머니는 사람도 아니에요."

성호는 미연의 손목을 잡아끌었다. 성호의 손에서 끌려 나가면서도 미연은 뒤돌아 상하를 향해 악다구니를 질렀다.

"동생 회사에 꽂아주는 게 그렇게 배 아프던? 우리 성호가 네 애인 회사 팀장 자리 되는 게 그렇게 꼴 보기 싫었냐고! 그래서 헤어진 거 맞지? 안 봐도 뻔해. 저 머저리 같은 년."

"어머니, 제발 그만하세요!"

성호가 미연의 어깨를 붙잡고 소리 질렀다. 그제야 악담을 퍼붓던 미연의 입이 잠잠해졌다. 막 가게를 나서기 전, 성호가 뒤돌았다.

"미안. 미안, 누나. 내가 면목이 없어."

"성호야."

"전화할게."

하아…….

입에서 탄식이 터졌다. 이제 모든 것이 끝났다는 생각에 드는 안도감과 허무함이 상하의 어깨를 감쌌다. 열려 있는 문 사이로 차가운 바람이 들이닥쳤다. 눈에서 뜨거운 눈물이 떨어졌다. 가는 어깨가 들썩거리기 시작했다. 또다시 바람이 불었을 때 상하의 시야가 멈추었다. 언제부터인가 그곳에 있었던 것인지 지한이 그녀를 바라보고 있었다. 때문에 상하의 눈에서 눈물이 마르지 않았다.

이 모든 광경을 다 본 것이다. 고모가 저에게 물을 뿌리고, 가게를 난장판으로 만들고, 악담을 퍼붓다가 결국은 성호의 손에 이끌려 나가는 것을.

죽고 싶을 만큼 비참했다. 그의 시선을 피한 상하가 고개를 아래로 떨어뜨렸다.

저벅저벅.

익숙한 걸음 소리가 들렸다. 그리고 익숙한 구두코가 흐릿한 시야로 보였다. 그녀의 머리 위로 그의 외투가 떨어졌다. 익숙한 체취가 상하의 코에 닿자, 상하는 목 놓아 울어버리고 말았다.

"손수건이 없어서."

"흐윽……."

변명처럼 덧붙이고는 슥슥, 상하의 머리부터 얼굴을 닦아준다. 얼굴이 외투에 가려졌기 때문일까. 긴장이 풀려서 그랬을까. 닦아도, 닦아도 끊임없이 눈물이 뺨을 적셨다.

상하의 눈물이 마를 때까지 그는 묻지도, 따지지도, 채근하지도 않았다. 그저 상하를 품에 안고는 등을 토닥여줄 뿐이었다. 이젠 괜찮다, 하고 말해주는 것 같았다. 따뜻하고 안심이 되어 상하는 그의 셔츠를 꽉 움켜쥐었다.

그 옛날, 엄마의 옷 끝자락을 움켜잡고 가지 말라고 떼쓰는 어린아이처럼.

상하는 어린아이가 되어버렸다.

그의 앞에서.

쏴아-

뜨거운 물줄기가 상하의 몸을 감쌌다. 물을 끄고 김 서린 거울을 손으로 문질렀다. 얼굴이 말이 아니었다. 눈은 퉁퉁 부었고 얼굴은 핼쑥해져 해골이 따로 없었다. 이렇게 자신의 몰골을 자세히 본 것은 오랜만이었다.

"후우……."

결국 실신 직전까지 울던 그녀를 지한이 집으로 데려다 주었다. 어차피 가게도 엉망이라 계속 영업을 할 수도 없었다. 상하는 욕실 문을 바라보았다. 괜찮다며 가라는 그녀의 만류에도 불구하고 지한은 그녀가 잠에 들 때까지 있겠다고 고집을 부렸다. 그래서 아직 밖에는 그가 있었다. 갈아입을 여분의 속옷과 옷을 가지고 들어왔지만, 밖에 그가 있다는 사실만으로 긴장되었다. 물론 그와 이미 여러 번 몸을 섞었기에 내외할 만한 사이도 아니었지만.

묘하게 흐르는 긴장감.

상하의 심장이 두근거렸다. 물기가 흐르는 몸을 수건으로 닦고 옷을 입었다. 젖은 머리는 수건으로 닦으며 욕실에서 나왔다. 침대에 걸터앉아 눈을 감고 있던 지한이 눈을 떴다.

"다 씻었어요?"

"네."

"그럼 여기 앉아요."

지한이 화장대 앞을 가리켰다. 상하는 얼결에 그가 시키는 대로 화장대에 앉았다. 그러자 그가 수건으로 상하의 머리를 닦아주기 시작했다.

"제가 할게요."

"내가 해요."

강경한 그의 음성에 상하는 더 이상 뿌리치지 못하고 그의 손길을 받았다. 정성껏 수건으로 머리를 닦아주다가 드라이어를 들었다. 가깝지도, 멀지도 않게 머리 근처에 드라이어를 두고 손을 움직였다. 탁탁 털며 머리를 말리는 솜씨가 어색했다. 축축하게 젖은 머리카락이 상하의 어깨로 내려앉았다. 두근거림이 더 심해졌다. 셔츠 소매를 걷어 올리곤 머리카락 사이사이를 가르는 지한의 손길 때문에 긴장이 되었다. 거울 속에 비친 지한의 얼굴을 바라보았다. 특별히 인상을 쓰고 있는 것도 아닌데, 얼굴이 굳어 있는 것 같았다. 손톱 끝을 만지작거리며 시선을 아래로 내렸다, 다시 거울 속 비친 그를 바라본다.

"이러다 밤새우겠어요."

기다리다 못한 상하가 장난스러운 말투로 말했다.

"상하 씨 머리가 길어서 그래요."

상하는 눈을 감았다. 머리 말리는 데 시간이 지체되기는 하지만 머리를 만지는 손길이 너무 부드러워서 노곤했다.

먼저 말을 꺼내볼까. 아까 혹시 다 듣지 않았느냐고. 왜 아무것도 묻지 않느냐고. 물어보면 그는 어떤 대답을 할까. 자신이 아는 유지한은 그녀가 먼저 입을 열 때까지 먼저 말을 꺼내지 않을 것 같았다. 하지만 먼저 말을 꺼내는 것이 여전히 두려웠다.

"내일은 가게 나가지 말고 쉬어요."

"지한 씨."

눈을 뜬 상하가 거울 속으로 지한의 얼굴을 바라보았다.

"가게 키 좀 줘요."

"키는 왜요?"

"가게에 뭘 떨어뜨린 것 같아서요."

"아……."

상하는 고개를 끄덕였다. 두피에 닿는 낯선 손길이 익숙해질 즈음 축축하던 머리카락이 다 말랐다. 문제는 너무 바짝 말라 머리가 푸석했다.

"고마워요."

"머리 하나 말려준 것 가지고 뭘요."

그녀에게 그저 '고작'이 아니었다. 사소하지만, 이상하게 가슴이 따스해졌다.

"내일 쉬는 겁니다."

"그럴게요."

고개를 끄덕이며 상하가 약속했다. 그 모습에 지한이 안심이 된 얼굴로 허리를 숙여 상하를 감싸 안았다.

"좋다."

등 뒤에서 느껴지는 그의 온기에 상하는 손을 뻗어 제 가슴을 감싸는 그의 손등을 어루만졌다. 귓속에 스며드는 그의 잔잔한 음성. 울컥, 감정이 차오른다.

가관이다. 가게 내부를 바라보는 지한의 미간이 깊이 파였다. 지한은 어디론가 전화를 걸었다.

"김 비서."

–네, 대표님.

지한은 가게 내부를 훑다 걸음을 옮겼다. 유리 파편들이 지한의 구두 굽에 깔려 부서지는 소리가 났다.

"부탁 좀 할게. 내일 오전에 바쁜 일 없으면 꽃 시장에 좀 다녀와줘."

–꽃시장이요?

"어, 필요한 건 메시지로 보낼 테니까 내일 이쪽으로 가져와."

–네, 대표님.

"그럼 부탁할게."

통화하다 보니 어느덧 작업대에 편한 자세로 기대고 있었다. 가게 내부를 바라보는 지한은 나직이 한숨을 토해냈다. 애당초 가게 안에 떨어뜨린 물건은 없었다. 단지 이렇게 아수라장이 된 가게 내부를 그녀가 또다시 보게 하고 싶지 않았을 뿐, 다른 이유는 없었다. 내일 하루 쉬겠다는 확답까지 받았으니 시간은 넉넉했다.

크고 작은 유리 파편들이 치덕한 물 위로 어지러이 바닥에 깔려 있었다. 판매를 위한 꽃은 이미 시들어빠져 사용할 수가 없었다.

준비해온 봉투에 유리 파편과 시든 꽃을 담았다. 바닥 청소를 하던 지한의 시야에 흰 봉투가 눈에 들어왔다. 두툼한 두께의 봉투를 들어 내용물을 확인했다. 만 원짜리 지폐가 가득 담겨 있었다.

"혹시."

그녀의 동생이 떨어뜨린 것이 아닐까 예상했다. 봉투를 챙기곤 가게 청소를 마저 끝냈다. 어느덧 한 시간이 훌쩍 지나갔다. 지한은 피곤한 눈을 감았다. 그러자 아까 보았던 광경이 그의 가슴을 후볐다.

그녀에게 부담 주고 싶지 않아 연락도 찾아가는 짓도 자제했다. 기다리기로 했으니 선택은 그녀의 몫이었다. 시간이 지날수록 피가 마르는 기분이었다. 예쁘고 고운 입술에 입을 맞추고 보드라운 살결을 어루만지고 싶었다. 찰랑거리며 결 좋은 머리카락을 쓸고, 밤새 키스를 이어나가도 모자를 시간들이 속절없이 지나갔다.

매일 밤 그녀의 집 앞에 차를 세워두고 불이 꺼질 때까지 지켜보다 집으로 가곤 했다. 그런데 그날은 일찍 퇴근해서 그녀의 가게 근처에 차를 세워두었다. 손님들이 오고 가고 상하의 손이 바삐 움직였다. 이제 가야지, 하고 시동을 켜는 순간이었다. 상하의 고모가 가게 안으로 들어왔다. 그 순간 지한의 눈이 좁아졌다. 상하가 건네는 냉수를 벌컥 들이켜는 고모의 얼굴이 잔뜩 성이 나 있었다. 뭔가 심상치 않은 상황이었다. 그러나 어떤 상황인지도 모르고 불쑥 끼어들 수도 없었다. 지한은 차에서 내려 상황을 지켜보았다.

울먹거리는 상하의 목소리가 밖에까지 들리지 않아 답답했다. 큰 눈에서 눈물이 뚝뚝 떨어져 고운 뺨을 적셨다. 행복하게 웃게 해주고 싶었던 눈에서 쉴 새 없이 눈물이 떨어졌다. 지한은 주먹을 굳게 쥐고는 당장이라도 안으로 쳐들어가고 싶었다.

하지만 그럴 수 없었다. 그녀에게 비참한 기분까지 안겨주고 싶지 않았다. 적어도 사랑하는 사람 앞에서 한없이 예쁜 모습만 보여주고 싶었을 테니까.

차마 발걸음을 떼지 못하고 지한은 그 자리에 있었다. 여차하면 뛰어들어 그녀를 끌고 나올 생각이었다. 언성이 높아진 가운데 고모란 여자가 냉수를 상하의 얼굴에 뿌렸다. 그러곤 가게 안을 엉망으로 만드는 것은 순식간이었다.

'어머니!'

웬 남자가 나타나 가게 안을 뛰어 들어갔다. 그녀에게 친척 동생이지만 친동생이나 다름없다고 한 동생인 듯했다. 지한보다 먼저 움직인 동생으로 인해 상황은 일사천리로 종료되었다. 고모란 여자가 아들에게 끌려 나가면서까지 바락바락 소리를 질러댔다.

겨우 들은 고모란 여자의 입에서 나온 말에 지한은 왜 그녀가 자신에게 이별을 고했는지 대충 알 것 같았다. 그래서 가슴이 아팠다. 알고 나니 자신이 해줄 것이 아무것도 없었다.

미연이 성호에게 끌려 나가면서 열려진 가게 문을 사이에 두고 그녀와 시선이 교차했다. 치욕과 모욕, 그리고 치부를 드러냈다는 생각에서였는지 황급히 몸을 돌려 시선을 아래로 떨어뜨렸다.

처음부터 그 자리에 없었던 것처럼, 이 모든 상황을 알지 못한 것처럼 지한은 아무것도 묻지 않았다. 그리하여 그녀의 자존심이 조금이라도 지켜지길 바랐다. 자신이 할 수 있는 건 그것뿐이었다. 지금 이 상황에선 어떤 말로도 위로가 되지 않을 테니.

자신 앞에선 비참해할 필요 없었다. 부끄럽거나 창피하지 않아 해도 되었다.

사람마다 그런 순간들이 한 번씩은 있는 거니까 너무 그러지 말라고.

그러니 더는 밀어내지도, 강한 척도 하지 말라고.

무너져 내려도 자신 앞에서 무너져 내리라고. 보듬어줄 수 있도록.

밤이 어둑하니 내려앉았다. 다시 그녀의 집으로 가야 했다. 잠깐 가게에 다녀온다고 말한 것치곤 시간이 많이 지체되었다.

'다시 올 거예요?'

묻는 그녀의 눈동자가 아련하게 빛났다. 지한은 그녀에게 다시 온다는 말로 안심시켰다. 오늘은 혼자 있게 하고 싶지 않았다.

다시 그녀의 집에 도착했다. 아직까지 불이 꺼지지 않는 걸 보면 자신을 기다리고 있는 듯했다. 지한은 2층으로 올라갔다. 초인종을 누르자 기다렸다는 듯 문이 열렸다.

"떨어뜨린 물건은 찾았어요?"

걱정스러운 얼굴로 상하가 물었다.

"가게에 떨어뜨린 게 아닌가 봅니다."

안으로 들어가며 지한이 괜찮다는 듯 웃어 보였다. 하지만 상하의 얼굴에 드리워졌던 걱정은 더욱 짙어졌다.

"중요한 물건 아니에요?"

"걱정하지 말아요. 별거 아니니까."

"그렇지만……."

걱정하는 표정에 지한이 다시 괜찮다며 상하를 품에 가두었다. 상하의 뺨이 제 얼굴에 부딪혔다. 보드라운 살결에 절로 미소가 지어졌다.

"난, 아무것도 상관없어요."

"……."

"이게 내 대답입니다."

지한을 상하를 안은 팔에 힘을 주었다. 다시는 도망가지 못하도록, 더욱이 품에 끌어당겼다. 기분 좋게 만드는 체취를 들이마시며 지한은 하얀 목덜미에 깊이 얼굴을 묻었다. 더 이상 떨어지고 싶지 않다. 헤어지고 싶지 않았다.

"지한 씨."

그가 무슨 말을 하고자 함인지 상하는 알 수 있었다. 그는, 자신의 자존심이 상하지 않는 선에서 조심스럽게 손을 내밀고 있었다. 이렇게 한없이 다정한 이 남자를 욕심내고 싶었다. 세상을 살면서 욕심부린 것이 있다면 바로 그였다.

한 번쯤은 이기적인 사람이 되어도 괜찮겠지.

다른 건 다 욕심부린 적 없었으니까.

그의 품에 안긴 상하는 손을 뻗어 그의 허리를 감쌌다. 너무나 좋은 그의 품에 다시 안길 수 있어서 다행이었다.

"고마워요."

여전히 그의 품에 안긴 채 상하가 고개를 들어 말했다. 고맙다는 말로도 부족했다. 그의 마음이 고마우면서도 미안했다. 하지만 상하는 미안하다는 말은 하지 않았다. 그 말을 해버리면, 그를 욕심내지 못할 것 같아서.

사랑스러운 눈길로 상하를 바라보던 지한의 입술이 길게 그려졌다. 그 한마디면 되었다. 이젠 그녀와 어떤 오해로도 헤어지지 않을 것이다. 그녀를 가둔 팔에 지한이 힘을 주었다. 손을 올려 상하의 결 좋은 머릿결을 쓰다듬다가 얼굴을 아래로 내렸다.

오늘따라 더 붉은 상하의 입술에 제 입술을 포개었다. 그러자 기다렸다는 듯 상하가 팔을 뻗어 지한의 목에 둘렀다. 두 사람의 입술이 더 깊게 포개졌다. 서로의 입술 사이에 입술을 맞물렸다. 지한은 살짝 상하의 아랫입술을 깨물었다.

"흡."

앓는 소리마저 섹시하다. 작게 흐느끼는 그 음색에 지한은 반쯤 벌린 상하의 입안으로 들어갔다. 상하의 등을 더욱더 가까이 밀착시키고, 어디도 도망가지 못하도록 머리를 받쳤다. 오르내리는 가파른 가슴이 부딪치고 하체가 딱 붙어 떨어지지 않았다. 신발을 벗자마자 시작된 키스가 뜨겁게 달아올랐다.

타액이 엉키고 타래처럼 섞였다. 조용한 집안 내부에 서로의 들뜬 숨소리가 메워졌다. 그동안 그녀와 헤어져 있었던 시간을 보상받으려는 듯, 지한이 키스를 주도하고 있었다. 이제야 그의 코에 닿은 민트 향에 지한의 콧방울이 찌푸려졌다. 그의 입안으로 민트 향이 밀려 들어왔다.

흐읍, 지한의 입에서 낮은 신음이 터졌다. 하체가 딱 붙다 보니 아래가 딱딱해졌다. 그것이 그녀의 복부에 눌린 채로 야릇한 감각이 피어올랐다.

키스를 하고, 또 하고 서로의 입술을 참으로 오랫동안 탐했다. 지금 이 순간 키스가 전부인 것처럼 서로의 숨결을 들이마셨다. 한참 만에 지한이 입술을 뗐다. 키스로 상하의 입술이 부풀었다.

"오늘 잠을 못 잘 것 같은데……."

"네?"

"그러니까 싫으면 지금 말해요."

밤새 그녀를 안고 또 안아도 부족할 것 같은 밤이었다. 오늘따라 유난히 밤이 너무 짧게 느껴졌다. 그의 말에 부끄러운 듯 홍조가 그려진 얼굴로 상하가 고개를 저었다. 그리고 어느 때보다 섹시한 음성이 떨어졌다.

"싫지 않아요."

좋다는 말을, 이렇게 잘도 돌려서 하는구나. 그 모습이 귀여웠다.

지한은 타액으로 젖은 입술을 제 입술로 뭉갰다. 짓눌린 입술 사이에서 색정적인 신음이 스몄다. 아, 미치겠다. 좋다. 너무 좋아서, 미칠 것 같았다. 이렇게 달콤한 입술이, 너무 부드러운 입술이, 그리고 섹시한 신음을 흘리는 고운 입술이…….

정말 미치게 좋았다.

츱츱거리며 입술을 탐하던 시간이 얼마나 지났을까. 상하를 번쩍 안아 들고 침대에 눕혔다. 그 위로 몸을 포개어 올라간 지한은 목덜미에 얼굴을 묻었다. 셔츠 속으로 손을 밀어 넣고 이제는 가뿐하게 브래지어를 들어 올리고 가슴을 점령했다.

아, 하고 짧게 상하가 신음을 뱉었다.

"오늘, 각오하는 게 좋을 겁니다."

딱딱하게 솟은 유두를 손가락 사이에 끼워놓고 비틀었다. 천천히 이 밤을 즐기겠다는 듯 얄궂기 그지없었다.

"지한 씨……."

"오늘 잠이 올 것 같지 않으니까."

그렇게 다시 그가 입술을 아래로 찍어 내려갔다. 그토록 그리웠던 그녀의 체취, 달달한 입술, 간헐적으로 흐트러지는 신음, 하나도 빼놓지 않고 모두 좋았다.

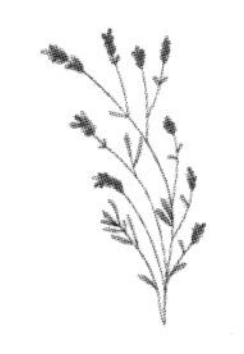

15. 고마워요

누가 먼저랄 것도 없었다. 서로의 손에 의해 옷이 전부 탈의되었다. 그러곤 속옷 차림의 지한이 여전히 상하의 몸을 점령한 상태였다. 상하의 허벅지를 넓게 벌리곤 그 사이에서 그가 상체를 눌렀다. 섹스보다 더 야릇한 기분이었다. 그저 살이 맞닿은 것만으로 흥분할 수 있다는 사실을 깨달으며 지한의 등을 꼭 안았다. 그가 고개를 들어 브래지어 후크를 풀었다. 크지도 작지도 않은 가슴을 양손으로 주무르며 딱딱하게 솟은 돌기를 입에 머금었다.

"하읏, 하아."

상하의 입에서 억눌린 신음이 터졌다. 넓게 벌린 다리로 지한의 허리를 꼭 끌어안았다. 혀를 굴려 돌기를 핥다가, 이내 입속에 넣고 쪽쪽 빨기 시작했다. 그의 입술이 타액으로 번들거렸다. 유두를 한껏 입에 머금은 채로 지한의 시선은 달아오른 상하의 얼굴에 향해 있었다.
"지한 씨……."
나른하게 울리는 저 목소리. 특히나 저를 간절하게 부르는 목소리에 그는 맥을 못 추었다. 잔키스를 찍으며 그의 입술이 아래로 내려왔다. 납작한 배를 붙잡고 제 흔적을 남김없이 남기겠다는 듯 살을 빨아 당기는 야릇한 소리가 아찔했다.
검은 거웃을 지나 그의 입술이 예민한 살덩이에 향했다. 상하의 다리를 M자로 세워놓고 지한이 얼굴을 묻었다. 어딘가 힘껏 입술로 빨아 당기고, 이로 잘근 씹는 생경한 느낌에 상하는 침대 시트를 꽉 쥐었다. 다리가 부들부들 떨렸다. 고통스러운 느낌이 아니었다. 쾌감에 몸을 떨며 상하의 허리가 뒤틀렸다. 치덕거리며 혀가 나뒹구는 소리가 아찔하게 귀에 박혔다. 민망하고 괴상스러운 소리였지만, 분명 자신의 아래가 한껏 젖어 나는 소리였다.
애액을 혀로 휘저으며 비틀렸다. 머리가 어지럽고 눈앞이 아득했다.
"아, 아하……."
고개를 뒤로 젖힌 상하가 몸을 떨었다. 그제야 지한은 드로즈를 벗고 부푼 남성을 꽃잎에 문질렀다. 진입을 시도했다.
"윽."
반쯤 남성을 여성에 밀어 넣은 그가 허리를 튕기듯 앞으로 밀었다. 남성이 전부 여성 안에 들어찼다. 빈틈없이 좁은 곳에 그의 것이 들어찼다.
이제 더 이상 그를 받아들이는 것이 고통스럽기는커녕, 기대가 되었다. 제 위에서 흐트러진 신음을 토해내며 입술을 찾아 뭉개고 점령하는 그의 모습이 너무 좋았다. 그것은 오롯이 자신만이 볼 수 있는 유지한이었다.

상하의 입술에서 미끄러진 지한의 입술이 아래로 미끄러졌다. 하얀 목덜미, 동그란 어깨, 그리고 쇄골 순으로 낙인을 찍었다. 질척거리는 마찰음이 조용한 방 안에 스며들었다.

상하는 손을 뻗어 지한의 등을 어루만졌다. 척추에서 미끄러지듯 내려간 손이 골반을 쓸어내리다 탱탱한 엉덩이를 움켜쥐었다. 조금 더, 가득 채워달라고 부채질을 했다.

"하, 으읏."

"아으윽."

장골까지 맞닿을 기세로 그가 허리를 비틀었다. 척추를 곧게 핀 그가 전율하며 쓰러지듯 무너졌다.

"……두 번 다시 멋대로 헤어지기 없기입니다."

여전히 상하의 상체가 지한에 의해 짓눌린 상태였다. 나직이 들리는 음성에 상하가 고개를 끄덕였다. 대답보다 어쩐지 신음이 먼저였다.

야릇하게 퍼지는 감각. 제 위에서 전율하는 이 남자. 뜨겁게 달아오른 몸. 하지만 채워지는 건, 몸이 아닌 가슴. 그래서 그녀는 더 이상 외롭지 않았다.

코끝이 시큰해졌다. 갑자기 눈앞이 흐릿해졌다. 울컥 감정이 차올라 그의 등을 세게 안았다.

"흐윽……."

보기 흉하게 퉁퉁 부은 눈에서 눈물이 터졌다. 울컥, 하고 터져버린 감정은 주체할 줄 몰랐다. 지한의 손이 부드럽게 눈가를 훔쳤다. 다시 눈물이 맺히자 지한이 입술을 내려찍었다. 보드랍게 눈가에 닿은 그의 입술. 사풋 지한의 입술이 떨렸다.

"괜찮아요."

"……."

"나 여기 있잖아."

되레 웃어 보이는 그 모습에 다시금 눈물이 차오른다. 그가 여기 있다고 말한다. 이제는 다 괜찮다고 말한다. 어쩌면 좋을까, 이렇게 좋아서.

반쯤 밀려나간 살갗이 다시 가득 채워졌다. 지칠 줄 모르고 여린 살결을 헤치고 그가 채워졌다. 찰박거리며 예민한 살이 맞물렸다.

지한이 상하의 등에 손을 넣어 일으켰다. 예민한 곳이 빈틈없이 맞물렸다. 그의 하체 위에서 상하가 어설프게 허리를 움직였다. 지한은 가슴에 얼굴을 묻고 마구 흔들리는 가슴을 손으로 쥐었다. 입술로 가슴을 뭉개고, 딱딱하게 솟은 유두를 이로 씹었다. 곧은 척추를 한 손으로 쥐고 다른 손으로는 엉덩이를 쥐었다.

"하아……."

고개를 들고 지한이 상하를 올려다보았다. 짜릿한 쾌감에 온몸이 부르르 떨렸다. 제 몸 위에서 한껏 허리를 흔드는 제 여자가 사랑스러웠다. 어설프지만, 그 또한 그녀라서 좋았다. 모든 이유는, 언제나 '그녀라서'였다. 이유는 늘 그렇게 단순했다.

"……지한 씨."

"응."

"하아, 지한 씨."

양손으로 지한의 목을 감싸며 상하가 전율했다. 그와 같이 있으면서도 확인받고 싶고, 확인하고 싶은 마음. 자신은 전혀 변하지 않았다고 그가 말하는 것 같았다.

바라보는 시선이, 눈빛이, 손짓이, 참으로 좋았다. 그 눈 가득 자신에 대한 애정이 듬뿍 담겨 있는 것 같았다.

한껏 달아오른 몸이 더웠다. 상하의 이마에 맺힌 땀이 둥근 이마에서 떨어졌다. 얼마나 오랜 시간, 서로의 몸을 탐했는지 알 수 없었다.

쓰러트리듯 침대에 상하를 눕혔다. 넓게 벌린 다리 사이에서 지한의 허릿짓이 빠르게 날뛰었다. 찰박거리는 소리가 어느 때보다 크게 울렸다.

그녀의 가슴에 얼굴을 묻은 채 절정에 달한 그가 몸을 부르르 떨었다. 파도처럼 밀려든 그것이 잠잠해지고 거친 숨소리가 상하의 귀에 들렸다. 기진맥진한 두 사람은 서로의 몸을 포갠 채 서로의 살 내음을 맡았다. 머리카락이 치덕하게 상하의 뺨에 달라붙어 있었고, 온몸에 땀이 맺혀 당장이라도 씻고 싶을 만큼 찝찝했다. 하지만 그 무엇보다 귀에 스미는 그의 숨소리가 너무 좋아 가만히 듣고 있었다. 쌕쌕거리던 숨소리가 평온을 되찾았다.

"벌써 이렇게 지쳤으면서."

땀으로 젖어 치덕한 엉덩이를 만지작거리며 상하가 놀렸다. 숨쉴 때마다 달라붙은 가슴이 오르내리며 더 진득하게 붙었다. 복부부터 아래로 내려와 거웃 안으로 예민한 곳에서 진득한 애액이 흐르는 것이 느껴졌다. 지한이 양팔을 침대를 짚고 고개를 들었다. 키스로 부푼 상하의 입술에 가볍게 내리찍었다. 가벼운 입맞춤이 시작되었다. 지한은 쪽, 하고 입술을 맞추고 다시 쪽쪽거리며 입을 맞추었다. 계속되는 입맞춤에 곡선을 타고 올라간 그녀의 입술에 쪽 하고 입을 맞추다 아랫입술을 빨아 당겼다. 부푼 입술이 타액으로 젖어 섹시했다. 뺨을 쓸어내리는 지한의 손이 어느 때보다 따뜻하게 느껴졌다.

"지쳤어도 상하 씨를 안을 수는 있어요."

"일단 씻고……."

가볍게 지한의 어깨를 미는 상하의 손을 지한이 잡아 침대에 눌렀다. 그러곤 상하의 찍어 누르듯 상하의 목덜미에 키스를 뿌렸다. 하아, 하아, 내뱉는 그의 숨결이 피부에 닿을 때마다 그에게 붙잡혀 있는 손이 꼼지락댔다.

"잠깐……."

"한 번 더 하고."

단호한 목소리였다. 붙잡은 손에 힘이 더해졌다.

"지한 씨."

목덜미를 빨아 당기는 입술이 부드러웠다. 혀를 세우고 이로 잘근 씹어대던 입술이 아래로 향했다. 상하의 손을 붙잡아두었던 손이 동그란 가슴을 주무르며 애무했다. 상하는 더 이상 그를 밀어내지 않고 야트막한 숨을 토해냈다. 혀를 세워 젖꼭지를 짓누르다 입술로 힘껏 빨아 당겼다. 다른 쪽 가슴은 그의 손가락에 의해 뭉개지고 비틀렸다. 야릇한 감각이 피어오르자 그의 등을 꽉 안았다.

"아!"

이런 느낌을 어떻게 설명해야 할까. 아니, 말로 설명할 수 없었다. 형언할 수 없는 감각들이 온몸에 새겨졌다. 그저 좋다는 말로도 부족했다. 지한은 상하의 손을 잡아 복부 아래로 잡아당겼다. 그녀의 손에 닿자 남성이 딱딱하게 부풀었다. 신기하고도, 생경한 감촉이 손바닥에 전해졌다.

"읏."

부지런히 상하의 손이 남성을 애무했다. 미간이 좁혀지며 빛나는 그의 눈동자가 그윽하게 빛나며 파도처럼 일렁였다.

"다리 벌려요."

상하의 귀에 내려온 그의 목소리가 색기 넘쳤다. 부드럽지만 잔잔한 울림. 저절로 상하의 다리가 벌려졌고, 그 안으로 지한의 손가락이 축축하게 젖은 예민한 살덩이를 애무하기 시작했다. 어딘가를 손으로 마사지하듯 살덩이를 누르며 돌리던 손이 꽃잎 입구를 지분거리다 밀고 들어왔다. 끝까지 밀고 들어간 손가락이 비틀리며 직진과 후퇴를 반복했다. 다른 손으로는 클리토리스를 문질렀다.

"……아."

흐으읏.

거친 숨을 토해내며 상하가 전율했다. 발끝까지 전해진 짜릿함에 정신을 차릴 수가 없었다. 단정하고 깔끔한 모습 내면에 이런 모습을 감추고 있을 줄이야. 야수로 돌변한 그는 벌써 달아오르는 듯했다. 둥근 이마부터 그의 입술이 차례로 내려앉았다. 콧방울, 양 볼, 턱선을 따라 자잘한 키스를 뿌리던 입술이 상하의 입술을 덮쳤다. 서로의 입안에 신음을 토해내며, 다시 뜨겁게 공기가 무르익었다.

평소보다 일찍 눈이 떠졌다. 저에게 몸을 돌려 잠든 지한의 얼굴을 사랑스럽게 바라보던 상하는 조심스럽게 침대에서 내려왔다. 아무렇게나 어질러진 옷가지 틈에 속옷과 옷을 주워 입고 욕실로 들어갔다. 찬물로 세수를 하고 나오자 잘빠진 그의 뒤태가 상하의 눈에 들어왔다. 그는 정말 밤새 상하가 자도록 내버려두지 않았다. 잠결에 상하가 뒤척이면 몸 위로 올라와 키스를 퍼붓고 예민한 곳을 손가락으로 문질렀다. 눈이라도 마주치면 사악하게 웃으며 상하를 그의 몸 위로 들어올렸다. 몇 번이고 반복된 격렬한 섹스에 근육이 비명을 질렀다. 헤어져 있던 시간을 견딘 것이 용할 만큼 그는 거리낌 없이 몇 번이고 상하를 덮쳤다. 앞으로 이런 식이면, 먼저 지쳐 상하가 쓰러질지도 몰랐다.

주먹으로 어깨를 두드리며 상하는 주방으로 갔다. 그가 일어나기 전 간단하게 먹을 아침을 준비할 생각이었다. 냉장고를 열어 내용물을 살폈다. 재료를 꺼내 손질하곤, 식빵 위에 햄과 야채를 올려 토핑을 마쳤다. 하나를 더 만들어 접시를 옆에 두고, 그를 막 깨우려고 몸을 비튼 순간이었다. 뒤에서 와락 지한이 상하의 허리를 껴안았다.

"일어났어요?"

"아침은 샌드위치네요."

그의 입술이 사뿐히 상하의 목덜미에 내려앉았다.

"네. 커피 탈게요. 앉아 있어요."

"난 지금 샌드위치 말고 다른 게 급해졌는데."

묻지 않아도 그가 말한 것이 무엇인지 상하는 알 수 있었다. 상하의 뒤에 그의 몸이 딱 달라붙음과 동시에 엉덩이 근처에 생경한 느낌이 들었다. 그의 손이 그녀의 셔츠 안으로 들어와 브래지어를 가뿐히 들고는 가슴을 문질렀다.

"아침부터……."

"벌써 속옷까지 다 입은 겁니까."

"벌, 벌써라뇨."

한 손으로는 돌기를 비틀고 다른 손으로는 추리닝 바지 안을 파고들었다. 거웃을 부드럽게 쓸고 내려간 손이 예민한 살덩이를 애무했다. 상하는 저절로 다리를 벌렸다. 그렇게 시작된 야릇한 애무에 상하는 싱크대를 잡고 앓는 신음을 흘렸다.

"아, 아……."

"그렇지."

후우, 내뱉은 뜨거운 숨이 상하의 귓바퀴를 간질였다. 그의 입술이 상하의 귓불을 핥다 빨아 당겼다. 싱크대를 붙잡고 겨우 지탱하던 상하의 손에 힘이 들어갔다. 두 다리가 사시나무 떨듯 덜덜 떨렸다. 상하가 고개를 돌리자 그녀의 입안으로 말캉한 혀가 들어왔다. 상하는 고개를 그에게 더 돌려 키스에 응했다. 입술 안을 핥듯이 쓸고 지나가곤 천장을 훑었다. 그의 혀를 붙잡으려고 안달 난 듯한 상하의 혀를 뒤로 제치고 말캉한 혀에 되레 잡혔다.

"으음."

옴짝달싹 못하게 휘감던 혀가 다시 부드럽게 상하의 입안을 훑었다. 타액이 엉키고 숨결이 차오르고, 혀가 뒤섞였다. 내뱉는 숨이 가느다랗게 떨렸다.

"못됐어, 정말."

싫지 않은 얼굴로 앙탈을 부리는 상하에게 답해주듯 지한이 돌기를 엄지로 지그시 눌렀다. 꽃잎을 애무하는 지한의 손가락이 질척하게 젖어들었다. 흥분해 달뜬 상하의 눈이 반쯤 풀렸다. 지한은 바지와 함께 속옷을 아래로 끌어당겨 종아리에 걸쳐두었다. 골반을 뒤로 빼내곤 엉덩이 사이를 가르곤 부푼 분신을 밀었다.

"아, 흑."

낮게 신음하며 지한의 하체가 멈추었다. 남성을 끝까지 밀어넣곤 다시 숨을 골랐다. 상하의 가슴이 저절로 싱크대에 납작 엎드려지고, 엉덩이는 길게 빼낸 상태였다. 그와 키가 맞지 않아 발꿈치를 들었다. 예민한 곳이 제대로 맞물렸다. 지한은 천천히 엉덩이를 뒤로 빼냈다가 남성을 끝까지 밀어 넣었다. 다른 체위라 그런지 흥분은 배가되었다. 밤새 그녀를 안고 안았음에도 그녀 앞에선 짐승이 되어버린다. 이를 어쩌면 좋을까. 이젠 그녀가 아닌 다른 여자는 눈에 차지 않을 것 같다. 평생 그녀만 안고 싶었다.

잠들기 전에 한 번, 새벽에 깨서 한 번, 욕실에서 한 번, 식사하기 전에 한 번, 식사를 다 한 후 한 번…… 그렇게 셀 수도 없는 많은 순간 속에서 그녀를 독차지하고 싶었다.

유지한. 제대로 미쳤다, 미쳤어.

인정하는 지한의 입술이 말려 올라갔다.

질척거리는 마찰음이 크게 울렸다. 흐르는 땀이 더해져 유난히 야한 소리였다. 싱크대를 붙잡고 버티던 상하의 다리가 안으로 모아졌다. 골반을 잡던 지한의 손이 아래로 미끄러져 내려가며 음핵을 애무했다. 상하의 입에서 야릇한 신음이 연신 터졌다. 티셔츠를 위로 걷어 올리곤 등줄기를 따라 키스를 뿌렸다. 자잘하지만,

더없이 부드러운 입맞춤이었다. 엉덩이 골까지 내려온 입술이 멈추자 지한이 꽃잎에서 남성을 빼냈다. 그러곤 식탁 의자에 다리를 벌리고 앉았다. 아직까지 거친 숨을 토해내던 상하는 제 허벅지를 툭툭 치는 그의 모습에 가까이 다가갔다. 그의 무릎 위로 포개어 앉아 남성을 꽃잎에 넣었다. 어느 때보다 남성이 깊숙이 자리 잡은 느낌이었다. 지한은 양손으로 상하의 등허리를 받쳤다. 상하의 양손이 지한의 어깨를 짚고는 엉덩이를 움직였다.

아, 아흣, 뜨거운 신음을 흘리면서.

더없이 아름답고, 섹시하고, 고혹적인 움직임이었다. 흐트러진 머리와 반쯤 내려앉은 눈동자, 홍조가 진 얼굴. 지한은 상하의 등을 꽉 안았다.

"아, 미칠 것 같아……."

그녀의 귀에만 들리도록 작게 속삭인 음성에 상하의 허리가 관능적으로 움직였다. 가는 등을 꼭 끌어안자, 서로의 가슴이 부딪쳤다. 둥근 가슴이 상하의 허릿짓에 예쁜 곡선을 그리며 출렁였다.

"지한 씨."

"다시 불러줘요."

"지한 씨……."

아흣, 상하의 신음을 지한이 집어삼켰다. 아침부터 시작된 격렬한 몸짓은 뜨겁게 무르익고 있었다. 지칠 줄도 모르고, 힘든 줄도 모른 채, 서로가 주는 쾌감에 달아오른 몸짓은 절정을 향해 달려가고 있었다.

"윽, 잠깐."

상하의 골반을 잡고 그가 눈을 감았다 떴다. 후우, 낮은 숨을 내쉬던 그가 상하의 허리를 일으켜 세웠다. 그 후 식탁에 상하를 엎드리게 하곤 허벅지 사이로 다시 남성을 밀었다. 예민한 살갗이 부딪치는 소리가 절정에 달했다. 상하의 등 위로 그가 무너졌다. 뒷목에 키스를 뿌리며 하는 허릿짓이 거칠어졌다. 상하는 제 몸을 누르며 절정에 달한 그의 움직임을 고개를 돌려 바라보았다. 고개를 들어 천장을 바라보는 날렵한 턱선에서 내려와 근육들이 잡혀 있는 군더더기 없는 몸은 여자라면 한 번쯤 안겨보고 싶을 정도로 멋있었다. 예전엔 미처 하지 못한 생각들을, 그와 마음을 나누고 사랑을 나누며 느끼게 되었다.

거칠게 밀려드는 그의 허릿짓에 상하는 기진맥진하며 숨이 흐트러졌다. 그가 몸을 부르르 떨자, 상하의 다리 사이로 진득거리며 뭔가 흘렀다. 상하의 눈꺼풀이 파르르 떨렸다. 등 뒤로 내려온 지한이 상하의 귓불을 살짝 깨물었다.

"상하 씨."

"하……."

숨을 고르느라 상하는 대답하지 못했다. 겨우 상체를 일으키자 다리가 후들거려 지한의 품에 풀썩 안겨버렸다. 지한은 상하를 가볍게 안아 들고는 욕실로 들어갔다.

"샤워하다가 또 해도 좋아요."

"지한 씨."

"샌드위치 먹고 시간 남으면 또 해도 좋고."

그러니까 결국 이 집에서 나가기 전, 또 그녀를 안을 생각이었다. 공포에 질린 눈으로 그를 바라보던 상하는 결국 욕실 안에서 그에게 지고 말았다.

헤어져 있던 시간들의 그리움을 토해내듯, 그는 몇 번이고 그녀를 안고 쓰러지듯 무너졌다. 손길 하나에도, 눈길 한 번에도 사랑이 묻어나 상하의 가슴을 빈 공간 없이 가득 채워주었다. 몇 번이고, 몇 번이나.

겨우 샌드위치와 커피로 아침을 먹고 그를 보냈다. 또다시 그는 집에 있으란 말로 당부했다. 알았다고 고개를 끄덕이고, 그는 일찍 퇴근하고 집으로 오겠다고 했다. 그가 나가기 전 외투 안주머니에서 봉투 하나를 상하에게 건넸다. 가게에 갔을 때 바닥에 떨어져 있었다. 너무 정신이 없는 상황이었던지라 누가 흘리고 간 것인지, 찾을 방법이 없었다. 그녀에게 지한이 조심스럽게 말을 꺼냈다.

'상하 씨 동생이 떨어뜨린 것 같습니다만.'

그제야 상하는 성호가 왜 가게로 연락도 없이 찾아왔는지 알 것 같았다. 봉투는 꽤 두둑했다. 안엔 만 원짜리 지폐가 가득 있었다. 고민하던 상하는 휴대폰 연락처에서 성호의 이름만 바라보았다. 어제 가게에서 난동 부리던 미연을 보았으니 성호의 마음이 편치 않을 것이다. 더군다나 알게 모르게 차별하는 걸 알고 그러지 말라고 언질을 준 것도 여러 번이었지만, 이렇게까지 심할 줄은 꿈에도 상상하지 못했을 것이다. 고민하는 사이 휴대폰 액정이 꺼졌다. 다시 화면을 터치하려던 순간이었다. 휴대폰이 몸을 부르르 떨었다. 발신인은 성호였다.

"응, 성호야."

상하는 성호를 부르곤 기다렸다. 전화가 너머는 쥐 죽은 듯 고요했다. 다시 한 번 성호를 부르려는데.

–누나.

성호가 힘겹게 말을 꺼냈다.

"응."

그러곤 한참 서로 말이 없었다. 숨소리를 듣는 것만으로도, 목소리를 듣는 것만으로도 충분히 성호가 어떤 기분인지 상하는 짐작이 갔다.

–미안해. 내가 달리 할 말이 없어.

"미안할 것 없어. 미안해하지 마."

성호의 잘못이 아니기에 상하는 자책하지 말라고 했다. 너무 착한 동생, 늘 자신에게 미안해하던 동생, 반듯하고 듬직하게 커버린 동생.

–다시는 어머니가 누나한테 연락할 일은 없을 거야. 아버지가 어머니 휴대폰을 박살 내버렸거든.

"……."

그 한마디로 어제 집안에 얼마나 큰 폭풍이 몰아쳤는지 알 것 같았다.

–한 번만 더 누나한테 찾아가서 괴롭히면, 이혼할 거라고 아버지께서 으름장을 놓으셨어. 그리고…….

상하는 숨죽여 성호의 말을 듣기만 했다.

–어머니가 터무니없는 요구를 누나에게 했다고 들었어. 그것 때문에 누나가 얼마나 힘들었는지 알았고. 나 때문에 누나가…….

"아냐. 성호야."

–누나가 애인과 헤어지고 얼마나 힘들었을까.

흐느낌이 전화기 너머로 들렸다. 상하는 가슴이 아팠다. 상하의 눈에도 눈물이 맺혔다.

–다시는 누나한테 짐이 되지 않을게. 그러니까, 애인과 다시 만나. 이렇게 헤어져버리면 내가 나중에라도 누나 볼 면목이 없잖아.

"……."

–그러니까 누나 행복만 생각해.

눈에 맺힌 눈물이 뺨을 타고 흘러내렸다.

"가게에 봉투가 하나 떨어져 있던데……."

–얼마 전까지 하던 알바 그만뒀거든. 이제 취업에 힘쓰려고. 그랬더니 사장님께서 상여금이라고 하시면서 더 얹어 주셨어. 누나 예쁜 옷 한 벌 같이 사러 가려고 했었는데 그 돈이 가게에 떨어졌구나.

"성호야."

–그러니까 예쁜 옷 사 입고 애인 다시 잡아, 더 늦기 전에.

목이 메어 말이 나오지 않았다. 이미 다시 만났다고 성호를 안심시켜주고 싶은데, 목소리가 나오지 않았다.

"너 누나 다시 안 볼 거야? 흐윽."

–내가 어떻게 누나를 다시 봐. 무슨 염치로.

"염치라니. 무슨 말을……."

–누나.

"다시는 그런 말 하지 마. 그럼 누나 화낸다."

눈물을 닦아낸 상하의 눈이 퉁퉁 부었다. 성호와 이렇게 얘기하고 나니 속이 시원해졌다. 제 선에서 해결한다고 했지만 결국, 고모부와 성호에게 상처를 안겨준 꼴이 되고 말았다. 성호는 수업

있다며, 울먹이는 목소리로 전화를 끊었다. 10분 남짓한 통화로 인해, 상하의 가슴이 한결 가벼워졌다. 미연은 두 번 다시 보고 싶지 않지만, 성호와 고모부만큼은 놓고 싶지 않았다. 외롭고 쓸쓸했던 유년 시절, 자신을 진심으로 아껴주었던 가족이었으니까. 열어둔 창문으로 바람이 불었다.

가게 문을 열고 안으로 들어간 상하의 눈이 커졌다.

"어?"

마치 어제 아무 일도 없었던 것처럼 가게 안은 말끔하게 정리가 된 모습이었다. 깨진 화기도, 화분도, 유리 파편과 흙으로 뒤덮였던 바닥은 언제 그랬냐는 듯 깨끗했다. 모양과 크기는 다르지만 원래 있던 자리에 화기와 꽃이 있고, 사이드로 화분이 배치되어 있었다.

마치 새로 오픈하는 가게를 보는 것 같은 기분을 느꼈다. 대충이라도 정리해야 가게를 열 수 있었기 때문에 걸음을 했지만 괜한 짓을 한 모양이었다. 그녀의 마음을 알고 누군가 가게 내부 정리를 마쳐놓은 것이다.

이 남자 정말 안 되겠네…….

딱 한 사람뿐이 떠오르지 않았다. 누군지 알 것 같기에, 상하의 가슴이 뭉클해졌다. 정리하기까지 꽤 힘들었을 텐데. 혼자 하기 버거웠을 텐데. 꽃과 화분을 모두 준비해놓아서 당장이라도 영업을 해도 손색이 없을 정도였다. 그러니까 그가 가게에 떨어뜨린 물건은 애당초 없었던 것이다. 그저 가게에 오기 위해 구실이 필요했을 뿐. 세심한 배려에 상하의 코끝이 시큰해졌다.

가방에서 휴대폰을 꺼낸 상하는 지한의 이름을 찾았다. 숨을 고르곤, 통화를 시도했다.

–상하 씨.

저를 부르는 그의 목소리에, 상하는 목이 메어 대답을 할 수가 없었다. 그는 어떤 기분으로, 어떤 마음으로 가게를 정리했을까. 문득, 그 생각이 떠올랐기 때문이었다. 아마 저에게 아수라장이 된 가게를 두 번 다시 보게 하고 싶지 않았기 때문에 그가 손을 걷어붙였을 것이다.

–무슨 일 있습니까.

다시 들려온 목소리가 꽤 다급했다. 상하는 눈가를 훔치곤 숨을 내쉬었다.

"일은요. 잠깐, 지한 씨 목소리가 안 들렸어요."

–난 또 무슨 일 있는 줄 알고.

후, 하고 안도의 한숨이 상하의 귀에까지 스몄다.

"지한 씨."

–말해요.

"간만에 가게도 문 닫고, 할 일이 없어졌는데 나가서 맛있는 저녁 먹어요."

–일찍 퇴근하고 데리러 갈게요.

"운전, 조심해서 와요."

상하의 입가에 미소가 번졌다.

–후우. 퇴근 시간까지 어떻게 참지?

"……."

–당신 목소리 들으니까 당장 달려가고 싶잖아.

미치겠네, 혼잣말하는 목소리가 애가 타 섹시하게 녹아들었다. 이렇게 저에게 푹 빠져, 인내심 없어진 그의 모습은 새로웠다. 예전엔 그와 이런 관계를 생각하지도 못했었다. 그와 사랑에 빠지고, 연애를 하고, 몸을 섞었다. 유지한이란 남자로 인해 자신이 변했다.

"나도, 보고 싶어요."

말하는 입술이 살풋 떨렸다. 그 떨림을 오래 간직하고 싶었다. '일찍 퇴근하려면, 빨리 일 끝내야겠군요. 이따 봐요.' 아쉬운 목소리로 말하며 전화를 끊었다.

그와 다시 이렇게 웃는 얼굴로 마주 보고, 사랑을 속삭일 수 있어서 어느 때보다 행복했다. 두 번 다시 미연이 저를 찾아올 일도, 연락할 일도 없어졌다. 그동안 미연에게 받은 상처의 세월이 한순간에 사라지지는 않겠지만 홀가분했다. 가슴에 새겨진 진한 멍울이 사라지는 기분이었다.

미연은 왜 그렇게까지 저에게 못되게 했을까, 원망이 들었다. 친자식처럼 사랑을 주지는 못해도 미워하지는 말지.

그리하여 결국 정현도 성호도 상처를 받았다. 죄 없는 성호가 저에게 고개도 들지 못하고 울먹거리고 정현 또한 연락도 없었다. 미안하고 죄스러운 마음 때문이겠지.

"후……."

깊은 한숨이 입에서 흘러나왔다. 시간이 지나고 언젠가 정현과 성호와 웃으면서 다시 볼 수 있을 날이 상하는 올 것이라고 믿었다.

두 사람은 저녁 식사를 하고 카페로 옮겼다. 혹한 밤바람을 피해 카페로 들어온 두 사람은 마주 잡은 손을 놓지 않았다.

"지한 씨, 어떤 거 마실래요?"

"나는……."

"아메리카노?"

지한의 말허리를 자르고 상하가 대뜸 말했다. 지한은 커피를 마실 생각이 없었음에도, 상하의 말에 고개를 끄덕였다. 상하는 카운터로 가서 따뜻한 아메리카노 두 잔을 주문했다. 카페 내에 손님이 없어 주문한 커피는 금방 나왔다. 상하는 머그잔을 움켜쥐곤 몸을 녹였다.

"내일은 가게 열어야 할 것 같아요."

아무것도 모르는 척, 상하가 말을 꺼냈다.

"가게를 옮기는 건 어때요?"

"네?"

생각지도 못한 제안에 상하의 눈이 커졌다.

"또 안 좋은 일이 생기면 어쩌나 싶어서."

걱정하는 그의 마음이 그대로 느껴졌다. 상하는 지한의 손등 위로 제 손을 겹쳤다.

"걱정 말아요."

"그래도."

자신이 없을 때 나쁜 일을 생기면, 보호해줄 수도 없었다. 지한은 그게 제일 걱정이었다. 또다시 그녀의 고모란 여자가 나타나 상하를 괴롭히면 어쩌나 싶었다. 그녀가 원한다면 가게를 옮길 수 있도록 알아봐줄 수도 있고, 인테리어까지 모두 자신이 해줄 수 있었다. 그녀가 손만 뻗으면 뭐든 다 해줄 수 있으나, 그녀는 자신의 도움을 원하지 않았다.

"이미 나는 새 가게를 오픈한 것 같은 기분인데요."

"……."

"난 여기까지면 돼요."

"상하 씨."

지한은 손을 뒤집어 상하의 손을 마주 잡았다.

"당신이 이렇게 내 옆에 있잖아. 그거면 돼요."

정말 세상을 다 가진 기분이다. 이 남자가 없던 세상은 칠흑처럼 어두웠는데, 그가 옆에서 이렇게 손을 잡아준 것만으로 뭐든지 다 할 수 있을 것 같은 용기가 생긴다. 세상이 온통 핑크빛이고, 반짝반짝 물들었다. 이게, 사랑인가 보다.

"당신 때문에 정말."

지한은 못 말리겠다는 듯 허탈한 표정을 그렸다. 마주 잡은 손이 서로의 온기로 물들었다.

"아까, 동생한테서 전화 왔었어요."

조심스럽게 말을 꺼내놓으며 상하는 지한의 표정을 살폈다. 그는 아무 말 없이 상하의 말을 듣고 있었다. 커피를 한 모금 마신 뒤, 상하가 다시 말을 이었다.

"다시는 고모가 날 찾아올 일도, 연락할 일도 없을 거라고 하더라고요. 사달이 나긴, 아주 크게 났나 봐."

"마음이 편하지는 않다는 거 알아요. 아는데."

지한의 말허리를 자른 상하가 결심을 굳힌 얼굴로 대답했다.

"내가 먼저 고모를 찾아갈까 봐 염려하는 거라면, 그러지 않아도 돼요."

"……."

"그럴 생각은 없으니까."

"……."

"단지, 고모부와 동생을 떠올리면 가슴이 아파서요."

희미하게 번진 상하의 시선이 지한의 얼굴로 향했다.

"그때, 다 봤죠?"

지한은 상하가 무엇을 물어보는지 알았다.

"고모가 나한테 하는 짓."

"그때 정말 당장 뛰어 들어가고 싶었는데 간신히 참았습니다."

뒤늦게 속마음을 털어놓는 지한의 표정이 지켜볼 수밖에 없었던 참담한 심정을 대신하고 있었다.

"참아줘서 고마워요. 그리고 아무것도 물어보지 않아서 고마워요. 그리고."

다시 상하의 코끝이 시큰해졌다. 상하는 잠깐 말을 마치고, 입을 열었다.

"엉망이 된 가게를 두 번 보지 않게 해줘서 고마워요."

그에겐 온통 고마운 것뿐이었다. 단 한 가지도 고맙지 않은 것이 없었다. 나열하면 끝도 없었다. 밤을 새워도 모자랐다.

"나도 고맙습니다."

"뭐가요?"

"이렇게 다시 나한테 와줘서 고마워요. 먼저 얘기해줘서 고맙고."

상하의 한쪽 뺨을 매만지는 지한의 눈에 사랑스러움이 가득 담겨 있었다. 안 좋은 일을 당했음에도 애써 이렇게 저를 향해 웃어주는 것 또한 고마웠다.

"사랑해요."

그녀의 고백에 지한이 상체를 앞으로 내밀었다.

"이렇게 사랑한다고 말해줘서 고마워요."

상하의 입술 위로 지한의 입술이 포개졌다. 어느 때보다 상하의 가슴이 벅차올랐다. 그로 인해 느끼는 감정들, 순간들, 시간들이 너무 소중했다.

내가 더 사랑해요, 내가 더 고맙고요.

속으로 읊조리며 상하는 그의 뺨을 감쌌다.

16. 사랑해요

몇 번이고 거울로 상하는 제 모습을 살폈다. 헤어스타일부터 화장, 옷매무새까지 이미 여러 차례 확인했음에도 마뜩잖았다. 이미 지한은 회사에서 출발했고, 곧 있으면 도착할 시간이었다. 왠지 모르게 긴장되었다. 심장이 밖으로 튀어나올 것만 같았다.

그때였다. 가게 문이 열리면서, 지한이 안으로 들어왔다.

"지한 씨."

"오래 기다렸습니까."

지한의 물음에 상하가 고개를 저었다.

"오늘 나 어때요? 조금 이상하지 않아요?"

"이상하긴요. 누가 보면 선보러 가는 줄 알겠습니다."

지한의 가벼운 놀림에 긴장했던 상하의 마음이 한결 가벼워졌다. 오늘 상하는 옷차림이나 화장 모두 꽤 신경을 쓴 상태였다. 평소 잘 입지 않은 무릎까지 내려오는 원피스를 입고 베이지색 코트 차림이었다. 옷에 어울리는 검정색 하이힐 덕분에 지한과 마주 보는 시선이 편안하게 느껴졌다. 머리는 단정하게 하나로 올려 묶었으며 화장도 신경 써서 했다.

"내 눈에만 예뻐 보이면 되지."

"지한 씨."

"갈까요?"

지한이 손을 내밀었다. 상하는 그가 내민 손을 맞잡고 가게에서 나왔다. 오늘은 지한의 여동생을 소개받기로 했다. 며칠 전, 그의 동생이 상하를 궁금하다고 한 모양이었다. 꽃집을 운영하는 특성상 시간도 저녁에 잡았다. 때문에 상하도 가게를 한 시간 정도 앞당겨 문을 닫았다. 그의 동생은 어떤 사람일까? 들은 것은 전날에 '뽕 브라' 뿐이 없었다. 그렇게 그와 동생을 연인으로 오해하고, 그를 나쁜 남자로 몰아갔던 지난 시간들이 멀게만 느껴진다. 돌이켜 생각해보니 어느새 추억이 되었다. 이렇게 웃으면서 지난 시간을 떠올릴 수 있으니 이것 또한 행복했다. 핸들을 잡지 않은 지한의 다른 손이 상하의 손을 잡았다. 긴장하지 말라고 다독여주는 것 같아 마음이 평온해졌다.

꽃집에서 그리 멀리 떨어지지 않은 한식당 앞에 차를 주차하곤 두 사람은 직원의 안내에 따라 방으로 옮겼다. 채아가 먼저 식당에 도착한 모양이었다. 신발을 벗고 방문을 열자 채아가 자리에서 일어났다. 그리고 상하에게 먼저 인사를 건넸다.

"안녕하세요. 유채아예요."

상냥하게 인사를 건네며 채아가 손을 쭉 뻗었다. 채아와 악수를 하곤 상하도 제 소개를 했다.

"이상하라고 합니다. 만나서 반가워요."

"저야말로 너무 반가워요."

감격스럽다는 표정으로 말하던 채아의 시선이 지한에게 향했다. 요새 계속 야근이다 출장이다 하며 집을 외박하는 일이 잦다 싶더니 오빠에게 애인이 생긴 걸 뒤늦게 알았다. 그 사실에 채아는 진심으로 뛸 듯이 기뻤다. 그래서 지한에게 여자 친구를 소개해달라고 부탁했다. 제 오빠가 제대로 빠진 여자가 어떤 사람인지 궁금한 탓이었다. 눈으로 보니 알 것 같았다.

세 사람은 인사를 나누고 자리에 앉았다. 미리 예약한 식사가 테이블에 가득 채워지기 시작했다.

"언니 꽃집 한다고요?"

"네."

통성명을 하고 채아보다 상하가 한 살 위라는 것을 알고 채아는 곧장 상하에게 언니라는 호칭을 썼다. 부담스럽긴 하지만, 먼저 살갑게 다가오는 사람을 밀어낼 수도 없었다. 거기다 상하가 말을 할 때마다 눈을 반짝이며 경청하는 모습은 정말 사랑스러울 정도였다.

"어디 꽃집이에요? 저도 한번 놀러 갈게요."

"네가 왜?"

채아의 말에 지한이 트집을 잡았다. 특유의 친밀함으로 상하에게 먼저 다가갈 줄 알았지만 이렇게 급속도로 두 사람이 친해질 줄은 몰랐다. 기분 좋긴 하지만, 저에 대해 그녀에게 무슨 말을 할까 걱정이 되었다. 이를테면, 일전에 술이 떡이 되어 거실에서 잠들었다는 것은 그녀에게 숨기고 싶었다.

"왜긴, 우리 회사도 꽃집 거래하거든. 안 그래도 거래처가 별로라 바꿀 생각이었는데 잘됐지, 뭐."

"미리 거래처를 바꿀 생각이었다면 고맙지만 일부러 거래처를 바꾸거나 그러지 않아도 돼요."

"언니 명함 있으면 하나 주실래요?"

상하는 지갑에서 가게 명함을 꺼내 채아에게 건넸다. 여전히 지한은 탐탁지 않은 시선으로 채아를 바라보고 있었다.

"곧 있으면 제 친구들도 결혼하는데, 부케는 언니한테 부탁하면 되겠네요. 친구한테 선물도 할 겸."

"드레스 사진만 보여주면 어울리는 부케 만들 수 있어요."

"정말요?"

"그럼요, 미리 말해주면 준비해놓을게요."

어느새 지한을 빼고 두 사람이 주거니 받거니 대화를 자연스럽게 이어나가고 있었다. 언제 긴장했냐는 듯, 상하의 표정은 편안해 보였다.

"나 잠깐 전화 좀 받고 올게."

걸려 온 전화로 인해 지한이 자리를 비웠다. 그럼에도 두 사람은 전혀 어색함이 없었다. 주로 대화를 이끌어나가는 쪽은 채아였고, 채아의 말을 상하는 끝까지 경청했다.

"언니, 좋은 사람 같아서 안심했어요."

"채아 씨."

"오빠가 지독한 워커홀릭이라, 잠깐이라도 여자에게 눈을 준 적이 없었거든요. 그래서 어떤 사람일까 궁금했고요."

"저보다 지한 씨가 더 좋은 사람이에요."
채아의 칭찬에 상하가 예쁘게 웃으며 말했다.
"오빠가 언니에게 왜 푹 빠졌는지, 알 것 같아요."
"……."
"우리 오빠랑 참 잘 어울려요."
"고마워요, 채아 씨."
채아와 상하가 마주 보며 미소를 그렸다. 이렇게 그에게 더없이 좋은 동생이 있어서 조금 부럽다는 생각이 들었다. 그의 가족들은 다 좋은 분들이었다. 삐삐 엄마와 오늘 처음 본 그의 동생까지. 보고 있노라면, 가슴이 따뜻해지는 기분이 들었다. 지한과 어딘가 닮은 것 같으면서도 달라 보이는 채아는 그녀에게도 좋은 동생이 될 것만 같았다.
"미안, 전화가 길어졌네."
뒤늦게 자리로 돌아온 지한이 상하의 옆자리에 앉았다. 아까보다 더 화기애애해진 분위기를 느낀 지한의 시선이 상하에게 향했다. 상하는 말없이 그저 식사를 할 뿐이었다.
"나 언니랑 잘 맞는 것 같아. 앞으로 친하게 지내려고."
"뭐?"
"담엔 오빠 어릴 적 사진 보여주기로 했어."
"야, 유채아."
지한의 표정이 삭막하게 굳었다.
"나도 보고 싶어요, 지한 씨."
한술 더 뜨는 상하의 행동에 지한은 할 말을 잃었다. 이렇게 빨리 친해져버린 두 여자를, 허탈하게 바라보는 그의 얼굴에 미소가 번졌다. 밝게 웃는 채아의 모습이 오랜만이었다. 또한 저와 채아가 아무 생각 없이 마주 보며 웃는 것 또한 오랜만이었다. 아버지가 돌아가시고 어머니까지 요양원 신세를 지게 되면서부터 대화가 사라졌다. 다정한 성격이 아니라 힘들어하는 채아에게 어떻게 위로해야 할지 막막해, 살가운 말 한마디 해본 적이 없었다. 그런데 이젠 다시 마주 보며 웃을 수 있게 되었다. 힘들었던 지난 시간들은 다 묻어둔 채, 이제야 비로서.

이런 것도 좋네.

제 가족에게 사랑하는 여자를 소개해주는 일. 별거 아니라고 생각했는데 가슴이 벅차올랐다. 이게 뭐라고 이렇게 좋을까. 아니, 이렇게 좋아도 되는 걸까. 상하를 마음에 들어하는 채아도, 그런 채아를 허물없이 받아주는 상하도 모두 좋았다.

지한이 생각했던 것보다 더 화기애애한 분위기 속에서 저녁 식사를 마쳤다.

"그럼 전 먼저 가볼게요. 오빠는 언니 데려다주고 와."

채아가 미리 언질하지 않아도 그렇게 할 생각이었다. 지한은 고개를 가볍게 끄덕이곤 운전석 문을 열어주었다.

"운전이나 조심해라."

"언니도 조심히 가세요. 다음에 또 봬요."

"오늘 즐거웠어요."

손을 흔들며 인사하는 상하의 말에 채아가 빙긋 웃었다.

"저도요. 그럼 갈게요."

예의 바르게 인사하곤 채아가 운전석으로 몸을 감추었다. 하얀색 승용차가 두 사람 앞을 지나갔다. 그제야 두 사람이 차에 타고 출발했다. 어느덧 주변이 어둑해져 있었다. 늦은 저녁 식사가 두 여자의 수다로 인해 길어진 덕분이었다. 이젠 운전할 때도 지한의 손은 상하의 손을 잡는 것이 익숙해졌다. 상하는 제 손 위로 겹쳐진 지한의 손을 바라보다 입을 열었다.

"채아 씨 참 밝고 명랑하네요. 닮고 싶은 면이에요."

"저 덜렁이를 닮고 싶다고요?"

"네? 덜렁이요?"

반문하는 상하에게 지한이 닮을 가치도 없다는 듯 고개를 저었다.

"그러니까 닮고 싶다는 생각은 꿈에도 하지 말아요."

"난 그저 밝고 명랑한 성격만……."

자신과 정반대의 성격을 가진 채아는 스스럼없이 낯선 사람에게 다가간다. 대화를 주도하고, 잘 웃는다. 그런 모습이 상하에게 부러움으로 다가왔다.

"난 지금 상하 씨 모습 그대로가 좋아요."

"지한 씨."

마주 잡은 손을 지한이 힘주어 꼭 잡았다.

"어딘가 모자라도 돼요. 그런 모습조차 사랑스러울 테니까."

상하의 얼굴이 붉어졌다. 조금 낯간지러운 말이긴 하나, 싫지는 않았다.

"모자란 부분은 서로 채워주며 맞춰가는 겁니다."

"네."

상하가 수줍은 얼굴로 대답했다. 그와 잡은 손을 들어 올려, 그의 손등에 입 맞추었다. 이렇게 좋은 사람이 제게 와줌에 진심으로 감사했다. 그녀의 입술이 떨어져 나감과 동시에 팔이 쭉 당겨졌다. 이번엔 지한이 상하의 입술에 입 맞추었다. 입술을 맞댄 채 사랑스러운 시선이 상하의 얼굴에 닿았다.

언제 눈이 내려도 이상하지 않은 겨울이 성큼 다가왔다. 매서운 바람이 코끝을 스치고 얼굴을 덮쳤다. 요양원 건물 안으로 들어가서야 상하는 여몄던 코트 단추를 풀었다. 지하식당 및 접객실에 한참 꽃꽂이를 마치고 나서야 상하는 2층으로 올라갔다.

"저 왔어요."

문을 열고 안으로 들어가자 삐삐 엄마가 그녀를 반기며 버선발로 뛰어왔다.

"언니, 언니."

어린아이처럼 신난 얼굴이었다.

"실내라고 해도 옷 따뜻하게 입으셔야 해요. 감기 걸려요."

옆에 놓인 카디건을 입혀주고는 다 됐다, 하고 허리를 폈다.

"어머니 며칠 전에 염색하셨는데, 어때요?"

김순재가 다가와 까맣게 변한 삐삐 엄마의 머리를 보며 흡족한 얼굴로 물었다.

"10년은 더 젊어 보이세요."

"그렇죠? 누구 솜씨인데, 호호."

만족스러운 대답에 김순재가 '어머니, 10년은 더 젊어 보인대요.' 하고 거들었다.

똑똑.

노크 소리와 함께 조심스럽게 문이 열렸다.

"언니."

놀란 커진 채아의 눈이 상하의 얼굴에 닿았다. 아직 그가 그의 어머니와의 관계까지 말하지 않은 모양이었다. 상하는 처음 지한과 맞닥뜨렸을 때와 다르게 침착한 얼굴로 채아에게 다가갔다.

"괜찮으면, 차 한잔할까요?"

놀라 할 말을 잃은 저에게 그가 했던 것처럼 채아를 밖으로 데리고 나갔다. 궁금한 것이 많은 얼굴로 채아가 겨우 고개를 끄덕이곤 상하의 뒤를 따랐다. 두 사람은 복도 끝에 있는 접객실로 들어갔다. 아무도 없는 빈 테이블에 채아를 앉혀놓고 상하는 자판기에서 캔 커피 두 개를 뽑아가지고 왔다.

"마셔요."

"감사합니다."

상하는 채아의 맞은편에 앉았다. 캔 커피를 따 마른 목을 축이곤 입을 열었다.

"궁금한 게 많은 얼굴이네요. 내가 진작 말했어야 했는데."

"언제부터, 아니 언니가 왜 엄마를……."

"지한 씨를 만나기 전부터예요. 어머니를 만난 건."

이런 저를 좋지 않게 볼까 싶어, 상하는 초조한 마음을 숨기기 위해 캔 커피를 어루만졌다.

"지금 생각해보니, 지한 씨를 만나려고 그랬나 봐요."

그렇게 상하는 어떻게 이곳에 걸음을 하게 되었는지 천천히 채아에게 들려주었다. 조근조근한 목소리로 천천히 하는 말을 채아는 가로막지 않고 들어주었다. 지한에게 말할 때와 다른 기분이 들었다. 초조하다거나, 두렵다거나 하는 기분이 아니었다. 같은 여자라서 그런 건지, 말하는 상하의 목소리가 편안하게 울렸다.

"나는 조금 언니랑 달라요."

씁쓸한 얼굴로 채아가 상하에게 말했다.

"무슨."

"나는 달라진 엄마를 보는 게 지금도 두렵고, 무서워요. 엄마가 환자라는 걸 인식하는데도, 바라보고 있기가 괴로워요. 그래서 난 오빠와 다르게 엄마를 보러 온 날이 그리 많지 않아요."

"채아 씨."

"엄마를 있는 그대로 받아들이는 일이, 나에겐 어려운걸요. 그동안 정말 언니가 저 대신 엄마 곁을 지켜준 거였네요."

한심해, 작게 혼잣말하며 채아가 고개를 떨구었다.

"난 채아 씨 대신 어머니 곁에 있었던 게 아니에요."

"……."

"어머니의 모습에서 돌아가신 엄마의 모습을 본 것뿐이지. 만약 나도 채아 씨 같은 상황이었다면 외면했을지도 몰라요."

"언니."

"사람은 다 똑같아요. 다르지 않아요."

이렇게밖에 할 수 없는 자신이 한심하고 나약해서 괴로움에 몸부림치는 것도, 겉으론 씩씩한 척하지만 고통스럽고 힘든 것은 다 똑같았다. 단지, 어떻게 견디고 이겨내느냐에 따라 다른 것이 아닐까.

상하의 위로에 채아의 눈가에 눈물이 맺혔다. 밝고 명랑한 얼굴 뒤에, 누군가에게 차마 말하지 못하는 괴로움을 담고 있었나 보다. 참으로 아련하고 안타까워 상하의 코끝이 덩달아 시큰해졌다.

"이거, 어머니 드리세요."
상하가 미니 꽃다발을 채아에게 건넸다.
"언니."
"딸에게 받는 게 더 기쁘실 거예요."
"……고마워요."
눈물을 닦으며 채아가 버럭 상하의 목을 끌어안았다. 어린 아이 같은 칭얼거림에 상하는 그저 눈물이 마를 때까지 채아의 등을 토닥여주었다.
겨우 채아를 달래 병실로 들여보내고 상하는 요양원을 나섰다. 매서운 바람이 한풀 꺾여 있었다. 내리쬐는 햇볕이 상하의 머리 위로 부서졌다.
"예쁘다."
그를 만나지 않았다면 몰랐을 법한 감정들이 하나둘씩, 소중하게 가슴에 채워졌다. 너무 소중하고 소중해서, 오랫동안 간직하고 싶었다. 상하는 백에서 휴대폰을 꺼내 지한에게 전화를 걸었다.
"보고 싶다, 지한 씨."
대뜸 전화해 고백하는 것도, 가슴 벅차올랐다.

사랑스러운 목소리에 지한은 일에 손이 잡히지 않았다. 회의를 하는 둥, 마는 둥하며 업무 시간이 끝나자마자 하던 업무를 올 스톱하곤 바람같이 사무실에서 나왔다. 그녀를 제 품에 안고 몇 번이고 키스를 하고 싶었다. 꽃집 앞에 도착한 그는 한참 꽃을 손질 중인 그녀를 말없이 바라보았다. 고와서, 너무 고와서 그저 바라볼 수밖에 없었다. 흘러내리는 머리를 귀에 꽂으며 꽃다발을 만드는 모습을 바라보던 지한은 안으로 들어갔다.

"지한 씨."

"상하 씨 때문에 일에 집중이 되지 않았습니다."

"일은 마치고 온 거죠?"

걱정스러운 얼굴로 상하가 물어놓고 그의 대답을 기다렸다. 그가 고개를 끄덕하자, 안도의 한숨을 내쉬는 그녀다.

"지금 밀당 하는 겁니까?"

"네?"

"그런 말로 사람 마음을 흔들어놓고, 이렇게 태평할 수 있어요?"

"푸웃."

묻는 그의 모습이 귀여워서 상하는 웃음을 터트리고 말았다. 그녀의 볼을 아프지 않게 잡아당긴 지한이 부드러운 미소를 그렸다.

"문 닫을 때까지 같이 있을게요."

"괜찮은데……."

"보고 싶다면서요. 실컷 보라고."

어느새 작업대 안으로 넘어온 지한이 상하의 얼굴을 제게 고정시켰다.

"미안하지만, 지금은 일하는 중이에요."

"그래서 가라고요?"

삐친 얼굴로 지한이 고개를 삐딱하게 만들었다.

"기다리라고요. 이따 실컷 보게."

그녀의 대답에 지한이 만족스러운 미소를 지었다. 당장이라도 끌어안고 입을 맞추고 싶은 충동을 억누르는 지한의 손이 상하의 허리로 향했다. 잘록한 허리를 매만지던 손이 어느새 나쁜 손이 되었다.

"지한 씨."

"일해요."

여전히 손으로 상하의 동그란 엉덩이를 만지면서 지한이 태연하게 대답했다.

"누가 보면 어쩌려고 그래요."

"안고 싶으니까 그렇지."

이 남자가 정말, 그동안 자신이 봐온 남자와 동일 인물이 맞는지 상하는 의심이 들었다. 지금까지 이 욕구를 어떻게 참았을까, 심히 궁금하기까지 했다. 지한은 그녀의 핀잔에 어린아이처럼 삐친 얼굴로 접객실로 들어가버렸다. 상하는 하던 일을 멈추고 찬장에서 유리병을 꺼냈다. 말린 국화를 거름망에 넣고 뜨거운 물을 유리 다관에 부었다. 국화를 넣은 거름망를 다관에 넣고 찻잔과 함께 접객실로 들어갔다. 지한의 옆에 앉은 상하는 찻잔에 국화차를 따랐다. 두 개의 찻잔 중 하나를 지한 앞에 두었다. 그윽한 향이 지한의 코에 닿았다.

"이렇게 같이 차 마시니까 좋다."

양손으로 찻잔을 만지며 상하가 말했다. 지한은 말없이 미소를 그린 채 상하를 바라볼 뿐이다.

"다음에 어머니한테 갈 때 국화차 좀 가져가야겠어요. 오늘은 깜박했네."

"오늘 병원 갔었습니까."

"오늘은 일하러 갔어요."

찻잔을 들던 상하는, 요양원에서 채아를 만난 일을 떠올렸다. 가슴을 짓누르는 두려움과 괴로움은 모두 내려놓았으면 좋겠는데.

"혹시 무슨 일 있었어요?"

"아뇨, 일은 무슨."

그녀의 대답에도 지한은 걱정 어린 표정을 지우지 않았다.

"혹시 또 고모가 가게로……."

"아니래도."

미소를 그리며 상하가 대답하자 그제야 걱정이 드리워졌던 지한의 표정이 펴졌다.

"사실은 요양원에서 채아 씨를 만났어요."

"채아를요?"

고개를 끄덕이며 상하가 입을 열었다.

"내가 생각했던 것과 달리 채아 씨 많이 여리더라고요."

"……."

"첫 모습에 그저 밝고 명랑한 줄 알았는데 내가 잘못 본 거였나봐요."

"그 녀석 혼자 병원 간 모양이군요."

"트리 만들 때 같이 만들어요. 여럿이서 하면 더 재밌을 거예요."

"그럴까요, 그럼."

채아가 승낙할지 모르겠지만, 일단 지한은 채아에게 먼저 손을 내밀어준 상하에게 고마웠다. 그녀의 말대로 둘이 아닌 셋이 하면 더 즐겁겠다는 생각이 들었다.

"채아랑 어떤 얘기했어요?"

"음, 비밀."

검지로 입술을 가린 채 상하가 얄궂게 웃었다.

"나에게까지 비밀?"

"여자들끼리 하는 대화예요. 끼지 말아요."

칼같이 자르며 상하가 대답하기를 거부했다. 그녀의 반응에 지한이 어이없어하는 표정을 짓다가 이내 하, 하고 웃어버렸다.

아득하니 깊어가는 밤.

혼자가 아니라 더욱 좋은 이 밤.

함께라서 설레는 이 밤.

두 사람의 심장 소리가 점점 더 짙어졌다.

가게를 정리하는 상하를 지한이 도왔다. 쓰레기는 비닐에 담고, 바닥을 쓸었다. 상하는 냉장고를 열었다가 캔 맥주를 보고 반가운 얼굴이 되었다. 캔 맥주 두 개와 얼마 전 사다놓은 땅콩을 쟁반에 담아 접객실로 들어가 지한을 불렀다.

"지한 씨."

정리를 마친 지한은 셔츠 소매를 걷어 올린 채였다. 그녀의 부름에 지한은 접객실 안으로 들어갔다.

"맥주 한잔해요."

캔을 딴 맥주를 상하가 지한에게 건넸다. 지한은 건네받은 맥주로 마른 목을 축였다. 이렇게 마주 앉아 맥주를 마시는 조용한 분위기가 마음에 들었다.

"지한 씨랑 같이 있으니까 시간이 되게 빨리 가는 것 같아요. 손님이 많아서 정신없었던 것도 아닌데."

"그럼 매일매일 와야겠네. 지루하지 않게."

그런 말을 들으려고 한 말은 아니었지만, 기분은 나쁘지 않았다. 그저 말이라도, 이렇게 예쁘게 하니 이 남자를 어떻게 사랑하지 않을 수 있을까.

"그래요, 매일매일 와요."

맥주를 한 모금 마시고 내려놓은 상하는 봉지를 뜯어 한쪽에 땅콩을 부었다. 그러곤 부지런히 땅콩을 까기 시작했다. 손으로 툭, 하고 문질러 손쉽게 껍질을 벗겨내는 모습을 지한은 가만히 바라보기만 했다.

"신기하네. 난 한 번에 이렇게 깨끗이 안 까지던데."

"어릴 때 많이 해서 그래요."

"어릴 때?"

"네. 고모부가 퇴근하고 오시면 맥주 한잔씩 하셨거든요. 그때 땅콩을 안주 삼아 드시곤 했거든요. 이젠 눈 감고도 할 수 있어요."

"고모부께서 상하 씨가 깐 땅콩을 많이 드셨구나."

그녀의 어릴 적 이야기를 듣는 것은 처음이었다. 그래서 그런지 지한은 더 듣고 싶었다. 자신이 모르는 그녀의 어릴 적 모습은 어떤 모습일까, 궁금해진다.

"어느 날은 땅콩이 다 떨어져서 오징어를 내드렸는데, 안 드시더라고요."

"왜요?"

"그래서 물어봤더니, 고모부께서 제가 깐 땅콩이 맛있다는 거예요. 말도 안 돼. 다 똑같은 땅콩인걸."

지한은 그녀가 까놓은 땅콩을 입속에 넣었다.

"맛있는데요. 상하 씨도 먹어봐요."

땅콩을 상하의 입속에 넣어주었다.

"어릴 땐 무슨 맛인지 잘 모르겠더니, 이젠 맛있네요."

그 말에 지한이 땅콩 하나를 다시 그녀의 입속에 넣어주었다. 오물오물, 상하의 입술이 예쁘게 움직였다.

"난 상하 씨가 고모, 고모부님께 많은 사랑을 받으면서 자랐다고 생각했어요. 그래서 참 다행이라고 안심했고."

진지한 얼굴로 지한이 조심스럽게 말을 꺼냈다.

"고모부는 진심으로 절 예뻐해주셨어요. 딸이 하나 있었으면 좋겠다고 생각했는데, 잘됐다고 하셨죠."

애교도 없는 그 어린 여자 아기가 마냥 예뻐 보이지는 않았을 텐데.

"그런데 고모는 달랐어요. 제가 아무리 공부를 잘해서 좋은 성적을 받아와도 머리 한 번 쓰다듬어주신 적 없었어요. 잘했다, 칭찬 한마디 없었고."

지한은 조용히 울리는 상하의 목소리에 경청했다.

"예쁜 구석이라곤 하나도 없다고 하셨어요. 애교도 없고 말도 없다고. 요즘 여자아이 같지 않다고."

부모님이 돌아가신 후, 고모의 집에서 얹혀살며 너무 일찍 철이 들어버린 탓이었다. 말수도 적고 숫기도 적은 건 낯설고 새로운 환경 때문이었는데, 미연은 기다려주지 않았다.

"고모에게 예쁨 받고 사랑받는 성호가 너무 부러웠어요. 하지만 미워할 수는 없었죠. 착한 동생은 늘 제 편이었거든요. 그때, 지한 씨가 가게에서 주운 봉투, 성호가 떨어뜨린 게 맞대요. 다행이죠."

"다행입니다."

"알바 그만뒀더니 사장님께서 그동안 수고했다며, 조금 더 얹어 주셨나 봐요. 저보고 예쁜 옷 사러 가자고 왔었대요."

그 마음이 너무 고맙고 미안하기만 했다. 그리고 여전히 미연이 원망스러울 따름이다.

"그럼 다음에 같이 가면 되겠네."

"나중에."

"그래요, 나중에."

성호의 죄책감이 어느 정도 사라진 후에 웃으면서 볼 수 있는 날이 빨리 왔으면 좋겠다.

이렇게 그에게 털어놓을 수 있어서 다행이다. 아직 할 이야기는 많지만, 조금씩 천천히 저의 이야기를 그에게 들려주고 싶었다. 그리고 그에 대한 이야기도 듣고 싶었다.

"그런데 고모님, 보는 눈 없으시네."

"네?"

불만스러운 얼굴로 지한이 맥주를 들었다.

"내 눈엔 이렇게나 예쁜데. 예쁜 구석 천지인데."

"지한 씨도 참……."

"앞으로는 내가 많이 예뻐해줄게요."

그러니까 그렇게 쓸쓸한 얼굴 하지 마.

알코올 향이 나는 그의 입술이 상하의 입술 위로 포개졌다. 두 사람의 키스가 무르익은 분위기에 맞게 짙어지기 시작했다. 이제는 상하가 지한으로 인해, 지한이 상하로 인해 더 이상 외롭고 쓸쓸하지 않았다. 서로가 서로에게, 사랑이 되었으니까.

"오빠, 이건 여기에 달면 안 어울리지. 명색이 인테리어 대표라는 사람이 이렇게 감각이 없어서야."

지한의 손에서 장신구를 빼앗은 채아가 맹렬하게 비난했다. 지한은 지지 않을 새로 채아의 손에서 장신구를 빼앗아 기어이 걸어두었다. 아무렴 어떠한가. 조금 어울리지 않아도, 같이 트리를 장식하는 데 의미가 있는데, 두 사람은 시작할 때부터 티격태격이었다.

"또 시작이네."

옆에서 두 사람을 지켜보던 민욱이 고개를 저으며 혀를 찼다. 크리스마스가 되기 2주 전, 지한과 채아뿐 아니라 지한의 오랜 친구 민욱까지 트리 만드는 데 동참했다. 상하와 간단하게 통성명을 나눈 뒤 부지런히 트리 장식이 시작되었다.

상하는 삐삐 엄마의 손에 루돌프 인형을 쥐여 주고는 같이 걸었다.

"잘했어요."

"예뻐, 예뻐."

활짝 웃으며 삐삐 엄마가 대답했다. 상하는 골드 볼을 삐삐 엄마의 손에 쥐여 주었다. 손에 닿는 곳에 골드 볼을 걸어두고는 만족스러운 얼굴이었다.

"어이구, 어머니 좋겠네. 이렇게 아들딸 할 것 없이 다 모여서 어머니 신났네요."

김순재도 트리 만드는 데 동참하며 오랜만에 들뜬 삐삐 엄마를 보며 흡족해했다.

"응. 신나, 신나."

"어머니, 크리스마스 선물은 뭐 받고 싶으세요? 소원 빌면, 산타 할아버지가 몰래 주고 갈 거예요."

"정말?"

김순재의 말에 삐삐 엄마의 얼굴에 화색이 돌았다. 티격태격하던 지한과 채아도 어느새 잠잠해졌다.

"우리 오빠. 오빠 보고 싶어."

순간 정적이 흘렀다. 지한은 외투 안주머니에서 사진 한 장을 꺼내 어머니에게 보여주었다.

"여기가 걸어둘게요, 어머니."

"오빠다, 오빠."

남편의 젊은 시절 사진을 보고 삐삐 엄마가 방방 뛰었다. 지한은 트리에 아버지 사진을 걸어두고는, 자신과 채아의 어릴 적 사진도 보탰다. 이제 막 돌 지난 어린 아기 사진이었다. 촉촉하게 젖은 눈으로 채아가 사진을 바라봤다.

"이런 것까지 가져왔어?"

"아버지 것만 있으면 허전할 것 같아서."

"유 대표 어릴 적엔 꽤 듬직했구나."

남자아이 포스를 제대로 뽐낸 사진을 보며 민욱이 말했다. 지한은 대답 대신 흠흠, 하고 헛기침을 뱉었다.

"오빠, 그 사진 난데?"

"채, 채아 너라고?"

지금과 정반대의 모습에 민욱은 믿기 힘들다는 듯 사진과 채아를 번갈아 바라보았다. 분명 사진 속 채아는 남자아이라고 해도 무방할 정도로 듬직한 우량아 포스였다. 적당히 마르고 볼륨이 돋보이는, 여성스러움이 잔뜩 풍기는 지금의 채아와 정반대였다.

"응. 어릴 때 그래서 보는 사람들이 장군감이라고 했었대. 날 아들로 알고 오빠를 오히려 딸로 착각했대나."

"그러네. 듬직한 게 장군감이네."

별생각 없이 민욱이 말했다. 그 바람에 채아의 레이저가 민욱을 향했다.

"오빠."

"진짜 다시 봐도……. 풋."

겨우 웃음을 참은 민욱이 결국 폭소하고 말았다.

"오빠, 정말!"

민욱의 계속되는 놀림에 채아의 얼굴이 붉어졌다.

"알았다, 알았어. 너무 잘생겨서 그렇지."

"뭐? 잘생겨? 그게 여자아이한테 할 소리야?"

바락바락 소리를 지르는 채아의 모습에도 민욱은 아랑곳하지 않고 계속 입을 놀려댔다. 그 모습에 지한이 얼굴을 찌푸렸다.

"미안, 미안. 같이 음료수라도 사러 갈까?"

"됐거든."

토라진 채아를 어르고 달래며 민욱이 겨우 채아를 데리고 병실을 나섰다.

'장군의 아들, 채아 군.' 이라며 밖에서도 놀려대면서.

"아, 시끄럽군."

굳게 닫힌 병실 문을 바라보며 지한이 혼잣말을 했다. 상하는 투닥거리는 두 사람이 나가자 살짝 미소를 지었다.

"사람이 많아지니 시끌벅적하네요."

"그러게 말입니다."

찌푸렸던 지한이 얼굴을 폈다. 간만에 기분 좋은 듯 활짝 웃고 있는 어머니의 모습에 지한은 이렇게 다 같이 오길 잘했다는 생각이 들었다. 어느 때보다 시끌벅적하지만, 함께라서 더 좋은 이 순간을 오랫동안 간직하고 싶었다.

어느새 다 완성된 트리가 병실 한쪽을 차지했다. 꽤 그럴싸하게 장식된 트리를 보며 제일 신난 사람은 삐삐 엄마였다. 전구를 켜고, 불을 끄자 환하게 빛나는 불빛에 천진난만한 감성을 여지없이 드러낸다.

"와, 와! 별이다, 별."

"어이구, 우리 어머니 신나셨네."

오랫동안 어머니 곁을 지켜온 김순재도 기쁜 얼굴이었다. 음료수를 사러 간 두 사람이 병실 안으로 들어오자 캄캄한 가운데 밝게 빛나는 트리에 할 말을 잃은 듯 조용해졌다.

"예쁘다."

채아의 조용한 목소리가 울렸다. 그런 채아의 손을 누군가 살며시 잡았다. 조금 전까지 자신을 장군의 아들이라며 놀려댔던 민욱이었다. 싫지 않은 듯, 채아도 조심스럽게 그의 손을 잡았다.

사소한 것 하나가 기쁨이 되고 행복이 되는 요즘이다. 이렇게 행복해도 되는 걸까. 불안한 마음을 뒤로한 채, 상하의 시선이 지한에게 향했다. 가까이 다가가 그의 손을 꼭 잡았다.

어둡지만 선명하게 보였다. 오롯이 저에게만 향한 따뜻한 눈빛이. 그 눈빛은 저에게만 허락된 것이었다.

"사랑해요."

발꿈치를 들고 상하가 지한의 귀에 대고 작게 속삭였다.

17. 서로가 서로에게

매서웠던 한파가 한풀 꺾이고 오랜만에 따사로운 햇살이 부서졌다. 공기는 차지만 햇살이 좋아 꽃 시장을 구경하기 어느 때보다 좋은 날이었다. 졸업 시즌이 많은 요즘 다른 날보다 수요가 증가했다. 그래서 넉넉하게 꽃을 구입하러 며칠 만에 다시 꽃시장을 찾았다.

"꽃이 많네."

별로 꽃에 관심도 없으면서 기어코 같이 오겠다고 고집을 부린 이 남자, 지한과 함께였다. 형형색색 다양한 꽃들로 둘러싸인 길을 걷는 그의 얼굴이 꽤 정신없어 보였다.

"꽃 시장이니까요. 그나저나 늦게 출근해도 괜찮아요?"

"날라리 대표라 괜찮습니다."

벌써부터 봄꽃이 나온 꽃을 둘러보느라 상하는 여념이 없었다.

보라색과 하얀 튤립이 묶여 있는 튤립은, 튤립이 제일 예쁜 시기답게 우아하고 근사해 보였다. 케냐에서 건너온 핫 핑크 장미는 귀한 몸값을 자랑하며 소량만 판매 중이었다. 지금이 아니면 1년을 기다려야 만날 수 있는 꽃들도 상하의 걸음을 몇 번이나 멈추게 만들었다.

"오렌지 장미 한 단하고 아네모네 한 단, 그리고……."

마음에 드는 꽃을 양손으로 든 것도 모자라 지한의 품에도 신문지로 돌돌 말아진 꽃이 안겨져 있었다.

"아, 저것도 사야지."

리본을 가리키며 상하가 걸음을 멈추었다. 지한은 그녀가 가리킨 리본과 화병을 들고 계산대로 가져갔다. 결국 꽃다발도 모자라 소품을 가득 쌓은 채로 주차장까지 걸어왔다. 트렁크 안에 물건을 다 넣고 지한은 허리를 쭉 폈다.

"혼자 왔으면 어쩔 뻔했습니까."

"생각해보니 그러네요."

"내가 따라오길 잘했지."

그의 말대로다. 하지만 혼자 왔으면 무리해서 이 많은 걸 한꺼번에 구입하지 않았을 것이다. 둘이라서 그랬는지, 평소엔 부리지 않았던 욕심을 부렸다. 유난히 눈에 띄고 예쁜 꽃들을 가져가고 싶은 욕심. 트렁크에 가득 찬 꽃을 보니 마음까지 벅찬 기분이 들었다. 당분간은 꽃시장에 오지 않아도 될 것 같았다.

"오늘 같이 와줘서 고마워요."

"고마우면, 커피 한 잔 사든가요."

"카페에서 따뜻한 커피 한잔해요."

지한의 팔에 제 손을 끼워 넣은 상하가 저 앞에 보이는 카페로 걸음을 옮겼다. 평소 꽃시장엔 늘 혼자였다. 그런데 가끔 이렇게 그와 같이 동행해도 괜찮을 것 같다는 생각이 들었다.

그의 팔에서 상하의 손이 미끄러지면서 지한과 손을 마주 잡았다. 바람 때문에 코끝은 시리지만 마음만큼은 따뜻한, 겨울 끝자락이었다.

두 사람은 카페로 들어갔다. 오전이라 그런지 카페 안은 한산했다. 상하가 커피 두 잔을 주문하고, 벨이 울리자 지한이 픽업 데스크로 가서 커피를 가져왔다. 창가로 들어오는 햇살만 보면 부는 바람이 살갗을 에는 추위라는 걸 상상도 할 수 없을 지경이다.

"따뜻하다."

찻잔에서 입술을 뗀 상하가 기분 좋은 미소를 그렸다.

"아, 좋다."

지한도 커피를 한 모금 마시더니, 상하를 따라 미소를 그렸다.

"상하 씨랑 같이 커피 마셔서."

덧붙인 말에 상하는 또다시 설레고 만다. 별말 아닌데, 그 말에 심장이 찌르르 전기가 오는 것처럼 울린다.

"벌써 2월이네요. 3월도 금방 올 것 같아요."

"그러겠죠."

창밖으로 던졌던 시선이 지한에게 옮겨졌다. 내리쬐는 햇볕에 살짝 미간을 찌푸린 모습마저 근사한 비주얼을 뽐내는 이 남자는 자신이 얼마나 멋진지 모르는 모양이다. 지나가는 행인마저 그의 시선을 의식하고 다시 뒤돌아 그를 바라보고 있었다.

"4월엔 벚꽃도 필 거고. 개나리, 진달래…… 많은 꽃들이 만개하겠죠."

"그리고 눈 깜짝할 사이에 봄이 지나가고 여름이 다가올 겁니다."

"무더위에, 장마에 치이다 보면 어느덧 가을이겠네요."

그렇게 세 계절이 지나면 어느덧 겨울이 다가온다. 이 사계절이 그와 함께라는 사실이 기쁘고 설렌다.

"그리고 또 겨울."

"다시 봄."

변하는 것은 없었다. 아득하게 느껴지는 그 계절에 얼마나 많은 추억들이 쌓여갈까. 굉장히 기대되는 일이었다.

"봄엔 도시락 싸서 놀러 가요."

"어디로요?"

"근처 공원도 좋고, 놀이공원도 좋고, 동물원도 좋고……."

"다 가죠, 뭐."

모두 그와 해보지 않은 것들이다. 하지만 이제 날씨도 곧 풀릴 테니 시외로 자주 놀러 갈 수 있을 것 같았다. 물론 가게 때문에 시간 제약이 많긴 하겠지만.

"빨리 봄이 왔으면 좋겠다."

양손으로 찻잔을 어루만지다 한 모금 마셨다. 몸속까지 따뜻해지는 기분이다. 그를 처음 만났던 여름의 문턱에서 지금은 겨울의 끝자락에 와 있다. 사람의 인연이란 참으로 신기하고 귀한 것임을 다시금 느꼈다.

"지한 씨."

"말해요."

"우리 처음 만난 게 언제인지 기억해요?"

"글쎄, 여름이었나."

그녀가 기억하는 한에서도, 그가 기억하는 한에서도 첫 만남은 여름이었다.

작년과 올해의 차이.

지한은 묘하게 입술을 끌어당겼다.

"지한 씨 기억이 맞는 것 같아요."

언제 처음 만났는지는 중요치 않았다. 지금 이 순간 이렇게 함께이니까.

지한이 사무실에 도착했을 땐 점심시간이 지날 무렵이었다. 상하와 같이 점심을 하고 싶었으나, 너무 자리를 오래 비우는 게 아니냐며 그녀가 기어코 사무실로 보낸 것이다. 하지만 사무실에 도착했을 무렵 점심시간이 끝나 있었고 지한도 딱히 밥 생각이 나지 않았다.

똑똑.

노크 소리와 함께 문이 열렸다.

"점심은?"

물으면서 민욱은 커피 머신기에서 커피 한 잔을 받으며 물었다.

"생각 없어."

"데이트는 잘했냐?"

"아니."

지한은 등받이에 편한 자세로 앉으며 대답했다.

"왜?"

민욱이 잔을 들고 소파에 앉았다.

"시간이 너무 짧아."

"뭐?"

지한의 대답에 민욱은 어이가 없다는 표정이다. 일에 파묻혀 살던 유지한이 연애를 하더니 달라졌다. 비서에게 개인적인 일을 부탁하고, 야근이 일상이었던 놈이 가끔씩 야근을 빼먹기도 한다. 거기다 이런 느끼한 대사까지 할 줄이야. 연애가 좋긴 좋은 모양이다.

"사람들이 결혼을 왜 하는지 알겠다."

이해할 수 없었던 것들을 이해하고, 알아가고, 그리고 닮아간다. 이것이 사랑인가 보다. 연애나 결혼은 저와 무관한 일이라고 생각했던 때가 있었다. 그런데 지금은 아니다. 뒤돌면 보고 싶고, 눈에 보이지 않으면 생각나고, 그의 머릿속은 이미 그녀로 가득 차 있었다. 늦게 퇴근하더라도 꼭 가게에 들러 상하의 얼굴을 봐야 힘이 나고 그녀를 무사히 집에 데려다줄 때가 제일 뿌듯했다. 주말이면 가게에 붙어 하루 종일 같이 있는데도 부족했다. 부족하고 부족해서 백밀러로 그녀가 보이지 않을 때까지 바라보았다.

"점점 이 자식이."

"내가 너보다는 먼저 가지 않겠냐."

진심이 담긴 농담을 던지는 지한의 표정은 흐트러짐이 없었다.

"그러든지. 동생보다는 오빠가 먼저 가는 게 순서지."

"말 바꾸기 없기다."

지한은 협박까지 일삼았다. 그럴 것이, 민욱과 채아가 얼마 전부터 교제를 시작했다고 고백했던 것이다. 간간이 채아의 안부를 물었던 민욱이었는데 진작 민욱의 마음을 알아채지 못한 자신의 둔함을 새삼 느꼈다. 지한은 둘의 교제를 진심으로 축하했다. 민욱에게 오히려 채아가 아까울 지경이라 오히려 민욱에게 부탁하고 싶은 마음이었다. 잘 봐달라고 말이다.

친한 친구에서 이제는 가족이 될지도 모르다고 생각하니, 민욱이 더없이 든든했다. 그리고 고마웠다. 지금까지 조용히 늘 자신의 뒤를 지켜주던 녀석이었다.

"오래 기다리게 하지 마라."

무슨 말인지 지한은 알 수 있었다.

"너 하는 거 보고."

"이 자식 자꾸 그러면 확, 나 먼저 가버린다."

"채아 데리고 가주는 건 나야 고맙지만, 그건 용납 못 하지."

당연했다. 지금 그는 민욱 못지않게 상하에게 눈이 멀어 있었다. 하루라도 빨리 살을 맞대고 같이 살고 싶었다.

"조금만 기다려."

부드러운 미소가 지한의 입가에 그려졌다. 햇살이 예쁘게 부서지는 날, 세상 누구보다 아름다운 신부가 될 그녀를 떠올렸다.

"성호야, 여기."

지나가는 행인들 틈에 보인 성호를 향해 상하가 손을 흔들었다. 많은 인파 틈에서 상하를 발견한 성호가 한달음에 그녀 앞에 다가왔다. 슈트에 외투를 입은 성호의 모습은 영락없는 사회 초년생의 모습이었다.

"누나, 일찍 도착했네."

"방금 도착했어. 들어가자."

저녁이라 그런지 밤바람이 꽤 매서웠다. 두 사람은 백화점 안으로 들어갔다. 밝은 데서 본 성호는 부쩍 살이 오른 얼굴이었다.

"회사 생활 좋은가 보구나."

"나 살쪘지?"

제 얼굴을 쓸던 성호가 머쓱한 듯 웃었다.

"보기 좋은데, 뭘."

"보기 좋긴, 며칠 전까지 야근하면서 야식을 많이 먹었더니 벌써 배가 나온 거 있지? 거기다 선배들이 술을 왜 그렇게 잘 마시는지, 진짜 매일 술이야."

툴툴거리면서도 직장 생활이 이제 제법 적응된 모양인지 성호의 얼굴엔 여유가 느껴졌다. 워낙 예의 바르고 행동이 빠릿한 편이라 아르바이트할 때도 정직원 해줄 테니 그만두지 말라는 곳이 여럿이었다. 분명 직장 생활도 성호 나름대로 잘하고 있을 것이다.

"일은 할 만해?"

"처음엔 그냥 닥치는 대로 했던 것 같아. 뭐가 뭔지도 잘 모르겠고. 지금도 뭐가 뭔지 잘 모르겠어."

"처음엔 다 그런 거야."

"취업이 된 것만으로도 다행이지, 뭐."

상하는 고개를 끄덕이며 동조했다. 두 사람은 에스컬레이터를 타고 2층으로 올라갔다. 근 몇 달간 서로 연락도 하지 않고 지낸 둘이었다. 며칠 전, 성호가 상하에게 먼저 연락했었다.

'누나, 나 취업했어. 누나한테 밥 한 끼 사주고 싶은데.'

취업한 지는 두 달이 넘었지만 그동안 미안해서 차마 연락할 수가 없었다고. 하지만 이제라도 먼저 손 내밀어준 성호가 마냥 고맙기만 했다. 원래 성호가 상하의 가게로 오기로 했지만, 상하가 백화점에 볼일이 있다며 이곳으로 불렀다.

"누나, 백화점엔 뭐 사려고?"

"응, 옷 한 벌."

"여긴 남성 정장 매장인데."

상하는 미리 봐둔 매장 안으로 들어갔다. 의아한 표정으로 성호는 상하의 뒤를 따랐다.

"이거 보여주세요."

매장 직원은 디피 되어 있는 정장을 확인하고 매장 안으로 들어가 정장 한 벌을 꺼내 왔다.

"누나."

"입고 와봐."

"나 정장 필요 없는데……."

미안한 얼굴로 성호가 나가자며 상하의 팔을 끌어당겼다.

"너 취업했잖아. 옷 깔끔하게 입고 다녀야지."

"근데 여긴……."

딱 봐도 값비싼 브랜드였다. 상하는 슈트 한 벌을 성호 품에 안겨주곤 탈의실로 밀었다. 명색에 'HS건설' 설계팀 직원인데 슈트가 너무 촌스러웠다. 미연이 대충 아무 데서나 정장을 사온 것이라 상하는 예상했다. 오래 입으려면 비싸도 질 좋은 옷을 입는 게 중요하다고 상하는 생각했다. 성호에게 어울리는 정장 한 벌은 취업하면 꼭 해주고 싶었다.

조금 후 성호가 슈트를 입고 탈의실에서 나왔다. 맞춤옷처럼 성호의 몸에 세련된 슈트가 멋지게 감겨 있었다. 거울로 제 모습을 살피는 성호도 싫지 않은 얼굴이다.

"성호야, 잘 어울린다. 이걸로 하자."

"그래도 이거 꽤 비쌀 텐데."

"아무리 비싸도 동생 정장 한 벌 해줄 능력 돼. 그러니까 부담 갖지 말고 받아."

"하지만."

"거기다 저번에 네가 흘리고 간 돈도 있잖아."

"누나 옷 사 입으라고 했더니……."

성호의 눈썹이 아래로 휘었다.

"돈이 너무 많아서 남았어. 걱정 마."

결국 성호는 상하의 고집을 꺾지 못하고 슈트를 받았다. 직원이 가지런하게 접은 슈트가 담긴 쇼핑백을 성호가 미안한 얼굴로 내려다보았다.

"누나, 맛있는 거 먹자."

"그래, 그러자."

백화점에서 나와 인근 패밀리 레스토랑으로 향했다. 저녁 시간과 맞물린 탓인지 사람들이 꽤 많았다. 두 사람은 자리에 앉아 메뉴판을 보고 주문했다.

"누나, 그때 만난다는 사람은 계속 만나고 있지?"

"응."

상하의 대답에 성호는 안심이 된다는 얼굴이 되었다.

"누나 행복한 모습 보니까 내가 더 좋다."

"너도 얼른 좋은 여자 만나야지."

"여자 친구 생기면 누나 소개해줄게."

다시 이렇게 웃으며 마주 볼 수 있는 날이 와서 다행이었다. 여전히 미연은 두 번 다시 볼 생각은 없지만, 미연 때문에 정현과 성호를 멀리하고 싶지 않았다. 나중에 성호에게 생길 여자 친구는 꼭 상하가 보고 싶었다.

"그래, 약속하는 거다."

"응."

어느덧 테이블에 음식이 세팅되었다. 두 사람은 허기진 배를 채웠다. 배가 부른 만큼 마음도 양껏 채워지는 기분 좋은, 저녁이었다.

커튼을 젖힌 창문으로 햇살이 성큼 넘어왔다. 넓게 퍼진 따스한 햇살에 상하의 눈이 떠졌다. 여전히 잠이 모자라는 얼굴로 눈을 깜박이며 선이 고운 지한의 옆모습을 바라보았다. 여자보다 더 긴 속눈썹을 가지고, 날렵한 콧대에 밤새 한 키스로 인해 도톰하게 올라온 입술을 차례로 시선을 옮겼다.

덮고 있던 이불이 내려가 지한의 골반에 걸쳐진 상태였다. 매끈하고 넓은 등에 햇살이 뿌려진 모습이 섹시했다. 손을 뻗어 이마를 덮은 앞머리를 쓸어 넘겨주었다. 이마에서 콧대로 내려온 손은 입술을 지나 턱에 닿았다. 손에 닿는 촉감이 까끌거렸다. 이제 주말이면 그가 상하의 집에서 하루를 보내는 것이 당연해진 요즘, 눈뜨자마자 보이는 그의 얼굴에 가슴이 설렌다. 이토록 좋은 순간이 자신에게도 허락되기도 하는구나, 싶어서.

이제 게으름은 그만 피우고 슬슬 일어날 때가 되었다. 침대에서 몸을 일으킨 순간, 지한의 손이 상하의 허리를 와락 끌어당겼다.

"앗."

외마디 비명이 조용히 묻혔다. 그의 가슴에 풀썩 안긴 상하는 코를 깊숙이 묻고는 살 내음을 맡았다. 어제 같은 보디워시로 샤워를 하고, 같은 보디크림을 바른 덕에 자신의 몸에서 나는 것과 같은 향이 났다.

"깼으면 일어나지 않고……."

"5분만."

상하의 등을 꼭 끌어안은 채 지한이 잠이 묻어나는 목소리로 말했다. 등을 어루만지던 손이 아래로 내려와 엉덩이를 움켜쥐었다. 밤새 그렇게 괴롭혀놓고도 체력이 남은 모양인지 손길이 야릇하게 변했다. 엉덩이 사이를 가르고 들어온 손이 여린 꽃잎을 지분거리기 시작했다.

"안 돼요."

"한 번만……."

양손으로 그의 가슴을 밀어내자 그가 최대한 불쌍한 표정을 지으며 애원했다. 꽃잎을 지분거리던 손가락 하나가 어느새 쑥, 하고 깊숙이 밀고 들어왔다.

"가게 나가야 된단 말이에요."

안 된다고 말하면서도, 유린하는 손가락으로 인해 아래는 이미 축축하게 젖어들었다.

"오늘은 주말이라……. 아하."

결국 상하의 입에서 앓는 신음이 터지고 말았다. 그는 만족한 얼굴로 이불을 걷어내고 상하의 몸 위로 올랐다. 민망하게 벌려진 넓은 다리 사이로 남성이 진입을 시도했다.

"주말이라 일찍 가게에 나가야 하니까 빨리 끝낼게요."

걱정하지 말라는 듯 그가 한쪽 눈을 찡긋이곤 남성을 끝까지 밀었다.

"하앗."

밤새 뒤척이며 사랑을 나누었는데도 어떻게 그를 받아들일 힘이 남아 있는지 의구심이 생겼다. 놀라운 건, 그럼에도 그와의 섹스가 싫지 않다는 사실이었다. 질리도록 몸을 나누고 사랑을 나누었건만, 부족한 모양이다.

"읔."

낮게 신음을 흘리며 남성을 더욱 깊게 넣었다. 직진과 후퇴를 반복하자 살이 맞물리는 소리가 야하게 상하의 귀를 때렸다. 몇 번이고 들리는 그 소리에 정신이 아득해져갈 즈음 그가 남성을 빼냈다.

"뒤돌아요."

그의 말에 상하가 몸을 뒤집었다. 베개에 얼굴을 묻고 엉덩이를 높게 치솟았다. 그는 엉덩이를 잡고는 등줄기를 따라서 잔키스를 뿌렸다. 엉덩이를 살짝 깨물듯 하다 놓아주고는 그의 혀가 질척하게 젖은 꽃잎으로 입술을 묻었다. 혀를 날름거리며 애액을 들이마시다가 다리를 옆으로 더 넓게 벌린 후 아예 얼굴을 묻어버렸다.

"흣. 지한 씨……."

쾌감에 몸을 부르르 떨며 상하는 침대 시트를 꽉 움켜쥐었다. 추릅, 하며 애액을 들이마시는 소리와 이곳저곳을 유린하는 혀 놀림에 상하의 허리가 비틀렸다. 이내 지한의 입술이 떨어졌다. 번들거리는 입술을 혀로 한 번 핥더니 허리를 폈다. 남성이 꽃잎에 다시 들어차기 시작했다.

"하, 윽."

다시금 시작된 허릿짓에 상하는 눈앞이 아득해졌다. 살이 맞물리는 야한 소리가 집 안을 가득 메우고, 뜨겁게 달아오른 공기 때문인지 입술이 바짝 말랐다. 지한의 상체가 상하의 등에 닿았다. 침대에 닿았던 무릎이 펴지더니 스르륵 눕혀졌다. 여전히 뒤에서 그가 허리를 비틀었다.

"윽, 상하 씨……."

"하아."

상하가 고개를 옆으로 돌리자 그가 키스를 시작했다. 입술과 입술이 맞물린 상태로 서로의 타액이 입술을 적셨다. 흐읏, 하며 신음을 그의 입안에 쏟아냈다.

"으으윽."

몸을 부르르 떨던 그가 절정을 맞이하곤 상하의 등에 쓰러졌다. 하아, 하아, 숨이 차는 소리가 가만히 상하의 귀에 스며들었다. 게으름을 피운 덕에 시간이 많이 지체되었을 것이다. 시간을 굳이 확인하지 않아도 대충 짐작이 갔다. 그럼에도 이렇게 서로의 살을 포갠 채 누워서 등 뒤로 전해지는 심장 소리를 듣는 것도 나쁘지 않았다.

평소보다 30분 늦게 가게를 오픈했다. 지한도 같이 가게로 출근해 정리부터 상하의 잔심부름을 자처했다. 바닥을 쓸고 작업대를 닦고, 선인장과 화분을 밖에 내놓는 일 또한 그의 일이었다. 부랴부랴 주문받은 꽃다발을 순식간에 연달아 만드는 동안 지한은 커피포트에 물을 끓이고 인스턴트커피를 탔다. 이제 이 가게에도 그가 즐겨 먹는 원두 믹스가 비치되어 있었다. 머그잔 두 개 중 하나를 작업대 한쪽에 두고 지한은 옆에 앉았다.

"아침부터 바쁘네요."

"네, 누구 때문에 아주 정신없어요. 그러니까 말 걸지 마요."

상하는 손을 뻗어 커피 한 모금 마셨다. 달달한 믹스 커피가 입안에 퍼졌다.

"잠깐 나갔다 올게요."

"어디요?"

"말 걸지 말라면서요."

"어디 가는지 말은 하고 가야죠."

불만을 쏟아내는 상하의 모습마저 지한은 사랑스럽다는 듯 바라보며 말했다.

"간단히 먹을 것 좀 사 올게요."

딸랑이는 소리와 함께 바람이 안으로 들이닥쳤다. 흩날리는 머리를 정리하던 지한은 곧 상하의 시야에서 사라졌다. 주문받은 꽃다발을 하나씩 완성하고, 주문한 꽃다발을 손님이 찾으러 나가며 몇 번이나 가게 문이 열렸다 닫혔다. 마시던 커피가 반쯤 줄어들 무렵, 그가 봉투 하나를 들고 가게 안으로 들어왔다.

"샌드위치 사왔어요."

"이 근처에 제과점 없을 텐데."

"그런 줄도 모르고 한참을 걸었어요."

외투를 벗어 접객실 한쪽에 접어두며 그가 봉투에서 샌드위치 여러 개를 꺼냈다.

"에그 샌드위치, 롤 샌드위치, 햄 치즈 샌드위치. 어떤 거 먹을래요?"

"뭘 이렇게 많이 사왔어요?"

놀란 얼굴로 상하가 물었다.

"종류가 너무 많아서."

"그럼 난 햄 치즈 샌드위치 먹을게요."

샌드위치 하나를 꺼내 반쯤 남은 커피와 늦은 아침으로 때웠다. 작업을 위해 옆에 놓은 의자는 아예 그의 자리가 되어버렸다.

가게 문이 열리면서 50대 중년 여성이 안으로 들어왔다.

"시어머님 생신이라 꽃다발을 살까 하는데 어른들이 좋아할 만한 꽃다발로 포장해주겠어요?"

"시간은 조금 걸릴 것 같은데, 시간 괜찮으시면 이따 다시 들러주시겠어요?"

"아, 그래요? 알았어요. 얼마나 지나면 되려나."

"20분 정도 걸릴 것 같아요. 괜찮으세요?"

상하의 물음에 중년 여성이 괜찮다며 고개를 끄덕였다. 미리 결재까지 마친 중년은 옆에 있는 지한에게로 시선을 돌렸다.

"부부가 같이 꽃집을 하네요. 잘 어울린다."

단단히 오해한 중년 여성을 향해 상하가 얼굴을 붉히자, 지한이 상하의 어깨를 감싸며 웃었다.

"정말 잘 어울립니까."

"아주 잘 어울리네, 잘 어울려. 이따 시간 맞춰서 다시 올게요."

중년 여성이 나간 뒤 상하는 제 어깨에 아직도 머물러 있는 지한의 손을 거둬냈다. 부끄러움에 양 볼에 홍조가 피어났다.

"이러다 지한 씨 때문에 유부녀라고 소문나겠어요."

"내가 책임지면 되죠, 뭐."

그의 말을 이해할 수 없다는 상하의 표정에 지한이 허리를 끌어안으며 불만스러운 표정으로 말을 이었다.

"이렇게 말할 생각은 아니었는데 하는 수 없지."

"그게 무슨……."

"봄은 너무 이르고 여름은 너무 더우니까, 가을이 좋을 것 같은데."

"네?"

"가을에 결혼하자고요."

프러포즈에 당황한 상하의 눈이 커졌다. 그러나 당황했던 상하의 표정이 금세 미소로 번졌다.

"난 더워도 상관없어요."

승낙의 말이 떨어지자 지한은 더욱 상하의 허리를 끌어안았다.

행복한 표정으로 서로를 바라보던 두 사람의 입술이 천천히 포개졌다.

"사실은 나도 여름이 좋을 것 같아요."

성급하게라도 빨리 그녀를 아내로 맞이하고, 그녀의 남편이 되고 싶었다. 결혼이라는 이름 아래 가족이 되고 싶었다. 우리를 똑 닮은 아들이든 딸이든 성별에 개의치 않고, 낳아 기르며 평생을 함께하고 싶었다.

"사랑해요."

그가 진심 어린 고백을 하고,

"나도 사랑해요."

그녀가 그 고백에 대답을 한다.

곧 다가올 여름, 동반자로서 함께 걷게 될 앞으로의 나날이 벌써부터 설레기 시작했다. 지금보다 훨씬 행복하고 벅찬 일들이 기다리고 있을 것만 같아 기대가 되었다. 서로가 서로에게 가족이 되어 맞잡은 손을 놓지 않으리라 다짐했다.

주차장에 차가 멈추었다. 상하가 먼저 차에서 내리고 뒤따라 지한도 내렸다. 부는 바람이 살랑거리며 상하의 머리를 흐트러뜨렸다. 날이 참 좋았다. 구름 한 점 없는 새파란 하늘이 무척이나 예뻤다. 마치 수채화 물감을 뿌려놓은 듯했다.

이곳에 걸음을 한 지 어느덧 반년이 지났다. 부모님 기일에 찾아오고 참으로 오랜만이었다. 늘 혼자 왔었던 곳을 사랑하는 사람과 함께라는 사실에 이제는 외롭지 않았다.

"상하 씨."

검정색 슈트를 말끔하게 차려입은 그의 모습이 유난히도 멋있었다. 지한은 손을 내밀고는 물끄러미 바라만 보는 상하를 향해 눈썹을 찡그렸다.

"어서 가요."

고개를 끄덕이며 상하가 손을 뻗어 지한의 손을 잡았다. 크고 따뜻한 이 손. 너무 좋아서 갑자기 울컥 감정이 치솟았다. 다행히 눈물은 보이지 않았다. 길고 긴 돌계단을 따라 끝까지 올라갔다. 투명 회전문을 열고 들어가 상하는 익숙한 걸음으로 부모님이 계신 곳을 찾았다. 준비해온 꽃 한 송이를 안에 넣어두었다.

"우리 부모님이에요."

"어머니 품에 안겨 있는 꼬맹이가 상하 씨입니까?"

"네, 아마 여덟 살쯤 된 것 같은데."

"아아."

고개를 끄덕이는 지한의 시선이 사진에 향해 있었다. 그 긴 시간 동안 친척 집에서 구박받고 자랐을 그녀를 떠올리자 가슴이 욱신거렸다. 조금만 더 일찍 만났으면 좋았을걸, 작은 아쉬움마저 든다.

"어머니께서 아주 미인이셨네요."

"내가 엄마를 닮았나 봐요."

이런 뻔뻔함은 예전의 그녀의 모습에선 볼 수 없었다. 필요한 말 이외엔 말을 하지 않았던 그녀는 이제 닫힌 마음을 활짝 열고 그를 바라보았다.

"그렇지는 않은 것 같은데요. 상하 씨 어머님은 쌍꺼풀이 있는데, 상하 씨는 없습니다."

"그건, 아빠를 닮아서 그래요. 아빠가 쌍꺼풀은 없지만 결코 작은 눈은 아니셨거든요."

상하의 항변에 따라 지한의 시선이 사진으로 향했다. 그녀의 말대로다. 쌍꺼풀은 없으나 눈이 꽤 큰 편이었다.

"아, 그리고 난 속쌍꺼풀 있거든요."

실눈을 뜬 채로 자세히 보라며 상하가 다그쳤다. 그 모습이 귀여워 지한은 살짝 웃음이 터질 뻔했다.

"알았어요, 알았어."

장난치는 걸 그만둔 상하의 얼굴이 진지하게 변했다. 참 많은 일들이 있었지만, 지금처럼 행복한 순간은 처음이었다.

"엄마, 아빠. 나와 결혼할 사람이야. 앞으로 혼자 오는 일은 없을 것 같아."

유리벽을 손으로 어루만지던 상하의 눈에 찔끔 눈물이 맺혔다.

"앞으로 상하 씨 행복하게 해주겠습니다."

맞잡은 손에 지한이 힘주었다. 이제는 더 이상 그녀의 눈에서 눈물이 흐르지 않도록 행복하게 해주겠노라, 그녀의 부모님 앞에서 다짐했다.

차마 걸음을 떼지 못하고 사진 속 부모님 얼굴을 바라보는 상하에게 재촉하지 않고 지한은 묵묵히 곁에 있었다. 여전히 잡은 손은 떼지 않은 채, 그녀가 부모님을 눈에 새기듯 오랫동안 시선을 떼지 못하는 그녀를 바라보았다.

"가요."

이제 되었다는 듯 홀가분한 표정으로 상하가 말했다. 두 사람은 납골당에서 나와 다시 돌계단을 내려왔다. 상하는 중간쯤에 주저앉았다.

"이쯤일 거예요. 부모님 만나러 오는 날이면 잘 내려오다가 주저앉곤 했었어요."

상하 옆에 따라 앉은 지한은 그녀를 따라 고개를 들었다.

"조금이라도 더 부모님과 같은 하늘 아래 있고 싶어서."

"이제는 나와 함께 앉아 있으면 되겠네요."

"오늘이 마지막이에요."

고개를 저으며 편안한 얼굴로 상하가 대답했다.

"매일 여기 오면 주저앉아 울었거든요. 이젠 울지 않으려고요. 웃는 모습을 보여드리고 싶거든요."

지한의 손이 상하의 보드라운 뺨을 어루만졌다.

"앞으로 웃을 날이 지금보다 더 많을 겁니다."

"그렇겠죠."

두 사람은 마주 보며 미소를 그렸다. 더없이 따뜻한 날, 이제는 더 이상 혼자가 아님을 다시금 실감했다. 공허했던 가슴이 조금씩 말랑거리며, 행복이 채워졌다. 그가 아니라면 깨닫지 못했을 많은 순간들, 시간들, 이제는 소중히 하고 싶었다. 지금보다 더 힘들고 지칠 때, 지금 이 순간을 기억하면서 견딜 수 있도록.

에필로그

딩동.

초인종 소리가 길게 울려 퍼졌다.

"엄마!"

거실 바닥에 배를 깔고 한창 스케치북에 그림을 그리던 시후가 소리쳤다. 물기 묻은 손을 앞치마에 대충 닦으며 거실로 나온 상하가 인터폰을 확인했다.

"시후야, 고모 왔네."

상하를 향해 시우가 방긋 웃었다. 현관으로 다가가 문을 열어주자 채아의 품에서 새근거리며 잠든 지아가 보였다.

"언니, 이거요."

채아가 작은 상자를 상하에게 건넸다. 집 근처에 있는 제과점에서 케이크를 사 온 모양이었다. 상하는 방 안으로 들어가 작은 이불을 꺼내 거실에 깔아주었다. 안으로 들어온 채아는 이불 위에 지아를 눕혀놓고 담요를 덮어주었다.

"안녕하세요."

어린이 집에서 배운 대로 시우가 고모를 향해 배꼽 인사를 했다. 어릴 때 제 오빠와 판박이인 시후를 채아는 사랑스러운 눈길로 바라보다 이내, 조카의 머리를 쓰다듬어주며 볼에 진한 뽀뽀를 해댔다.

"클수록 아주 오빠랑 똑 닮아간단 말이야. 진짜, 귀여워 죽겠네."

"고모!"

고모의 뽀뽀 세례에 시후가 기함을 했다. 볼 때마다 귀엽다며 시후를 물고 빨고 해대기 일쑤였다. 시후는 다시 바닥에 배를 깔고 색연필을 쥐었다. 그사이 상하가 다과를 내왔다.

"안 그래도 여기 케이크 생각났었는데 아가씨가 맞춰 사 왔네요."

"잘됐네요."

케이크 세 조각을 담은 접시를 테이블에 내려놓자 스케치북에 그림을 그리던 시후가 쪼르르 다가왔다. 포크로 케이크를 집어 먹다가 케이크를 찍어 지아가 잠든 곳으로 향했다.

"지아 자요."

케이크를 주고 싶었던 모양인지 시후의 시무룩한 표정이 채아에게 향했다.

"아직 지아는 아가라 잠을 많이 자. 이따 깨면 주자."

부드러운 어조로 채아가 시후를 달랬다. 지아는 이제 막 돌 지난 아기였다. 볼살이 통통하게 오른 아기를 시후는 신기한 얼굴로 바라보았다.

"시후야, 지아 예쁘지? 시후가 오빠니까 동생 보살펴줘야 돼."

아들의 엉덩이를 툭툭 두들기며 상하가 말했다. 고개를 끄덕이며 시후가 손을 뻗다가 멈칫하며 고모를 바라보며 물었다.

"만져봐도 돼요?"

"잘 자라고 머리 쓰다듬어줘."

조심스럽게 손을 뻗은 시후가 지아의 머리를 쓰다듬었다. 시후의 손길에 지아가 뒤척이더니 이내 색색거리며 깊게 잠들었다.

"오빠 손길 받으니까 좋은가 보다. 잘 자네."

"와, 귀엽다."

엄마를 바라보는 시후의 눈이 반짝였다.

"엄마, 나도 동생 갖고 싶어요."

"동생? 우리 시후 동생 여기 있잖아."

시후의 머리를 쓰다듬으며 말을 돌렸다. 하지만 이렇게 작고 귀여운 여동생을 매일매일 볼 수 있다면 얼마나 좋을까, 시후의 머릿속은 그 생각으로 가득했다.

"언니, 이러다 둘째 낳아야 하는 거 아니에요?"

작게 속삭이는 채아의 말에 차를 마시던 상하는 사레에 들리고 말았다.

"동생 생기면 매일 이렇게 쓰담쓰담 해주고, 옷도 입혀줄게요. 밥도 먹여주고."

대놓고 이젠 여동생을 낳아달라는 아들의 모습에 상하는 벙해버렸다. 이제 막 다섯 살인 주제에 말투는 꼭 초등학교 고학년 학생 같다. 상하는 아들의 모습이 귀여워 피식 웃음이 터졌다.

"엄마, 여동생."

간곡한 목소리로 시후가 엄마 옷자락을 잡았다. 안 그래도 둘째 생각이 나긴 했지만 시후가 이렇게 여동생 노래를 부르니 엄마로서 상하는 짠한 마음이 들었다. 형제를 만들어주면 시후가 외롭지 않으려나.

"언니, 조만간 둘째 소식 듣겠어요."

"안 그래도 둘째 생각이 가끔 나긴 했었거든요. 그런데 내가 가게까지 하고 있으니 둘째 낳으면 가게는 접어야 할 것 같아서 고민하고 있었어요."

"정말요?"

지금이야 시후가 어린이집을 다니니 꽃집을 할 수 있지만, 둘째까지 생긴다면 시간이 남지 않았다. 좋아하는 일을 포기하고 싶지 않지만, 이렇게 간절한 얼굴로 여동생을 외치는 아들을 어찌 모른 척할 수 있을까.

"그래도 우리 시후에게 형제가 생기면 아주 좋을 것 같아요."

지금보다 더 시끌벅적하고, 소란스러워져도 훨씬 더 행복할 것만 같았다. 꽃집은 아이들이 어느 정도 크면 다시 시작해도 괜찮으니까. 얻고자 하는 것이 있으면 포기해야 하는 것도 있는 법. 현재로서 그녀에게 소중한 것은 남편과 아들이었다.

오랜만에 일찍 지한이 퇴근했다. 지한은 현관에서 달려오는 아들을 번쩍 안아 들었다. 저녁 준비 중인 상하는 보글보글 끓는 된

장찌개의 간을 보았다. 어느새 주방으로 온 지한이 입을 벌렸다. 된장찌개를 한 수저 떠 호, 하고 식힌 후 지한의 입속에 넣어주었다.

"어때요?"

"맛있어."

"오늘은 일찍 퇴근했네요."

지한은 아들을 내려놓고 상하의 뺨에 쪽, 하고 입 맞추었다. 사업 확장으로 더욱 바빠진 지한의 얼굴을 제대로 보는 것이 이주일 만이었다. 매일같이 새벽에 귀가해 잠든 아내와 아들의 얼굴을 보는 것이 전부였다.

"이제 급한 일은 대충 처리했어."

"당신 오늘 일찍 올 줄 알았으면 장이라도 보는 건데."

미안한 얼굴로 상하가 말했다. 미리 말도 없이 일찍 퇴근한 남편을 원망 섞인 시선으로 바라보았다. 일찍 퇴근할 줄 알았다면 장 봐서 제대로 된 저녁을 차렸을 것이다.

"뭐하러. 나 옷 갈아입고 올게."

지한이 방으로 들어가자 상하는 나물 반찬 몇 가지와 된장찌개를 올렸다. 갓 지은 콩밥을 퍼 담고는 시후를 바라봤다.

"시후야, 아빠 식사하시라고 해."

고개를 끄덕이던 시후가 안방 문을 열고 지한을 데리고 나왔다. 오랜만에 일찍 퇴근한 아빠가 마냥 좋은 모양이었다.

"배고플 텐데 어서 먹어요."

"다 내가 좋아하는 반찬만 있네, 뭐."

지한은 수저로 밥을 크게 퍼 입에 넣었다. 오랜만에 먹는 집 밥이라 그런지 달고 맛있었다. 지한은 아들의 밥 위에 반찬을 올려 주었다.

"꼭꼭 씹어 먹어."

"네."

어린이답지 않게 시후가 씩씩하게 대답했다. 지한은 언제 이렇게 아들이 많이 컸나 싶어 가슴이 뭉클했다. 눈도 제대로 뜨지 못하고 품에 안긴 게 엊그제 같은데, 이제 제법 말도 늘고 혼자 밥을 먹는 것도 잘한다. 여전히 손이 많이 가는 어린아이인 것은 변함없는데 어느 순간 모든 걸 혼자 할 수 있을 때가 오면 서운할 것 같기도 했다.

"낮에 아가씨 왔다 갔어요."

"그랬어?"

"근처에 볼일 있다가 들린 것 같아요. 지아가 많이 컸더라고요."

"아빠, 나 여동생."

엄마, 아빠의 대화에 시후가 불쑥 끼어들었다. 상하는 또다시 쿡쿡 웃고, 지한은 갑자기 여동생 타령을 하는 시후를 의아한 눈으로 바라보았다.

"낮에 지아 보고선 저래요. 여동생 낳아주면, 밥 먹이는 것도, 옷 입히는 것도 전부 자기가 한대요."

"우리 아들이 벌써 이렇게 컸나?"

반짝반짝 빛나는 시후의 눈동자가 지한에게 향해 있었다. 본인도 아직 어린아이면서 누굴 돌보겠다는 건지 어이가 없었다. 하지만 성의가 가상했다. 여동생이 생기면 든든한 오빠 노릇을

톡톡히 할 것이다.

일찍 저녁 식사를 마치고 상하가 뒷정리하는 동안 지한이 시후를 방에서 재웠다. 방에서 나온 지한은 상하의 허리를 꽉 끌어안았다.

"여보."

"시후 재웠어."

"벌써요?"

"응. 그러니까 우리 오늘 둘째 만들자."

결심한 듯 지한이 속삭이더니 상하를 번쩍 안아 들고 소파에 앉혔다. 안방으로 들어가는 시간조차 아까웠다. 기다렸다는 듯 상하는 원피스를 올리곤 팬티를 벗었다. 지한도 다급하게 바지와 속옷을 벗고는 상하의 허벅지를 넓게 벌리고 두 다리를 세웠다. 검은 거웃 아래로 미끄러진 손가락이 질 안으로 들어갔다. 혹시라도 신음 소리에 방에서 자고 있는 시후가 깰까 봐 입술을 깨물며 참아야 했다.

"도대체 얼마 만이야."

"……당신."

여린 살결을 헤치고 질퍽한 소리에 흣, 하고 가까스로 신음을 삼켰다. 손가락을 단순히 들쑥날쑥한 것이 아니라, 손가락을 비틀면서 다른 손으론 클리토리스를 문질렀다.

"들어와요."

애원하는 목소리로 상하가 다리를 넓게 벌렸다. 딱딱하게 솟은 분신이 입구에서 진입을 시도했다. 축축하게 젖은 내벽을 긁으며, 남성이 안으로 들어갔다. 지한은 상하의 엉덩이를 아래로 끌어 내린 뒤, 자세를 잡았다.

"윽."

예민한 살갗이 끝까지 들어갔다. 지한은 상하의 입술을 찾아 키스했다. 숨결과 타액이 뒤섞이며 서로의 혀가 부딪쳤다. 거웃이 맞물리면서 빈틈없이 서로의 것이 부딪쳤다. 질퍽한 마찰음이 조용한 거실을 울렸다. 제 아래에서 흐트러진 숨을 내쉬며 저를 바라보는 상하의 눈빛에 지한은 금방이라도 사정할 것만 같았다. 연애 시절이나 지금이나 그녀는 여전히 사랑스러웠다. 참고 참았던 욕구를 분출하며 지한은 상하의 양다리를 붙잡고 질주했다.

"뒤돌아."

남성을 빼내며 지한이 말했다. 상하는 엎드린 자세에서 다리를 벌렸다. 아무렇게나 올라간 원피스를 상하의 목 끝까지 올려두곤 아름다운 뒤태를 감상했다. 곧게 뻗은 척추를 손끝으로 쓸어내리던 그가 엉덩이에 키스했다.

"지한 씨……."

살짝 엉덩이를 흔들자 지한이 알았다며 남성을 엉덩이 사이로 밀어 넣었다. 하체를 더 가까이하고는 손을 뻗어 브래지어를 들어 올리곤 가슴을 움켜쥐었다. 다시 그가 허리를 비틀었다. 윽, 윽, 하는 낮은 신음이 상하의 귀를 연신 때렸다. 소파의 팔걸이를 꼭 잡고는 몰아치는 그를 받아들였다. 상하의 손 위로 지한의 손이 겹쳐졌다. 쓰러지려는 그녀를 붙잡고 허리를 밀어붙였다. 찰박거리며 나는 야한 소리가 점점 짙어졌다.

"하아, 하……."

뜨거운 숨을 몰아쉬는 상하의 입술에 제 입술을 포개며 지한이 신음을 삼켰다. 절정에 달한 그의 움직임이 거세졌다. 양손으로 골반을 붙잡고 질주하던 움직임이 멈추자 아래에 뜨거운 느낌이 느껴졌다. 다시 한 번 허리를 밀며 제 것을 깊숙이 넣었다.

"샤워부터 해야겠는걸."

맥을 못 추고 쓰러진 상하를 거뜬히 안아 올린 지한이 흐뭇한 미소를 그리며 욕실로 들어갔다. 욕실 안에서 격한 움직임이 재개되었다. 2차전이 시작되었음을 알렸다.

상하를 바라보는 지한의 낯에 긴장한 기색이 역력했다. 상하의 손등 위에 겹쳐진 손에 땀이 가득했다.

"당신, 긴장해요?"

"그런가 봐."

살짝 미소 지으며 지한이 웃었다. 아까 낮에 테스트기 두 줄이 선명한 사진을 받았을 때만 해도 묘한 기분이 들면서 들떴었는데 막상 병원에 도착하니 들떴던 기분이 긴장으로 바뀌었다. 시후를 가졌을 때도 이런 기분이었던 것 같았다.

"긴장할 게 뭐 있어요? 이미 한 번 경험해놓고."

"그러게."

상하는 제 손 위에 겹쳐진 지한의 손등을 쓸었다. 긴장을 풀어주는 것 같아 지한은 점점 안정을 되찾았다.

"이상하 님, 들어오세요."

간호사의 부름에 지한과 상하는 일어나 진료실 안으로 들어갔다. 40대 여의사가 안경을 추켜올리며 상하에게 알은체를 했다.

"오랜만이시네요. 여기서 첫째 낳고 둘째 임신하셨다고요?"

시후를 가졌을 때 다녔던 병원이었다. 그때 출산까지 도왔던 여의사가 아직도 있었다.

"네. 오늘 테스트기 했을 땐 두 줄이 나왔거든요. 확인하려고요."

"그럼 초음파로 확인해보도록 하죠."

여의사의 말에 간호사가 상하를 초음파실로 안내했다. 입고 있던 바지와 속옷을 벗어 한쪽에 두곤 검진 치마로 갈아입었다. 간호사의 안내에 따라 침대에 누워 준비를 마쳤다. 여의사와 지한이 같이 초음파실 안으로 들어왔다. 지한은 상하의 손을 꼭 잡아주었다.

"힘 빼시고요."

초음파 기계가 상하의 다리 사이로 쑥 들어왔다. 화면에 무언가 보였다.

"임신 맞네요. 여기 보이네요."

여의사에 말에 상하의 얼굴이 안심했다. 테스트기로 확인했으니 임신이라 확신은 했으나 직접 눈으로 확인하고 나니 기분이 묘해졌다. 지한은 모니터에서 시선을 떼지 못하다가 상하를 향해 시선을 내렸다. 두 사람이 눈을 맞추며 미소를 그렸다.

"어?"

여의사가 놀란 눈으로 초음파 기계를 움직였다.

"무슨 문제 있습니까?"

놀란 지한이 먼저 물었다.

"쌍둥이네요."

"쌍둥이요?"

"네, 여기 두 녀석 보이시죠?"

둘째를 갖길 원했지만, 쌍둥이라는 사실에 지한과 상하는 당황하고 말았다.

"축하드려요."

계획에 없던 쌍둥이 임신 소식에 두 사람은 여전히 할 말을 잃었다. 하지만 이내 현실을 받아들였다. 상하는 옷을 갈아입고 다시 지한과 진료실에 앉았다.

"다음 주엔 심장 소리 들으러 오세요. 쌍둥이도 여기서 출산하게 되네요."

"우리 쌍둥이도 잘 부탁드립니다."

지한이 정중하게 여의사를 향해 부탁했다. 왠지 모르게 부끄러워진 상하의 얼굴이 붉어졌다. 진료 예약을 한 두 사람은 병원에서 나왔다.

"쌍둥이라니."

후우, 하고 꺼질 듯이 상하가 한숨을 내쉬었다.

"왜?"

"왠지 쌍둥이는……."

"내가 많이 도와줄게."

아무리 육아와 집안일을 도와준다고 해도 한계가 있었다. 거기다 출산까지 그가 대신해줄 수 없기에 더 걱정되고 겁이 났다. 하나만 임신해도 배가 남산만 한데 쌍둥이 임신은 더할 것이 아닌가. 벌써부터 두려웠다.

"후우, 시후 녀석. 한 번에 동생 둘을 갖게 되네."

"몰라요, 시후 때문에 정말."

"시후만 좋은 건가?"

지한이 사랑스럽다는 듯 상하의 볼을 잡아당겼다.

"시후 녀석 다 시켜. 동생 갖고 싶다고 떼쓴 녀석이니까."

"당신도 참……."

아무리 컸다고 해도 여전히 손이 많이 가는 다섯 살이었다. 걱정과 불안한 표정으로 아직 티도 나지 않은 배를 만져보았다. 아, 어쩌다 쌍둥이 임신을 했을까.

"아들이면 어쩌죠?"

상하는 성별은 상관없었다. 문제는 시후였다. 여동생 노래를 부르던 아들이니 남동생이라는 걸 알면 무척 실망할 것이다.

"그럼 또 낳으면 되지."

"말이 쉽지."

"난 아들이든 딸이든 상관없어. 그저 건강하게만 자라주면 돼."

납작한 상하의 배를 쓰다듬으며 지한이 말했다.

"시후가 실망할 텐데."

"그러니까 또 낳아야지."

그의 농담에 상하가 이번엔 대꾸도 하지 못하고 웃어버렸다. 그래, 쌍둥이 아들이든 딸이든 예쁘고 건강하게만 키우자. 만약 아들이면, 시후를 위해서 마지막으로 하나 더 낳자.

상하는 마음을 편안히 가졌다. 외동딸이었던 상하는 형제가 많은 친구들이 부러웠기에 자식들에겐 많은 형제를 만들어주고 싶었다. 예상치 못하게 쌍둥이를 갖게 되었으나, 이 또한 하늘이 주신 선물이라 여기기로 했다.

"집으로 가요."

이제 곧 어린이집으로 시후를 데리러 가야 할 시간이었다. 어서 시후에게 동생이 생겼음을 알려주고 싶었다.

편안한 자세로 앉아 있던 상하는 초인종 소리에 몸을 일으켰다. 인터폰을 확인한 상하는 반가운 얼굴로 문을 열었다.

"수연아."

"왜 이렇게 말랐어?"

몸은 여전히 앙상하고 배만 나온 모습이었다. 시후 때와 다르게 입덧으로 고생하던 상하는 제대로 된 식사를 하지 못하고 겨우 과일을 갈아 먹고 있었다. 그래도 요즈음 입덧이 점차 가라앉은 덕분에 다른 음식들도 입에 대는 중이었다.

"앉아. 마실 거 뭐 줄까?"

"아냐, 됐어. 참, 이거."

쇼핑백과 비닐봉지를 수연이 건넸다. 어리둥절한 얼굴로 먼저 비닐봉지를 열어 보니, 토마토가 한가득이었다. 그리고 쇼핑백에 있는 건 배냇저고리와 내복이었다. 노란색과 핑크색 바탕에 작은 곰돌이가 그려져 있는 게 아주 앙증맞았다.

"어머, 너무 귀엽다."

상하는 내복을 펼쳐 보며 탄성을 질렀다. 성별 확인을 하자마자, 한달음에 달려와 배냇저고리와 내복을 선물하는 수연의 모습에 울컥했다.

"시후는 복 터졌네. 여동생 둘이 한 번에 생겨서."

"그러게 말이야. 쿠키랑 커피 가져올게. 앉아 있어."

"됐대도."

"아직은 움직일 만해."

소파에서 일어나려는 수연의 어깨를 아래로 밀며 상하가 주방으로 갔다. 금세 다과를 내온 상하가 테이블 위에 내려놓고 수연의 옆에 앉았다.

"지한 씨도 엄청 좋아하지?"

찻잔을 들며 수연이 히죽 웃으며 좋아할 모습이 눈에 선하다고 말을 덧붙였다.

"처음엔 나나 지한 씨나 얼떨떨했는데, 가서 초음파도 보고 하니까 좋아하는 눈치야."

"역시."

안 그래도 회사에 있을 때도 하루에 한 번씩 꼭 전화를 하는 그였다. 어디 아픈 데는 없냐, 먹고 싶은 건 없는지 물어보곤 했다. 그리고 병원에 다녀온 후로 지한은 매일 일찍 퇴근해 몸이 무거운 상하를 대신해 집안일을 맡아 하고 시후와 놀아주곤 했다. 시후를 가졌을 때와 다르게 몸이 무겁고 더 나른한 게 아무래도 쌍둥이를 임신했기 때문인 것 같았다. 유난히 배도 더 많이 나온 것처럼 느껴졌다.

"효연이는?"

"어린이집 갔지."

"벌써 그렇게 됐어?"

상하보다 늦게 임신한 수연은 딸을 낳았다. 출산한 게 작년인 것 같은데 벌써 어린이집에 갈 나이가 되었다니.

"그럼, 이제 김치도 잘 먹는데."

"다음에 효연이 데리고 와. 보고 싶다."

"그래, 알았어."

전화 통화는 자주 하지만 서로 바쁜 탓에 가끔씩 서로의 집에서 보는 것이 전부였다.

"시간 정말 빠르다."

어느덧 30대 중 후반의 나이가 되어 아이의 엄마가 되었다. 사랑하는 사람과 결혼을 하여 맺은 결실은 가슴이 벅차고, 감동 그 자체였다. 결혼하고 나서도 한결같이 변함없는 모습으로 사랑을 주었던 그로 인해 행복한 나날의 연속이었다.

결혼을 해서 아내가 되고, 아이의 엄마가 될 거라는 생각은 지한을 만나기 전까지 해본 적 없는 일이었다. 가족이란 울타리를 만들 수 있게 된 건 그를 만나 사랑하게 되었기 때문이었다. 그를 사랑하게 되어, 사랑할 수 있음에 상하는 감사했다.

"이제 나도 슬슬 집에 가야겠다."

"벌써?"

"우리 껌딱지 데리러 갈 때 되었어."

아쉬운 얼굴을 하는 상하에게 수연은 다음에 또 오겠다고 약속했다. 집을 나서는 수연을 배웅하며 상하는 시후가 다니는 어린이집으로 방향을 틀었다. 산책할 겸 오늘은 어린이집에서 시후를 직접 데리고 올 생각이었다.

어린이집에 막 도착해서 앉아 있는데 시후가 뒤에서 와락 상하를 안았다.

"엄마!"

"응. 집에 가자."

뒤에서 얼굴을 마구 비비는 시후의 머리를 쓰다듬으며, 선생님께 인사하곤 어린이집에서 나왔다. 날씨가 좋았다. 부는 바람도 시원하고, 내리쬐는 햇볕도 따스했다.

"집에 가서 떡볶이 해줄까?"

시후가 고개를 저었다.

"그럼, 다른 거 먹고 싶은 거 있어?"

"엄마 쌍둥이 때문에 힘들잖아."

이 작은 녀석이 벌써 엄마 걱정이 태산인 얼굴이다. 상하는 그 모습이 귀여워 시후의 볼을 잡아당겼다.

"괜찮아. 먹고 싶은 거 있으면 말해."

"그럼 떡볶이!"

"그래, 집에 가서 떡볶이 먹자."

"신난다!"

제자리에서 껑충껑충 뛰던 시후가 상하의 손을 뿌리치곤 폴짝폴짝 뛰어 저만치 먼저 가버린다.

"시후야, 넘어져. 천천히 가."

상하의 말에도 불구하고 이미 시후는 집 앞까지 먼저 도착해 있었다. 그러곤 어서 빨리 오라며 손짓을 한다. 저리도 좋을까, 떡볶이 해준다는 말에 벌써 집 앞에 도착해 있는 시후의 모습에 상하는 그저 웃을 뿐이다.

–당신, 뭐 하고 있어?

지한에게 걸려온 전화였다. 빨래를 개며 상하가 대답했다.

"빨래 개고 있어요. 집안일이 끝도 없어."

툴툴대는 것 같지만, 입꼬리는 슬그머니 올라가 있다.

–적당히 해. 몸도 무거운데 자꾸 움직이지 말고.

"알았어요."

–한 시간 후에 집 앞으로 나와. 데리러 갈게.

"무슨 일인데요?"

시후의 옷을 개서 한쪽에 두며 의아한 얼굴로 물었다.

–갈 데가 있어.

"어디?"

–가보면 알아. 도착하면 다시 전화할게.

"알았어요."

상하는 대답하곤 개놓은 빨래를 마저 정리했다. 갑자기 전화해서는 갈 데가 있다니. 어딜 가자고 하는 걸까. 궁금한 표정으로 빨래를 돌리고 시후의 방을 정리했다. 창문을 열어 환기를 시키곤 들어닥치는 바람을 맞았다.

"시원하다. 우리 쌍둥이 낳을 땐 추운 겨울일 텐데."

볼록한 배를 바라보며 만지작거렸다. 수연이 가져온 토마토를 갈아 한 잔 마시며 쉬고 있는데 테이블 위에 놓은 휴대폰이 부르르 몸을 떨었다.

–도착했어. 나와.

상하는 얇은 카디건을 걸쳐 입고 집에서 나왔다. 아파트 단지 앞에 때마침 지한의 차가 주차되었다. 지한은 차에서 내려 보조석 문을 열어주었다.

"무슨 일이에요?"

걱정스러운 얼굴로 상하가 물었다.

"비밀."

얄궂게 웃으며 지한이 벨트를 매주었다. 볼록한 배를 쓰다듬는 것도 잊지 않았다. 출발한 차는 사는 곳에서 멀리 떨어지지 않은 주택가 근처였다. 아무것도 지어지지 않은 땅 앞에 차를 멈추었다. 지한은 보조석 문을 열어주고 상하의 허리를 받쳐주었다.

"여기에 집을 지을 거야."

"집이요?"

"응, 1층은 우리 둘의 공간으로 쓰고 2층은 아이들의 공간을 만들어주고 싶어. 그리고 집 앞에 울타리를 만들어서 밖에서도 원없이 뛰어놀게 하고 싶고."

"여보."

뜻밖의 선물에 상하가 감동받은 얼굴로 변했다.

"이제 곧 태어날 쌍둥이들이 조금 더 클 때쯤 여기에 예쁜 집을 지어서 살자."

아직은 아무것도 없는 공터지만, 곧 예쁜 집이 지어질 그림이 보였다. 너무나 예쁘고 마음에 들 것이 분명하다. 갑자기 눈물이 왈칵 쏟아졌다.

"분명 아이들이 좋아할 거예요."

"당신은?"

"당연히 나도 좋아요."

너무 좋아서, 행복해서 눈물이 흘렀다. 지한은 손으로 눈가에 묻은 눈물을 훔쳐주었다. 양손으로 상하의 뺨을 잡고 입술에 키스했다. 아직은 아무것도 없지만, 훗날 아이들이 이곳에서 마음껏 뛰어놀 생각에 가슴이 설레었다.

새로운 집에서, 가족과 함께할 날이 기대되었다.

아기 침대에 세이와 세아를 내려놓았다. 세이가 하품을 하자, 세아가 덩달아 하품을 하며 잠이 들었다. 자는 모습이 천사 같다. 쌍둥이 임신 소식에 곧장 기뻐하지 못했던 것이 미안할 정도였다. 육아는 두 배로 힘들지만, 약속했던 바와 같이 시후가 옆에서 많이 도와주었다. 아직 세이와 세아를 돌보지는 못해도 엄마의 잔심부름은 시후의 몫이었다.

"엄마!"

현관문을 열고 들어온 시후가 타다닥, 신발을 벗고 곧장 안방으로 들어왔다.

"쉿."

"또 자?"

시무룩한 얼굴로 시후가 아기 침대에 누워 곤히 잠든 세이와 세아를 바라보았다. 볼 때마다 잠들어 있으니 동생들과 놀 시간이 없었다.

"아직 아기라서 그래."

"어디 아픈 게 아닐까?"

걱정스러운 말투에 상하가 작게 웃음을 터트렸다.

"우리 세이와 세아는 건강하니까 걱정 안 해도 돼."

"응."

시후는 세이의 발을 만지작거렸다. 제 손보다 작은 발가락이 마냥 신기한 얼굴이다. 얼굴이 같아 엄마인 상하조차 알아보기가 힘들어 세이의 발엔 빨간 실을, 세아의 발엔 파란색 실을 걸어두었다.

“우리 시후 유치원 잘 다녀왔어?”

시후가 세차게 고개를 끄덕였다. 그러곤 방에 들어갔다 나오더니 가방에서 부랴부랴 무언가 꺼냈다.

“오늘 우리 가족 그렸어.”

동그랗게 말려 있는 도화지를 펼쳐 보이며 시후가 ‘짠!’ 하고 외쳤다. 쌍둥이까지 그려져 있는 그림 속 가족은 무척이나 행복해 보였다.

“우리 시후 잘 그렸네.”

“선생님한테 칭찬받았어.”

“대단하네.”

시후의 머리를 부비적거리며 상하가 칭찬해주었다. 동생들 돌보느라 시후는 뒷전이 되어버렸는데도 시후는 동생들을 질투하거나 투정부린 적이 없었다. 듬직한 오빠처럼, 잠들어 있는 쌍둥이의 얼굴을 보며 흐뭇한 미소를 그릴 뿐이었다.

시후를 무릎에 앉히고 오랜만에 동화책을 읽어주며 시간을 보내었다. 조금 후, 도어락 해제 소리와 함께 현관문이 열렸다.

“아빠.”

“시후, 엄마 말 잘 들었지?”

“응응.”

지한의 시선이 상하에게 향했다. 상하는 지한의 외투를 넘겨받고는 조심스럽게 안방으로 들어갔다. 아직도 한밤중인 쌍둥이들이 색색 소리를 내며 깊은 잠에 빠져 있었다.

“잘 자네.”

"잠투정하는 거 겨우 달래서 재웠어요."

"수고했어."

지한의 손이 상하의 허리에 머물렀다. 아직 출산한 지 얼마 되지 않아 몸이 엉망이었지만, 지한은 그것마저 사랑스러웠다.

"으아앙."

세이가 먼저 깨서 울어젖혔다. 그러자 덩달아 세아도 칭얼거리기 시작했다.

"으아아앙."

집이 떠나가라 우는 아기를 지한과 상하는 한 명씩 품에 안고는 달래기 시작했다. 이제야 아기를 볼 수 있다는 사실에 신난 사람은 시후뿐이었다. 엄마와 아빠는 여전히 우는 아기를 달래기에 여념이 없었다. 힘든 육아가 밤새 계속될 것을 예고했다.

-마침-

작가 후기

봄에 연재를 마쳤던 글이 여름이 되어 책으로 만나게 되었습니다. 우여곡절이 많았던 글이라 그런지 감회가 더 새롭네요. 기쁨과 뿌듯함보다 아직도 뭔가 부족한 것 같은 마음이 먼저 드네요.

『로맨틱 블라썸』은, 부모님의 부재로 친척 집에서 자라면서 많은 차별과 상처를 받아온 상하와 완벽하지만 그 역시 쓸쓸함을 가지고 있는 남자 지한이 서로를 채워주는 이야기입니다. 연재 당시 제목은 〈그 남자의 수요일〉로 알고 계신 분들이 많을 듯합니다. 올 여름, 상하와 지한의 이야기를 보면서 독자님들 가슴이 따뜻해졌으면 하는 바람입니다.

고마운 분들이 있습니다. 골방 무연 작가님, 꽃신 작가님, 비향 작가님 고맙습니다. 로맨스 화원 독자님들께도 진심으로 감사인사 드립니다.

또한 와이엠북스 김 팀장님, 표지 예쁘게 만들어주신 디자이너 님께도 고생하셨다는 말씀 전합니다.

–박윤애 드림.